詩經今註今譯

馬持盈註譯
王雲五主編

臺灣商務印書館

本書經
中華文化復興運動推行委員會（國家文化總會）審定

《古籍今註今譯》序

中華文化精深博大，傳承頌讀，達數千年，源遠流長，影響深遠。當今之世，海內海外，莫不重新體認肯定固有傳統，中華文化歷久彌新、累積智慧的價值，更獲普世推崇。

語言的定義與運用，隨著時代的變動而轉化；古籍的價值與傳承，也須給予新的註釋與解析。商務印書館在先父王雲五先生的主持下，一九二〇年代曾經選譯註解數十種學生國學叢書，流傳至今。

臺灣商務印書館在臺成立六十餘年，繼承上海商務印書館傳統精神，以「宏揚文化、匡輔教育」為己任。六〇年代，王雲五先生自行政院副院長卸任，重新主持臺灣商務印書館，仍以「出版好書，匡輔教育」為宗旨。當時適逢國立編譯館中華叢書編審委員會編成《資治通鑑今註》（李宗侗、夏德儀等校註），委請臺灣商務印書館出版，全書十五冊，千餘萬言，一年之間，全部問世。

王雲五先生認為，「今註資治通鑑，雖較學生國學叢書已進一步，然因若干古籍，文義晦澀，今註之外，能有今譯，則相互為用，今註可明個別意義，今譯更有助於通達大體，寧非更進一步歟？」

因此，他於一九六八年決定編纂「經部今註今譯」第一集十種，包括：詩經、尚書、周易、周禮、禮記、春秋左氏傳、大學、中庸、論語、孟子，後來又加上老子、莊子，共計十二種，改稱《古籍今註今譯》，參與註譯的學者，均為一時之選。

臺灣商務印書館以純民間企業的出版社，來肩負中華文化古籍的今註今譯工作，確實相當辛苦。中華文化復興運動總會（國家文化總會前身）成立後，一向由總統擔任會長，號召推動文化復興重任，素有成效。七〇年代，王雲五先生承蒙層峰賞識，委以重任，擔任文復會副會長。他乃將古籍今註今譯列入文復會工作計畫，廣邀文史學者碩彥，參與註解經典古籍的行列。文復會與國立編譯館中華叢書編審委員會攜手合作，列出四十二種古籍，除了已出版的第一批十二種是由王雲五先生主編外，文復會與國立編譯館主編的有二十一種，另有八種雖列入出版計畫，卻因各種因素沒有完稿出版。臺灣商務印書館另外約請學者註譯了九種，加上《資治通鑑今註》，共計出版古籍今註今譯四十三種。茲將書名及註譯者姓名臚列如下，以誌其盛：

序號	書名	註譯者	主編	初版時間
1	尚書	屈萬里	王雲五（臺灣商務印書館）	五八年九月
2	詩經	馬持盈	王雲五（臺灣商務印書館）	六〇年七月
3	周易	南懷瑾	王雲五（臺灣商務印書館）	六三年十二月
4	周禮	林尹	王雲五（臺灣商務印書館）	六一年九月
5	禮記	王夢鷗	王雲五（臺灣商務印書館）	七三年一月
6	春秋左氏傳	李宗侗	王雲五（臺灣商務印書館）	六〇年一月
7	大學	宋天正	王雲五（臺灣商務印書館）	六六年二月
8	中庸	宋天正	王雲五（臺灣商務印書館）	六六年二月
9	論語	毛子水	王雲五（臺灣商務印書館）	六四年十月
10	孟子	史次耘	王雲五（臺灣商務印書館）	六二年二月
11	老子	陳鼓應	王雲五（臺灣商務印書館）	五九年五月

12	莊子	陳鼓應	王雲五（臺灣商務印書館）	六四年十二月
13	大戴禮記	高明	文復會、國立編譯館	六四年四月
14	春秋公羊傳	李宗侗	文復會、國立編譯館	六二年五月
15	春秋穀梁傳	薛安勤	文復會、國立編譯館	八三年八月
16	韓詩外傳	賴炎元	文復會、國立編譯館	六一年九月
17	孝經	黃得時	文復會、國立編譯館	六一年七月
18	列女傳	張敬	文復會、國立編譯館	八三年六月
19	新序	盧元駿	文復會、國立編譯館	六四年四月
20	說苑	盧元駿	文復會、國立編譯館	六六年二月
21	墨子	李漁叔	文復會、國立編譯館	六三年五月
22	荀子	熊公哲	文復會、國立編譯館	六四年九月
23	韓非子	邵增樺	文復會、國立編譯館	七一年九月
24	管子	李勉	文復會、國立編譯館	七七年七月
25	孫子	魏汝霖	文復會、國立編譯館	六一年八月
26	史記	馬持盈	文復會、國立編譯館	六八年七月
27	商君書	賀凌虛	文復會、國立編譯館	七六年三月
28	太公六韜	徐培根	文復會、國立編譯館	六五年二月
29	黃石公三略	魏汝霖	文復會、國立編譯館	六四年六月
30	司馬法	劉仲平	文復會、國立編譯館	六四年十一月
31	尉繚子	劉仲平	文復會、國立編譯館	六四年十一月
32	吳子	傅紹傑	文復會、國立編譯館	六五年四月
33	唐太宗李衛公問對	曾振	文復會、國立編譯館	六四年九月
34	資治通鑑今註	李宗侗等	國立編譯館	五五年十月
35	春秋繁露	賴炎元	文復會、國立編譯館	七三年五月

36	公孫龍子	陳癸淼	文復會、國立編譯館	七五年一月
37	晏子春秋	王更生	文復會、國立編譯館	七六年八月
38	呂氏春秋	林品石	文復會、國立編譯館	七四年二月
39	黃帝四經	陳鼓應	臺灣商務印書館	八四年六月
40	人物志	陳喬楚	文復會、國立編譯館	八五年十二月
41	近思錄、大學問	古清美	文復會、國立編譯館	八九年九月
42	抱朴子內篇	陳飛龍	文復會、國立編譯館	九〇年一月
43	抱朴子外篇	陳飛龍	文復會、國立編譯館	九一年一月
44	四書（合訂本）	楊亮功等	王雲五（臺灣商務印書館）	六八年四月

已列計畫而未出版：

序號	書名	譯註者	主編	
1	國語	張以仁	文復會、國立編譯館	
2	戰國策	程發軔	文復會、國立編譯館	
3	淮南子	于大成	文復會、國立編譯館	
4	論衡	阮廷焯	文復會、國立編譯館	
5	楚辭	楊向時	文復會、國立編譯館	
6	文心雕龍	余培林	文復會、國立編譯館	
7	說文解字	趙友培	國立編譯館	
8	世說新語	楊向時	國立編譯館	

臺灣商務印書館董事長**王學哲**謹序　二〇〇九年九月

重印古籍今註今譯序

古籍蘊藏著古代中國人智慧精華，顯示中華文化根基深厚，亦給予今日中國人以榮譽與自信。然而由於語言文字之演變，今日閱讀古籍者，每苦其晦澀難解，今註今譯為一解決可行之途徑。今註，釋其文，可明個別詞句；今譯，解其義，可通達大體。兩者相互為用，可使古籍易讀易懂，有助於國人對固有文化正確了解，增加其對固有文化之信心，進而注入新的精神，使中華文化成為世界上最受人仰慕之文化。

此一創造性工作，始於一九六七年本館王故董事長選定經部十種，編纂白話註譯，定名經部今註今譯。嗣因加入子部二種，改稱古籍今註今譯。分別約請專家執筆，由雲老親任主編。

此一工作旋獲得中華文化復興運動推行委員會之贊助，納入工作計畫，大力推行，並將註譯範圍擴大，書目逐年增加。至目前止已約定註譯之古籍四十五種，由文復會與國立編譯館共同主編，而委由本館統一發行。

古籍今註今譯自出版以來，深受社會人士愛好，不數年發行三版、四版，有若干種甚至七版、八版。出版同業亦引起共鳴，紛選古籍，或註或譯，或摘要註譯。迴應如此熱烈，不能不歸王雲老當初創意與文復會大力倡導之功。

已出版之古籍今註今譯，執筆專家雖恭敬將事，求備求全，然為時間所限，或因篇幅眾多，間或難免舛誤；排版誤置，未經校正，亦所不免。本館為對讀者表示負責，決將已出版之二十八種（本館自行約人註譯者十二種，文復會與編譯館共同主編委由本館印行者十六種）全部重新活版排印。為此與文復會商定，在重印之前由文復會請原註譯人重加校訂，原註譯人如已去世，則另約適當人選擔任。修訂完成，再由本館陸續重新印行。為期儘量減少錯誤，定稿之前再經過審閱，排印之後並加強校對。所有此等改進事項，本館將支出數百萬元費用。本館以一私人出版公司，在此出版業不景氣時期，不惜花費巨資重新排版印行者，實懷於出版者對文化事業所負責任之重大，並希望古籍今註今譯今後得以新的面貌與讀者相見。茲值古籍今註今譯修訂版問世之際，爰綴數語誌其始末。

臺灣商務印書館編審委員會謹識　一九八一年十二月二十四日

編纂古籍今註今譯序

由於語言文字習俗之演變，古代文字原為通俗者，在今日頗多不可解。以故，讀古書者，尤以在具有數千年文化之我國中，往往苦其文義之難通。余為協助現代青年對古書之閱讀，在距今四十餘年前，曾為本館創編學生國學叢書數十種，其凡例如左：

一、中學以上國文功課，重在課外閱讀，自力攻求；教師則為之指導焉耳。惟重篇巨帙，釋解紛繁，得失互見，將使學生披沙而得金，貫散以成統，殊非時力所許；是有需乎經過整理之書篇矣。本館鑒此，遂有學生國學叢書之輯。

一、本叢書所收，均重要著作，略舉大凡；經部如詩、禮、春秋；史部如史、漢、五代；子部如莊、孟、荀、韓，並皆列入；文辭則上溯漢、魏，下迄五代；詩歌則陶、謝、李、杜，均有單本；詞則多採五代、兩宋；曲則擷取元、明大家；傳奇、小說，亦選其英。

一、諸書選輯各篇，以足以表見其書，其作家之思想精神、文學技術者為準；其無關宏旨者，從刪削。所選之篇類不省節，以免割裂之病。

一、諸書均為分段落，作句讀，以便省覽。

一、諸書均有註釋；古籍異釋紛如，即採其較長者。

一、諸書較為罕見之字，均注音切，並附注音字母，以便諷誦。

一、諸書卷首，均有新序，述作者生平，本書概要。凡所以示學生研究門徑者，不厭其詳。

然而此一叢書，僅各選輯全書之若干片段，猶之嘗其一臠，而未窺全豹。及民國五十三年，余謝政後重主本館，適國立編譯館有今註資治通鑑之編纂，甫出版三冊，以經費及流通兩方面，均有借助於出版家之必要，商之於余，以其係就全書詳註，足以彌補余四十年前編纂學生國學叢書之闕，遂予接受。甫歲餘，而全書十有五冊，千餘萬言，已全部問世矣。

余又以今註資治通鑑，雖較學生國學叢書已進一步，然因若干古籍，文義晦澀，今註以外，能有今譯，則相互為用，今註可明個別意義，今譯更有助於通達大體，寧非更進一步歟？

幾經考慮，乃於一九六七年秋決定編纂經部今註今譯第一集十種，其凡例如左：

一、經部今註今譯第一集，暫定十種，其書名及白文字數如左。

詩經	三九一二四字
尚書	二五七〇〇字
周易	二四二〇七字
周禮	四五八〇六字
禮記	九九〇二〇字
春秋左氏傳	一九六八四五字

大　學　一七四七字
中　庸　三五四五字
論　語　一二七〇〇字
孟　子　三四六八五字
以上共白文四八三三七九字

二、今註仿資治通鑑今註體例，除對單字詞語詳加註釋外，地名必註今名，年份兼註公元，衣冠文物莫不詳釋，必要時並附古今比較地圖與衣冠文物圖案。

三、全書白文四十七萬餘字，今註假定佔白文百分之七十，今譯等於白文百分之一百三十，合計白文連註譯約為一百四十餘萬言。

四、各書按其分量及難易，分別定期於半年內，一年內或一年半內繳清全稿。

五、各書除付稿費外，倘銷數超過二千部者，所有超出之部數，均加送版稅百分之十。

稍後，中華文化復興運動推行委員會制定工作實施計畫，余以古籍之有待於今註今譯者，不限於經部，且此種艱巨工作，不宜由獨一出版家擔任，因即本此原則，向推行委員會建議，幸承接納，經於工作計畫中加入古籍今註今譯一項，並由其學術研究出版促進委員會決議，選定第一期應行今註今譯之古籍約三十種，除本館已先後擔任經部十種及子部二種外，徵求各出版家分別擔任。深盼羣起共鳴，一集告成，二集繼之，則於復興中華文化，定有相當貢獻。

本館所任之古籍今註今譯十有二種，經慎選專家定約從事，閱時最久者將及二年，較短者不下一年，則以屬稿諸君，無不敬恭將事，求備求詳；迄今祇有尚書及禮記二種繳稿，所有註譯字數，均超出原預算甚多，以禮記一書言，竟超過倍數以上。茲當第一種之尚書今註今譯排印完成，問世有日，謹述緣起及經過如右。

王雲五　一九六九年九月二十五日

序

幾千年以來，講說詩經者，已不知有多少人了，為詩經而著書立說者，也不知有多少卷了。他們都是些博學多識的人，其解述還不一定能使讀者滿意，而況不學如愚者又安敢班門而弄斧？

詩是當時作者靈感的流露，語短而意味深長，含蓄而旨在言外，以我們兩三千年以後的人去捉摸兩三千年以前的人的飄忽迷離的靈感，誰敢說自己所刻意以求的就恰好是當時作者靈感的真諦呢？

十幾年以前，愚曾有古經今譯之嘗試，惟以蚊負山，心有餘而力不足，易經根本碰不動，詩經也是捉不定，沒有辦法，只好儲稿以藏拙了。

近讀屈萬里王靜芝諸先生有關詩經之大著，竊喜其能突破漢儒宋儒講詩之藩籬而直探詩人之本意也。故亦啟其舊篋，加以整訂，以求指教，倘使能有一句一章之正確貢獻，即為愚無限之自盼也。

總統曾經指示我們，說：「五經是我們中華文化的寶庫」，我們今日全國上下正在致力於中華文化復興工作，首先就要把這個寶庫打開，用今日易知易明的語言，把它的真義表達出來，使人人皆能知能懂，使它的真理，大放光明於世界。為達成此一目的，最好赴之以集體的努力，凡是有志於治經者，各本其志之所趨，學之所精，各自約集數十人，而經常集體研討、互相辯難，以求得正確的解釋，比之一個人離羣索居，埋頭古籍堆中，往往鑽入牛角尖裏而猶不自知者，要高明的多了。一個學識淵博的人，當其思路陷於錯誤時，雖極平明的章句，亦會解釋錯誤；反之，幾個學識平平的人，當其發問辯難，追索正確時，雖極晦澀的篇什，亦可能迎刃而解。所以不僅一切事業，需要集體努力，而一切學問，亦急需集體努力也。順便提供此意，以為求友之鳴。是為序。

目次

壹、國　風

多半是十五個地區的民間歌謠，是男女愛情的自然流露，是社會生活的多種丰姿，而政治的意味較輕。這十五個地區是：

一、周南：包括河南西南部及湖北西北部一帶之地。
二、召南：包括漢水下游至長江一帶之地。
三、邶：包括河南省北部及與河北省接鄰之地。
四、鄘：包括河南新鄉附近之地。
五、衛：包括河南汲縣附近之地。
六、王畿：包括河南洛陽附近之地。
七、鄭：包括河南新鄭附近之地。
八、齊：包括山東省北部一帶之地。
九、魏：包括河南省西北部及山西省東南部之地。
十、唐：包括山西省太原一帶之地。
十一、秦：包括陝西省興平縣附近之地。

十二、陳：包括河南省淮陽附近之地。
十三、檜：包括河南省密縣附近之地。
十四、曹：包括山東省定陶一帶之地。
十五、豳：包括陝西省邠縣一帶之地。

以上各地區，可以說大部分都在中原地區。這就是國風一百六十首詩的地理背景。

一、周南

這一部分，共包括十一首詩，是採集黃河以南、長江以北，即今日河南省的西南部和湖北省的西北部一帶地區的民間歌謠而成。是感情自然流露的詩歌，而漢儒講詩，都把它們牽扯到文王之化與后妃之德上，明明是男女相悅的愛情詩，偏要曲解到道德的教條上，講得支離破碎，死氣沉沉，把詩的本意，完全毀滅了。宋儒看穿了這種錯誤，提出若干反對意見，但是又不敢講得十分真切，所以遷就之處，仍然很多，這也是不對的。我們以為中國的倫常道德，有許多經典上已經講得很有體系很有力量，用不著歪曲愛情詩歌之本意，以為道德教條之輔翼，所以就詩說詩，以維持其本意為準。不僅對於周南如此，對於其他詩篇亦如此。

(一)關　雎

這是一首愛情結合之詩。

關關雎鳩㈠，在河之洲㈡；窈窕淑女㈢，君子好逑㈣。

【今註】　這首詩，完全是愛情結合的詩，由追求、而戀愛而結合，感情的發展過程很明顯。如果按照毛詩鄭箋的說法，以為是后妃替君主選擇三宮六妾，求之不得，於是翻來覆去的睡不著，未免是太不近人情了。愛情是有獨佔性、排他性的，任何一個后妃，如果她有真的愛情，她不會願意君主有三宮六妾的，處於男性中心的君主縱慾之下，她無力反抗君主的三宮六妾，而任六宮粉黛成千成萬，已經夠傷心的了，她還有什麼閒情逸致去給君主物色三宮六妾呢？這首詩明明是男子追求女子，求之不得，所以翻來覆去的睡不著，漢儒偏要把它牽扯到后妃之德上，怪不得七拉八扯，總是合不攏呢。

㈠關關：雌雄相和的叫聲。雎鳩：雎音居。水鳥，即魚鷹。㈡洲：水中的乾灘。㈢窈窕：音ㄧㄠˇ ㄊㄧㄠˇ，窈窕，文靜而美麗的。淑：賢慧善良的。㈣君子：品德優秀的男子。逑：音求，配偶。

【今譯】　那河洲之上關關叫著的雎鳩，是多麼和愛的一對啊！那文靜而美麗的淑女，正好是那高貴而優雅的君子最理想的配偶啊！

參差荇菜㈠。左右流之㈡；窈窕淑女，寤寐求之㈢。求之不得，

寤寐思服㊃，悠哉悠哉㊄，輾轉反側㊅。

【今註】㊀參差：參音ㄘㄣ，差音疵，參差，長短不齊貌。荇：音杏，水生植物，可食。㊁流：尋求。㊂寤寐：寤音悟，寐音妹，寤寐，夢寐也。㊃思：語詞。服：思念。㊄悠：深長也。㊅輾轉：輾音展，輾轉，翻來覆去的。反側：反覆不定也。

【今譯】對於那參差不齊的荇菜，或左或右的去尋求它，就如同對於那美麗而賢慧的淑女，寤寐不忘的去追求她是一樣的。當追求未得的時候，睡臥夢寐都在想念她，無限無盡的想念她，翻來覆去，總是睡不著。

參差荇菜，左右采之㊀；窈窕淑女，琴瑟友之㊁。

【今註】㊀采：同採，採擇。㊁友：友愛。

【今譯】對於那參差不齊的荇菜，或左或右的去採擇它，就如同對於那美麗而賢慧的淑女，已經相當接近是一樣的，以琴瑟和她相友愛。

參差荇菜，左右芼之㊀，窈窕淑女，鍾鼓樂之㊁。

【今註】㊀芼：音帽，擇取。㊁鍾：同鐘。

【今譯】對於那參差不齊的荇菜，或左或右的去採取它，就如同對於那美麗而賢慧的淑女，已經到了婚姻結合的關係是一樣的，以鍾鼓和她相歡樂。

(二) 葛　覃

這是女子婚後回娘家省親之詩。

葛之覃兮㊀，施于中谷㊁，維葉萋萋㊂。黃鳥于飛㊃，集于灌木㊄，其鳴喈喈㊅。

【今註】㊀葛：多年生草，莖的纖維，可織葛布。覃：音譚，蔓延。㊁施：音移，施秧。中谷：即谷中，凡詩言「中」字在上者，皆語詞，如「施於中逵」、「施於中林」、「瞻彼中原」、「于彼中澤」、「中田有廬」，皆可以語助詞來解釋。或顛倒而解釋之，如「施於中逵」，可解釋為「施於逵中」，其餘可以類推。㊂萋萋：音妻，茂盛的樣子。㊃于飛：于，于詞。于飛，即正在飛。㊄灌木：叢生的樹木。㊅喈喈：音階，鳥鳴聲。

【今譯】那葛草拖拖拉拉的蔓延於山谷之中，它們的葉子是多麼的茂盛啊。那黃鸝兒羣羣對對的飛集於灌木之上，它們的鳴聲，是多麼的好聽啊。

葛之覃兮，施于中谷，維葉莫莫㈠。是刈是濩㈡，為絺為綌㈢，服之無斁㈣。

【今註】㈠莫莫：茂密的樣子。㈡刈：音一ˋ，割。濩：音ㄏㄨㄛˋ，煮。㈢絺：音癡，細葛布。綌：音希，粗葛布。㈣服：穿用。斁：音易，厭惡也。

【今譯】那葛草拖拖拉拉的蔓延於山谷之中，它的葉子是多麼的茂密啊。把它割下後，再煮一下，就可以做成或粗或細的各種葛布，穿起來是多麼的稱心啊。

言告師氏㈠，言告言歸㈡，薄污我私㈢，薄澣我衣㈣；害澣害否㈤？歸寧父母㈥。

【今註】㈠言：語助詞，如「言告師氏」、「言告言歸」，以及芣苢篇之「薄言采之」、「薄言有之」；漢廣篇之「言刈其楚」、「言刈其蔞」，皆可以作語助詞解釋，其他可以類推。總之，我們讀詩經，應當把所有的「言」字作一歸類，然後看它在什麼情況之下，應當作何種解釋，如此，才不會有「望文生義」之誤解。不僅「言」字如此，其他意義難定之字，都應當作這種功夫。師氏：教女之師。㈡歸：回娘家。㈢薄：語詞。但又可解為副詞，形容某種動作，如「薄污我私」，即趕快洗洗我的內衣。「薄」字有「趕快」、「急忙」之意。污：洗衣而去污。私：平時私生活所穿之衣物。

㈣澣：音緩，洗濯。衣：禮服。㈤害：音何，與「何」字通用。害澣害否：即何者當洗，何者不當洗。㈥歸寧父母：寧，請安，即回娘家向父母請安。

【今譯】告訴女師，說是要回娘家了，叫人把我的衣服洗洗；那些要洗，那些不洗的，都要料理清楚，準備穿得乾乾淨淨的回娘家向父母問安。

㈢卷　耳

這是在外服役者思家之詩。

采采卷耳㈠，不盈頃筐㈡；嗟我懷人㈢，寘彼周行㈣。

【今註】㈠采采：採而又採，連續不斷的採。卷耳：枲耳，嫩葉可食的菜。㈡頃：淺斜的，前低後高。筐：盛菜之器。㈢懷人：心中所懷念的人。㈣寘：被役置。彼：語詞，全詩之三個「彼」字，皆語詞，不作代名詞用。周行：大路。「置彼周行」一語，係形容其所懷念之人的處境與苦況，因其行役於外，僕僕風塵於道路，久久不得回家，故曰「置彼周行」也。如四牡詩之「四牡騑騑，周道遲遲」；何草不黃詩之「有棧之車，行彼周道」，皆「哀我征夫，朝夕不暇」之意，故「周行」「周道」之語，多與征夫怨之背景相連。而此詩之婦人即懷念其被置於周行之丈夫也。本章之詩是征人假想其妻室對於他如此懷念的心情。

【今譯】出門採卷耳，採了半天，沒有採滿一個淺淺的筐子，可歎啊！我所想念的人，被役置於那大道的行列，僕僕風塵，不能回家，我那裏還有心思採卷耳呢？

陟彼崔嵬㈠，我馬虺隤㈡；我姑酌彼金罍㈢，維以不永懷㈣。

【今註】㈠陟：音至，升也。崔嵬：嵬音韋，崔嵬，高山。㈡虺隤：虺音灰，隤音頹，虺隤，疲病的樣子。㈢姑：且也。金罍：罍音雷，用金屬做的酒杯。㈣永懷：長久的想念。（這是服役在外者說他自己想家的情形。）

【今譯】我想騎著馬兒登臨那土山之上，登高一望我的家鄉，但是我的馬疲而又病，沒有辦法，我只好借酒消愁，喝它幾杯，藉此可以忘懷一切，免得老是想念。

陟彼高岡㈠，我馬玄黃㈡；我姑酌彼兕觥㈢，維以不永傷。

【今註】㈠岡：山脊。㈡玄黃：生病的樣子。㈢兕觥：兕，音似（ㄙˋ），觥，音工（ㄍㄨㄥ）。以野牛之角所製成的酒杯。

【今譯】我想登臨那高崗之上，遠望我的家鄉，但是我的馬兒病了，沒有辦法，只好借酒消愁，藉此可以忘懷一切，免得老是憂傷。

陟彼砠矣㊀，我馬瘏矣㊁，我僕痡矣㊂，云何吁矣㊃！

【今註】㊀砠：音ㄐㄩ，土山。㊁瘏：音塗，病。㊂痡：音ㄈㄨ，病。㊃吁：同盱，遠望也。

【今譯】我想登臨那土山之上，遠望我的家鄉，但是馬兒也病了，僕人也病了，有什麼辦法能去登山遠望呢！

㈣樛　木

這是一首祝福他人之詩。

南有樛木㊀，葛藟纍之㊁，樂只君子㊂，福履綏之㊃。

【今註】㊀南：南山。樛：音鳩，樹木下面彎曲的。㊁藟：音壘，葛藤一類的植物。纍：纏繞。㊂只：語助詞。㊃福履：即福祿。綏：安寧。

【今譯】南山的樛木，有許多葛藟，纏繞在它的身上，就好像快樂的君子，有許多福祿，使他安寧。

南有樛木，葛藟荒之㊀；樂只君子，福履將之㊁。

【今註】㊀荒：遮蓋。㊁將：扶助。

【今譯】南山的樛木，有許多葛藟，遮蓋在它的身上，就好像快樂的君子，有許多福祿，扶助在他的身上一樣。

南有樛木，葛藟縈之㈠；樂只君子，福履成之㈡。

【今註】㈠縈：音營，纏繞。㈡成：成就。

【今譯】南山的樛木，有許多葛藟，圍繞在它的身上，就好像快樂的君子，有許多福祿，成就在他的身上一樣。

㈤螽　斯

這是祝福他人子孫衆多之詩。

螽斯羽㈠，詵詵兮㈡，宜爾子孫振振兮㈢。

【今註】㈠螽斯：螽音終，屬蝗蟲類，能用股部摩擦作聲，多生子，一次能生九十九子。㈡詵：音ㄕㄣ，形容翅膀振動的聲音。㈢振振：形容其子孫眾多而興旺之詞。

【今譯】螽斯鼓著翅膀，發聲詵詵，祝福你，祝你的子孫眾多而興旺！

螽斯羽，薨薨兮㈠，宜爾子孫繩繩兮㈡。

【今註】㈠薨薨：音哄，形容羽聲繁多的樣子。㈡繩繩：延續不斷。

【今譯】螽斯鼓著翅膀，發聲薨薨，祝福你，祝你的子孫延續而不斷。

螽斯羽，揖揖兮㈠，宜爾子孫蟄蟄兮㈡。

【今註】㈠揖揖：音ㄑㄧˋ，羽聲盛多的樣子。㈡蟄蟄：音植，眾多的意思。歐陽修詩本義謂「振振」、「繩繩」「蟄蟄」，皆謂子孫之多，而毛詩訓為「仁厚」、「戒慎」、「和集」，皆非詩本義，批評甚當。

【今譯】螽斯鼓著翅膀，發聲揖揖，祝福你，祝你的子孫蕃盛而眾多。

㈥桃　夭

這是祝女子出嫁能宜其室家也。

桃之夭夭㈠，灼灼其華㈡；之子于歸㈢，宜其室家㈣。

【今註】㈠夭夭：嬌嫩而旺盛的樣子。㈡灼灼：音酌（ㄓㄨㄛˊ），鮮明的樣子。華：古花字。㈢

之子于歸：「之」字，解作「此」字，之子于歸，即此子于歸，即這位姑娘嫁到婆家。㈣宜：相處得很和洽。

【今譯】桃樹長的是那樣的旺盛，它的花兒又那樣的鮮艷，正是春暖花開的時候，好像這個漂亮的大姑娘也正是出嫁的時候了，嫁到婆家，一定會與其家人相處得很和善的。

桃之夭夭，有蕡其實㈠；之子于歸，宜其家室。

【今註】㈠蕡：音墳，大而且多的。有蕡，即蕡然也。凡形容詞或副詞之上，加一「有」字者，即等於形容詞或副詞之下，加一「然」字。

【今譯】桃樹長的是那樣的旺盛，它的果實又是那樣的豐碩，好像這個漂亮的大姑娘，嫁到婆家，一定會與其家人相處得很和善的。

桃之夭夭，其葉蓁蓁㈠；之子于歸，宜其家人。

【今註】㈠蓁蓁：音臻，繁茂的樣子。

【今譯】桃樹長的是那樣的旺盛，它的葉子又是那樣的繁茂，好像這個漂亮的大姑娘，嫁到婆家，一定會與其家人相處得很和善的。

(七)兔　罝

這是讚美武夫，足以為國家干城也。

肅肅兔罝㈠，椓之丁丁㈡；赳赳武夫㈢，公侯干城㈣。

【今註】㈠肅肅：嚴密的，整飭的樣子。罝：音居（ㄐㄩ），捕兔之網。㈡椓：音酌（ㄓㄨㄛˊ），擊打也。木橛用以布置網子。丁丁：丁，音爭。丁丁，打擊木橛的聲音。㈢赳赳：勇武的雄赳赳的樣子。㈣干城：干，盾也；城，防禦工事也，合而言之，干城乃捍衛本身防禦敵人之物也。（毛詩以為后妃之化行，天下人皆賢，故捕兔之人，亦能為公侯干城。歐陽修詩本義反對其說，以為本詩是拿肅肅兔罝的作用，來比喻赳赳武夫的作用，並不是說捕兔之人。歐說較為合理，毛說近於牽強，故本譯文採歐說。）

【今譯】把嚴密的兔罝撒開，用木橛把它釘在地上，可以捕獲兔子，就好像赳赳的武夫，可以防禦外患，作公侯的干城似的。

肅肅兔罝，施于中逵㈠；赳赳武夫，公侯好仇㈡。

【今註】㈠施：布置。逵：音葵，道路。㈡仇：伴侶。

【今譯】把嚴密的兔罝，佈置於大路之中，可以防備兔子逃跑，就好像赳赳的武夫，可以防禦外患，作公侯的夥伴似的。

肅肅兔罝，施于中林㈠；赳赳武夫，公侯腹心。

【今註】㈠中林：就是林中，如中谷、中逵，就是谷中、路中。

【今譯】把嚴密的兔罝，布置於樹林之中，可以防備兔子逃跑，就好像赳赳的武夫，可以防禦外患，作公侯的腹心似的。

(八) 芣苢

這是婦人採芣苢之歌。

采采芣苢㈠，薄言采之㈡；采采芣苢，薄言有之㈢。

【今註】㈠芣苢：芣：音浮（ㄈㄨˊ），苢：音以（ㄧˇ），植物名。車前子，大葉長穗，多生路邊，可以入藥，治婦人難產病。或言食之可以多生兒子。㈡薄言：薄字為副詞，形容某種動作，趕快的，急迫的樣子。言字為語助詞，同「焉」字，「薄言」二字，與「勃焉」二字同音、同義，急切行動，急迫行動的樣子。㈢有：取也，採取也。

【今譯】採芣苢啊，採芣苢啊，趕快的採啊。採芣苢啊，採芣苢啊，趕快的取啊。

采采芣苢，薄言掇之㈠；采采芣苢，薄言捋之㈡。

【今註】㈠掇：音奪（ㄉㄨㄛˊ），撿拾。㈡捋：音勒（ㄌㄜˋ），摘取。

【今譯】採芣苢啊，採芣苢啊，趕快的撿啊。採芣苢啊，採芣苢啊，趕快的摘啊。

采采芣苢，薄言袺之㈠；采采芣苢，薄言襭之㈡。

【今註】㈠袺：音結（ㄐㄧㄝˊ），用衣襟兜著。㈡襭：音協（ㄒㄧㄝˊ），用衣襟盛著。

【今譯】採芣苢啊，採芣苢啊，趕快的兜住啊。採芣苢啊，採芣苢啊，趕快的盛住啊。

㈨漢　廣

這是愛慕游女而苦於無法接近之詩。

南有喬木㈠，不可休思㈡。漢有游女㈢，不可求思。漢之廣矣，不可泳思。江之永矣㈣，不可方思㈤。

【今註】㈠喬木：幹高而枝葉稀疏的樹木。㈡思：語助詞。漢：漢水，出於陝西寧羌縣北嶓冢山，初名漾水，東南經沔縣為沔水，受沮水，東流經褒城，受褒水，始為漢水。㈢游女：出游之女。㈣

江：江水出於永康軍岷山，東流與漢水合。永：長的。㈤方：筏子。

【今譯】南邊的喬木，枝葉稀疏，而不能乘蔭休息；就好像漢水的游女，大水橫隔，而不能追求接近。多麼寬的漢水啊，無法游泳過去；多麼長的江流啊，無法乘筏達到。

翹翹錯薪㈠，言刈其楚㈡。之子于歸，言秣其馬㈢。漢之廣矣，
不可泳思，江之永矣，不可方思。

【今註】㈠翹翹：眾多的樣子。錯：雜亂的。㈡楚：荊木也。㈢秣：ㄇㄛˋ，飼，以草料餵牛馬。

【今譯】眾多的錯薪，必要割取其中的嫩楚。漢江的女子要出嫁了，欣慕她的心情使我願意去餵她所乘坐的馬。無奈漢水太寬了，無法游泳過去；江水太長了，無法乘筏過去。

翹翹錯薪，言刈其蔞㈠；之子于歸，言秣其駒㈡。漢之廣矣，
不可泳思；江之永矣，不可方思。

【今註】㈠蔞：音呂，蘆葦一類的草。㈡駒：小馬。

【今譯】眾多的錯薪，必要割取其中的蘆葦，漢江的游女，必要選擇其中的美者，漢江的女子要出嫁了，欣慕她的心情，使我願意去餵她所乘坐的駒。無奈漢水太寬了，無法游泳過去；江水太長了，無法乘筏過去。

(十)汝　墳

這是婦人喜其丈夫從軍歸來之詩。

遵彼汝墳(一)，伐其條枚(二)，未見君子(三)，惄如調飢(四)。

【今註】(一)遵：循著，沿著。汝：水名，源出河南嵩縣老君山，東流至潢川縣入淮。墳：河岸。(二)伐：斫伐。條枚：條，枝。枚，幹。(三)君子：指丈夫。(四)惄：音溺（ㄋㄧˋ），急切的思念。調：音周，早晨，即「朝」字之假借字。

【今譯】沿著汝水的河岸，去斫伐薪枝。見不到行役在外的丈夫，心中憂思，如早晨之飢餓。

遵彼汝墳，伐其條肄(一)，既見君子，不我遐棄(二)。

【今註】(一)肄：音異，斫而復生，曰肄。(二)遐：語詞。

【今譯】沿著汝水的河岸，去斫伐薪枝。行役在外的丈夫回來了，但願不再棄我而去。

魴魚赬尾(一)，王室如燬(二)；雖則如燬，父母孔邇(三)。

【今註】(一)魴：魚名，細麟，赤尾。赬：音稱，赤色。(二)王室：周朝。如燬：火燒的樣子，言其極端的混亂與痛苦。(三)孔邇：極近的地方。

【今譯】魴魚的尾巴，顏色通紅：王室的混亂，如火燒一般；雖然王室混亂，父母卻都在眼前。（意思就是說，大局混亂，已經顧不了許多了，只好守著父母，家人生死在一塊，不要再出門了。）

㈩麟之趾

這是讚美公侯子孫衆多之詩。

麟之趾㈠，振振公子㈡，吁嗟麟兮。

【今註】㈠麟：麕身，牛尾，馬蹄，獸類之長。趾：腳。㈡振振：興旺衆多的意思。

【今譯】麟之趾，就好像公的子嗣那樣的興旺一樣，可讚歎的麟啊！

麟之定㈠，振振公姓，吁嗟麟兮。

【今註】㈠定：音訂，額也。

【今譯】麟之額，就好像公的宗姓那樣的興旺一樣，可讚嘆的麟啊！

麟之角，振振公族，吁嗟麟兮。

【今譯】麟之角，就好像公的九族那樣的興旺一樣，可讚嘆的麟啊！

二、召南

這一部分，共有十二首詩，是蒐集漢水下游至長江一帶之地的民間歌謠。多半是西周晚年和東周初年的事跡。

㈠鵲　巢

這是祝嫁女之詩。

維鵲有巢㈠，維鳩居之㈡；之子于歸，百兩御之㈢。

【今註】㈠維：發語詞。鵲：鳥名，善為巢，其巢甚為完固。㈡鳩：鳲鳩，即布穀，不會築巢，或有居鵲之成巢者。㈢兩：同輛，車輛也。御：迎接。

【今譯】鵲兒築成了巢，斑鳩卻來居住。這個女子出嫁，有百輛的車去迎接她。

維鵲有巢，維鳩方之㈠；之子于歸，百兩將之㈡。

【今註】㈠方：有，據有，佔有。㈡將：護送。

【今譯】鵲兒築成了巢，斑鳩卻來佔據。這個女子出嫁，有百輛的車護送著她。

維鵲有巢，維鳩盈之㈠；之子于歸，百兩成之。

【今註】㈠盈：充滿，佔滿。

【今譯】鵲兒築成了巢，斑鳩卻佔滿了。這個女子出嫁，有百輛的車，為她完成婚禮。

㈡采蘩

這是婦人自咏采蘩奉公以供祭祀之詩。

于以采蘩㈠？于沼於沚㈡。于以用之？公侯之事㈢。

【今註】㈠于以：採用楊樹達先生古書疑義舉例續補之說，凡「于以」兩字連用者，「以」假為「臺」（臺音怡），臺者，何也，則「于以」者，即「于何也」。蘩：白蒿。㈡沼：池。沚：渚。㈢公侯之事：祭祀之事。古之大事，在祀與戎。

【今譯】往那裏去採蘩？往沼沚之傍。採蘩幹什麼用？作祭祀之用。

于以采蘩？于澗之中㈠。于以用之？公侯之宮㈡。

【今註】㈠澗：山谷中的小水道。㈡宮：宗廟。

【今譯】往那裏去採蘩？往山澗之中。採蘩幹什麼用？用於公侯之宮。

被之僮僮㊀，夙夜在公㊁。被之祁祁㊂，薄言還歸。

【今註】㊀被：音備，首飾。僮：音同。僮僮，形容首飾之盛多。㊁夙夜：夙，早也。夙夜，早夜也，日未出之時也，並非朝朝暮暮之「夙夜」也。在公：為公家采蘩也。本詩連言「公侯之事」，「公侯之宮」，「夙夜在公」，可知此采蘩之婦人，非公侯之婦人。㊂祁祁：形容首飾之盛多。

【今譯】婦女們早夜而起，首飾僮僮的去為公侯采蘩。及至采事完畢，相與而歸，還是祁祁如雲。

㈢草蟲

這是婦人懷念其行役在外的丈夫之詩。

喓喓草蟲㊀，趯趯阜螽㊁。未見君子，憂心忡忡㊂。亦既見止㊃，亦既覯止㊄，我心則降㊅。

【今註】㊀喓喓：音要（ㄧㄠ），昆蟲的叫聲。草蟲：蝗蟲類。㊁趯趯：音ㄊㄧˋ，同「躍」字，跳躍的樣子。阜螽：未生翅膀的幼蝗。㊂忡忡：音沖（ㄔㄨㄥ），憂愁的樣子。㊃亦：假若。止：語助詞。㊄覯：音構（ㄍㄡˋ），遇見。㊅降：把心放下，即放心。

朱熹言此詩為丈夫行役在外，其妻在家，感時物之變，而想念其丈夫。

【今譯】草蟲在喓喓的叫著，阜螽在趯趯的跳著；沒有看到在外行役的丈夫，我滿心的憂愁不安，除非見了他，我的心，才能放下。

陟彼南山，言采其蕨㊀；未見君子，憂心惙惙㊁；亦既見止，亦即覯止，我心則說㊂。

【今註】㊀蕨：野菜。㊁惙惙：音輟（ㄔㄨㄛˋ），憂愁不解的樣子。㊂說：讀「悅」，喜歡。

【今譯】登上南山，以採野菜。沒有看到在外行役的丈夫，我滿心的憂愁不堪，除非見了他，我的心，才會喜悅。

陟彼南山，言採其薇㊀；未見君子，我心傷悲；亦既見止，亦既覯止，我心則夷㊁。

【今註】㊀薇：野菜。㊁夷：平下，放心。

【今譯】登上南山，以採野菜。沒有看到在外行役的丈夫，我滿心的悲傷，除非見了他，我的心才能平夷。

㈣采　蘋

這是采蘋以供祭祀之詩。

于以采蘋㈠？南澗之濱㈡。于以采藻㈢？于彼行潦㈣。

【今註】㈠蘋：音頻（ㄆㄧㄣˊ），苻菜之類。㈡濱：水邊。㈢藻：音早，水草，葉如蓬蒿，叢生，故曰聚藻。㈣行潦：溝渠中流動的水。

【今譯】往那裏去採蘋？往那南澗之濱。往那裏去採藻？往那行潦之處。

于以盛之㈠？維筐及筥㈡。于以湘之㈢？維錡及釜㈣。

【今註】㈠盛：音成，以器盛物。㈡維：語詞。筐：方形竹器。筥：圓形竹器。㈢湘：即「鬺」之假借字，烹也。㈣錡：三腳的鍋。

【今譯】用什麼東西來盛它？用筐和筥。用什麼東西來煮它？用錡和釜。

于以奠之㈠？宗室牖下㈡。誰其尸之㈢？有齊季女㈣。

【今註】㈠奠：設置也。㈡宗室：宗廟。牖下：牖，窗也。牖下即窗前。㈢尸：主也，祭時設生人為尸，以代受其享，後世始用畫像而廢尸。㈣有齊：齊讀齋，莊敬也。季女：少女也。

【今譯】把煮熟的蘋藻擺設在甚麼地方呢？擺設在宗室牖下。是誰個代受其享呢？是誠心敬意的季女。

(五) 甘棠

這是南國之民愛召伯之德，因而及於其所曾停息之樹。

蔽芾甘棠㈠，勿翦勿伐㈡，召伯所茇㈢。

【今註】㈠蔽芾：茂盛而樹蔭大的樣子，芾，音肺（ㄈㄟˋ），茂盛也。甘棠：棠梨樹，白色者為棠，紅色者為杜。㈡翦：翦去枝葉。伐：斫伐樹幹。㈢召伯：周武王平定天下，以陝之左封周公旦，以陝之右封召公奭，世世食邑於召，故曰召伯。此處所言之召伯，乃召穆公虎，治國有德政，曾聽訟于甘棠之下，為人民理曲直，平寃抑，人民感其德，思其政，故對其遺蹟故物，珍愛保存，不忍毀壞。茇：音拔，草舍，當時聽訟之草舍。

【今譯】茂密蔭涼的甘棠樹啊！千萬不可摧殘斫伐它，因為那是召伯當年所停息的地方。

蔽芾甘棠，勿翦勿敗，召伯所憩。

【今譯】茂密蔭涼的甘棠樹啊，千萬不可摧殘敗壞它，因為那是召伯當年所憩息的地方。

蔽芾甘棠，勿翦勿拜㈠，召伯所說㈡。

【今註】㈠拜：拔去，「拜」即「扒」之假借字，拔也。㈡說：讀稅（ㄕㄨㄟˋ），休息。

【今譯】茂密蔭涼的甘棠樹啊，千萬不可摧殘拔掉它，因為那是召伯當年所休息的地方。

㈥行　露

這是女子反對強迫婚姻之詩。

厭浥行露㈠，豈不夙夜？謂行多露。

【今註】㈠厭浥：潮濕的樣子。浥，讀邑。行：道路，音杭。

【今譯】路上的露水，很是潮濕，人們為什麼不在早夜的時候走路呢？就是害怕路上的露水太濕之故。

誰謂雀無角㈠？何以穿我屋㈡。誰謂女無家㈢？何以速我獄㈣。雖速我獄，室家不足㈤。

【今註】㈠角：鳥的嘴，是角質，故雀有角。㈡穿：破壞。雀有這些強硬的嘴角，所以能破壞人的房屋。㊂女：讀汝。家：有強暴勢力的人家，有惡勢力的人家。㊃速：致也。㊄室家：婚配，作為太太。不足：辦不到。

【今譯】誰說雀沒有強硬的嘴角？如果牠沒有強硬的嘴角，怎麼能穿破我家的房屋？誰說你沒有強暴的勢力？如果你沒有強暴的勢力，怎麼能把我捉弄到牢獄裏?!即使把我弄到牢獄裏，想叫我作你的太太，那是絕對辦不到的。

誰謂鼠無牙？何以穿我墉㊀！誰謂女無家？何以速我訟！雖速我訟，亦不汝從！

【今註】㊀墉：墻。

【今譯】誰說鼠沒有強硬的牙齒？如果牠沒有強硬的牙齒，怎麼能穿破我家的墻墉？誰說你沒有強暴的勢力？如果你沒有強暴的勢力，怎麼能叫我吃官司？即使叫我吃官司，我也絕對不會跟從你！

（這一首詩，是描寫一個女子拒絕一個有惡勢力的男人強迫婚姻的堅決意志。以鳥之角、鼠之牙，比喻強迫者之惡勢力。以惡人之「家」字，比喻鳥之角、鼠之牙，鳥恃角而穿人之屋，鼠恃牙而穿人之墉，就好像惡人恃「家」而逼人之婚，因此，細細玩味「家」字的意思，必然是代表「惡勢力」三個字，而不是如毛詩朱註所解釋的「婚禮」那樣的簡單。很顯然的是這個女子根本憎惡這個惡勢力的男人，所以即使把她置之於獄，害之於訟，她還是誓死反對，其意並不在乎婚物之有無或物之足不足。

如果依照毛詩朱註的說法，女子所以拒婚，是因為婚物不足，那麼，我們要問，如果婚物足了，這個女子是不是就願意嫁給他呢？就詩的含義而看，即使有再完備的婚物，這個女子還是要堅決拒絕他的，因為他根本不是她所中意的人。看詩的真意，這個女子所以堅決拒婚，完全是因為不中意於這個男人，因此，問題是中意不中意，不是婚物足不足，所以將「家」字解釋為婚物，並不符合於詩的本意。

(七) 羔　羊

這是描寫士大夫養尊處優之生活情態。

羔羊之皮㈠，素絲五紽㈡；退食自公㈢，委蛇委蛇㈣。

【今註】㈠羔羊：小羊，皮可製裘。㈡素絲：白色的絲線。紽：音ㄊㄨㄛˊ，絲線做的裝飾之物。㈢公：辦公的地方，即朝廷。退食自公，即退朝而回家吃飯。㈣委蛇：舒緩自得的樣子，從容自得的樣子。蛇，讀移。

【今譯】大夫進朝的時候，穿著羔羊之皮，上面飾著素絲的五紽。退朝在家的時候，態度從容而自得。

羔羊之革㈠，素絲五緎㈡；委蛇委蛇，自公退食。

【今註】㈠革：亦皮也。㈡緎：絲製的飾物。讀域，四紽為緎。

【今譯】大夫進朝的時候，穿著羔羊之革，上面飾著素絲的五緎。態度從容自得的樣子，退朝在家。

羔羊之縫，素絲五總㈠；委蛇委蛇，退食自公。

【今註】㈠總：絲製的飾物，四緎四總。

【今譯】大夫進朝的時候，穿著羔羊之縫，上面飾著素絲的五總。態度從容自得的樣子，退朝在家。

(八) 殷其靁

這是婦人思其從役於外之丈夫也。

殷其靁㈠，在南山之陽㈡；何斯違斯㈢，莫敢或遑㈣？振振君子㈤，歸哉歸哉！

【今註】㈠殷：雷聲很重的樣子。靁：即雷字。㈡陽：山南。㈢違：離開家。㈣遑：安閒。㈤振振：壯健而忠厚的。君子：在外行役的丈夫。

【今譯】殷殷的雷聲，在南山之陽；為什麼你離開家這麼久，就不敢有稍許的閒暇呢？忠厚的丈夫啊，回來吧，回來吧！

殷其靁，在南山之側；何斯違斯，莫敢遑息？振振君子，歸哉歸哉！

【今譯】殷殷的雷聲，在南山之側，為什麼你離開家這麼久，就不敢有稍許的休息呢？忠厚的丈夫啊，回來吧，回來吧！

殷其靁，在南山之下；何斯違斯，莫敢遑處？振振君子，歸哉歸哉！

【今譯】殷殷的雷聲，在南山之下，為什麼你離開家這麼久，就不敢有稍許的安居呢？忠厚的丈夫啊，回來吧，回來吧！

(九) 摽有梅

這是描寫一位女子感於青春易逝而急於求士之心理。

摽有梅㈠，其實七兮；求我庶士㈡，迨其吉兮㈢！

【今註】㈠摽：音漂（ㄆㄧㄠˇ），落也。梅：梅子，菓名。㈡庶：眾多。求：求婚。㈢迨：及也，趁著。

【今譯】梅子已經熟而落了，樹上還有七成的果子，有意向我求婚的各位男士們，趁著吉日良辰啊！

摽有梅，其實三兮；求我庶士，迨其今兮！

【今譯】梅子已經熟而落了，樹上只有三成菓子了，有意向我求婚的各位男士們，趁著今天就好了。

摽有梅，頃筐塈之㈠；求我庶士，迨其謂之㈡。

【今註】㈠塈：取。㈡謂：告訴，說句話。

【今譯】梅子已經完全落地而拾到頃筐裏邊了，有意向我求婚的各位男士們，只要說句話就可以了。

㈩小　星

這是征夫傷歎之詩。

嘒彼小星㈠，三五在東；肅肅宵征㈡，夙夜在公，實命不同㈢。

【今註】㈠嘒：音慧，微明的樣子。㈡肅肅：急速的樣子。宵征：夜間行役。㈢命：命運。

【今譯】微明的小星，三三五五的出現在東方，急速的夜間行役，早晚都忙於公務，實在是命運不同於別人。

嘒彼小星，維參與昴㈠，肅肅宵征，抱衾與裯㈡，實命不猶㈢。

【今註】㈠參：音身；昴：音卯，皆星名。㈡衾：被子。裯：音ㄔㄡˊ，被單。㈢猶：若。

【今譯】微明的小星，維參與昴；疾速的夜間行役，抱負臥具而不得睡眠，實在是命運不如別人。

㈩江有汜

這是男子被遺棄後對女子的感慨之詩。

江有汜㈠，之子歸㈡，不我以㈢；不我以，其後也悔。

【今註】㈠汜：音ㄙˋ，水之支流又歸還本流。㈡歸：出嫁。㈢以：相共，相好。

【今譯】江水猶有回流的地方，妳現在出嫁了，再不與我相好了，不與我相好，將來一定會後悔的！

江有渚㈠，之子歸，不我與㈡；不我與，其後也處㈢。

【今註】㈠渚：水中之小洲也。㈡與：相往來。㈢處：依全詩的結構、語意，假借為癙（ㄕㄨˇ），憂傷。

【今譯】江水猶有洲渚的地方，妳現在出嫁了，再不與我相來往了；不與我相來往，將來一定會憂傷。

江有沱㈠，之子歸，不我過㈡；不我過，其嘯也歌㈢。

【今註】㈠沱：江水會聚的地方。㈡過：過從。㈢其嘯也歌：由苦痛而悲歌。

【今譯】江水猶有匯聚的地方，你現在出嫁了，再不與我相過從了，不與我相過從，將來一定會悲傷的！（女子被遺棄，與男子被遺棄的口氣不同。女子被棄歎命苦，男子被棄誇大口。）

㈩ 野有死麕

這是青年男女相愛幽會的詩。

野有死麕㈠，白茅包之㈡；有女懷春㈢，吉士誘之㈣。

【今註】㈠麕：ㄐㄩㄣ，鹿類，即獐。㈡茅：多年生草。㈢懷春：春情發動。㈣吉士：美男子也。

【今譯】野地裏有雙死麕，白茅兒把牠包住；美女兒正在懷春，好男子把她挑逗。

林有樸樕㈠，野有死鹿，白茅純束㈡，有女如玉。

【今註】㈠樕：音ㄙㄨˋ，小樹。㈡束：包，捆。

【今譯】林中的樸樕，野地的死鹿，用白茅把牠捆住；女子像玉石一般，真是漂亮的很啊！

舒而脫脫兮㈠，無感我帨兮㈡，無使尨也吠㈢。

【今註】㈠舒：慢。脫脫，音ㄊㄨㄟˋ ㄊㄨㄟˋ：慢的樣子。㈡無：同勿，不要。我：女子自謂。感：觸動。帨：佩戴之物。㈢尨：音ㄆㄤˊ，狗。

這是男女黑夜幽會時，女子囑咐男子的話。

【今譯】慢慢的動作啊，不要觸動我的佩戴，怕的是有了聲響，狗會叫起來。（黑夜之間，狗一叫，會破壞他們的祕密，所以她叮嚀他動作要輕輕的、小心的，不要使狗叫。）

㈩何彼襛矣

這是讚美王姬之漂亮及婚姻之美滿。

何彼穠矣㈠，唐棣之華㈡！曷不肅雝㈢，王姬之車㈣！

【今註】㈠穠：音農（ㄋㄨㄥˊ），即「莪」之假借字，茂密也。㈡唐棣：樹名，花白色。華：即花。㈢曷不：豈不是。肅雝：形容車，不是形容人，禮記所謂「鸞和之美，肅肅雍雍」，正是肅雝二字，這兩個字是形容鸞和之美，鸞和者，皆車上之鈴也，鸞在衡，和在軾，皆以金屬為鈴，車一走動，鈴聲響起，諧和而悅耳，所以「肅雝」是形容車。㈣王姬：周王的女兒。

【今譯】是什麼花兒長得那樣艷麗呢？原來是唐棣之花啊！是誰家的車鈴聲響得那樣的和諧呢？原來是王姬的車啊！

何彼穠矣，華如桃李；平王之孫，齊侯之子㈠。

【今註】㈠平王之孫，齊侯之子：有人說是平王的孫女，嫁給齊侯的兒子。有人根據詩經碩人，韓奕，閟宮諸篇的構造，常用雙句，而所言乃指一人，如「齊侯之子，衛侯之妻」，所指乃莊姜一人；如「汾王之甥，蹶父之子」，所指乃韓姞一人；如「周公之孫，莊公之子」，所指乃僖公一人。由此證明此詩所謂「平王之孫，齊侯之子」，必係一人，即齊侯之女。此言亦頗有道理。惟本文採用前說。

【今譯】是什麼花兒長得那樣的艷麗啊？原來是桃李之花啊！正好像是平王的孫女，齊侯的兒子，郎才女貌一般的美滿似的。

其釣維何㈠？維絲伊緡㈡；齊侯之子，平王之孫！

【今註】㈠釣：釣魚的工具。維：是。伊：語詞。㈡緡：音ㄇㄧㄣˇ，由多端絲線搓合而成的絲繩。

【今譯】是什麼東西做成釣魚的繩子呢？原來是最堅實的絲線搓成的！正好像是齊侯之兒子，平王之孫女，永遠結合在一起的堅實似的。

㈩㈣騶　虞

這是讚美獸官田獵之詩。

彼茁者葭㈠，壹發五豝㈡，于嗟乎騶虞㈢！

【今註】㈠茁：音啄（ㄓㄨㄛˊ），草出生旺盛的樣子。葭：音家（ㄐㄧㄚ），蘆草，藏獸之處。㈡發：射出。豝：音巴（ㄅㄚ），母豬。㈢于嗟：即吁嗟。騶虞：掌鳥獸之官。騶音鄒。

【今譯】那一片茂盛的蘆草，正是野獸隱藏的所在，一箭射去，趕出了五條豬豝，好能幹的騶虞啊！

彼茁者蓬，壹發五豵，于嗟乎騶虞！

【今譯】那一片茂盛的蓬草，正是野獸隱藏的所在，一箭射去，趕出了五條豬豵，好能幹的騶虞啊！

三、邶

國名，包括今河南省北部和河北省南部一帶之地，其俗與衛、鄘兩國相同。邶，音北。

(一)柏　舟

這是賢者被讒人忌害而憤慨傷痛之詩。

汎彼柏舟㊀，亦汎其流㊁。耿耿不寐㊂，如有隱憂㊃。微我無酒㊄，以敖以遊㊅。

【今註】㊀汎：漂浮的樣子。柏舟：用柏木所製的船。㊁亦：語詞。㊂耿耿：憂惕不安的樣子。㊃隱憂：憂之甚，難言難盡之憂。㊄微：並非是。㊅敖：同遨，遊樂。

【今譯】看那質料堅實的柏木船，竟然任它漂浮於河流之中而不用，真是可惜啊！我老是惶懼不安的睡不著，好像內心有無窮無盡的憂愁似的，並不是我沒有酒以遨以遊，實在是憂心太甚，雖有酒，雖遨遊，也難解我內心的憂愁。

我心匪鑒㊀，不可以茹㊁；亦有兄弟㊂，不可以據㊃。薄言往愬㊄，逢彼之怒㊅。

【今註】㈠鑒：鏡子。匪：同非，不也。㈡茹：容納，瞭解，諒解。㈢亦：語詞。㈣據：依靠。㈤薄言：薄，副詞，形容很急迫的往兄弟那裏去訴苦的動作。言，語助詞。愬：訴苦。㈥逢：遭受。

【今譯】我的心不是像鏡子那樣的明亮，所以不容易為人們所瞭解。雖有兄弟，也都不可以依靠。我急切的到他們那裏去訴苦，不但得不到他們的同情，反而遭到他們的惱怒。

我心匪石，不可轉也；我心非席，不可卷也㈠。威儀棣棣㈡，不可選也㈢。

【今註】㈠卷：同捲。㈡威儀：合乎禮節的態度和舉動。棣棣：完備而熟練的樣子。㈢選：挑擇，挑剔，指責。這是賢者自信其光明正大。

【今譯】我的心，不是像石頭那樣的可以轉動的，也不是像席子那樣的可以捲縮的。我的態度舉止，合禮而周到，沒有一件可以被人指責的。

憂心悄悄㈠，慍于羣小㈡，覯閔既多㈢，受侮不少，靜言思之，寤辟有摽㈣。

【今註】㈠悄悄：憂悶的樣子。㈡慍：音ㄩㄣˋ，怨恨。羣小：一羣小人。㈢覯：音構（ㄍㄡˋ），遭受，遭遇，見。閔：痛苦。㈣寤：醒，覺，睡不著。辟：音譬（ㄆㄧˋ），以手椎心，拊心，擊心，拍心。摽：音漂（ㄆㄧㄠˇ），擊也。

【今譯】我憂心不安，被一羣小人所怨恨，遭他們的苦頭既多，受他們的侮辱也不少。仔細的想來，令人憤激不置，睡臥難安，只有椎胸拊心而已。

日居月諸㊀，胡迭而微㊁？心之憂矣，如匪澣衣㊂。靜言思之，不能奮飛。

【今註】㊀居：諸：皆語詞。㊁迭：逐漸愈趨愈下之意。微：不明，昏暗。㊂匪：不曾。澣：音ㄏㄨㄢˇ，洗滌。

【今譯】日呀月呀，為什麼一天比一天的越發昏暗而不明呢？我內心的憂悶，好像是一件永遠無法洗乾淨的骯髒衣服似的。仔細想來，恨不能遠走高飛，離開他們遠遠的。

(二) 綠　衣

這是莊公之夫人莊姜失位自傷之詩。

綠兮衣兮，綠衣黃裡㊀。心之憂矣，曷維其已㊁。

【今註】衛莊公之夫人莊姜無子，嬖妾生子州吁，莊公因而愛妾而疏莊姜。㊀綠：我國古人以為不正不純的顏色。黃：古人以為是正色。綠衣黃裏：把綠色置在外面，把黃色置在裏面，形容其邪正不分，貴賤倒置。㊁已：停止。

【今譯】綠色的衣服啊，把黃色壓在裏面。內心的憂悶啊，何時才能停止！

綠兮衣兮，綠衣黃裳㊀。心之憂矣，曷維其亡㊁！

【今註】㊀上身之衣曰衣，下身之衣曰裳。㊁亡：消逝也。王引之經義述聞解作猶已也，亦通。

【今譯】把綠色的做為上衣，把黃色的做為下裳，內心的憂悶啊，何時才能消逝！

綠兮絲兮，女所治兮㊀。我思古人㊁，俾無訧兮㊂。

【今註】㊀女：讀汝。指衛莊公。治：染治。㊁我思古人：借古人與自己相同之命運以自解慰。㊂訧：同尤字，怨也，發牢騷，怨天尤人。

【今譯】綠色的絲，本是你所染治的，（比喻貴賤失位的情勢，乃是衛莊公所造成的），但是我一想到古人也有與我遭逢同樣的悲劇的，使我的牢騷也就減除了許多。

絺兮綌兮㊀，淒其以風。我思古人，實獲我心！

【今註】㊀絺：音ㄔ，細葛布。綌：音ㄒㄧ，粗葛布。

【今譯】淒淒的秋風襲來，粗細的葛布都成為背時之物了。但是我一想到古人也有與我遭到同樣的悲劇的，使我的內心也就寬解了許多。

㈢燕燕

此衛君送女弟遠嫁之詩。

燕燕于飛，差池其羽㈠。之子于歸㈡，遠送于野；瞻望弗及，泣涕如雨。

【今註】據詩序所謂：「燕燕，莊姜送歸妾（戴嬀）也」。但據史記衛康叔世家所載：「陳女（厲嬀）女弟（戴嬀）亦幸於莊公而生子完，完母死，莊公令夫人齊女子之，立為太子」。是完為君而被弒之時，戴嬀早已死，何勞莊姜之送？故近人屈萬里王靜芝諸先生皆以此詩為衛君送女弟遠嫁之詩。

㈠差池：差音ㄔㄚ，互相參錯的狀勢。㈡于歸：出嫁。于飛：正在飛。

【今譯】雙雙共飛的燕子，牠們的翅膀，互相參錯。現在你要出嫁他國去了，我遠遠的送你到郊野，等到你的影子越走越看不見了，我的眼淚不由的傾眶而出，好像是下雨似的。

燕燕于飛，頡之頏之㈠。之子于歸，遠于將之㈡，瞻望弗及，

佇立以泣㊂！

【今註】㊀頡：音ㄒㄧㄝˊ，飛向下邊。頏：音ㄏㄤˊ，飛向上邊。㊁將：送也。㊂佇：音知，久立也。

【今譯】雙雙共飛的燕子，牠們的飛翔，同低同高。現在你要出嫁他國去了，我遠遠的送你一程，等到你的影子越走越看不見了，我呆呆的站著，傷心流淚！

燕燕于飛，下上其音㊀。之子于歸，遠送于南。瞻望弗及，實勞我心㊁。

【今註】㊀下上其音：鳴而上，曰上音。鳴而下，曰下音。㊁勞：傷痛。

【今譯】雙雙共飛的燕子，牠們的鳴聲，同下同上。現在你要出嫁他國去了，我遠遠的送你到城南，等到你的影子越走越看不見了，我的心傷痛極了！

仲氏任只㊀，其心塞淵㊁；終溫且惠㊂，淑慎其身。「先君之思」㊃，以勗寡人㊄！

【今註】㊀仲氏：指女弟，因為她是第二個姑娘。任：可信任的。只：語詞。㊁塞：誠實。淵：深厚。㊂終溫且惠：終，既也。既溫和而又柔順。㊃先君之思：這是說女弟臨別的時候，囑咐他要常以先君（衛君之先君）為念。㊄勗：音ㄒㄩˋ，勉勵。寡人：衛君自稱。

【今譯】說起二姑娘啊，真是最可信任的，她的心地既誠實而又深厚；她的性情既溫和而又柔順；她的持身既善良而又謹慎；臨別的時候，還以「不要忘記先君」的話，來勉勵我。她真是仁至義盡，太令人感動了！

【另一種解釋】歷代說詩者，多以此詩為莊姜送戴嬀之詩。衛莊公娶齊女，曰莊姜，美而無子。又娶陳女厲嬀，幸其女弟戴嬀，生子完，莊姜以為己子。嬖妾生子曰州吁，有寵而好用兵。莊公卒，太子完立，是為桓公。桓公立十六年，州吁弒之而自立。戴嬀於是歸於陳，莊姜遠送之於野，作詩以見志。這是詩之故事的傳說。此一傳說，雖與歷史之年代不符，但風謠既為民間歌詠之作，往往與歷史事實有出入，似不宜以史實為重而打破其文學旨趣。且細玩「燕燕于飛」、「泣涕如雨」、「佇立以泣」之情意，似非兄妹關係，尤非人君所宜有，多半是男女愛或女子同性愛之氣味。主張此說者，亦頗有理，故另誌之。

㈣日　月

這是妻子怨訴其丈夫變心之詩。

日居月諸㈠，照臨下土。乃如之人兮㈡，逝不古處㈢！胡能有定㈣？寧不我顧㈤！

【今註】㈠居，諸：皆語詞。就是日呀月呀的意思。女子借日月運行永恆不變的天體，以訴其丈夫變動無常的可悲。㈡之人：這個人，指其丈夫而言。㈢逝：語詞。古：同故，舊日的恩情。㈣胡能：否定之詞，何能，即不能。有定：即定然，即專一不變的定性。㈤寧：同乃字。馬瑞辰毛詩傳箋通釋謂：「詩中『寧』字，義多為『乃』，此詩『寧不我顧』，猶云：『乃不我顧』也。『寧不我報』，猶云：『乃不我報』也。少弁詩『寧莫之知』，沔水詩『寧莫之懲』，桑柔詩『寧不我矜』，『寧為荼毒』，雲漢詩『寧莫我聽』，『寧丁我躬』，『寧俾我遯』，義並同。」此種歸納性的研究方法，把某字某句從多種場合歸攏起來，而加以審察衡量，以確定其意義，不失為科學方法之一種。但亦不可全然如此。顧：顧念，顧及，照顧。

【今譯】日呀月呀，經常不變的照臨著大地。可是現在這個人啊，竟然不以舊日的恩情待我了，什麼時候他纔能回心轉意呢？對於我，就這樣完全不顧了！

日居月諸，下土是冒㈠。乃如之人兮，逝不相好㈡，胡能有定？寧不我報㈢！

【今註】㈠冒：覆蓋。㈡相好：相愛好。㈢報：答，理。

【今譯】日呀，月呀，經常不變的覆蓋著大地。可是現在這個人啊，竟然不與我互相愛好了。什麼時候他纔能回心轉意呢？對於我，就這樣完全不理了。

日居月諸，出自東方㈠。乃如之人兮，德音無良㈡，胡能有定？俾也可忘！

【今註】㈠出自東方：言東方是日月發出的本源，一切都有個本源，借此訴其丈夫不念本源。㈡德音無良：德音即指德性德行而言。無良即不良。

【今譯】日呀，月呀，都是從東方的本源發出，可是現在這個人啊，他的德行不好。什麼時候他纔能回心轉意呢？對於我，就這樣完全忘懷了！

日居月諸，東方自出。父兮母兮㈠，畜我不卒㈡，胡能有定？報我不述㈢。

【今註】㈠父兮母兮：人在痛苦之際，常常呼父母。㈡畜：待遇，養，喜愛。不卒：不到底，有始無終，始愛終棄。㈢述：遵循道理，講道理。

【今譯】日呀，月呀，都是從東方的本源發出。父親呀，母親呀！他待我有始無終。什麼時候他纔能回心轉意呢？對於我，就這樣完全不講情理了！

㈤終　風

這是女子得不到丈夫的真愛情而怨訴之詩。

終風且暴㊀，顧我則笑㊁。謔浪笑敖㊂，中心是悼㊃。

【今註】朱子以為係莊姜感傷莊公愛情轉移之詩。

㊀終風且暴：終，既也，既有風而且急暴。與前「燕燕」詩之「終溫且惠」，造句之意義相同。㊁則：而也。㊂謔浪笑敖：謔，音虐（ㄋㄩㄝˋ），說笑話，開玩笑之話。謔浪笑敖，言其丈夫的態度，嬉皮笑臉，胡拉亂扯，沒有一句真心實意的話。㊃悼：傷痛。

【今譯】天時不正，既有風而且急暴。他看見了我，假意殷勤，嬉皮笑臉，毫無真心實意，使我中心無限傷痛！

終風且霾㊀，惠然肯來㊁。莫往莫來㊂，悠悠我思㊃。

【今註】㊀霾：音ㄇㄞˊ，塵土飛揚，刮得天昏地暗的樣子。㊁惠然肯來：希望之詞，希望其丈夫在暴風怒號的時候，好意的來看她。㊂莫往莫來：結果是一場空想，其丈夫到底沒有來。㊃悠悠：無窮無盡的樣子。

【今譯】天時不正，既有暴風而且刮得天昏地暗，希望他肯好意的來看我，結果竟是不來，使我無窮無盡的憂思！

終風且曀㈠，不日有曀㈡，寤言不寐㈢，願言則嚏㈣。

【今註】㈠曀：音ㄧˋ，刮風而陰昏的天氣。㈡不日有曀：沒有陽光而只是一片昏暗。㈢言：語詞。㈣願：意念，思念。嚏：音替（ㄊㄧˋ），打噴嚏。朱子謂：「人氣感傷閉鬱，又為風霧所襲，則有是疾」。

【今譯】既有暴風，而且天氣昏暗。沒有陽光，只是一片陰沉。睡也睡不著，想起來就要打噴嚏。

曀曀其陰，虺虺其雷㈠。寤言不寐，願言則懷㈡。

【今註】㈠曀：音意（ㄧˋ），天陰。虺：音灰（ㄏㄨㄟ），雷聲，雷將發而未震之聲。虺虺：雷聲。㈡懷：憂愁感傷。

【今譯】天氣陰沉而昏暗，雷聲又在虺虺的震響。睡也睡不著，想起來就憂愁感傷！

㈥擊　鼓

這是衛卒久役於外不得歸家之牢騷詩。

擊鼓其鏜㈠，踊躍用兵㈡，土國城漕㈢，我獨南行。

【今註】㈠鏜：音ㄊㄤ，鼓聲。㈡踊躍用兵：軍事動員之意。在進入戰爭狀態前，有的在練習各種武器操作，有的在趕修防禦工事，全面是緊張奔騰氣氛，這種狀態，謂之「踊躍用兵」。㈢土國：北方習慣，在動員或戰爭時，以土築成厚的圍牆，作為城邑的防守屏障。城漕：漕，地名，建造漕邑的城墻，城字作動詞用，即築城也。

【今譯】鼓聲鏜鏜的響，一片戰事動員的緊張氣氛，有的在練習各種武器的操作，有的在趕築防禦工事，修城墻，挖寨壕，而我偏偏被派到南方去作戰。

從孫子中㈠，平陳與宋㈡，不我以歸㈢，憂心有忡㈣。

【今註】㈠孫子中：領兵作戰的大將之名。㈡陳：今河南省淮陽縣之地。宋：今河南省商邱縣之地。㈢以：與之。㈣忡：音衝，憂愁之樣子。

【今譯】我跟著孫子中將軍，打敗了陳國，又平服了宋國。長時在外作戰，還不叫我回家，真使我憂愁的很啊！

爰居爰處㊀，爰喪其馬㊁。于以求之，于林之下。

【今註】這一章是士兵自述其疏懈鬧情緒的無聊心狀。

㊀爰居爰處：爰，於是。連用爰字，就形容他百無聊賴，意態懶散，中心惶悶之狀。居：坐也。處：躺也。這一整句的意思，就是坐坐躺躺，振作不起精神。軍營以整肅振作為第一，如果兵士們都坐坐躺躺，那麼，軍營的整肅莊嚴便被破壞了，還講什麼戰鬥紀律？㊁爰喪其馬：馬是戰鬥的武器，戰鬥生命，如果一個戰士連自己相依為命的戰馬都沒有心思照護了，馬也喪失了，還講什麼戰鬥意識？戰鬥精神？所以這幾句話，就充分寫盡了軍士疏懈的心情。

【今譯】百無聊賴，精神振作不起來，懶洋洋的坐坐躺躺，馬也不知道跑到那裏去了，找來找去，在樹林之下找著了。

死生契闊㊀，與子成說㊁。執子之手㊂：「與子偕老。」

【今註】這一章是士兵回憶與其妻子在家團聚時相親相愛，誓共生死的信約。

㊀死生契闊：契，合也，聚也；闊，離也，別也。契闊與死生相對成文，所以全句的意思，就是不論是死或生，不論是合或離，而我們的愛情永遠不變。㊁與子成說：子，指其妻。說：互相約定。㊂執：握也。

【今譯】「我與你曾有約誓，說是不論是死或生，合或離，而我們的愛情永遠不變。我曾經握著你的手，說道：『要和你白頭到老。』」

于嗟闊兮㊀，不我活兮㊁！于嗟洵兮㊂，不我信兮㊃。

【今註】㊀于：讀吁。歎詞。㊁不我活兮：我，我們，包括其妻，言夫妻不能在一塊過生活。㊂洵：遠也。㊃不我信兮：信，同伸，實現也，不我信兮，即不能實現其諾言也。

【今譯】可歎呀，長時闊別，使我們夫妻不能在一塊共同生活啊！可歎呀！異地遠離，使我們夫妻不能實現我們的諾言啊！

(七) 凱 風

這是孝子感念母恩報答不盡而自責之詩。

凱風自南㊀，吹彼棘心㊁。棘心夭夭㊂，母氏劬勞㊃。

【今註】㊀凱風：薰和的風，可以長養萬物。㊁棘心：棗棘一類初生的嫩芽。㊂夭夭：少好而旺盛的樣子。比喻兒子慢慢長大。㊃劬勞：劬，音渠（ㄑㄩˊ），勞苦，辛苦，病苦。

全詩是寫母親純潔，母愛偉大。

【今譯】 薰和的南風，吹著那棗樹的幼苗，幼苗長的一天一天的美好而茂盛。這就好比母親養育子女，子女一天一天的長大，可是母親真是夠辛苦的了。

凱風自南，吹彼棘薪㊀，母氏聖善，我無令人㊁！

【今註】 ㊀棘薪：棘心已長成薪材，比喻子女長成大人。㊁令：美好的。

【今譯】 薰和的南風，吹拂著那棘棗的薪幹，這就好比母親把子女已經養大成人了，母親真是太好了，可是我們兄弟幾個，沒有一個好的，足以報答母親。

爰有寒泉㊀，在浚之下㊁。有子七人，母氏勞苦！

【今註】 ㊀爰：發語詞。寒泉：特別清涼的泉水。㊁浚：衛國地名。

【今譯】 有一個特別清涼的水泉，在浚邑的旁邊。有七個兒子，經母親一手養大，母親實在夠辛勞的了！

睍睆黃鳥㊀，載好其音㊁。有子七人，莫慰母心！

【今註】 ㊀睍睆黃鳥：睍睆，音ㄒㄧㄢˋㄏㄨㄢˇ，是睆睆。睍，是錯字。後人將錯就錯，附會解釋，事實上是睆睆，美好的樣子。㊁載：語詞。

【今譯】美麗的黃鳥，能唱出好聽的聲調，以供人喜悅，可是我們兄弟七人，竟然沒有一個好的，足以安慰母親的心啊！

(八) 雄　雉

這是婦人思念其在外從仕的丈夫之詩。

雄雉于飛㈠，泄泄其羽㈡。我之懷矣，自貽伊阻㈢！

【今註】㈠雄雉：雄性的野雞，婦人見雄雉之飛而思其夫。㈡泄泄：音一丶，鼓翼貌，緩舒自得的樣子。㈢阻：慼也，苦痛也。

【今譯】雄性的野雞，鼓動翅膀的飛著，多麼的逍遙自在啊！我所懷念的夫君啊，你在外奔波，完全是自找苦惱啊！

雄雉于飛，下上其音㈠。展矣君子㈡，實勞我心㈢！

【今註】㈠下上其音：形容雄雉之飛鳴自得的樣子。㈡展：誠實的。㈢勞：掛念，牽掛。

【今譯】雄雉下上其音的飛著，多麼的飛鳴自得啊。誠實的夫君啊！你奔波於外，實在使我掛念的很。

瞻彼日月，悠悠我思。道之云遠，曷云能來！

【今譯】看那日月如梭的流逝，我的心便無窮無盡的憂愁。那麼遠的路程，怎麼樣能夠輕易的回來呢！

百爾君子㈠，不知德行㈡；不忮不求㈢，何用不臧㈣？

【今註】㈠百爾君子：即言大多數的男人。㈡不知德行：德行二字的意思，即安分守己，安貧樂道的精神生活。㈢不忮不求：論語上孔子稱子路衣敝縕袍與衣狐貉者立而不恥的精神和行動，為不忮不求的表現，可見安貧樂道，安分守己，就是最高尚的德行。㈣何用不臧：即知足常樂，不貪求虛榮，便無往而不自得。忮：音治，忌刻。

【今譯】大多數的男士們，不知道安分守己，平平安安的在家中過生活，反而奔波於外，拋家離鄉以追求功名富貴，那有甚麼價值呢？一個人如果能夠安貧知足，與世無爭，不忌刻以害人，不奔營以求人，則心境常樂，豈不是無往而不自得嗎？

㈨ 匏有苦葉

這是詠河邊之生活情調。

匏有苦葉㈠，濟自深涉㈡，深則厲㈢，淺則揭㈣。

【今註】㈠匏：音ㄆㄠˊ，瓜名，味苦不能食。㈡濟：渡河。深涉：深水行進。㈢厲：不脫衣而渡河。㈣揭：音氣，提起衣服。

【今譯】匏有苦葉，不可隨便吃。水有深淺，不可隨便過。過深水便不脫衣服，過淺水便提起衣服。

有瀰濟盈㈠，有鷕雉鳴㈡。濟盈不濡軌㈢？雉鳴求其牡㈣。

【今註】㈠瀰：音彌，水滿的樣子。㈡鷕：音咬，鳥鳴聲。㈢濡：音如，沾濕。軌：車軸。㈣牡：音母（ㄇㄨˇ），雄獸。

【今譯】河水瀰滿，雌雉在鳴，駕車渡河焉有不沾濕車軸的道理？雌雉鳴叫為的是尋求雄性。

雝雝鳴雁㈠，旭日始旦。士如歸妻㈡，迨冰未泮㈢。

【今註】㈠雝雝：和諧的。㈡歸妻：娶妻。㈢迨：音殆，趁著，及時。泮：化散。

【今譯】雁兒雍雍的和鳴，朝日旭旭的上昇，正是納采行聘的吉日良辰，男士們如果娶太太的話，最好趁著河冰尚未化解之時。

招招舟子㈠，人涉卬否㈡？人涉卬否，卬須我友㈢。

【今註】㈠招招：以手勢打招呼的動作。舟子：船夫。㈡卬：音昂，我也。㈢須：等待。

【今譯】船夫頻頻的搖手打招呼，催人上船渡河。大家都上船了，獨有我不上船。為甚麼我不上船呢？因為我要等著我的朋友來到，一塊兒過河。

㈩谷　風

這是婦人傷痛其丈夫中途遺棄不與自己共甘苦到底的怨訴之詩。

習習谷風㈠，以陰以雨㈡，黽勉同心㈢，不宜有怒。采葑采菲㈣，無以下體㈤？德音莫違㈥，及爾同死。

【今註】這一章是說夫婦相處，應當同心一德，有始有終，不論富貴貧賤，總要同命到底。

㈠習習：溫和的。谷風：東風。㈡以陰以雨：天陰下雨。㈢黽：音ㄇㄧㄣˇ，勉力，努力，黽勉二字常用在一起，即努力之意。㈣葑：音ㄈㄥ，蕪菁，根葉皆可食。菲：蘿蔔，根葉皆可食。㈤無以下體：此句為反問之詞，即言豈不是為的下體嗎？下體：指根果部分而言。㈥德音：愛情，言夫婦之間，相敬相愛，和諧相處。違：分離。

【今譯】 和舒的谷風，帶來了陰雨。夫婦相處，要互相勉勵，同心一德，不應當有一點的衝突忿怒。夫婦結合要有始有終，貫徹到底，如同採蕪菁拔蘿蔔一樣，還不是為的底下的根果嗎？所以我總希望能夠和我恩恩愛愛，永不分離，共生死到底。

行道遲遲，中心有違㊀，不遠伊邇㊁，薄送我畿㊂。誰謂荼苦？其甘如薺㊃；宴爾新昏，如兄如弟㊄。

【今註】 這一章是婦人自述被棄而行的苦痛心情。

㊀違：憾恨，難過。㊁不遠伊邇，薄送我畿：這是說丈夫送她，只送到門限，連大門都沒有送出。㊂畿：門限也。薄：語助詞。㊃誰謂荼苦，其甘如薺：婦人自述其內心之苦，有甚於荼。荼：音塗，苦菜。㊄宴爾新昏，如兄如弟：言其丈夫完全醉心於新婚之樂，把她忘得無影無踪。把兩方的情形對比，分外覺得自己的苦痛，與丈夫的無情。

【今譯】 我走的時候，心中無限的難過，兩隻腿好像拔不動似的。但是你送我，只送到門限幾步為止，你對於我，竟是這樣的厭棄。我的心情，比最苦的荼草還要苦，而你呢？沉醉於「卿卿我我」的新婚生活之中，狂歡極樂，這叫我如何不倍加感傷呢？

涇以渭濁㊀，湜湜其沚㊁。宴爾新昏，不我屑以㊂。毋逝我梁㊃，毋發我笱㈤。我躬不閱㈥，遑恤我後㈦！

【今註】㈠涇水渭水，兩條河名，都在陝西省境內。涇水濁，渭水清。以涇水比喻新婦，以渭水故婦自比。㈡湜湜：音ㄕˊㄕˊ，水清的樣子。沚：停止不動的靜水。㈢以：共。不我屑以：即不屑我共，不願與我共同生活。㈣逝：去掉。梁：用以捕魚的石堰。㈤笱：音ㄍㄡˇ，竹做的捕魚的器具，器有口，魚一進入，即出不來。發：開也。㈥閱：容悅也。㈦遑恤：無暇顧及。後：以後的事情。

【今譯】涇水雖然一時把渭水弄濁了，但是稍微靜止一忽兒，渭水還是清澄無比的，那曉得你不分清濁，歡戀新人，不與我共生活到底。我走了之後，你們不要折掉我捕魚的堰梁，也不要打開我捕魚的笱籠。唉！算了吧，我自己的身子還不知流落何方，那還有心管那些身外之物呢！

就其深矣㈠，方之舟之㈡；就其淺矣，泳之游之。何有何亡㈢？黽勉求之。凡民有喪㈣，匍匐救之㈤。

【今註】這一章是故婦自述其在夫家時辛苦持家與睦鄰救人的處世之道。

㈠就其深矣，方之舟之；就其淺矣，泳之游之：這四句是比喻她自己持家治事審度情形而妥為應付以達成目的。㈡方：筏。㈢何有何亡：有，富餘。亡，同無，貧乏，即不論家境之富裕或貧乏。㈣民：人也，鄰里鄉黨之人也。喪：困難，禍患。㈤匍匐：手足並行，言其勤快而盡力也。

【今譯】 我操持家務，就像渡河一樣，遇著深水，就用筏用船；遇著淺水，就游泳而過，一切都根據實際情況而細心審度，務期處事妥當。不論是在富餘的時候，或是在貧乏的時候，我總是持續不懈的努力，以求家道之興旺。對於鄰里鄉黨的人，只要一聽說誰有疾病禍患，我就連走帶爬的趕緊去援救。

不我能慉㈠，反以我為讎。既阻我德㈡，賈用不售㈢。昔育恐育鞫㈣，及爾顛覆㈤。既生既育㈥，比予于毒㈦。

【今註】 這一章是故婦訴說其丈夫忘恩負義，在以前窮困的時候，她和他受盡了艱難磨折，經過她和他多年的共同的艱苦奮鬥，現在家境轉好了，反而把她來傷害，把她遺棄了，他是多麼沒良心啊！

㈠慉：音畜（ㄒㄩˋ），愛好，友好。㈡阻：推開不顧。㈢賈：音ㄍㄨˇ，賣物。不售：賣不出去。此喻自己不為丈夫所賞識。㈣昔：昔日，當年。育恐育鞫：育，生活在「……。」恐，恐慌，物資缺乏的恐慌，經濟的恐慌。鞫：音ㄐㄩˊ，窮困。㈤顛覆：顛沛，磨難。㈥既生既育：生計好轉，變為富有。㈦比予于毒：毒，傷害也，反而傷害我。

【今譯】 我辛苦持家如此，你不但不喜愛我，反而把我當作讎人，你對於我的好處，一概抹殺，當然我不能為你所賞識了。回想當年，我們生活於物資恐慌與經濟窮困之中，我與你受盡了顛沛磨難，經過我與你多年的艱苦奮鬥，總算把家道好轉了，生計富裕了，而你現在竟然反轉來傷害我，叫我如何能不痛心啊！

我有旨蓄㈠，亦以禦冬㈡，宴爾新昏，以我御窮。有洸有潰㈢，既詒我肄㈣。不念昔者，伊余來塈㈤。

【今註】㈠育：儲存。旨蓄：乾菜。㈡御：禦也。㈢洸：粗暴的樣子。潰：忿怒的樣子。有洸有潰，即洸然潰然。㈣詒：遺也，交給。肄：勞力、勞苦的事。㈤塈：音ㄒㄧˋ，恨怒也，厭惡。伊：語詞。

【今譯】儲存乾菜，為的是過冬之用。窮困的時候，你叫我陪著你受罪；變為富裕的時候，你卻與別人狂歡極樂了。你對我粗聲暴語，怒氣冲冲，把一切勞苦之事，都交於我做。你不念昔日的夫婦情腸，一味的怒恨我，厭棄我，叫我如何不痛心啊！

㈩ 式　微

這是黎國的臣下勸黎侯速歸國之詩。

「式微，式微㈠，胡不歸？」「微君之故㈡，胡為乎中露㈢？」

【今註】黎侯為狄人所逐，棄其國而奔於衛，衛君處之以二邑，黎侯安之，無歸國之意，故臣下勸之。黎國在山西長治縣附近。

㈠式微：危弱。㈡微君：微字作非字解。㈢中露：露中也。

【今譯】 國勢一天一天的衰微了，你為什麼還不趕快回國呀?!若非是為了你，我們何至於沐身於露水之中？

「式微，式微，胡不歸？」「微君之躬，胡為乎泥中？」

【今譯】 國勢一天一天的衰微了，你為什麼還不趕快回國呀?!若非是為了你，我們何至於陷身於泥淖之中？

㈩旄　丘

這是流亡於衛國的黎國君臣，責怨衛國的貴族大臣不積極支援他們復國之詩。

旄丘之葛兮㈠，何誕之節兮㈡；叔兮伯兮㈢，何多日也！

【今註】 這一章是怨責衛國貴族大臣曠日持久而不相救。

㈠旄丘：旄音ㄇㄠˊ，地名。又解為前高後下之丘也。㈡誕：長也，延長也。㈢叔兮伯兮：指衛國有地位之貴族大臣。

【今譯】 旄丘的葛呀，為什麼拖拉這樣長的節啊！衛國的叔伯呀，為什麼延遲這樣多的天啊！

何其處也㈠？必有與也㈡。何其久也？必有以也㈢。

【今註】 這一章是黎國君臣研究衛國所以不出兵相救的原因。

㈠處：按兵不動。㈡與：與國，與衛國共同行動同時出兵的國家。㈢以：同與字。又解作所以，原因。

【今譯】 為什麼衛國按兵不動呢？想必是它要等著別的國家和它一致行動吧。為什麼時間拖得這麼久呢？想必是要等著共同行動的國家吧。

狐裘蒙戎㈠，匪車不東㈡。叔兮伯兮，靡所與同㈢。

【今註】 ㈠狐裘：黎國流亡大夫的服裝。蒙戎：散亂破敗的樣子。㈡匪車不東：匪，彼也，匪車，彼車也，指衛君之車。黎侯流亡於衛，衛君寓之於衛都之東部。衛君如救黎復國，必派車到東部把黎侯接回。今不派車東來，可見衛國沒有出兵打算。㈢靡所與同：還沒有與衛國相約同時行動之國家，即衛國君臣還沒有找到與牠同時行動的與國。可見其不積極的意態了。

【今譯】 我們穿著的衣物，已經破敗了，還不見衛國的車子東來。不是它不派車東來，乃是叔叔伯伯們還沒有找到與它同時行動的與國之原故。

瑣兮尾兮㈠，流離之子。叔兮伯兮，褎如充耳㈡。

【今註】這一章是怨衛國君臣根本不把救黎當作一回事。

㈠瑣兮尾兮：瑣，小也。尾，同微，微小也。指黎國君臣之地位，日見其卑微，被衛國君臣越來越看不起，所以對於他們請求派兵相助以復國的呼聲，根本不理。㈡褎如充耳：古代挂在冠冕兩旁的飾物，下垂及耳，可以塞耳避聽。褎：音一ㄡˋ，盛服的樣子。

【今譯】可憐的一羣流亡的人啊，衛國的君臣把我們看得越來越微小了，衛國的君臣穿戴冠冕的盛服，根本就不理會我們的請求。

㈩㈢ 簡　兮

這是庭舞之詩。

簡兮簡兮㈠，方將萬舞㈡。日之方中㈢，在前上處㈣。

【今註】㈠簡：大的，規模很大的舞會。㈡方將：即將，且將。萬舞：兼合文舞武舞之總名。㈢日之方中：在日方中之時。㈣在前上處：在公庭前列明顯之處。

【今譯】規模盛大的很啊，就要舉行萬舞，時間是日之方中，地點是在公庭之前。

碩人俁俁㈠，公庭萬舞㈡，有力如虎，執轡如組㈢。

【今註】㈠碩：大也。俁：音ㄩˇ，大的樣子。㈡公庭：宗廟公庭也。㈢轡：韁也。組：柔軟的絲繩。

【今譯】參加公庭武舞的人，都是高大的身材，氣力如虎一般的大，拿著馬韁，好像拿著柔軟的絲繩一樣。

左手執籥㈠，右手秉翟㈡，赫如渥赭㈢，公言錫爵。

【今註】㈠籥：音鑰（ㄩㄝˋ），古樂器。以竹為之，似笛，六孔。㈡翟：音笛（ㄉㄧˊ），野雞的羽毛。舞時持以飛舞。㈢赫：音黑（ㄏㄜˋ），大赤的樣子。渥：音握（ㄨㄛˋ），浸潤。赭：音者（ㄓㄜˇ），赤色。

【今譯】參加公庭文舞的人，左手拿著籥器，右手揮著雉羽，容色紅潤，好像塗了一層濃厚的紅顏色一樣。衛君於是賜之以酒。

山有榛㈠，隰有苓㈡，云誰之思？西方美人！彼美人兮，西方之人兮。

【今註】㈠榛：音ㄓㄣ，木名，結實似栗而小，仁可食。㈡隰：音ㄒㄧˊ，低濕之地。苓：甘草。

【今譯】山上有榛樹，隰地生茯苓。我在想誰？想那西方的美人，那位美人呀，是西方的人啊！

㈩㈣ 泉水

這是衛女嫁於他國思念故鄉之詩。

毖彼泉水㈠，亦流於淇㈡。有懷於衛，靡日不思。孌彼諸姬㈢，聊與之謀㈣。

【今註】㈠毖：音ㄅㄧˋ，泉流的樣子。㈡淇：水名，在衛國境內，流經今河南湯陰淇縣一帶。水流於淇，而思淇思衛。㈢孌：音鸞，美麗。諸姬：陪她出嫁之衛女。㈣聊：且。謀：商談回衛國的計劃。

【今譯】那嗶嗶的泉水，流歸於淇，我懷念衛國，沒有一天不想。我就和隨我而來的諸位姑娘們商量一下回衛的計劃吧。

出宿于泲㈠，飲餞于禰㈡，女子有行㈢，遠父母兄弟㈣，問我諸姑，遂及伯姊㈤。

【今註】這一章是衛女與諸姬晤敘初嫁時之路程與情形。㈠泲：音ㄐㄧˇ，水名，今作濟，流經山東定陶縣境。㈡餞：音ㄐㄧㄢˋ，送行。禰：音ㄇㄧˊ，水名，在山東荷澤縣境。㈢行：出嫁。㈣遠：

遠離也。㈤問我諸姑，遂及伯姊：告別諸姑及伯姊，並向彼等問好問教。

【今譯】 初嫁的時候，出宿於泲水，飲餞於禰水。因為這一走，是遠離了父母兄弟，諸姑伯姊，所以臨行之時，向他們請安問好。

出宿于干㈠，飲餞于言㈡。載脂載舝㈢，還車言邁㈣。遄臻于衛㈤，不瑕有害㈥。

【今註】 這一章是與諸姬假想回衛時的路線以及歸心似箭的情形。

㈠干：地名，在今河北清豐縣西南。㈡言：地名，亦在清豐縣境。㈢載：語助詞。脂：塗脂油於車軸。舝，同轄字，車軸上的鍵子，用以制車之進行。㈣還：音旋返回也。㈤遄臻：遄音ㄔㄨㄢˊ，快快的到達。㈥不瑕：不致於，不至於。有害：有什麼不方便。即言可以很快的平安到達衛國。

【今譯】 如果回衛國，就出宿於幹地，飲餞於言地，把車軸膏油，把車軸轄好，於是可以順利進行，平安回到衛國。

我思肥泉㈠，茲之永歎㈡；思須與漕㈢，我心悠悠。駕言出遊㈣，以寫我憂㈤。

【今註】 ㈠肥泉：泉名，在河南淇縣，即首段所謂之「毖彼泉水，亦流於淇」的泉。㈡茲：滋也，越發的。永歎：長歎也。㊂須：衛邑名，在河南滑縣東南。漕：衛邑名，在河南滑縣東。㊃駕：駕車。言：語助詞。㊄寫：同瀉，發抒也，解除也。思歸而不能歸，故駕車出遊以消憂。

【今譯】 想念肥泉，使我越發深長的歎息；想念須漕，使我更覺無限的愁悵！沒有辦法，只好駕車出遊，以消散我內心的憂悶！

㈤北門

這是衛國官員因工作辛勞而待遇微薄自傷窮苦之詩。

出自北門，憂心殷殷㊀，終窶且貧㊁，莫知我艱㊂，已焉哉㊃，天實為之㊄，謂之何哉㊅！

【今註】 ㊀憂心殷殷：極其憂，憂之重也。㊁終：既也。窶：音ㄐㄩˋ，貧而生活簡陋。㊂莫知我艱：君上不知我的艱難。㊃已焉哉：算了吧！㊄天實為之：人在窮困之時，常常呼天，且把窮困委之於命運。㊅謂之何哉：有什麼辦法呢！有什麼可說的呢？

【今譯】 走出北門，內心無限的憂傷，我的生活既簡陋而又貧乏，可是君上並不知道我的艱難。算了吧！這實在是命該如此，還有什麼可說的呢！

王事適我㊀，政事一埤益我㊁。我入自外，室人交徧讁我㊂。已焉哉，天實為之，謂之何哉！

【今註】㊀王事：王家的私事。適：到來，往我這裏來，交付於我。㊁政事：政府的公事。一：皆也。埤益我：堆積於我，即把公事都堆到我身上。㊂讁：音ㄓㄜˊ，責怨，懟怨。

【今譯】王家的私事，交我來辦；政府的公事，也一股腦兒堆到我身上，一天忙到晚，拖著疲困的身子回家，剛一進門，家人大大小小，你一句，他一句，紛紛的責怨我。算了吧！這實在是命該如此，還有什麼可說的呢？

王事敦我㊀，政事一埤遺我。我入自外，室人交徧摧我㊁。已焉哉，天實為之，謂之何哉！

【今註】㊀敦：催促，催迫。㊁摧：打擊，摧殘，沮毀。

【今譯】王家的私事，催我來辦；政府的公事，也一股腦兒堆到我身上，一天忙到晚，拖著疲乏的身子回家，剛一進門，家人大大小小，你一句，他一句，紛紛的打擊我。算了吧，這實在是命該如此，還有什麼可說的呢？

㈩北 風

這是描述衛君暴虐，百姓不親，禍亂將至，詩人偕其友人急於歸隱以避禍亂之詩。

北風其涼，雨雪其雱㈠。惠而好我㈡，攜手同行。其虛其邪㈢，既亟只且㈣。

【今註】㈠雱：音ㄆㄤˊ，雨雪很大的樣子。以風雨形容國勢之變亂。㈡惠而好我：惠然而愛我。㈢行：讀杭。虛：緩慢。邪：讀徐，遲緩。㈣既亟只且：亟：急速。只且：語尾詞。且，音居。

【今譯】好涼的北風呀，好大的雨雪呀，惠然愛我而與我同好的人啊，我們一塊兒攜手走吧，遲緩不得，趕快離開為妙。

北風其喈㈠，雨雪其霏㈡，惠而好我，攜手同歸，其虛其邪，既亟只且。

【今註】㈠喈：音皆（ㄐㄧㄝ），寒冷的樣子。㈡霏：音非（ㄈㄟ），雨雪紛紛的樣子。歸：歸家，歸鄉，歸田園。

【今譯】寒冷的北風呀，紛紛的雨雪呀，惠然愛我而與我同好的人啊，我們一塊兒攜手歸家吧！遲緩不得，趕快離開為妙。

莫赤匪狐，莫黑匪烏㈠，惠而好我，攜手同車，其虛其邪，既亟只且。

【今註】㈠莫赤匪狐：狐狸沒有不是赤色的。莫黑匪烏：烏鴉沒有不是黑色的。以狐狸烏鴉比喻滿朝中盡是奸臣小人。

【今譯】到處的狐狸沒有不是赤色的，到處的烏鴉沒有不是黑色的。惠然愛我而與我同好的人啊，我們一塊兒同車走了吧！遲緩不得，趕快離開為妙。

㈦靜　女

這是男女戀愛之詩。

靜女其姝㈠，俟我于城隅㈡，愛而不見㈢，搔首踟躕㈣。

【今註】㈠姝：音ㄕㄨ，美麗。㈡俟我于城隅：約定在城牆角等我。㈢愛：薆也，僾也，藏躲也。採馬瑞辰說。㈣搔首：搔，音ㄙㄠ，抓頭皮。踟躕：踟，音ㄔˊ；躕，音ㄔㄨˊ，徘徊。靜女：淑女也。

【今譯】美麗的淑女呀，我們約定在城牆角等候，我準時而來，妳卻故意躲藏，使我看不到，害得我直抓頭皮，走來走去的納悶徘徊。

靜女其孌㈠，貽我彤管㈡；彤管有煒㈢，說懌女美㈣。

【今註】㈠孌：音ㄌㄩㄢˊ，美好的樣子。㈡貽：贈送。彤：赤漆的。管：婦人盛針線的東西。㈢有煒：盛赤也，音偉。㈣說：同悅。懌：喜歡。音易。說懌二字，帶有雙關之意，既悅彤管之燦爛，又喜女子之淑美。

【今譯】美好的淑女呀，妳贈我以紅漆的彤管，我很喜歡這個漂亮的東西，如同喜歡漂亮的你是一樣的。

自牧歸荑㈠，洵美且異㈡，匪女之為美㈢，美人之貽。

【今註】㈠牧：野外。歸：音饋（ㄎㄨㄟˋ），贈送。荑：音題（ㄊㄧˊ），茅草的芽。㈡洵：誠然，實在。異：特別希罕。㈢女：讀汝，指荑而言。

【今譯】我們一塊兒郊遊，妳贈我以茅芽。它既好看而且特別。實在說來，並不是那茅芽多麼的可貴，可貴的是美麗的妳所惠贈的啊！

【說明】讀糜文開、裴普賢兩位先生合著之詩經欣賞與研究，關於本詩第一章之「愛而不見，搔首踟躕」，譯為「故意躲藏不見我，害得我抓頭摸耳直徬徨」，用字輕巧靈活，而深得其妙。其他各篇以及散見於東方雜誌之譯文，亦均信達圓潤，給於本譯以諸多啟示，不敢掠美，特誌之。（最祈糜裴兩先生能合力將詩經全譯也。）

(十八)新　臺

這是衛人諷刺宣公娶其子之妻。

新臺有泚㈠，河水瀰瀰㈡。燕婉之求㈢，籧篨不鮮㈣。

【今註】　借鮮明之新臺，其盈澄的河水，諷刺宣公娶其子之妻的行為之醜惡。

㈠泚：音此（ㄘˇ），清澈的樣子。有泚，即泚然也。㈡瀰瀰：音彌（ㄇㄧˊ），水盈滿而澄澈的樣子。㈢燕婉之求：燕婉：青春少年也，指太子伋。言齊女所求配者，本為太子伋。㈣籧篨不鮮：籧篨，音ㄑㄩˊ ㄔㄨˊ，臃腫醜陋之物，喻宣公之老態龍鍾。不鮮：老而不年輕也。據史記衛世家謂：衛宣公為其子伋娶於齊，而聞其美，乃作新臺於河上，而自娶之。

【今譯】　鮮艷的新臺，陪襯著盈澄的河水，相映成輝；可是一個美麗的少女，本求青年的配偶，卻落在一個醜陋而臃腫的老朽之手，那是多麼的不稱啊！

新臺有洒㈠，河水浼浼㈡；燕婉之求，籧篨不殄㈢。

【今註】　㈠洒：音ㄘㄨㄟˇ，新鮮的樣子。（採馬瑞辰所著毛詩傳箋通譯之說）㈡浼：音ㄇㄧㄢˇ，平澄的樣子。㊂不殄：殄音ㄊㄧㄢˇ，同腆，腆者，善也，不腆，即不善也。與上章之「籧篨不鮮」，有相同之意義。此不善者，兼指容貌與德行而言也。

【今譯】明麗的新臺，陪襯著平澄的河水，相映成輝；可是一個美麗的少女，本求青年的配偶，卻落到一個醜陋而不善的老朽之手，那是多麼的不稱啊！

魚網之設，鴻則離之㊀；燕婉之求，得此戚施㊁。

【今註】㊀鴻：大的飛鳥。離：同罹，音ㄌㄧˊ，陷入也，被捕捉也。㊁戚施：醜惡的蛙，癩蝦蟆，俗謂癩蝦蟆想吃天鵝肉，宣公是癩蝦蟆，娶其子之妻，吃了天鵝肉。

【今譯】高翔的飛鴻，自由盤旋，料不到竟落到魚網之中；美麗的少女，本求良配，料不到竟落到這樣一個醜陋而臃腫的癩蝦蟆之口。

㈨二子乘舟

這是衛宣公既奪太子伋之妻，伋與其弟壽乘舟逃亡，衛人傷之，作此詩。詩與史實不符，但欣賞其文學價值耳。

二子乘舟，汎汎其景㊀；願言思子㊁，中心養養㊂。

【今註】㈠汎汎：漂浮的樣子。景，同影字。㈡言：語助詞。㈢養養：同漾漾，憂愁不定的樣子。

【今譯】二子乘舟而去，舟的影子越漂越遠了，掛念你們，衷心為你們無限的擔憂。

二子乘舟，汎汎其逝；願言思之，不瑕有害㈠。

【今註】㈠不瑕有害：為二子祝禱之意，希望他們一路平安，一帆風順，不至於有禍害有危險。與泉水篇之「遄臻于衛，不瑕有害」，意義相同。

【今譯】二子乘舟而去，舟的影子越漂越遠了，掛念你們，祝你們一路順風，平安無恙。

四、鄘

國名，今河南省新鄉縣附近之地。

㈠柏　舟

這是描述節婦誓死不再嫁之決心。

汎彼柏舟㈠，在彼中河㈡，髧彼兩髦㈢，實維我儀㈣，之死矢靡它㈤，母也天只㈥，不諒人只㈦！

【今註】㈠柏舟：柏木所造之舟，喻其堅固。㈡中河：即河中。㈢髧：音ㄉㄢˋ，頭髮下垂的樣子。髦：音毛，頭髮下垂至眉，兒童時代的打扮，父母看著很喜歡。指其丈夫童年時代的模樣。㈣儀：心中人，匹偶。㈤之：到也。矢：立誓，決心不變。靡：沒有。它：異心，三心二意。㈥只：語助詞。㈦諒：諒解，體諒。母也天只：其母因其女夫之死，迫其再嫁，女立誓不嫁呼天訴苦。

【今譯】那堅固的柏舟，在河中漂浮。那兩髦垂眉的人，就是我唯一的匹偶。如今他死了，我立誓至死不有二心。母親呀，天呀！你何苦逼我如此，你太不體諒我的內心呀！

汎彼柏舟，在彼河側。髧彼兩髦，實為我特㈠，之死矢靡慝㈡，母也天只，不諒人只！

【今註】㈠特：動物之雄牡男性者，即其丈夫。㈡慝：邪念。

【今譯】那堅固的柏舟，在河岸漂浮，那兩髦垂眉的人，就是我唯一的男性。如今他死了。我立誓至死不有邪念，母親啊，天呀！你何苦逼我如此，你太不體諒我的內心呀！

(二)牆有茨

這是衛國宣公惠公時，宮中淫亂，倫常敗壞，衛人刺之，作此詩。

牆有茨㈠，不可埽也㈡。中冓之言㈢，不可道也㈣。所可道也，言之醜也。

【今註】㈠茨：音ㄘˇ，蒺藜。㈡埽：同掃。不可埽，即不可能掃盡。㈢中冓：同垢，同詬，污穢也，恥辱也。中冓：即宮中污穢可恥之事。㈣不可道也：即說不得，即家醜不可多揚。借牆茨不可能掃盡，喻宮中淫事之多。

【今譯】牆上的蒺藜，是掃除不淨的呀；宮中的淫穢，是聲說不得的呀，若是聲說出去，真是太丟醜了。

牆有茨，不可襄也㈠。中冓之言，不可詳也㈡。所可詳也，言之長也。

【今註】㈠襄：同攘，除也。㈡不可詳也：不可盡說，說也說不盡，不勝枚舉。

【今譯】牆上的蒺藜，是攘除不盡的呀；宮中的淫穢，是講說不完的呀，若是詳細講說，真是話太長了。

牆有茨，不可束也㈠。中冓之言，不可讀也㈡。所可讀也，言之辱也。

【今註】㊀束：綑。不可束，喻其繼續發展。㊁讀：談說。

【今譯】牆上的蒺藜，是綑紮不住的呀；宮中的淫穢，是談論不得的呀，若是談論起來，真是太恥辱了。

㊂君子偕老

這是衛人諷刺宣姜之淫亂，其品行與其服飾地位不相稱。

君子偕老㊀。副笄六珈㊁，委委佗佗㊂，如山如河㊃。象服是宜㊄。子之不淑㊅，云如之何㊆？

【今註】㊀君子偕老：君子，丈夫。偕老，為妻者，應與其夫相伴到老，同生死到老，不應當變節亂行。㊁副：用髮編成的首飾，后夫人用以蓋頭。笄：音雞，衡笄也，垂於副之兩旁，當耳，其下紞懸瑱。珈：音ㄐㄧㄚ，簪子上面用玉製的飾物。㊂委委佗佗：委，音ㄨㄟˇ，佗，音ㄊㄨㄛˊ，言其走勢的從容舒緩，雍容文雅也。㊃如山如河：言其儀態氣象，如山之穩重，如河之宏闊。㊄象服是宜：宜於穿著象服，象服者，衣服上面畫著文彩，古之王后及諸侯夫人之服也。㊅子之不淑：子，指宣姜。不淑，品行不善，性情淫亂。㊆云如之何：言其行為淫醜，不配穿這種貴服，不稱其服。

【今譯】婦人與國君伴生共老，地位高越，服裝首飾，特異於眾，走起路來，雍容華貴，如山之重，如河之廣，自然是宜於穿著象服了。但是像你這樣的性行淫惡，怎能和這種高貴的服飾相配呢?!

玼兮玼兮㊀，其之翟也㊁。鬒髮如雲㊂，不屑髢也㊃。玉之瑱也㊄，象之揥也㊅，揚且之皙也㊆。胡然而天也㊇？胡然而帝也㊈？

【今註】㊀玼：音ㄘˇ，鮮艷的樣子。㊁翟：音ㄉㄧˊ，衣服上面畫有羽毛的花紋，王后穿的衣服。㊂鬒：音ㄓㄣˇ，細密而烏黑的頭髮。㊃不屑：不願，不肯。髢：音ㄊㄧˋ，假髮。㊄瑱：音ㄊㄧㄢˋ，塞耳之玉。㊅象揥：揥，音ㄊㄧˋ，用以搔頭的簪子，用象骨製成。㊆揚且之皙也：揚，眉髮之間的部分很寬廣，言其長的方方正正，很體面。且：音居，語助詞。皙：音析，白也。㊇胡然而天也：天與瑱同音，百姓們只聽說她戴的瑱，不知道什麼是瑱，以為是天，這句話的意思是說，你既然戴的天，何不像天那樣的高尚？㊈胡然而帝也：與上句同樣解釋，她頭上戴著象揥，揥與帝同音，百姓們不知什麼是揥，只聽著她戴的揥，以為是上帝的帝，就說你既然戴著帝，何不像上帝那樣的神聖而尊嚴呢？老百姓們沒有知識，說話不懂字眼，而諷刺宣姜，雖然用字錯誤，但錯的很幽默，而且意味深長。

【今譯】你的穿戴，盛艷鮮麗，你的頭髮，烏黑如雲，用不著假髮的裝飾。你耳際掛著瑱（天），你頭上戴著揥（帝），你的眉宇開朗，膚色白嫩。但是你為什麼不像上天那樣的高尚，為什麼不像上帝那樣的尊嚴？你真是空有其表，不稱其服啊。

瑳兮瑳兮㈠，其之展也㈡。蒙彼縐絺㈢，是紲袢也㈣。子之清揚㈤，揚且之顏也。展如之人兮㈥，邦之媛也㈦。

【今註】㈠瑳：音ㄘㄨㄛˇ，潔白鮮艷的樣子。㈡展：王后所穿的白色衣服。㈢蒙：披蓋。縐絺：細葛布。絺：音池。㈣紲袢：紲，音ㄒㄧㄝˋ，袢，音ㄈㄢˊ，貼身衣。㈤清揚：眉清目秀，容光煥發。㈥展如：誠然。㈦媛：音ㄩㄢˋ，美女也。

【今譯】穿著潔白鮮艷的展服，襯著細紗製成的內衣，眉清目秀，容光煥發，這樣的女人，真可以算得是傾國傾城的漂亮女人了！但是你的內行穢亂，和你的外在之美，全不相稱啊。

㈣桑 中

這是一首青年男女相愛相會的戀歌。

爰采唐矣㈠，沬之鄉矣㈡，云誰之思？美孟姜矣㈢。期我乎桑中㈣，要我乎上宮㈤，送我乎淇之上矣㈥。

【今註】㈠唐：菟絲草。㈡沬：音ㄇㄟˋ，衛邑名，在今河南淇縣境內。㈢孟姜：姜姓的長女。㈣期：定期約會。㈤上宮：樓上。㈥淇：淇水。

【今譯】我要去採唐了，去到沬邑的鄉莊。我所想的是那一個？想的是姜家的大姑娘。她約我在桑林之中相會，又要我到林中的樓上相歡，臨別的時候，她又送我到淇水之上。

爰采麥矣，沬之北矣，云誰之思？美孟弋矣㊀。期我乎桑中，要我乎上宮，送我乎淇之上矣。

【今註】㊀弋：音翼，姓。

【今譯】我要去採麥了，去到沬邑的北邊。我所想的是那一個？想的是弋家的大姑娘。她約我在桑林之中相會，又要我到林中的樓上相歡，臨別的時候，她又送我到淇水之上。

爰采葑矣㊀，沬之東矣，云誰之思，美孟庸矣㊁。期我乎桑中，要我乎上宮，送我乎淇之上矣。

【今註】㊀葑：蔓菁。㊁庸：姓。

【今譯】我要去採葑了，去到沬邑的東邊。我所想的是那一個？想的是庸家的大姑娘。她約我在桑林之中相會，又要我到林中的樓上相歡，臨別的時候，她又送我到淇水之上。

(五)鶉之奔奔

這首詩是衛人諷刺公子頑及衛宣公之詩，公子頑乃惠公之兄而竟與惠公之生母宣姜淫亂。衛宣公為太子伋之父，而竟娶太子伋之妻宣姜為妻，一家上下，亂淫一起。本詩作者決非衛府之人，不過假借其口氣而已。

鶉之奔奔㈠，鵲之彊彊㈡。人之無良，我以為兄。

【今註】㈠鶉：音ㄔㄨㄣˊ，鳥名。㈡奔奔，彊彊：匹配不亂，飛則相隨的樣子。彊，音ㄐㄧㄤ。

【今譯】那些鵪鶉喜鵲，雖是禽類，尚能匹配有常，不相穢亂，而人為萬物之靈，竟然敗壞倫常，上下淫亂。這個毫無品德的人，竟然作為我的兄長。

鵲之彊彊，鶉之奔奔。人之無良，我以為君。

【今譯】那些喜鵲鵪鶉，雖是禽類，尚能匹配有常，不相穢亂，而人為萬物之靈，竟然敗壞倫常，上下淫亂。這個毫無品德的人，竟然作為我的君王。

(六)定之方中

這首詩是讚美衛文公能中興衛國。先是衛為狄人所滅，東涉渡河，野處漕邑（今河南省滑縣東有白馬城者，即漕故地）。齊桓公攘夷狄而封之，文公徙居楚丘（今河南省滑縣境東），始建城市，務農訓材，通商惠工，敬教勸學，授方任能，元年革車三十乘，季年乃三百乘，民因以富，國因以強。

定之方中㊀，作于楚宮㊁。揆之以日㊂，作于楚室㊃。樹之榛栗㊄，椅桐梓漆㊅，爰伐琴瑟。

【今註】㊀定：北方宿星之名，謂之營屋星，此星昏而正中，夏曆十月十一月之時，此時可以營造宮室，故謂之營室星。㊁作于楚宮：宮，宗廟也，古人敬祖，故以宗廟為先。此句解釋，應為于作楚宮。楚宮：楚丘之宗廟也。㊂揆之以日：樹立臬木，作為測量日體運行以定東西南北之方向。㊃楚室：活人所居之房屋。㊄樹：栽種。榛栗：果名，可以供祭祀。㊅椅桐梓漆：皆木名，可製琴瑟樂器。

【今譯】當定星正中的時候，就興建楚丘的宗廟，測量日體運行，以定東西南北的方位，而營建楚丘的居室。又栽植各種樹木，以為充實籩豆與製造琴瑟之用。

升彼虛矣㊀，以望楚矣。望楚與堂㊁，景山與京㊂，降觀于桑中，卜云其吉，終然允臧㊃。

【今註】 此章敘送衛文公登高觀察楚丘以為決定建都之地。㈠虛：大的丘陵。㈡堂：地名。㈢景山：大山。京：高的丘陵地。㈣終然允臧：最後決定以楚丘為建都之地，誠然是最適宜的最理想的。

【今譯】 登上高陵，以望楚丘，看到楚丘與堂邑，大山與峻嶺，下來之後，又到桑林占卜，卦辭大吉，於是最後決定以楚丘為建都的理想地區。

靈雨既零㈠，命彼倌人㈡，星言夙駕㈢，說于桑田㈣，匪直也人㈤，秉心塞淵㈥，騋牝三千㈦。

【今註】 ㈠靈雨：好雨。零：降，落。㈡倌：音ㄍㄨㄢ，駕車的小臣。㈢星言夙駕：星尚未落之早晨。言：語詞。㈣說：音ㄕㄨㄟˋ，卸車休息，舍息。㈤匪直也人：直，徒也，僅僅。人，同仁。全句的意思，即他不僅是仁慈仁愛。㈥秉心塞淵：秉心：存心，持心。塞：誠實。淵：深沉有遠慮。㈦騋：音來。騋牝，七尺以上的母馬。牝音聘。

【今譯】 好雨既降，就命令御者，星夜駕車，去到桑田，以勵民務農。他不僅存心仁慈，而且秉性誠實，深沉有遠慮。在他的勸導督率之下，國富民殷，七尺以上的母馬，就繁殖到三千之多。

(七)蝃蝀

這是衛人刺宣公以暴力強奪其子伋之妻，宣姜以弱女子不敢反抗，致成此醜事。宣公年老醜陋，宣姜年輕貌美，根本不稱，宣姜實不欲嫁之，但無力反抗耳。衛人借宣姜的口氣刺宣公，宣姜無過，而宣公之淫亂益顯。

蝃蝀在東㈠，莫之敢指㈡。女子有行，遠父母兄弟㈢。

【今註】㈠蝃蝀：音ㄉㄧˋ ㄉㄨㄥ，又字螮蝀，虹也。象徵淫暴的惡勢力與人道的反常。㈡古代傳說以為虹不敢指，指之則人必有禍。㈢女子有行，遠父母兄弟：這是說女子離開了父母兄弟，一點保障沒有，只好任人蹂躪了。此即言宣姜之無可奈何。

【今譯】蝃蝀在東，沒有人敢指它。女子出嫁，遠遠的離開了父母兄弟，是一點保障沒有了。

朝隮於西㈠，崇朝其雨㈡，女子有行，遠父母兄弟。

【今註】㈠朝：早晨。隮：音ㄐㄧ，升也。虹霓朝見於西，則為雨，暮見於東，則雨止。㈡崇朝：終朝也。

【今譯】早晨虹見於西方，則必然終朝大雨。女子出嫁，遠遠的離開了父母兄弟，是一點保障沒有了。

乃如之人也㈠，懷婚姻也。大無信也㈡，不知命也㈢。

【今註】㈠乃如之人也：這句話的口氣，就充分吐露出對宣公之憎惡，既是太子的父親，又是老態龍鍾的昏朽，竟然打兒媳婦的主意（懷昏姻也），一則是人倫反常，二則是癩蝦蟆想吃天鵝肉，不應該，也不自量，故用此種口氣以深刺之。㈡大無信也：太沒有信用了，說話太不算話了，事前明明說是嫁給太子伋，怎麼宣公臨時忽然自己就霸佔了呢？不是太沒有信用嗎？㈢不知命也：不知道作人的道理，父娶其子之妻，就最不知做人的道理，就是禽獸。

【今譯】竟然有這樣的人，對於自己的兒媳婦，強行婚配，真是說話太沒有信用了，真是太不知做人的道理了。

(八)相　鼠

這是諷刺那些無禮的人。

相鼠有皮㈠，人而無儀㈡？人而無儀，不死何為！

【今註】㈠相：看也。㈡儀：禮儀。

【今譯】看那老鼠尚有皮，作為一個人，怎可以沒有禮儀？人而沒有禮儀，不死還幹什麼呢！

相鼠有齒，人而無止㊀？人而無止，不死何俟㊁！

【今註】㊀止：容止，禮節。㊁俟：等待。

【今譯】看那老鼠尚有齒，作為一個人，怎可以沒有禮節？人而沒有禮節，不死還等待甚麼呢！

相鼠有體，人而無禮？人而無禮，胡不遄死㊀！

【今註】㊀遄：音ㄔㄨㄢˊ，速速。體：形體。

【今譯】看那老鼠尚有體，作為一個人，怎可以沒有禮貌？人而沒有禮貌，何不趕快死去！

(九) 干旄

這是描寫衛大夫訪賢招士之詩。

孑孑干旄㊀，在浚之郊㊁。素絲紕之㊂，良馬四之㊃。彼姝之子㊄，何以畀之㊅？

【今註】㊀孑孑：音結，特出的樣子。干旄：以牛尾注旗干之首，而樹之車後也。㊁浚：衛邑名。㊂素絲：白色的絲線或絲繩。紕：音ㄆㄧˊ，組織，聯繫。㊃良馬四之：四馬，兩服兩驂也。㊄彼姝之子：比喻賢者。㈥畀：予也，益也，助也。

【今譯】大夫乘著特別高貴的車子，到浚郊去訪賢。車上的旌旗，用白色的絲繩聯著，四匹良馬，嘩嘩的前進，好不威風！不知道那位賢者有何畀益以答其禮意之勤？

孑孑干旟㈠，在浚之都。素絲組之，良馬五之。彼姝者子，何以予之？

【今註】㈠旟：音ㄩˊ，九旗之一，旗上畫著鳥隼。

【今譯】大夫乘著特別高貴的車子，到浚都去訪賢。車上的旌旗，用白色的絲繩繫著，五匹良馬，嘩嘩的前進，好不威風！不知那位賢者有何貢獻以答其禮意之勤？

孑孑干旌㈠，在浚之城。素絲祝之㈡，良馬六之。彼姝者子，何以告之？

【今註】㈠干旌：旗干之首注著翟羽的旗子。㈡祝：同屬，聯繫也。

【今譯】大夫乘著特別高貴的車子，到浚城去訪賢。車上的旌旗，用白色的絲繩繫著，六匹良馬，嘩嘩的前進，好不威風！不知道那位賢者有何高論以答其禮意之勤。

(十) 載馳

這首詩是許穆夫人傷其衛國祖國被狄人所亡，自恨不能回國救助，而派一大夫往衛國慰問衛侯，即衛文公，故有此詩。

載馳載驅㈠，歸唁衛侯㈡。驅馬悠悠㈢，言至於漕㈣。大夫跋涉㈤，我心則憂。

【今註】㈠載：語助詞。㈡唁：音一ㄢˋ，慰問。衛侯：文公也。㈢悠悠：長遠的樣子。言：語助詞。㈣漕：地名。大夫：許國的大夫。許穆夫人派之赴衛慰問衛侯。㈤跋涉：草行曰跋，水行曰涉。

【今譯】催馬加鞭，急速趕路，派人回衛，慰問衛侯。路途遙遠，走了多天，乃至於漕。大夫跋山涉水，實在辛苦，而我不能親自回衛，內心更是難過。

既不我嘉㈠，不能旋反㈡。視爾不臧㈢，我思不遠㈣。

【今註】㈠既不我嘉：言許人不以我之返衛為善，即不贊成我之返衛。㈡不能旋反：所以不能即刻回衛。旋者，頃刻之謂也。㈢視爾不臧：看你們不以我回衛為善，由於你們反對我回衛。㈣我思不遠：我的憂愁不能遠離我，即我心憂傷不止。

【今譯】既然大家不贊成我回衛國，因而我就不能即刻回國了，由於你們反對我回衛，使我思衛之念越發糾纏不離了。

既不我嘉，不能旋濟㈠。視爾不臧，我思不閟㈡。

【今註】㈠濟：渡河，由河南之許昌回衛國，必渡黃河。㈡閟：同閉，想衛的念頭不能關閉。

【今譯】既然大家不贊成我回衛國，因而我就不能即刻過河了。由於你們反對我的回衛，使我思衛之念越發不能關閉了。

陟彼阿丘㈠，言采其蝱㈡，女子善懷㈢，亦各有行㈣，許人尤之㈤，眾穉且狂㈥。

【今註】㈠陟：升，登上。阿丘：一邊高一邊低的丘陵。㈡蝱：音ㄇㄥˊ，即貝母，藥草，可以治療心情鬱結之病。㈢善懷：多愁，容易想家。㈣行：音杭，道理。㈤尤：責怨。㈥眾穉且狂：眾同終，既也。穉：同稚，驕傲也。

【今譯】因為想家不能歸，心情鬱結，所以登上阿丘，去采貝母，以療心病。女人誠然是多愁善感，但是也有她自己的道理，許人不知我內心之苦而加以責怨，實在是既幼稚而又狂妄啊。

我行其野，芃芃其麥㈠，控于大邦㈡，誰因誰極㈢？大夫君子，無我有尤。百爾所思，不如我所之。

【今註】㈠芃：音ㄆㄥˊ，茂盛的樣子。㈡控：控訴，請求援助。㈢因：依恃，憑仗親近。極：可以當作多種解釋，如書經「皇建其有極」，即當作「標準」、「準則」講。屋脊之棟樑，亦曰「極」。因此，這個「極」字就是主宰、標準、模範、仲裁、正道、公理、正義的意思。近人屈萬里先生之詩經選注，王靜芝先生之詩經通釋，解為主持正義，甚為妥當切合。比之朱夫子之解釋為佳。

【今譯】我走到郊外，看見麥子盛長，因而想及故國種種。我想把故國的危難，訴於大邦，請求他們予以支援，但是誰是我們的與國，誰肯出而主持公道呢？各位大夫先生，請不要責備我，凡是你們所想的，總沒有我所想的透徹啊！

【另一種解釋】糜文開、裴普賢兩位先生的解釋，以為本詩第一章之「歸唁衛侯」，是許穆夫人之歸衛，而不是許國大夫之赴衛，因為如果是許國大夫去衛國，便不能用「歸」字了。這一理由，亦頗充分。如果依照此種解釋，則第一章之譯文，應為：「催馬加鞭，急速趕回娘家慰問衛侯，路途悠悠，目的地是要到漕土。不料行至半途，被許國大夫跋山涉水來攔阻，使我不能即刻渡河，我的心便憂傷起來了。」其他二、三、四、五章，仍如舊譯，亦可順理成章。

五、衛

今河南汲縣一帶之地。

(一)淇 奧

這是讚美衛武公之詩。

瞻彼淇奧㈠，綠竹猗猗㈡。有匪君子㈢，如切如磋㈣，如琢如磨㈤。瑟兮僩兮㈥，赫兮咺兮㈦，有匪君子，終不可諼兮㈧。

【今註】㈠奧：隈也，水涯彎曲的地方。河岸的內側。㈡猗猗：音一，美茂的樣子。㈢有匪：匪，同斐，文彩的樣子。有匪，即斐然也。㈣磋：用錯刀錯治。㈤琢：雕琢。磨：以石或沙磨之，使有光澤，平滑。㈥瑟：矜持莊重的樣子。僩：音ㄒㄧㄢˋ，威嚴的樣子。㈦咺：音ㄒㄩㄢˇ，鮮明的樣子。赫兮咺兮：指其威儀容止而言。㈧諼：音ㄒㄩㄢ，忘記。

衛武公行年九十有五，而猶自強不息的自檢自訟，欲寡其過，天天期求他的部下和國人，指示他的錯誤，以便隨時改正，可證明他的虛心納善的美德。所以他的進德修業，真是如同玉工石匠，那樣的鍥而不舍的致力於切磋琢磨，精益求精，光益求光，潤益求潤，以達於至善至美的境界。這首詩就是對於他的美德的讚頌。

【今譯】看那淇奧的綠竹，長得多麼的多采而多姿！那文采斐然的君子，他的進德修業，就如同玉工石匠那樣的致力於切磋琢磨，精益求精；他的儀容舉止，莊重而威嚴，顯赫而煥發。那文彩斐然的君子，所給予人們的印象，非常之深刻，使人們永遠不能忘記。

瞻彼淇奧，綠竹青青。有匪君子，充耳琇瑩㈠，會弁如星㈡。
瑟兮僩兮，赫兮咺兮，有匪君子，終不可諼兮。

【今註】㈠充耳：以玉石塞耳也。琇瑩：美好的玉石。琇音秀，瑩音營。㈡會弁：會音快，弁音卞，帽也。會弁者，幅縫也。帽縫之上，飾以有光彩之美玉，故光耀如星也。

【今譯】看那淇奧的綠竹，長得多麼的葱蘢而茂盛！那文采斐然的君子，耳上的美瑱，明澈晶瑩；帽縫的玉石，發光如星；他的容儀舉止，莊重而威嚴，顯赫而煥發。那文采斐然的君子，所給予人們的印象，非常之深刻，使人們永遠難以忘記。

瞻彼淇奧，綠竹如簀㈠。有匪君子，如金如錫㈡，如圭如璧㈢。
寬兮綽兮，猗重較兮㈣。善戲謔兮㈤，不為虐兮㈥。

【今註】㈠簀：音ㄗㄜˊ，竹席，言其密也。㈡如金如錫：言其品德之精粹。㈢如圭如璧：言其氣質之清高。㈣寬兮綽兮，猗重較兮：言其風度之雍容華貴。寬兮綽兮，即雍容大方。猗，倚也。較，車兩旁之木板也。重較，即雙層之木板也，這表示是高位者的車子，是華貴的車子。㈤戲謔：偶然說一兩句幽默有趣的玩笑話。㈥不為虐兮：過甚的，不說那些尖刻粗野的話。

【今譯】看那淇奧的綠竹，長得像席子一樣的緻密。那文采斐然的君子，他的品德，如金如錫的精粹；他的氣質，如圭如璧的清高；他的翩翩風度，再配合著他那華貴的車子，分外顯出他的雍容大方。他偶而也說幾句輕鬆愉快的玩笑話，使人聽得非常幽默而有趣，但是絕不過甚，有傷大雅。

(二)考　槃

這是隱者無地而不自樂之詩。

考槃在澗㈠，碩人之寬㈡。獨寐寤言㈢，永矢弗諼㈣。

【今註】㈠考：扣也。槃：樂器名，扣之以節歌。澗：山夾水也。㈡碩人：達人高士。寬：優閒自得。㈢獨寐寤言：孤獨的生活起居，獨臥獨言，自得其樂。㈣永矢弗諼：永遠誓以此為樂而終身不忘也。

【今譯】居於山谷之澗，扣槃而歌。這一位達人高士，忘懷得失，優閒自樂，獨臥獨言，永遠自誓以此為樂而終身不忘。

考槃在阿㈠，碩人之薖㈡。獨寐寤歌，永矢弗過㈢。

【今註】㈠阿：丘陵也。㈡薖：音科，碩人所住的草房。㈢過：過從，與他人相來往也。

【今譯】居於丘陵之上，扣槃而歌。這位達人高士，忘懷得失，優閒自在，獨臥獨歌，永遠自誓不與世人相往來。

考槃在陸㈠，碩人之軸㈡，獨寐寤宿，永矢弗告㈢。

【今註】㈠陸：平地。㈡軸：音迪，道也，樂天知命之道也。採屈萬里先生之說。㈢告：與他人相交談。

【今譯】居於平陸之地，扣槃而歌。這一位達人高士，樂天知命，優閒自得，獨臥獨宿，永遠自誓不與世人相交談。

㈢碩　人

這是讚美衛莊公夫人莊姜之詩。

碩人其頎㈠，衣錦褧衣㈡。齊侯之子㈢，衛侯之妻㈣，東宮之妹㈤，

邢侯之姨㊅，譚公維私㊆。

【今註】㊀碩人：指衛姜，碩，大也。頎：音ㄑㄧˊ，秀長而高的樣子。㊁衣錦：穿著用錦做的衣服。褧衣：褧音ㄐㄩㄥˇ，用布料做的罩衣，以防灰塵之汙及錦衣。㊂齊侯之子：她是齊莊公的女兒。㊃衛侯之妻：衛莊公之妻。㊄東宮之妹：東宮得臣之妹。㊅邢侯之姨：邢國在今河北省邢臺縣，距衛不遠。莊姜是邢侯的姨。㊆譚公：譚國的諸侯。私：姊妹的丈夫也。

【今譯】莊姜長得修長的身材，穿著錦製的衣服，外面罩著一襲褧衣，亭亭玉立，真是一個俊麗的美女。而且她的身世又是很高貴的，她是齊侯之女，衛侯之妻，東宮之妹，邢侯之姨，譚夫人之姊妹。

手如柔荑㊀，膚如凝脂㊁，領如蝤蠐㊂，齒如瓠犀㊃，螓首蛾眉㊄。
巧笑倩兮㊅，美目盼兮㊆。

【今註】㊀荑：音啼，初生的茅芽。㊁凝脂：凝結的脂油，又白又光。㊂領：脖子。蝤蠐：腐木中所生之白胖的蟲。蝤音酋，蠐音齊。㊃齒如瓠犀：形容其牙齒之潔白整齊，如瓠瓣一樣。㊄螓首蛾眉：形容其頭眉之美，頭部方正，如螓之首。螓音秦，昆蟲如蟬。眉毛曲美，如蛾之鬚。㊅倩：兩頰美好的樣子。倩音欠。㊆盼：音判，眼睛黑白分明的樣子。

【今譯】她的纖手像茅芽一樣的柔嫩，她的皮膚像凝脂一樣的豐腴，她的脖頸像蝤蠐一樣的潔白，她的牙齒像瓠犀一樣的整齊，她的顱額像螓蟬一樣的方正，她的眉毛像蛾鬚一樣的細彎，她的口輔，一笑百媚，她的眼睛，黑白分明，真是一個天生麗質，絕代佳人。

碩人敖敖㈠，說于農郊㈡。四牡有驕㈢，朱幩鑣鑣㈣，翟茀以朝㈤。大夫夙退㈥，無使君勞㈦。

【今註】㈠敖敖：修長的樣子。㈡說：音ㄕㄨㄟˋ，音稅，止息。農郊：郊野，言莊姜赴衛，到衛郊而尚未入城。㈢驕：雄昂強壯的樣子。有驕：即驕然。㈣幩：音ㄈㄣˊ，馬銜外面的鐵器，以紅繩纏著，故曰赤幩。鑣：音ㄅㄧㄠ，美盛的樣子。㈤翟：音ㄉㄧˊ，夫人以山雉的羽毛飾車，故曰翟車。茀：音ㄈㄨˊ，遮蔽也，古時婦女乘車，前後都用簾子遮擋起來。朝：入朝見君。㈥夙退：早早的退去。㈦無使君勞：不要使君麻煩，曠費時間，以致君不能與夫人早早親近。

【今譯】修長的美人，到了衛郊之後，乃乘著裝飾華貴由四匹雄壯的馬所駕著的翟車，盛服入朝，大夫們提前退去，為的是使君王與夫人得以早相親近。

河水洋洋㈠，北流活活㈡，施罛濊濊㈢，鱣鮪發發㈣，葭菼揭揭㈤，庶姜孽孽㈥，庶士有朅㈦。

【今註】㈠洋洋：盛大的樣子。㈡活活：音ㄍㄨㄛ，水的流聲。㈢施：佈設。罛：音ㄍㄨ，魚網。

濊，音豁（ㄏㄨㄛˋ），魚網入水的聲音。㈣鱣：ㄓㄢ，鯉魚。鮪：音ㄨㄟˇ，似鱣而小者。發發：音ㄅㄛ ㄅㄛ，魚入網後，掙扎求出，其尾急速拍動的聲音。㈤葭菼：葭，音ㄐㄧㄚ，菼，音ㄊㄢˇ，皆蘆葦一類的植物。揭揭：音ㄐㄧㄝ ㄐㄧㄝ，很長的樣子。㈥庶姜：跟隨莊姜來的諸姪娣。孽孽：音ㄋㄧㄝˋ ㄋㄧㄝˋ，打扮很華麗的樣子。㈦庶士：跟隨莊姜來的諸多男子。朅：音揭，雄壯威武的樣子。有朅，即朅然也。

【今譯】洋洋的河水，活活的北流，魚罛佈下，許多名貴的魚，便滿網發發。葭菼揭揭而秀長，庶姜孽孽而盛裝，庶士朅然而雄壯。齊國物產之富，士庶之眾，陪嫁之盛，真算是隆重無比了。

㈣氓

這是棄婦怨傷之詩。

氓之蚩蚩㈠，抱布貿絲㈡。匪來貿絲㈢，來即我謀㈣。送子涉淇㈤，至於頓丘㈥。匪我愆期㈦，子無良媒㈧。將子無怒㈨，秋以為期㈩。

【今註】㈠氓：氓者，民也。民者，人也。氓之蚩蚩：一個老實的人，一個土裏土氣的人。㈡抱布貿絲：抱著布來買絲。古時以物易物，以布買絲，並不是用錢買絲。㈢匪來貿絲：並不是來買絲。㈣來即我謀：是來與我商量婚姻之事。㈤送子涉淇：初時不認識，故言一個蚩蚩之氓，以後認識了，故稱「子」，子者，男士之謂也。男士要回家了，女子送他過了淇水。㈥至於頓丘：送男士送到頓丘，今河北省清豐縣西南。㊆匪我愆期：兩人約會相見之期，到時女的不至，女的就解釋理由，說並不是我違背約會。㊇子無良媒：乃是因為你沒有能幹的媒人來聯繫。㊈將子無怒：希望你先不要發怒。將者，希望也。㊉秋以為期：以秋天為期。

【今譯】一個老實的人，抱著布匹來買絲，並不是真的來買絲，乃是借著機會來和我商量婚姻之事。你走的時候，我送你過了淇水，至於頓丘。本來我們約定相會的時間，到時候，我不能去，這並不是我違背約會，乃是因為你沒有能幹的媒人來聯繫。希望你先不要發怒，我們就以秋天為期好了。

乘彼垝垣㊀，以望復關㊁；不見復關，泣涕漣漣。既見復關，
載笑載言㊂。爾卜爾筮㊃，體無咎言㊄。以爾車來，以我賄遷㊅。

【今註】㊀垝：音ㄍㄨㄟˇ，高也。垣：牆也。㊁復關：在河北省清豐縣，男子之家鄉。用以代表男子。㊂載笑載言：又說又笑。㊃卜筮：用以占問吉凶。㊄體：卜卦所表現的啟示。㊅賄：財物。此段皆女子之敘述。

【今譯】登上高高的牆頭，以遠望復關。不見你來，我傷心流淚；見了你來，我又說又笑。據你卜卦的啟示，我們的婚事，大吉大利。因此，你就以你的車輛來迎親，我就以我的財物來陪嫁。

桑之未落，其葉沃若㊀。于嗟鳩兮㊁，無食桑葚㊂；于嗟女兮，

無與士耽㈣。士之耽兮，猶可說也㈤；女之耽兮，不可說也。

【今註】㈠桑之未落，其葉沃若：比喻愛情之高潮時期。沃若：柔嫩潤澤的樣子。㈡于嗟：歎詞。于同吁。㈢桑葚：桑之果，色紅而味甜。㈣耽：音丹，歡樂，因一時感情衝動而亂來，即失身之意。㈤說：解釋的理由。此段言男子中心時代，女人處處吃虧，要特別小心。

【今譯】桑葉未落的時候，柔嫩而潤澤。鳩啊，鳩啊，不要貪圖一時的甜頭，而食桑葚；女子啊，女子啊，不要貪圖一時的歡樂，而與男人亂來，要知道一失身便成千古恨，男人與女人亂來，他隨時有理由把女人摔掉，如果女人與男人亂來，那就嫁雞隨雞，嫁狗隨狗，沒有理由可說，一輩子就陷於被動狀態了。

桑之落矣，其黃而隕㈠。自我徂爾㈡，三歲食貧㈢。淇水湯湯㈣，漸車帷裳㈤。女也不爽㈥，士貳其行。士也罔極㈦，二三其德。

【今註】㈠桑之落矣，其黃而隕：比喻愛情之低潮時期。隕，落也。㈡徂：往也。㈢食貧：受盡了貧苦的磨難。㈣湯湯：水盛的樣子。湯音傷。㈤漸：漬濕也。㈥爽：錯誤。㈦罔極：罔，無也。極，中心。罔極，沒有中心意志。與「昊天罔極」之「罔極」二字解釋不同。

【今譯】桑葉落的時候，先黃而後落。自從我到了你家以後，三年之久，吃盡了貧苦滋味。如今你把我休棄了，我不得已而回娘家，過淇河的時候，水勢湯湯，把車帷都漸濕了，那個關心我?!我沒有任何錯處，只是你變了心了，你沒有中心的意志，因而三心二意，就把我拋棄了。

三歲為婦，靡室勞矣㊀；夙興夜寐，靡有朝矣㊁。言既遂矣㊂，至于暴矣㊃。兄弟不知，咥且笑矣㊄。靜言思之，躬自悼矣㊅！

【今註】㊀靡室勞矣：家事操勞，沒有在房間休息一忽。㊁靡有朝矣：不分白天夜間，都在工作。㊂言既遂矣：談婚配之時，講好的約言。㊃至于暴矣：無情的遺棄。㊄咥且笑矣：諷刺，譏笑，冷嘲熱罵。咥音戲。㊅躬自悼矣：只有自己為自己傷心而已。

【今譯】當了三年的媳婦，操作家事，不知道什麼叫做疲勞；早起晚睡，不知道什麼叫做清晨；一切的話，都聽你的，如今你竟然狠心的把我遺棄了，兄弟們不知底細，見我被棄而歸，以為是我的不是，都諷言諷語的冷嘲熱笑，我受了無窮的侮辱，仔細想來，只有自己替自己悲傷而已！

及爾偕老，老使我怨。淇則有岸，濕則有泮㊀。總角之宴㊁，言笑晏晏，信誓旦旦，不思其反㊂，反是不思，亦已焉哉！

【今註】㊀淇則有岸，濕則有畔：形容其怨傷之無岸無畔。㊁總角：即結髮，古時男女未成年時，將髮紮成兩邊相對而上翹的辮子。㊂不思其反：反者本也，以往也，不思其當年的愛情，不思其原初的愛情，不思其以往的愛情。

【今譯】本來的期望是要和你白頭到老，誰知道你竟然把我遺棄了，每一念及「偕老」之語，使我無限怨傷！淇水還有個邊岸，隰地還有個際畔；而我的怨傷，則是無邊無際的。我們是結髮夫妻，結婚之初，言笑何等歡樂，信誓何等明白，而你現在竟然把原初的愛情都完全不念了。原初的愛情既然完全不念，那還有什麼可說的呢！

(五) 竹竿

這是衛女嫁於異國而思衛之詩。

籊籊竹竿㈠，以釣于淇，豈不爾思，遠莫致之。

【今註】前面兩句是女子回憶在淇水釣魚之樂，後兩句是出嫁後思歸不得之苦。㈠籊籊：音ㄉㄧˊㄉㄧˊ，長而銳也。

【今譯】回想當年大家拿著長長的竹竿，到淇水去釣魚，是何等快活！現在我豈有不想你的道理？只是路途太遠，不能相見罷了。

泉源在左㈠，淇水在右，女子有行，遠兄弟父母。

【今註】回想百泉與淇水常遊處之地。㈠泉：百泉。其地風景甚美。

【今譯】百泉在左，淇水在右，都是我所常遊處之地，現在初嫁異國，遠遠的離開了兄弟父母，更其見不到百泉與淇水了。

淇水在右，泉源在左，巧笑之瑳㈠，佩玉之儺㈡。

【今註】回想當年在百泉淇水女子們笑語遊處之樂。㈠瑳：音ㄘㄨㄛˇ，形容女子牙齒的潔白。㈡儺：音ㄋㄨㄛˊ，猗儺多姿，柔順好看。

【今譯】淇水在右，百泉在左，女子們遊處其間，快樂歡笑。笑的時候，露出那潔白的牙齒，走起路來，佩玉叮噹，猗娜多姿，好一幅美麗快活值得留戀的景色啊！

淇水滺滺，檜楫松舟㈠，駕言出遊，以寫我憂。

【今註】前面兩句憶淇水遊樂之快活，後面兩句言思歸不得，內心苦悶，故駕車出遊，以抒憂悶。㈠檜：音ㄎㄨㄞˋ，木名，質堅。楫：音ㄐㄧˊ，划水的槳。亦解作小船，如舟楫。此處應解作小船。

【今譯】淇水滺滺的流著，各色船隻大大小小的蕩著，回想起來，好不令人陶醉！越想越苦悶，只好駕車出遊，以抒散我內心的憂悶了。

(六)芄　蘭

這是諷譏那些無德無能而好在故人面前擺官僚架子的人。

芄蘭之支㈠，童子佩觿㈡，雖則佩觿，能不我知㈢？容兮遂兮㈣，垂帶悸兮㈤。

【今註】㈠芄蘭：草名，蔓生，枝葉細弱，以喻童子之細弱。芄，音ㄨㄢˊ。支，同枝。細枝。㈡觿：音ㄒㄧ，角製的解結錐，成人之佩也。㈢能不我知：疑問句。能，乃也，能不我知？即不我知？知，認識也，全句的意思，就是說難道你不認識我嗎？我知道你的底細，知道你有多大本領，你何必在我面前搖搖擺擺裝腔作勢呢？你即使佩著觿，垂著帶，大搖大擺，你騙不過我，我知道你是個無能無力的人。㈣容兮遂兮：搖搖擺擺得意忘形的樣子。㈤垂帶悸兮：紳帶完備的樣子。悸音季。

【今譯】那個像芄蘭的細枝一樣幼弱的童子，居然也佩起觿了。你雖然佩了觿，難道我不認識你嗎？在相識的面前，你搖搖擺擺裝出一副得意揚揚的樣子，有什麼價值呢？

芄蘭之葉，童子佩韘㈠；雖則佩韘，能不我甲㈡？容兮遂兮，垂帶悸兮。

【今註】㈠韘：音射（ㄕㄜˋ），射者所用之物，能射御則佩韘。用以鉤弦。㈡甲：同狎，即「狎」

之假借字。極熟識之人也。

【今譯】那個像芄蘭的嫩葉一樣薄弱的童子，居然也佩起韘了。你雖然佩了韘，難道我不認識你嗎？在熟人的面前，你搖搖擺擺裝出一副得意揚揚的樣子，有甚麼意思呢？

(七) 河廣

這是滯居在衛國的宋人所作之詩。

誰謂河廣㈠？一葦杭之㈡；誰謂宋遠㈢？跂予望之㈣。

【今註】㈠河：黃河。葦：蘆草。㈡杭：同航，在水中渡行，渡過。㈢宋：古國名，今河南商邱縣。㈣跂：同企字，提高腳跟。（相傳衛文公之妹，嫁於宋桓公，生襄公，後被遺棄，回衛之後，思其子，而義不得往宋，故作此詩以抒懷。詩中極言往宋之易，而所以不能往者，大有原因也。）

【今譯】誰說黃河寬？一根葦子就可以撐得過。誰說宋國遠？提起腳跟就可以看得見。

誰謂河廣？曾不容刀㈠。誰謂宋遠？曾不崇朝㈡。

【今註】㈠刀：小船也。㈡崇朝：終朝。

【今譯】誰說黃河寬？一片小船都容不下。誰說宋國遠？一個早晨就到了。

(八)伯　兮

這是衛國婦人思念其遠征丈夫之詩。

伯兮朅兮㊀，邦之桀兮㊁，伯也執殳㊂，為王前驅㊃。

【今註】㊀伯：婦人稱呼其丈夫之辭。朅：音ㄐㄧㄝˋ，勇武的樣子。㊁桀：同傑，出眾的人才。㊂殳：音殊，武器。㊃前驅：先鋒。

【今譯】勇武的夫君啊，你是國家傑出的人才，你拿著武器，英勇殺敵，為國王打前鋒。

自伯之東，首如飛蓬；豈無膏沐㊀？誰適為容。

【今註】此章係婦人告其夫君謂自從夫君出征之後，自己無心打扮，所以頭髮亂七八糟，如蓬草一樣，連梳也不梳了。㊀膏：擦頭髮的油。沐：洗頭髮的汁。

【今譯】自從夫君你往東方出征之後，我無心打扮，頭髮散亂的像蓬草一般，並不是我沒有膏沐，實在是因為夫君不在家，我打扮出來叫誰看呢？

其雨其雨㊀，杲杲出日㊁。願言思伯，甘心首疾㊂。

【今註】㊀其雨其雨：期望之詞。就是下雨吧。㊁杲：音稿（ㄍㄠˇ），杲杲出日：杲杲，明亮的樣子。這兩句合起來，就是說，天下事往往不如人意，希望它下雨，偏偏出太陽，意思就是希望丈夫回來，偏偏回不來。㊂甘心首疾：朱子解釋以為是甘心於頭痛。馬瑞辰以為古人用字以相反為義，如以臭為香，以治為亂，以徂為存，故甘心亦可訓為苦心，苦心即痛心也，左傳有「痛心疾首」之句，正與此句相同，故訓為痛心首疾。不言痛心疾首，而言痛心首疾者，乃倒文為韻也。本文解釋，暫取馬說，有能解釋較其更為確當者，當再為改正。

【今譯】希望天下雨，偏偏出太陽，希望你回來，偏偏回不來。為了想念你，想得我心痛頭疼。

焉得諼草㊀？言樹之背㊁，願言思伯，使我心痗㊂。

【今註】㊀諼草：忘憂草，諼，音萱，食之可以使人忘憂。言：兩個言字，都是語助詞。㊁背：房之後也。㊂痗：病也。痗音妹。

【今譯】怎能得到一棵忘憂草，種在房後，隨時食之以忘憂？為了想念你，使我患了嚴重的心疼病。

(九) 有　狐

此乃婦人思念其行役於外的丈夫的詩。

有狐綏綏㊀，在彼淇梁㊁。心之憂矣，之子無裳。

【今註】㈠綏綏：徐行，行步遲遲的樣子。㈡梁：河橋也。

【今譯】在那淇河橋上，有一頭野狐緩步而行。我心中發愁，怕的是你沒有衣裳穿。

有狐綏綏，在彼淇厲㈢。心之憂矣，之子無帶。

【今註】㈠厲：旁邊也。

【今譯】在那淇河旁邊，有一頭野狐緩步而行。我心中發愁，怕的是你沒有帶子用。

有狐綏綏，在彼淇側。心之憂矣，之子無服。

【今譯】在那淇河之側，有一頭野狐緩步而行。我心中發愁，怕的是你沒有衣服用。

㈩木 瓜

這是男女相贈答之詩。

投我以木瓜㈠，報之以瓊琚㈡。匪報也，永以為好也㈢。

【今註】㈠木瓜：果實名。㈡瓊：音窮（ㄑㄩㄥˊ），美好的。美玉。琚：音居（ㄐㄩ），玉佩。㈢匪報也，永以為好也：不是物質的報答，而是情意的結合。

【今譯】他送我以木瓜，我回送以玉佩，這並不是僅僅在於物質的報答，乃是為的永久的情意的結好。

投我以木桃，報之以瓊瑤㈠。匪報也，永以為好也。

【今註】㈠瑤：美玉也。

【今譯】他送我以木桃，我回送以美玉，這並不是僅僅在於物質的報答，乃是為的永久的情意的結好。

投我以木李㈠，報之以瓊玖㈡。匪報也，永以為好也。

【今註】㈠木李：即李子。㈡玖：音ㄐㄧㄡˇ，似玉而色黑的美石。

【今譯】他送我以木李，我回送以美石，這並不是僅僅在於物質的報答，乃是為的永久的情意的結好。

六、王

周室東遷於洛陽，故洛陽一帶之民間歌謠，即謂之王風。周公經營洛邑為會合東方諸侯之地，以其居於四方之中，來會者道路均等故也。至幽王亂政，平王東遷，於是周室卑矣。

(一)黍　離

這是周室大夫行役於西京時，見故國宗廟宮室，盡為禾黍，不禁感慨繫之，徘徊不忍離去，故作此詩。

彼黍離離(一)，彼稷之苗(二)，行邁靡靡(三)，中心搖搖(四)，知我者謂我心憂(五)，不知我者謂我何求，悠悠蒼天(六)，此何人哉！

【今註】(一)黍：黃米。(二)稷：高粱，北方謂之秫秫，或曰紅秫秫。離離：繁盛的樣子。(三)行邁：行進、行走。靡靡，遲緩的樣子，無精打采的樣子。(四)搖搖：不定的樣子。(五)心憂：痛心於故國宮室之成為廢墟農田。(六)悠悠：高遠的樣子。

【今譯】那黍子正在盛長，那高粱正在成苗，這農野一片，原是故國宮殿，如今夷為平地，叫我如何能不傷感！我無精打采的在此徘徊憑弔，內心搖搖不定。知道我者，以為我是在此留戀悲傷；不知道我者，以為我是在此尋找什麼東西。高高的蒼天啊，這是什麼人所造成的悲劇呀！

彼黍離離，彼稷之穗。行邁靡靡，中心如醉。知我者，謂我心憂，不知我者，謂我何求。悠悠蒼天，此何人哉！

【今譯】那黍子正在盛長，那高粱正在吐穗，這農野一片，原是故國宮殿，如今夷為平地，叫我如何能不傷感！我無精打采的在此徘徊憑弔，內心顛亂如醉。知道我者，以為我是在此留戀悲傷；不知我者，以為我是在此找尋什麼東西。高高的蒼天啊，這是什麼人所造成的不幸呀！

彼黍離離，彼稷之實。行邁靡靡，中心如噎㈠。知我者，謂我心憂，不知我者，謂我何求。悠悠蒼天，此何人哉！

【今註】㈠噎：音一せ，食物塞住喉嚨或胸口。

【今譯】那黍子正在茂盛，那高粱正在結實，這農野一片，原是故國宮殿，如今夷為平地，叫我如何能不傷感！我無精打采的在此徘徊憑弔，心中好像有什麼東西塞住似的。知道我者，以為我是在此留戀悲傷；不知我者，以為我是在此找尋什麼東西。高高的蒼天啊，這是什麼人所造成的浩劫呀！

㈡君子于役

這是婦人懷念其行役丈夫之詩。

君子于役㈠，不知其期。曷至哉㈡？雞棲于塒㈢，日之夕矣，羊牛下來㈣。君子于役，如之何勿思？

【今註】㈠君子：指其丈夫。㈡曷至哉：什麼時候才能回來呀！與下段之「曷其有佸」相同，什麼時候才能回來呀。都是指時間的遙遙無期而言。㊂塒：音時，養雞的圍籬。㊃羊牛下來：牛羊放在山上吃草，到了日落便回家。與下段之「羊牛下括」相同，這裏的「至」字，「佸」字，「來」字，「括」字，都是指回家而言。

【今譯】 夫君行役於外，不知道確定的歸期。什麼時候才能回來呀？雞兒都歸窩了，太陽西下了，牛羊也都下山回家了，惟獨夫君行役未歸，叫我如何不想他?!

君子于役，不日不月㊀，曷其有佸㊁？雞棲于桀㊂，日之夕矣，羊牛下括㊃。君子于役，苟無飢渴㊄。

【今註】 ㊀不日不月：沒有確定日期和月份。㊁曷其有佸：音ㄎㄨㄛˋ，會也，至也。㊂桀：作為繫牲畜用的小木樁。㊃括：至也，會也。「舌」與「括」，音義皆同。㊄苟無飢渴：希望之詞，庶幾沒有飢渴，此言深盼其歸而不能歸，只好盼其在外一切平安，身體健康。

【今譯】 夫君行役於外，沒有確定的日期和月份，什麼時候才能團圓啊?!雞兒都歇息在桀上了，太陽西下了，牛羊也都下山回家了。惟獨夫君行役未歸，但願他在外不受飢渴，平安健康。

㈢君子陽陽

這是詠樂舞之詩。

君子陽陽㈠，左執簧㈡，右招我由房㈢，其樂只且㈣。

【今註】㈠陽陽：同揚揚，得意的樣子，快樂的樣子。㈡左執簧：左手執簧，簧者大笙也。㈢右招我由房：由房，馬瑞辰解釋為遊放，遊戲，與下文之「由敖」同義，「由敖」者遊遨也。以右手招呼我參加戲樂。㈣只且：語助詞。且音居。

【今譯】得意的君子，左手拿著大笙，以右手招呼我來玩樂，玩的真快活啊！

君子陶陶㈠，左執翿㈡，右招我由敖㈢，其樂只且。

【今註】㈠陶陶：快樂的樣子。㈡翿：音ㄉㄠˋ，舞者所持之羽也。㈢由敖：同遊遨。

【今譯】快樂的君子，左手拿著舞羽，以右手招呼我來玩樂，玩的真快活啊。

㈣揚之水

這是周卒久戍於外思念家室之詩。

揚之水㈠，不流束薪，彼其之子㈡，不與我戍申㈢，懷哉懷哉，曷月予還歸哉！

【今註】　關於本章的解釋，以歐陽修詩本義所解釋為較佳，詩本義曰：「激揚之水，其力弱不能流移束薪，猶東周政衰，不能召發諸侯，獨使周人遠戍，久而不能代耳。『彼其之子』，周人謂其他諸侯國人之當戍者。『曷月予還歸哉』，久而不得代也」。以「揚之水，不流束薪」，譬喻東周力衰，政令不行，就如同「揚之水，不流束薪」一樣。

㈠揚之水：以手或他物所捧出或激起之水，謂之「揚之水」。可見水之少而無力量，比喻周室本身沒有力量，全靠諸侯之捧，如果諸侯不捧，就政令不行了。因為政令不行，所以諸侯應當戍守者不戍，沒有辦法，周室只好自己派兵去戍，久戍不得歸，當然士兵發牢騷，所以一面就諷刺政令不行，一面就斥責那些該戍不戍的諸侯，呼他們為「彼其之子」，言外帶有極憤責之意。㈡彼其之子：指該戍不戍之諸侯國家的人而言。意思就是說他們該來代戍了，而他們不服從周天子命令，竟不來戍。因為沒有接代，所以就久戍不得歸。如果把「彼其之子」，解為戍者之婦人，就錯了，因為婦人沒有當兵的義務，同時軍人又不准帶家眷，那他何必怪罪他的婦人不和他共戍呢？很顯然的是別人該來戍而不來，以致他久戍不得歸，所以他才懣怨。因此，「彼其之子」，就是指諸侯國家該來接戍之兵卒而言。㈢申：地名，今河南省信陽縣。

【今譯】　激揚的水，連一束的薪柴，也流不動。那些不服從政令的諸侯們，該派兵來戍申，而偏偏不來，害得我歸家不得。真是想家呀，真是想家呀！那一個月，我才能回家呢？

揚之水，不流束楚㊀。彼其之子，不與我戍甫㊁。懷哉懷哉，曷月予還歸哉！

【今註】㊀楚：小木也。㊁甫：地名，今河南省南陽縣。

【今譯】激揚的水，連一束的小木，也流不動。那些不服從政令的諸侯們，該派兵來戍甫，而偏偏不來，害得我歸家不得。真是想家呀！真是想家呀！那一個月，我才能回家呢？

揚之水，不流束蒲㊀。彼其之子，不與我戍許㊁。懷哉懷哉，曷月予還歸哉！

【今註】㊀蒲：蒲草。㊁許：地名，今河南省許昌縣。

【今譯】激揚的水，連一束的蒲草，也流不動。那些不服從政令的諸侯們，該派兵來戍許，而偏偏不來，害得我回家不得，真是想家呀，真是想家呀！那一個月，我才能回家呢？

㈤中谷有蓷

這是婦人自歎遇人不淑而被遺棄之怨詩。

中谷有蓷㈠，暵其乾矣㈡。有女仳離㈢，嘅其歎矣㈣！嘅其歎矣，遇人之艱難矣㈤！

【今註】㈠蓷：音推，草名，即益母草。㈡暵：音漢，乾燥的樣子。㈢仳離：仳，音ㄆㄧˇ，別離也。㈣嘅其：歎息的聲音。嘅其歎矣，即慨然而歎息也。㈤遇人之艱難矣：遇到一個合適的丈夫，真是不容易啊！這「艱難」二字，不作「窮困」講，而作「不容易」講。

本詩以谷中的蓷的乾枯，來比喻夫婦之失調，雨水不調而蓷乾枯，愛情不調而夫婦仳離。

【今譯】谷中的蓷，因為缺乏雨水而乾燥了。有個女子，因為被丈夫遺棄，而感慨的歎息。歎息什麼呢？歎息著嫁一個合適的丈夫實在是太不容易了！

中谷有蓷，暵其脩矣㈠。有女仳離，條其歗矣㈡！條其歗矣，遇人之不淑矣！

【今註】㈠脩：乾肉，形容其乾。㈡條：失意長歎的樣子。歗：同嘯，歎之深也。

【今譯】谷中的蓷，因為缺乏雨水而乾縮了。有個女子，因為被丈夫遺棄，而失意的長歎！長歎什麼呢？長歎著嫁了一個這樣無情無義的男人！

中谷有蓷，暵其濕矣㈠。有女仳離，啜其泣矣㈡！啜其泣矣，何嗟及矣！

【今註】㈠濕：同曬字，乾枯的樣子。㈡啜：音ㄔㄨㄛˋ，短氣的樣子，喪氣的樣子。何嗟及矣：嗟歎怎來得及呢？嗟歎也來不及了，後悔也來不及了。

【今譯】谷中的蓷，因為缺乏雨水而乾枯了。有個女子，因為被丈夫遺棄，而喪氣的哭泣！哭泣有什麼用處呢？哭泣也來不及了。

㈥兔　爰

這是亂世之民，自傷生命毫無保障，苦痛百端，而消極無聊，不樂其生之詩。

有兔爰爰㈠，雉離于羅㈡。我生之初，尚無為㈢；我生之後，逢此百罹㈣！尚寐無吪㈤！

【今註】㈠爰爰：緩緩也，緩緩而行也。㈡雉：野雞。離：罹也，陷入也。㈢尚無為：尚無，還沒有。尚無為，還沒有多大的禍亂，即時世還算平定，人民還可以活得下去。㈣逢此百罹：罹，憂患也，百罹，極言其憂患之多，時世大亂，人民活不下去了。㈤尚寐無吪：因為活不下去，而無樂生之心，故消極厭世，寧願死去，這「尚寐無吪」一句，即是極端厭世之情。這裡的「尚」字，當希望，庶幾的意思講。「寐無吪」者，即一睡不醒，長眠不起之意。「尚寐無吪」者，即希望一覺睡過去，永離人世之謂也。這種觀念，是亂世之民必然的觀念，當一個人痛苦百端，無法解脫，只有一死了之，速死為快，亂世之民，皆無樂生之念也。如果說在亂世，應當拿定更積極的意思，撥亂反正，那只是極少數的有抱負的人的志氣，非所望於林林總總之一般平民也，此詩乃一般平民之心理寫照而已。吪：音鵝，動也。

【今譯】有個兔兒在緩緩的走，有隻野雞陷入了羅網。我生之初，時世還沒有大亂，人民還可以活得下去。我生之後，時世大亂，遭受了無窮無盡的磨難，人們真是活不下去了，活著真不如死了的好，我希望一覺離去，長眠不醒，永脫苦海。

有兔爰爰，雉離于罦㈠。我生之初，尚無造㈡；我生之後，逢此百憂，尚寐無覺。

【今註】㈠罦：音孚，用覆車做的網。㈡造：人為的災禍。

【今譯】有個兔兒在緩緩的走，有隻野雞陷入了羅網。我初生之時，時世還沒有大亂，人民還可以活得下去。我生之後，時世大亂，遭受了無窮無盡的憂患，人民真是活不下去了，活著真不如死了的好，我希望一覺離去，長眠不醒，永脫苦海！

有兔爰爰，雉離于罿㊀。我生之初，尚無庸㊁；我生之後，逢此百凶，尚寐無聰㊂！

【今註】㊀罿：音童，網羅。㊁庸：戰亂之事。㊂聰：聽。

【今譯】有個兔兒在緩緩的走，有隻野雞陷進了羅網。我生之初，時世還沒有大亂，人民還可以活得下去。我生之後，時世大亂，遭受了無窮無盡的凶險，人們真是活不下去了，活著真不如死了的好，我希望一覺睡去，長眠不起，什麼都聽不見才好！

㈦葛　藟

這是描寫世亂民散，漂流異鄉，無依無顧，潦倒乞憐之詩。

緜緜葛藟㊀，在河之滸㊁。終遠兄弟，謂他人父，謂他人父，亦莫我顧！

【今註】㊀緜緜葛藟：緜緜，連續不斷，互相支援的意思。葛，藟，皆蔓生之藤類。以緜緜葛藟之互相蔭託，比喻家人父母兄弟之互庇以生。一個人如果離開了父母兄弟，漂流異鄉，就苦不堪言。但是由於世亂年荒，又不能不各奔生路，於是父母兄弟離散之悲劇發生。這就是那幕悲劇的鏡頭。㊁

滸：音ㄏㄨˇ，水涯也。

【今譯】河邊的葛藟，緜緜聯聯，互為蔭援。我自從離開了兄弟，漂泊異鄉，生活逼退，向人乞憐。我厚著臉皮，喊他人為爸爸。即使喊他人為爸爸，還是沒有人照顧我。

緜緜葛藟，在河之涘㊀。終遠兄弟，謂他人母；謂他人母，亦莫我有㊁！

【今註】㊀涘：音ㄙˋ，水邊。㊁有：親近。

【今譯】河邊的葛藟，緜緜聯聯，互為蔭援。我自從離開了兄弟，漂泊異鄉，生活逼迫，向人乞憐。我厚著臉皮，喊他人為媽媽，即使喊他人為媽媽，還是沒有人親近我。

緜緜葛藟，在河之漘㊀。終遠兄弟，謂他人昆㊁，謂他人昆，亦莫我聞！

【今註】㊀漘：音ㄔㄨㄣˊ，水邊。㊁昆：哥哥。

【今譯】河邊的葛藟，緜緜聯聯，互為蔭援。我自從離開了兄弟，漂泊異鄉，生活逼迫，向人乞憐。我厚著臉皮，喊他人為哥哥，即使喊他人為哥哥，還是沒有人答應我！

(八)采葛

這是一首男子對女子相思之詩。

彼采葛兮，一日不見，如三月兮！

【今譯】那一位采葛的女郎啊，我一日不見你，就彷彿是三月之久似的！

彼采蕭兮，一日不見，如三秋兮！

【今譯】那一位采蕭的女郎啊，我一日不見你，就彷彿是三秋之久似的！

彼采艾兮㊀，一日不見，如三歲兮！

【今註】㊀采葛、采蕭、采艾，並不是三個女子，而是一個女子時而采葛，時而采蕭，時而采艾而已。

【今譯】那一位采艾的女郎啊，我一日不見你，就彷彿是三歲之久似的！

(九)大車

這是一首征夫思念其妻告慰其妻之詩。

大車檻檻㈠，毳衣如菼㈡。豈不爾思？畏子不敢㈢。

【今註】㈠檻檻：音坎，車行的聲音。㈡毳：音ㄘㄨㄟˋ，獸的細毛，用獸毛製衣，可以防雨，古時大夫出巡之衣。菼：音ㄊㄢˊ，荻草，青色。㈢子：指大夫，長官。

【今譯】大夫乘著檻檻的大車，被著青色的毳衣，不斷的巡查。我豈有不想你的道理？但是，我害怕上級長官，所以我不敢私自離去。

大車哼哼㈠，毳衣如璊㈡。豈不爾思？畏子不奔。

【今註】㈠哼哼：音ㄊㄨㄣ ㄊㄨㄣ，車行的聲音。㈡璊：紅潤的玉。言毳衣之色如璊玉一樣的紅潤。璊音門。

【今譯】大夫乘著哼哼的大車，被著紅色的毳衣，不斷的巡查。我豈有不想你的道理？但是，我害怕上級長官，所以我不敢私自逃亡。

穀則異室㈠，死則同穴㈡。謂予不信，有如皦日㈢。

【今註】這段是安慰他的妻室之話。㈠穀：生也，能吃穀，表示活著，如果死了，便不能吃穀，所以「穀」就是生。㈡穴：墓穴。㈢皦：音皎，明亮的。

【今譯】我們活著的時候，雖然不能在一塊，但是我們死了以後，必然埋在一塊。你若是不相信我的話，我敢對太陽起誓。

(十)丘中有麻

這是一首女子對男子約會之詩。

丘中有麻㊀，彼留子嗟㊁。彼留子嗟，將其來施施㊂。

【今註】㊀丘中有麻：男女相約之地。㊁彼留子嗟：彼，指麻中也。留：藏身在麻中。子嗟：男子名也。㊂將：發語詞。施施：徐行的樣子。

【今譯】丘中有麻，子嗟就藏在麻田中。藏在麻田中的子嗟啊，你慢慢的出來吧。

丘中有麥，彼留子國㊀。彼留子國，將其來食。

【今註】㊀子國：男子名。

【今譯】丘中有麥，子國就藏在麥地裡。藏在麥地裡的子國啊，你來吃點東西吧。

丘中有李，彼留之子㊀。彼留之子，貽我佩玖㊁。

【今註】㊀之子：男子的籠統稱呼。㊁玖：黑色的玉。

【今譯】丘中有李，之子就藏在李園中。藏在李園中的之子，贈給我以黑色的佩玉。

七、鄭

國名，在今河南新鄭縣。

㈠緇　衣

這是周王讚美鄭武公之詩。鄭武公輔立周平王有功，故詩人借平王之語氣以嘉之。

緇衣之宜兮㊀，敝㊁，予又改為兮㊂，適子之館兮㊃，還，予授子之粲兮㊄。

【今註】㊀緇衣：緇，黑色。緇衣是卿大夫所服之衣。宜：合適。㊁敝：破舊。㊂予：周王自稱的口氣。改為：另製一件。㊃適：往。子：你，指武公。㊄粲：同餐，酒食。

【今譯】你穿著的緇衣，真是合適啊！破了，我再給你重新製一件。我到你辦公的地方看你，看見你那樣的辛苦，回來之後，我特別請你吃飯。（全部是信愛的語氣。）

緇衣之好兮，敝，予又改造兮，適子之館兮，還，予授子之粲兮。

【今譯】你穿著的緇衣，真是好看啊！破了，我再重新給你製一件。我到你辦公的地方看你，看見你那樣的辛苦，回來之後，我特別請你吃飯。

緇衣之蓆兮㈠，敝，予又改作兮，適子之館兮，還，予授子之粲兮。

【今註】㈠蓆：大方的樣子。

【今譯】你穿著的緇衣，真是大方啊！破了，我再給你重新製一件。我到你辦公的地方看你，看見你那樣的辛苦，回來之後，我特別請你吃飯。

㈡將仲子

這是女子婉勸其心愛之男子不可表現過於放肆，以免為父母兄弟及鄉裏所恥責。

將仲子兮㈠，無踰我里㈡，無折我樹杞㈢。豈敢愛之㈣？畏我父母。仲可懷也㊄，父母之言，亦可畏也。

【今註】㊀將：發語詞，有請求之意。仲子：老二，指其心愛之人。㊁無：同勿。踰：越過。里：村居。㊂樹杞：杞樹，與下文之樹桑樹檀，同為桑樹檀樹之意，為的是配韻，所以倒置其字。㊃之：杞樹。㊄懷：愛戀。

【今譯】仲子啊！希望你不要踰越我的村居，不要折毀我的杞樹。並不是我敢愛惜那些杞樹，怕的是父母的斥責。仲子誠然是可愛，但是父母的斥責，也是可怕的啊！

將仲子兮，無踰我牆，無折我樹桑。豈敢愛之？畏我諸兄。仲可懷也，諸兄之言，亦可畏也。

【今註】仲子啊！希望你不要踰越我的垣牆，不要折毀我的桑樹。並不是我敢愛惜那些桑樹，怕的是諸兄的譏諷。仲子誠然是可愛，但是諸兄的譏諷，也是可怕的啊！

將仲子兮，無踰我園，無折我樹檀。豈敢愛之？畏人之多言。仲可懷也，人之多言，亦可畏也。

【今譯】仲子啊！希望你不要踰越我的宅園，不要折毀我的檀樹。並不是我敢愛惜那些檀樹，怕的是眾人的恥笑。仲子誠然是可愛，但是眾人的恥笑，也是可怕的啊！

(三)叔于田

這是讚美鄭莊公之弟共叔段之詩。

叔于田㊀，巷無居人。豈無居人，不如叔也，洵美且仁㊁。

【今註】㊀叔：共叔段也。田：田獵。㊁洵：實在，誠然。這段詩是說共叔段得眾心，國人愛之，以謂叔出于田，則所居之巷，若無人矣，非真無人，雖有而不如叔之既美且仁。

【今譯】叔出去打獵去了，叔一出去，巷子裡好像就沒有居人似的，並不是真的沒有居人，乃是說雖有居人，總沒有一個能像叔那樣的美而且仁。

叔于狩㊀，巷無飲酒。豈無飲酒？不如叔也，洵美且好。

【今註】㊀狩：打獵。

【今譯】叔出去打獵去了，叔一出去，巷子裡就好像沒有飲酒的人似的，並不是真的沒有飲酒的人，乃是說雖有飲酒的人，總沒有一個能像叔那樣的美而且好。

叔適野㈠，巷無服馬㈡。豈無服馬？不如叔也，洵美且武。

【今註】㈠適：往。㈡服馬：乘馬。

【今譯】叔到野外去了，叔一出去，巷子裡好像就沒有騎馬的人似的，並不是真的沒有騎馬的人，乃是說雖有騎馬的人，總沒有一個能像叔那樣的美而且武。

㈣大叔于田

這是讚美共叔田獵之詩。

大叔于田㈠，乘乘馬㈡，執轡如組㈢，兩驂如舞㈣。叔在藪㈤，火烈具舉㈥，襢裼暴虎㈦，獻于公所㈧。將叔無狃㈨，戒其傷女㈩。

【今註】㈠大叔于田：這個「大」字是後人所加，表示這一篇是長篇，以別於前一篇的短篇的叔于田，所以大字根本用不著。㈡乘乘馬：上一個乘字是動詞，下一個乘字讀（ㄕㄥˋ），是四匹馬的意思。㈢轡：馬韁。組：絲繩。執轡如組：拿著馬韁像拿柔軟的絲繩一樣，形容其善於御馬。㈣兩驂：古時駕車用四匹馬，中間夾輈的兩匹馬叫兩服，服馬外面的兩匹馬叫兩驂。如舞：形容行列之整齊。㈤藪：低窪多草藏野獸的地方。㈥烈：大火。具：同俱字，全部的意思。㈦襢裼：襢，音

ㄉㄢˋ，裼，音ㄒㄧˊ，裸露上身。暴虎：徒手打虎。㈧公所：鄭莊公的地方。㈨將：請求，希望之詞。狃：音ㄋㄧㄡˇ，狎也，習也，習慣而不以為意。㈩戒：提高警覺，防備。女：讀汝。

【今譯】叔往打獵，乘著四馬之車，執著馬轡好像拿著柔輭的絲繩一樣，操縱自如。兩匹驂馬飛奔起來，行列整齊，好像是舞蹈一樣。叔一進入淵藪，火烈統通舉起，叔就裸著上身，赤手空拳，與虎搏鬥，然後把勝利品獻到莊公那裡。叔啊，叔啊，希望你不要習以為常，要防備著那些野獸會傷害你喲！

叔于田，乘乘黃㈠，兩服上襄㈡，兩驂鴈行㈢。叔在藪，火烈具揚㈣，叔善射忌㈤，又良御忌，抑磬控忌㈥，抑縱送忌㈦。

【今註】㈠乘黃：四匹黃色的馬。㈡上：前面。襄：駕也，上襄即言前駕，因其居中而稍前。㈢兩驂鴈行：兩驂在兩服之左右外側稍後，故曰鴈行。㈣揚：舉起。㈤忌：語助詞，如兮矣之類。㈥抑：語助詞。磬控：勒控，制止，使之不進。㈦縱送：放開，使之猛進，飛奔。

【今譯】叔往打獵，乘著四匹黃馬之車。兩匹服馬夾轅而前，兩匹驂馬鴈行而進。叔一進入淵藪，火烈統通揚起，叔既善於射擊，而又巧於駕御，時而勒馬不進，時而縱馬猛奔。

叔于田，乘乘鴇㈠，兩服齊首㈡，兩驂如手㈢。叔在藪，火烈具阜㈣，叔馬慢忌㈤，叔發罕忌㈥，抑釋掤忌㈦，抑鬯弓忌㈧。

【今註】㊀鴇：音保（ㄅㄠˇ），驪白雜毛之馬。㊁齊首：馬頭相齊。㊂兩驂如手：兩驂夾著兩服，好像兩手在身旁一樣。㊃阜：旺盛也。㊄叔馬慢忌：言田獵將畢，故使馬慢行。㊅叔發罕忌：發射稀少。㊆掤：音ㄅㄧㄥ，箭筒的蓋子。言田獵完畢，解下箭筒。㊇鬯：音ㄔㄤˋ，同韔，弓囊，言把弓裝在囊中。

【今譯】叔往打獵，乘著四匹花色的馬。兩匹服馬，齊頭並進，兩匹驂馬，如手夾身。叔一進入淵藪，火烈統通盛燃。到了獵狩將畢，叔的馬就緩緩而行，叔的箭也不多發了。到了獵狩既畢，叔就把箭放在箭囊裡邊，把弓藏在弓囊裏邊。

㈤清　人

這是鄭人刺鄭大夫高克帥師救衛而玩兵河上，以致兵潰之詩。鄭衛連境，狄人侵衛，鄭往救之，但因鄭文公借救衛之名，而陰以逐高克，高克因久而弗召，故不理軍事，以致失敗。

清人在彭㊀，駟介旁旁㊁，二矛重英㊂，河上乎翱翔㊃。

【今註】㊀清：鄭地名，在今河南中牟縣西。清地乃高克之封邑。彭：黃河南岸之地名，衛在黃河之北，鄭在黃河之南，鄭救衛必須派兵渡河，而高克之兵，徘徊河上，並不北渡，足見其沒有真正救衛之戰意。㈡駟介：四馬而被甲，高克所乘之車。旁旁：音ㄆㄥˊ ㄆㄥˊ，壯盛的樣子。㈢二矛重英：二矛：酋矛、夷矛，酋矛長二丈，夷矛長二丈四尺，並建於車上。英者以朱羽為矛飾。重英者，兩層之英飾。㈣翱翔：在河上徘徊不進的樣子。高克師潰，鄭人不明指其名，而借「清人」二字以譏之。

【今譯】清人的軍隊，開到彭地，統帥的乘車，四馬被甲，二矛重英，何等的威風而壯盛！但是他們並不積極作戰，只是在河邊翱翔玩樂而已。

清人在消㈠，駟馬麃麃㈡，二矛重喬㈢，河上乎逍遙。

【今註】㈠消：黃河南岸之地名。㈡麃麃：勇武的樣子。麃，音標（ㄅㄧㄠ）。㈢二矛重喬：喬，鷮也，長尾雉也，以長尾雉之羽為矛飾也。重喬者，兩層鷮飾也。

【今譯】清人的軍隊，開到消地，統帥的乘車，四馬被甲，二矛重喬，何等的威風而壯盛！但是他們並不積極作戰，只是在河邊逍遙自在而已。

清人在軸㈠，駟介陶陶㈡，左旋右抽㈢，中軍作好㈣。

【今註】㈠軸：黃河南岸之地名。㈡陶陶：樂而自適的樣子。㈢左旋右抽：御者在將軍之左，執轡御馬以旋動車子。勇士在將軍之右，執兵器以擊刺。㈣作好：作樂，遊戲表演。

【今譯】清人的軍隊，開到軸地，統帥的乘車，四馬被甲，陶然自適，他們雖然也在左旋右抽，不過是軍中遊戲表演而已。

㈥羔　裘

這是鄭人讚美其大夫之詩。

羔裘如濡㈠，洵直且侯㈡，彼其之子，舍命不渝㈢。

【今註】㈠羔裘：大夫之服也，濡：潤澤。㈡直：正直。侯：美也。㈢舍命不渝：舍命，即犧牲其生命，亦不變其志節。另一種解釋，把舍字解為處字，命字解為運命之命，言守其天命而不變也。兩說皆通，本文則採取前一說，因為人能犧牲其生命而不變其志節，才是剛直的真正表現。

【今譯】羔裘之服，光澤如濡，實在是正直而完美的表徵。這樣的人，雖犧牲生命，亦決不會變其志節。（亦可譯為這樣的人，守死善道，至死不變。）

羔裘豹飾㈠，孔武有力㈡。彼其之子，邦之司直㈢。

【今註】㈠豹飾：以豹皮緣袖為飾。㈡孔武：孔，大也，甚也，甚有武勇。㈢司直：官名，職在補正君失，彈擊奸邪。

【今譯】羔裘之服，以豹為飾，充分的表現出他的勇武而有力。這樣的人，真不愧是邦國的司直。

羔裘晏兮㈠，三英粲兮㈡。彼其之子，邦之彥兮㈢。

【今註】㈠晏：鮮盛的樣子。㈡英：以素絲為英而飾裘也。粲：鮮明的樣子，同燦字。㈢彥：俊秀。

【今譯】羔裘之服，本已鮮美，再加以三英之飾，越發光采而燦爛了。這樣的人，真不愧是邦國的俊彥。

㈦遵大路

這是男子遺棄女子，女子攬持男子之衣與手，求其念及舊日情好不可厭棄之詩。

遵大路兮㈠，摻㈡執子之袪兮㈢。無我惡兮，不寁故也㈣。

【今註】㈠遵：循也。㈡摻：音閃，攬持。㈢袪：音去，袖子。㈣寁：音斬，接續。故：舊情。

【今譯】跟你到了大路，拉著你的袖子，求你不要厭棄我，難道你不肯接續我的故舊之情嗎？

遵大路兮，摻執子之手兮，無我䰩兮㈠，不寁好也㈡。

【今註】㈠䰩：同「醜」，厭棄，厭惡。㈡好：歡好，友愛。

【今譯】跟你到了大路，拉著你的手兒，求你不要厭惡我，難道你不肯接續已往的友好嗎？

㈧女曰雞鳴

這是青年夫婦相親相愛生活協調之寫照詩。

女曰：「雞鳴。」士曰：「昧旦㈠。」「子興視夜㈡。」「明星有爛㈢，將翱將翔㈣，弋鳧與鴈㈤。」

【今註】此詩以男女對話的口氣，傳出其愛情生活的美滿。㈠昧旦：天色將明未明之時。㈡興：起，起床。㈢明星：啟明星，先日而出。昧旦之時，眾星不見，惟啟明星爛然發亮於東方。㈣將翱將翔：言天色將亮，則羣鳥將各處飛動也。㈤弋：音一ˋ，射也。鳧：音ㄈㄨˊ，野鴨。

【今譯】女的告訴男的說：「雞子叫了。」男的回答女的說：「天還未亮。」女的催促男的說：「你起來看看。」於是男的就起床，看了之後，回答女的說：「啟明星已經在東方爛然發亮，鳥兒們也快要起來飛動了，我要去射鳧打雁了。」

「弋言加之㈠，與子宜之㈡。宜言飲酒。與子偕老。琴瑟在御，莫不靜好㈢。」

【今註】 此段為女子之言。

㈠加：射中也。㈡宜：肴也，烹調成肴。㈢與子偕老，琴瑟在御，莫不靜好：希望，祈祝之詞。

【今譯】 你既然射得了這些野鴨大雁，我趕快去烹調一下，做成佳肴，佐以美酒，陪你共飲。我真希望這種快樂生活，能與你相共到老。我們夫婦間的愛情，要相親相和，如琴如瑟，沒有一件事情，不隨心稱意。

「知子之來之㈠，雜佩以贈之；知子之順之㈡，雜佩以問之；知子之好之㈢，雜佩以報之。」

【今註】 此段為男的對女的表達深切愛情之言。㈠來：體貼。㈡順：依從。㈢好：喜歡。

【今譯】「知道你對於我是真心的體貼，所以用雜佩以贈送你；知道你對於我是真心的依順，所以用雜佩以安慰你；知道你對於我是真心的喜歡，所以用雜佩以報答你。」

㈨有女同車

這是男子讚美其妻室之詩。

有女同車，顏如舜華㈠，將翱將翔，佩玉瓊琚㈡。彼美孟姜，洵美且都。

【今註】㊀舜：木槿樹。華：同花。㊁瓊琚：美麗的佩玉。

【今譯】有個女子與我同車，容顏之美，好像是木槿的花子一樣。她走起路來婀娜多姿，行進若舞，步調的優雅，和她佩帶的玉聲相應合。姜家的大姑娘啊，實在是漂亮而大方。

有女同行，顏如舜英㊀，將翺將翔，佩玉將將㊁，彼美孟姜，德音不忘㊂。

【今註】㊀英：花也。㊁將將：即鏘鏘。㊂德音：深情蜜意。

【今譯】有個女子與我同行，容顏之美，好像是木槿的花子一樣。她走起路來婀娜多姿，行進若舞，步調的優雅，和她佩帶的玉聲相鏗鏘，姜家的大姑娘啊，你對我的深情蜜意，使我永遠不忘。

㈩山有扶蘇

這是女子與其所愛的男子相約會，到時未遇其愛人，而碰到了一個刁皮搗蛋的狂徒。心甚惡之，而作此詩。

山有扶蘇㊀，隰有荷華㊁。不見子都㊂，乃見狂且㊃。

【今註】㈠扶蘇：美木之名。㈡隰：音習（ㄒㄧˊ），低濕的地方。扶蘇、荷花皆為可愛之物，比喻子都乃其所愛之人。㈢不見子都，乃見狂且：本來是要會見所愛之人，到時竟而碰到了一個討厭鬼，故大呼倒楣不置。㈣且：語助詞。音居。但據馬瑞辰之解釋，以為「且」字係「怚」字之假借字，意為狂驕。亦可通。

【今譯】山上有扶蘇，水中有荷花。花木之美我所愛，子都之美我更愛。為了愛子都，約期來相會。未與子都會，反而碰到了一個討厭鬼。

山有喬松㈠，隰有游龍㈡，不見子充㈢，乃見狡童。

【今註】㈠喬松：高大的松樹。㈡游龍：水葒草。㈢子充：亦喻其意中人。

【今譯】山上有喬松，水中有游龍，花木之美我所愛，子充之美我更愛，為了愛子充，約期來相會，未與子充會，反而碰到了一個搗蛋鬼。

㈩蘀兮

這是諷喻國家危亡，士大夫要首先倡導救亡之詩。

蘀兮蘀兮㈠，風其吹女㈡。叔兮伯兮㈢，倡予和女。

【今註】㊀蘀：音托，皮葉落地之樹木，曰蘀。㊁女：讀汝。㊂叔伯：指有政治地位之貴族。

【今譯】蘀呀，蘀呀，大風把你吹成這個樣子！叔呀，伯呀，由你們首先倡起，我跟著你們來合唱。（意即士大夫首先倡導，國人共起救亡。）

蘀兮蘀兮，風其漂女㊀。叔兮伯兮，倡予要㊁女。

【今註】㊀漂：同飄。㊁要：成也。曲一終為一成。

【今譯】蘀呀，蘀呀，大風把你刮成這個樣子，叔呀，伯呀，由你們首先倡起，我就跟著你們唱到底。

㈩ 狡　童

這是青年情侶鬧彆扭，女子愛恨交加之詩。

彼狡童兮㊀，不與我言兮，維子之故，使我不能餐兮！

【今註】㊀狡童：調皮搗蛋的傢伙，戲指其愛人。

【今譯】那個搗蛋的傢伙，不和我說話了，為了這個原故，使我飯都吃不下去啊！

彼狡童兮，不與我食兮，維子之故，使我不能息兮！

【今譯】那個搗蛋的傢伙，不和我共食了，為了這個原故，使我坐臥不安啊！

㈢ 褰裳

這是青年情侶鬧彆扭，女子恨怒負氣之詩。

子惠思我㈠，褰裳涉溱㈡。子不我思，豈無他人？狂童之狂也且㈢。

【今註】㈠惠：愛。㈡褰裳：褰，音牽，提起衣裳。溱：音珍，鄭國河水名。㈢且：音居，語助詞。

【今譯】當你愛我想我的時候，你提起衣裳，徒步涉溱，急急忙忙來看我。現在你不想我愛我了。你不愛我，難道就沒有別人？你這個狂妄的傢伙啊，你算是狂妄到了透頂了。

子惠思我，褰裳涉洧㈠。子不思我，豈無他士㈡？狂童之狂也且。

【今註】㈠洧：音ㄨㄟˇ，鄭國河水名。㈡士：男人。

【今譯】當你愛我想我的時候，你提起衣裳，徒步涉溱，急急忙忙來看我。現在你不想我愛我了。你不愛我，難道就沒有別的男人？你這個狂妄的傢伙啊，你算是狂妄到透頂了。

(十四) 丰

這是女子自述其在未婚夫來迎親時之矜持心情的詩。

子之丰兮㈠，俟我乎巷兮㈡，悔予不送兮。

【今註】㈠丰：音豐，儀態豐滿。子：指其未婚夫。㈡巷：門外。

【今譯】一個儀表堂堂的男子，候我於大門之外。只恨我當時沒有出來送他一送。

子之昌兮，俟我乎堂兮㈠，悔予不將兮㈡。

【今註】㈠堂：庭堂。㈡將：送也。

【今譯】一個器宇魁偉的男子，候我於庭堂之外。只恨我當時沒有出來送他一送。

衣錦褧衣㈠，裳錦褧裳。叔兮伯兮㈡，駕予與行。

【今註】㈡褧：音烱，罩在錦衣外面的一層衣物，以蔽灰塵。㈡叔、伯：送嫁之人。

【今譯】穿上我的錦衣，罩著我的褧衣；穿上我的錦裳，罩著我的褧裳。哥哥弟弟，駕起車來送我同到夫家。

裳錦褧裳，衣錦褧衣。叔兮伯兮，駕予同歸。

【今譯】同上譯，只裳衣二字有顛倒耳。

㈤東門之墠

這是男女相思之詩。

東門之墠㈠，茹藘在阪㈡，其室則邇，其人則遠。

【今註】㈠墠：音善，掃平的空地。㈡藘：音慮。茹藘：茜草。阪：音板，斜坡。這段是男子思女子的口氣。

【今譯】東門的墠邊，有一片長著茹藘的坡地，那就是你所在的地方，你的家距我很近，你的人卻離我很遠。（言其相思而不能相會。）

東門之栗㈠，有踐家室㈡，豈不爾思？子不我即㈢。

【今註】這段是女子思男子的口氣。

㈠栗：栗樹。㈡踐：整齊的。㈢即：親近。

【今譯】東門的栗樹下，有一排整齊的住宅，那就是你所在的地方，我豈是不想你？只是你不到我這裏來。

㈩㈥風　雨

這是女子在其孤獨無聊之夜，忽而其丈夫歸來，心情快慰之詩。

風雨淒淒，雞鳴喈喈㈠。既見君子，云胡不夷㈡。

【今註】㈠喈喈：音階，雞鳴的聲音。㈡夷：喜悅。

【今譯】正是風雨淒淒，雞鳴喈喈之夜，使我倍覺孤單。忽然夫君回來了，見著夫君，叫我如何能不喜悅。

風雨瀟瀟㈠，雞鳴膠膠㈡。既見君子，云胡不瘳㈢。

【今註】㈠瀟瀟：暴風雨聲。㈡膠膠：雞鳴的聲音。㈢瘳：病愈，開心。音抽。

【今譯】正是風雨瀟瀟，雞鳴膠膠之夜，使我倍覺孤單。忽然夫君回來了，見著夫君，叫我如何能不開心。

風雨如晦㈠，雞鳴不已。既見君子，云胡不喜。

【今註】㈠晦：天色昏暗。

【今譯】正是風雨如晦，雞鳴不已之夜，使我倍覺孤單。忽然夫君回來了，見著夫君，叫我如何能不喜歡。

㈦子衿

這是男女相愛之詩。

青青子衿㈠，悠悠我心㈡，縱我不往，子寧不嗣音㈢？

【今註】㈠衿：音ㄐㄧㄣ，衣服的領子。青青子衿，其愛人衣領的顏色，代表其愛人。㈡悠悠：相思深長的樣子。㈢嗣音：寄以書信。

【今譯】你的青青衣衿的樣子，常常縈繞於我的心中，我是多麼的想你啊！縱然我不到你那裏去，你難道不能給我來封信嗎？

青青子佩㈠，悠悠我思，縱我不往，子寧不來？

【今註】㈠佩：佩帶的玉。青青：繫佩玉之繩的顏色。

【今譯】你的青青玉佩的樣子，常常縈繞於我的心中，我是多麼的想你啊！縱然我不到你那裏去，你難道不能到我這裏來？

挑兮達兮㈠，在城闕兮㈡。一日不見，如三月兮。

【今註】㈠挑兮達兮：往來徘徊，走來走去的樣子。㈡城闕：城門外左右兩邊的樓臺。

【今譯】我在城闕上走來走去的望你，一日不見你，就好像有三月之久沒有見你似的。

㈥揚之水

這是哥哥勸弟弟，兄弟二人要互相信賴之詩。

揚之水㈠，不流束楚。終鮮兄弟，維予與女。無信人之言，人實迋女。

【今註】㈠揚之水，不流束楚：用人力激揚起來的水，沒有深厚的根源。而以人為的力量所揚起的水不能載運一束小木。比喻沒有深厚關係的人，到時候不管用。終：既。女：讀汝。迋：讀同誑，欺騙。

【今譯】激揚之水，流不動一束小小的楚木。我們兄弟既少，只有我和你。你不要相信別人的話，別人都是騙你的。

揚之水，不流束薪。終鮮兄弟，維予二人。無信人之言，人實不信。

【今譯】激揚之水，流不動一束小小的薪柴。我們兄弟既少，只有我們兩個。你不要相信別人的話，別人都是靠不住的。

(九) 出其東門

這是貧士不愛時髦女郎，而寧願與寒素女子共生活的詩。

出其東門，有女如雲㈠；雖則如雲，匪我思存㈡。縞衣綦巾㈢，聊樂我員㈣。

【今註】㈠有女如雲：言其美而且多。㈡匪：同非。思存：思之所存，意之所中，愛之所在。㈢

縞衣：白色之衣。綦巾：蒼艾色之巾，都是貧寒女子的服裝。綦，音其。㊃員：同云，語尾詞。

【今譯】走出東門，看見了美女如雲。雖然是美女如雲，但是都不是我的意中人，我寧願和一個縞衣素巾的樸素女子相結合，倒覺得快活。

出其闉闍㊀，有女如荼㊁，雖則如荼，匪我思且。縞衣茹藘㊂，聊可與娛。

【今註】㊀闉：音因，裏城門，即闉闍。闍：音都。㊁荼：茅花。㊂茹藘：茅蒐，即茜草，可染絳色，即絳巾也。白色與絳色，都是寒素女子的打扮。紅紅綠綠奇裝艷服，是時髦女郎的打扮。所以縞衣綦巾，縞衣茹藘都是樸素女子的服色。

【今譯】走出闉闍，看見了美女如荼。雖然是美女如荼，但是都不是我的意中人。我寧願和一個縞衣茹藘的樸素女子共生活，倒覺得歡樂。

㈩ 野有蔓草

這是男女邂逅相遇，因而結合之詩。

野有蔓草，零露漙兮㊀。有美一人，清揚婉兮㊁，邂逅相遇㊂，

適我願兮。

【今註】㈠零：落也。漙：音團，露多的樣子。㈡清揚：言其眉之美，眉清目秀，容光煥發。㈢邂逅：邂，音ㄒㄧㄝˋ；逅，音ㄏㄡˋ，不期而遇。

【今譯】野地的蔓草，滿身的露珠兒。有一個美人，眉清目秀，容光煥發，不期然而相遇，真是合乎我的理想啊！

野有蔓草，零露瀼瀼㈠。有美一人，婉如清揚㈡，邂逅相遇，與子偕臧㈢。

【今註】㈠瀼瀼：音ㄖㄤˊㄖㄤˊ，露盛的樣子。㈡婉如：婉然也。㈢臧：善也。

【今譯】野地的蔓草，很多的露珠兒。有一個美人，眉清目秀，容光煥發，不期然而相遇，我與你彼此相好。

㈩㈠ 溱 洧

這是年輕情侶遊樂之詩。

溱與洧㈠，方渙渙兮㈡，士與女，方秉蕑兮㈢。女曰「觀乎？」

士曰「既且㈣。」「且往觀乎洧之外，洵訏且樂㈤。」維士與女，伊其相謔㈥，贈之以勺藥㈦。

【今註】鄭國風俗，每逢三月上巳，大家都到溱水和洧水去招魂，用蘭草祓除不祥。㈠溱、洧：二水名。溱，音真。洧，音尾。㈡渙渙：水盛大的樣子。㈢秉：持也。蕑：音ㄐㄧㄢ，蘭也。㈣且：音ㄘㄨˊ，同徂字，往也。既且：即已經去過了。㈤洵：音ㄒㄩㄣˊ，實在的。訏：音ㄒㄩ，同盱，快樂的樣子。㈥伊：同咿，笑聲。㈦勺藥：香草名。

【今譯】溱與洧正在渙渙而流，士女們正在持蘭同遊，女的說：「我們去看看好嗎？」男的說：「我曾經去看過。」女的說：「我們可以到洧水之外去看看，那裏實在是令人快樂。」於是男的和女的說說笑笑，前往觀看。臨別之時，男的贈送女的以勺藥，作為紀念。

溱與洧，瀏其清矣㈠，士與女，殷其盈矣㈡。女曰「觀乎？」士曰「既且。」「且往觀乎洧之外，洵訏且樂。」維士與女，伊其將謔㈢，贈之以勺藥。

【今註】㈠瀏：音劉，清澈的樣子。㈡殷：眾多的樣子。盈：滿。㈢將謔：相謔。

【今譯】溱與洧清澄無比，來遊的士女，人山人海。女的說：「我們去看看好嗎？」男的說：「我曾經去看過。」女的說：「我們可以到洧水之外去看看，那裏實在是令人快樂。」於是男的和女的說說笑笑，前往觀看。臨別之時，男的贈送女的以勺藥，作為紀念。

八、齊

國名，在今山東東北部之地，春秋時為五霸之一。

㈠雞鳴

這是賢妃勸勵君主早朝之詩。

「雞既鳴矣，朝既盈矣㈠。」「匪雞則鳴，蒼蠅之聲。」

【今註】前兩句是賢妃催促其君主早起之語。後兩句是君主推諉不起而漫然回答之語。㈠朝：音潮（ㄔㄠˊ），君主辦公之處。朝既盈矣：意即早朝的臣下都到齊了。

【今譯】賢妃說：「雞子已經叫了，早朝的臣下們都到齊了。」君主漫然的答道：「不是雞子叫，是蒼蠅的聲音。」（不想起床的樣子。）

「東方明矣，朝既昌矣㈠。」「匪東方則明，月出之光。」

【今註】㊀昌：盛也。前兩句是賢妃再催促君主起床之語。後兩句是君主仍不想起床之答語。

【今譯】「東方已經亮了，早朝的臣下們都到齊了。」「不是東方亮，是月出之光。」

「蟲飛薨薨㊀，甘與子同夢。會且歸兮，無庶予子憎㊁！」

【今註】這是賢妃之語。㊀薨薨：音ㄏㄨㄥˊㄏㄨㄥˊ，同轟轟，昆蟲飛鳴聲。㊁無庶：希望不至於，幸而不至於，希望的口氣，庶幾乎不至於。會且歸兮：言臣下會朝的心理，都想著會期畢事即回家，不願意多等待。

【今譯】羣蟲的飛聲薨薨，我很樂得與你共眠同夢。但是臣下們都想著朝會之後即刻回家，請你快些起來，會朝之後，讓他們早早回家。這樣，他們就不至於憎惡你了。

(二) 還

這是獵手自得之詩。

子之還兮㊀，遭我乎猺之間兮㊁，並驅從兩肩兮㊂，揖我謂我儇兮㊃。

【今註】㊀還：音旋（ㄒㄩㄢˊ），便捷的樣子。㊁猺：音撓（ㄋㄠˊ），山名。㊂並驅：並肩而進，並駕齊驅。從：追逐。肩：三歲之家。㊃儇：同還，同旋，健捷的樣子。

【今譯】你真是健捷得很啊，和我在猺山之間碰到，我們兩個就並肩而進，去逐捕那兩隻野豬。你拱拱手說我輕快俐落。

子之茂兮㊀，遭我乎猺之道兮，並驅從兩牡兮㊁，揖我謂我好兮。

【今註】㊀茂：壯美的樣子。㊁牡：雄獸。

【今譯】你真是壯美的很啊，和我在猺山道上碰到，我們兩個就並肩而進，去逐捕那兩隻牡獸。你拱拱手說我雄壯漂亮。

子之昌兮㊀，遭我乎猺之陽兮㊁，並驅從兩狼兮，揖我謂我臧兮㊂。

【今註】㊀昌：盛壯的樣子。㊁陽：山南也。㊂臧：善也。

【今譯】你真是魁梧得很啊，和我在猺山之南碰到，我們兩個就並肩而進，去逐捕那兩隻野狼。你拱拱手說我精明能幹。

(三) 著

這是女子出嫁至男家時言其郎君盛裝之詩。

俟我於著乎而㈠，充耳以素乎而㈡，尚之以瓊華乎而㈢。

【今註】㈠著：門屏之間。而：語尾詞。㈡充耳：瑱也。素：素色之絲繩也。㈢尚：加也。瓊華：美石之似玉者。

【今譯】他候我於門屏之間，玉瑱充耳，繫以素絲，而加以瓊華。

俟我於庭乎而㈠，充耳以青乎而，尚之以瓊瑩乎而㈡。

【今註】㈠庭：堂階也。㈡瓊瑩：美石之似玉者。

【今譯】他俟我於堂階之前，玉瑱充耳，繫以青絲，而加以瓊瑩。

俟我於堂乎而㈠，充耳以黃乎而，尚之以瓊英乎而㈡。

【今註】㈠堂：廳堂，禮堂。㈡瓊英：美石之似玉者。

【今譯】他俟我於廳堂之內，玉瑱充耳，繫以黃絲，而加以瓊英。

㈣東方之日

這是男子想像中一美女與之相會之詩。

東方之日兮，彼姝者子，在我室兮。在我室兮，履我即兮。

【今譯】東方的太陽出來了，那個美麗的女子，來在我的房間。來在我的房間，跟著我的行跡而與我相偎依。

東方之月兮，彼姝者子，在我闥兮㈠。在我闥兮，履我發㈡兮。

【今註】㈠闥：音撻，內門。㈡發：行跡。

【今譯】東方的月亮出來了，那個美麗的女孩子，走在我的內門。走在我的內門，跟著我的行跡而行走了。

㈤東方未明

這是諷刺公門政令無常之詩。

東方未明，顛倒衣裳。顛之倒之，自公召之。

【今譯】東方還沒有發亮，就急急忙忙的穿衣裳，以至於把衣裳都穿顛倒了。所以把衣裳穿得倒上顛下，是由於公門有急切呼召的原故。

東方未晞㊀，顛倒裳衣。倒之顛之，自公令之。

【今註】㊀晞：音ㄒㄧ，日將出也。

【今譯】東方還沒有日出，就急急慌慌的穿裳衣，以至於把裳衣都穿顛倒了。所以把裳衣穿得顛上倒下，是由於公門有緊急命令的原故。

折柳樊圃㊀，狂夫瞿瞿㊁。不能辰夜㊂，不夙則莫㊃。

【今註】㊀樊：藩籬。此處樊字作動詞用，即折柳枝以藩園圃。㊁瞿瞿：音渠（ㄑㄩˊ），驚懼四顧的樣子。㊂不能辰夜：辰，同晨，即不分晝夜，言其生活不規律，號令無定時。㊃不夙則莫：夙者，早也，莫，同暮，晚也。不夙則莫者，言公門之號令，不是失之於過早，便是失之於過晚。

【今譯】以柳枝藩籬園圃，誠然是不夠牢固，但是只要有了這一堵藩籬，雖狂暴的宵小，也不敢毫無顧忌的莽撞而越踰。可見一切事情，總要有個限制，有個規律。今之公門，政令無常，不能夠分清白天與夜間，所以一切事情，漫無規律，不是失之於過早，便是失之於過晚。

㈥南　山

這是詩人諷刺齊襄公與其妹文姜私通，及文姜嫁與魯桓公之後，兄妹又繼續通姦，其行為可恥。而魯桓公既娶文姜為妻，就應當加以裁制，乃竟縱其所欲，是桓公亦失其為夫之能。故詩人對此三人皆刺之。詩共分四章，前一章刺齊襄公，二章刺文姜，三章四章刺魯桓公。

南山崔崔㈠，雄狐綏綏㈡。魯道有蕩㈢，齊子由歸㈣。既曰歸止，曷又懷止㈤。

【今註】　此章諷刺齊襄公也。㈠崔崔：高大的樣子，比喻人君之尊嚴。㈡雄狐綏綏：雄狐，指齊襄公。狐是淫邪之物。綏綏：緩行求匹的樣子。比喻齊襄公以人君之尊而有狐心。㈢魯道有蕩：往魯國去的道路，平坦大道也。㈣齊子：即文姜。由歸：出嫁。止：語助詞。㈤曷又懷止：為什麼還又懷念她呢？意即文姜既已出嫁為他人之婦，齊襄公就不應當再與她繼戀不捨了。

【今譯】　高高的南山，何等尊嚴（喻為君主之齊襄公），而其行為乃如淫邪的雄狐一樣，鬼祟不正。平坦的魯道，文姜由此出嫁，她既然出嫁，是有夫之婦了，你為什麼對於她還是戀戀不捨呢？

葛屨五兩㈠，冠緌雙止㈡。魯道有蕩，齊子庸止㈢。既曰庸止，

曷又從之㊃？

【今註】這章是諷斥齊文薑之詩。㊀葛屨：葛草編的鞋子。五兩：五對，即五雙。㊁冠緌：緌，音ㄖㄨㄟˊ，帽纓下面的裝飾品。㊂庸：用也，以也，由也。㊃從：聽從齊襄公的擺弄，又從者，即不改其淫行而繼續通姦也。葛屨冠緌：皆結婚之禮物。新娘所贈於新郎者。

【今譯】葛履五雙，冠緌成對，分明是正式結婚的禮品。平坦的魯道，文姜由此出嫁。既然出嫁，是有夫之婦了，你為什麼還聽從襄公的擺弄，又繼續和他通姦呢？

蓺麻如之何㊀？衡從其畝㊁。取妻如之何？必告父母。既曰告止，曷又鞠止㊂。

【今註】這章是刺斥魯桓公，不能管教其妻，亦屬有過。㊀蓺：種植也。㊁衡從：衡，同橫。從，同縱。衡從即橫縱也。縱橫其畝者，即種麻之前，必先把田地直直橫橫的犂整得疏鬆平坦，然後才能播種。此言作事之一定程序。就如同娶妻一樣，其一定程式，就是要先稟告於父母。㊂鞠：窮也，縱其慾望而任其無邊無盡無窮無限之發展也。

【今譯】種麻應該怎麼樣？應當把田地首先犂整好。娶妻應當怎麼樣？應當把事情首先稟告父母。既然是稟告父母了，娶妻為婦了，就應該加以管束，你為什麼放任她而聽其無邊無限之縱情肆慾呢？

析薪如之何㈠？匪斧不克㈡。娶妻如之何？匪媒不得。既曰得止，曷又極止㈢？

【今註】㈠析薪：劈薪材也。㈡克：能。㈢極：極度的，即放任到極點的。

【今譯】劈柴怎麼樣？不用斧子破不開。娶妻怎麼樣？不經媒人求不得。既然得到了，娶她為妻了，就應該加以管束，為什麼還任她無窮無限的亂搞呢？

㈦甫田

這是思遠人者，於其失望之時自解自勸之詩。（並非不思也）

無田甫田㈠，維莠驕驕㈡。無思遠人，勞心忉忉㈢。

【今註】㈠無田甫田：上一個田字，作動詞用，讀ㄉㄧㄢˋ，下一個田字，作名詞用，讀ㄊㄧㄢˊ。甫：大也。甫田，面積廣大的田地。㈡莠：音ㄧㄡˇ，野草，不結穀的草，狗尾草。驕驕：長的很高很旺的意思，怒發猛長的意思。㈢忉忉：音ㄉㄠ，憂傷的樣子。

【今譯】不要耕種過多的田，人力不足，徒使野草蔓衍而滋長。不要思念遠方的人，路途遙隔，徒使心情忉忉而憂傷。

無田甫田，維莠桀桀㈠。無思遠人，勞心怛怛㈡。

【今註】㈠桀桀：草木長得茂盛高大的樣子。㈡怛怛：怛（音ㄉㄜˋ或ㄉㄚˊ），悲憂。

【今譯】不要耕種過多的田，人力不足，徒使野草茂盛而高大。不要思念遠方的人，路途遙隔，徒使心情怛怛而悲愴。

婉兮變兮㈠，總角丱兮㈡。未幾見兮㈢，突而弁兮㈣。

【今註】㈠婉孌：年少美好的樣子。㈡總角：束聚兩髦也。丱：音慣（ㄍㄨㄢˋ），童子束辮，上聳如兩角的樣子。㈢未幾：沒有多久。㈣突而：突然。弁：成年的冠飾，古者男子二十而行冠禮，戴上一種帽子，表示已經成人。

【今譯】婉孌的兒童，頭上束著兩條小辮，好像沒有多久的時間，怎麼他就戴起弁冠了。光陰真是過得太快，人們的生命旅程真是轉換得太迅速了。（這一段是回憶其所思之遠人，由童年而青年的轉換。言外之意，就是由青年而老年而死滅，也都是一剎那的時間之事。所以全詩的意思是說人生幾何，聚散無常，什麼都不要想，想亦無益，聽天任命好了。）

(八)盧　令

這是讚美獵者之詩。

盧令令㈠，其人美且仁。

【今註】㈠盧：獵犬也。令令：馬瑞辰以為「令令」即「鈴鈴」，令即鈴之減寫。犬頸帶有鈴，可發響聲。

【今譯】那個獵者，帶著獵狗出獵，獵狗的頸下帶著鈴鐺。他之為人，美而且仁。

盧重環㈠，其人美且鬈㈡。

【今註】㈠重環：子母環，大環又貫小環，繫於犬之頸下。㈡鬈：音卷（ㄑㄩㄢˊ），勇壯的。

【今譯】那個獵者，帶著獵狗出獵，獵狗的頸下帶著重環。他之為人，美而且勇。

盧重鋂㈠，其人美且偲㈡。

【今註】㈠重鋂：鋂，音梅（ㄇㄟˊ），重鋂，一環貫二環也。㈡偲：音ㄙㄞ，強壯的。

【今譯】那個獵者，帶著獵狗出獵，獵狗的頸下帶著重鋂。他之為人，美而且強。

(九)敝 笱

這是詩人刺魯桓公之不能約制文姜，並刺文姜之淫亂也。

敝笱在梁㈠，其魚魴鰥㈡。齊子歸止㈢，其從如雲㈣。

【今註】㈠敝：破敗的。笱：音茍，捕魚之具，以竹製之，置於河梁之空處以捕魚，有倒門，魚一進入即不能復出。㈡魴：音房（ㄈㄤˊ），鯿魚。鰥：音官（ㄍㄨㄢ），鯶魚，大魚也。㈢齊子：指文姜也。歸：出嫁。止：語助詞。㈣其從如雲：言其出嫁時，跟從之盛也。敝笱在梁：比喻桓公。其魚魴鰥：比喻齊文姜。破敗之捕魚器，限制不住魴鰥的大魚，即言懦弱的魯桓公，限制不住強大的齊文姜。

【今譯】破敗的竹笱，置於河梁，魴魚鰥魚，自由來往，齊姜出嫁，隨從如雲，聲勢浩大，懦弱的魯桓公不敢管制她。

敝笱在梁，其魚魴鱮㈠。齊子歸止，其從如雨。

【今註】㈠鱮：音敘；似魴而頭大。魴鱮皆大魚也。

【今譯】破敗的竹笱，置於河梁，魴魚鱮魚，自由來往。齊姜出嫁，隨從如雨，聲勢浩大，懦弱的魯桓公，不敢管制她。

敝笱在梁，其魚唯唯㈠。齊子歸止，其從如水。

【今註】㈠唯唯：魚行相隨；成羣結隊而遊，毫無限制。

【今譯】破敗的竹笱，置於河梁，魚行相隨，毫無限制。齊姜出嫁，隨從如水，聲勢浩大，懦弱的魯桓公不敢管制她。

㈩載　驅

這是指斥齊文姜與其兄齊襄公之公開通姦。

載驅薄薄㈠，簟茀朱鞹㈡。魯道有蕩，齊子發夕㈢。

【今註】㈠載：發語詞。薄薄：迫促疾驅的車聲。㈡簟：音店（ㄉㄧㄢˋ），竹蓆。茀：音弗，（ㄈㄨˊ），車的障蔽物。朱鞹：鞹，音郭（ㄎㄨㄛˋ），獸皮去毛，而以紅色漆之，作為車子的裝飾。㈢發：天發明也，旦也。發夕者，即朝夕也。

【今譯】車行的聲音，疾疾匆匆，車子的裝飾，簟茀朱鞹，魯國的道路，平平坦坦，文姜和她的哥哥，公開的朝夕過從。

四驪濟濟㈠，垂轡濔濔㈡。魯道有蕩，齊子豈弟㈢。

【今註】㈠驪：黑色的馬。㈡轡：音配（ㄆㄟˋ），馬轡繩。濔濔：音ㄋㄧˇ ㄋㄧˇ，眾多的樣子。㈢豈弟：即愷悌，和樂平易的樣子。濟濟：美而多的樣子。

【今譯】四匹黑色的馬，駕著車子，走動起來，好看而有節度。轡繩繽紛的垂著。魯國的道路，平平坦坦，齊姜和她的哥哥，公開的來往於這條路上，和樂平易的相歡會。

汶水湯湯㈠，行人彭彭㈡。魯道有蕩，齊子翱翔㈢。

【今註】㈠汶水：源出今山東萊蕪縣東北原山，西南流經泰安縣至汶上縣西入運河，在齊南魯北二國之境。即文姜與齊襄公相會之處。湯湯：音傷，水盛的樣子。㈡彭彭：音邦，行人眾多的樣子。㈢翱翔：遊玩。在行人彭彭的道路上，文姜與其兄齊襄公公開無忌的相會，更見其兄妹不知人間有羞恥事。

【今譯】汶水湯湯的流著，行人彭彭的走動，魯國的道路，平平坦坦，文姜和她的哥哥，公開來往於這條路上，遊樂翱翔。

汶水滔滔㈠，行人儦儦㈡。魯道有蕩，齊子遊敖㈢。

【今註】㈠滔滔：盛流的樣子。㈡儦儦：音標（ㄅㄧㄠ），眾多的樣子。㈢遊敖：遨遊也。

【今譯】汶水滔滔的流著，行人儦儦的走動，魯國的道路，平平坦坦，文姜和她的哥哥公開的來往於這條路上，明目張膽的相遨遊。

⑾猗嗟

這是齊人讚美魯莊公儀容才能之詩。（據公羊傳謂莊公名同，乃齊襄公與其妹文姜通姦所生之子，不是魯桓公之血所生。）

猗嗟昌兮㈠，頎而長兮㈡，抑若揚兮㈢，美目揚兮㈣，巧趨蹌兮㈤，射則臧兮㈥。

【今註】㈠猗嗟：讚歎之詞。昌：美盛也，帥也。㈡頎而長兮：頎，音祈（ㄑㄧˊ），長也。㈢抑：通懿，美好。㈣揚：美貌也。美目揚兮：眉目清秀，容光煥發。㈤巧趨蹌兮：言其舞時動作之輕巧美妙。蹌：音槍（ㄑㄧㄤ），趨行也。㈥臧：善也，射擊技術之精。

【今譯】真是漂亮的很啊，高高的身材，俊美的面孔，眉目清秀，容光煥發，舞趨的動作，輕巧靈活；射擊的技術，更是高明。

猗嗟名兮㈠，美目清兮，儀既成兮㈡，終日射侯㈢，不出正兮㈣，展我甥兮㈤。

【今註】㈠名：依馬瑞辰解釋，「名」通「明」，亦昌盛之意。㈡儀：射禮也。㈢侯：射靶也。㈣正：箭靶之的射擊中心，曰正。㈤展：誠然。

【今譯】真是英明的很啊，眉清目秀，容光煥發。射禮既備，參加射擊，百發百中，真不愧是我們齊國的外甥啊！

猗嗟孌兮㈠，清揚婉兮㈡，舞則選兮㈢，射則貫兮㈣，四矢反兮㈤，以禦亂兮㈥。

【今註】㈠孌：美好的樣子。㈡清揚婉兮：主要是形容眉宇部分之美。㈢選：齊也，與音樂之節奏相配和相諧和也。㈣貫：射中也。㈤四矢反兮：四次發矢皆中於一個目標。㈥以禦亂兮：言有此才能，可以為國家禦亂也。

【今譯】真是健美的很啊，眉清目秀，容光煥發。舞則周旋中節，射則無不命中，四矢連發，皆擊中於一個目標。有這樣的本領，真足以為國家抵禦禍亂了。

九、魏

國名，本堯帝故都，在禹貢冀州雷首（在今山西永濟縣南）之北，析城（山西陽城縣西南）之西，南枕河曲，北涉汾水。約為今之山西省南部解縣、安邑、芮城、平陸、夏縣一帶之地，及河南省西北部與晉南接境之縣分。建國於西周初年，後為晉獻公所滅而取其地。民俗貧而儉。

㈠葛 屨

這是新嫁之婦人諷刺其主婦之吝嗇褊心之詩。

糾糾葛屨㈠，可以履霜㈡；摻摻女手㈢，可以縫裳㈣。要之襋之㈤，好人服之㈥。

【今註】㈠糾糾：結纏而成的。葛屨：用葛草結纏而成的鞋子，這是夏天穿的草鞋。㈡可以履霜：言主婦吝嗇之狀。是夏天穿的草鞋，主婦要在冬天的時候，也穿這種鞋子，晉地甚寒，草鞋如何能過冬呢？㈢摻摻女手：摻摻同纖纖，美好的樣子。古者婦人三月廟見，而後執婦功。今纖纖女手尚不足三月，而主婦要強其作裳。㈣可以縫裳：即謂不足三月而使婦人即為之縫裳也。㈤要之襋之：要，同腰，作動詞用，即把裳腰縫好。襋，音棘（ㄐㄧˊ），衣領也，作動詞用，即把衣領縫好也。㈥好人：指主婦。

【今譯】結纏的草鞋，要迫著作為冬天履霜之用；纖纖的女手，不曾三月，就逼著縫製衣裳。趕快把裳腰縫成，把衣領縫上，好叫家長來穿用。

好人提提㊀，宛然左辟㊁，佩其象揥㊂。維是褊心，是以為刺。

【今註】㊀提提：安舒的樣子。㊁宛然：很謙遜的樣子。左辟：避之於左也，古者以右為上，讓人居右，而自己則避之於左也。㊂佩其象揥：揥，音替（ㄊㄧˋ），摘髮之物。

【今譯】好人態度安適，對人接物，都很謙讓，又佩著象揥，儼然是貴婦氣派。只是因為心地褊狹，所以作此詩以責之。

(二) 汾沮洳

這是說魏人之過於儉嗇也。

彼汾沮洳㊀，言采其莫㊁，彼其之子美無度㊂，美無度，殊異乎公路㊃。

【今註】㊀汾：水名，源出太原府晉陽山西南，入河。沮洳：音ㄐㄩ ㄖㄨˋ，水浸處，下濕之地。㊁莫：菜也，似柳葉厚而長，有毛刺，可為羹。另一解釋，以為莫可繅以取蘭緒，莫之纖維可以織物，與下章之言采其桑，有類似之意義。㊂無度：不可以尺寸量，言其美之無限也。㊃公路：掌公之路車，晉以卿大夫之庶子為之。馬瑞辰解釋謂，公路掌路車，主居守。公行掌戎車，主從行。

【今譯】到汾水下濕的地方，去採莫菜，那個人兒真是漂亮呀，漂亮得無法形容，而他居然去採莫，真不像是貴族的子弟啊。

彼汾一方，言采其桑。彼其之子美如英㊀，美如英；殊異乎公行㊁。

【今註】㊀英：美玉也，如瓊英之英。㊁行：音杭。

【今譯】到汾水的那一邊，去採桑葉，那個人兒真是漂亮呀，漂亮得如美玉一般。而他居然去採桑，真不像是貴族的子弟啊。

彼汾一曲，言采其藚㊀，彼其之子美如玉，美如玉，殊異乎公族㊁。

【今註】㊀藚：音續（ㄒㄩˋ），水舄也，葉如車前草。曲：水流之彎曲處。㊁公族：掌公之宗族，以卿大夫之適子為之。

【今譯】到汾水的河灣，去採藚草，那個人兒真是漂亮呀，漂亮得如同美玉一般。而他居然去採藚，真不像是貴族的子弟啊。

(三)園有桃

這是賢者憂心國事之詩。

園有桃㈠，其實之殽㈡。心之憂矣，我歌且謠㈢。不知我者，謂我士也驕㈣。「彼人是哉！子曰何其㈤。」心之憂矣，其誰知之？其誰知之，蓋亦勿思㈥。

【今註】㈠桃：桃樹。㈡殽：音一ㄠˊ，吃，食用。㈢歌謠：配合樂器而唱，曰歌。不配合樂器而唱，曰謠。㈣謂我士也驕：設言旁人以我指斥時事為過甚，有似於驕。㈤彼人：謂君也。彼人是哉，子曰何其：詩人又假設為不知我者之言，謂君之所行皆是，你何必多加批評呢？㈥蓋亦勿思：蓋，同曷，何也。亦，語助詞，全句的意思，即怎麼能不憂愁呢？

【今譯】園裏的桃樹，還能夠結出果實，供人食用，那像我們舉國之眾，竟然沒有一個有作為的人。我對於國事，無限擔憂，只有且歌且謠以消憂。不知道我的內心的人，以為我是目空一切，亂評時事，以為「執政者之所為，都是對的，你何必過份指責呢？」我內心的憂愁，那一個人能知道呢？因為大家都不知道，叫我怎麼能不發愁呢？

園有棘㈠，其實之食。心之憂矣，聊以行國㈡。不知我者，謂我士也罔極㈢。「彼人是哉！子曰何其？」心之憂矣，其誰知之，其誰知之，蓋亦勿思。

【今註】㈠棘：棗樹。㈡行國：出行於國中以消憂。㈢罔極：對於時事不滿意，指責不已。

【今譯】園裏的棗樹，還能夠結出果實，供人食用，那像我們舉國之眾，竟然沒有一個有作為的人。我對於國事，無限擔憂，只有出遊各地以消憂。不知道我的內心的人，以為我是不滿時事，指責過多，以為「執政者之所為，都是對的，你何必多所指責呢？」我內心的憂愁，那一個人能知道呢？因為大家都不知道，叫我怎麼能不發愁呢？

㈣陟岵

這是行役之人想念家人之詩。

陟彼岵兮㈠，瞻望父兮。父曰：「嗟！予子行役，夙夜無已，上慎旃哉㈡，猶來無止㈢！」

【今註】㈠陟：升也，登也。岵：音ㄏㄨˋ，多長草木的山。據馬瑞辰考證，岵是多草木的山，屺是無草木的山。有人解釋完全與之相反，以為岵是無草木的山，屺是多草木的山。馬瑞辰以為此種解釋錯誤。㊁上：同尚，希望之詞，有「庶幾」之意。慎旃：旃，音ㄓㄢ，之焉二字的合聲。㊂來：回來。無止：不要停留在外。父曰：思家之人假想之詞。

【今譯】我登上多草木的山頂，遠望父親。父親說：「唉！我的兒子行役於外，晝夜不得休息。希望他處處謹慎，能夠早日回家，不要久留於外。」

陟彼屺兮㊀，瞻望母兮。母曰：「嗟！予季行役㊁，夙夜無寐，上慎旃哉，猶來無棄㊂。」

【今註】㊀屺：無草木的山。㊁季：最小的兒子。㊂無棄：不要棄世，即不要死去。人死謂之棄世。

【今譯】我登上無草木的山頂，遠望母親。母親說：「唉！我的小兒子行役於外，晝夜不能睡眠。希望他處處謹慎，能夠早日回家，不至於絕棄人世。」

陟彼岡兮，瞻望兄兮。兄曰：「嗟！予弟行役，夙夜必偕㊀，上慎旃哉，猶來無死！」

【今註】㊀夙夜必偕：與晝夜相終始，即晝夜不息之意。

【今譯】我登上高岡之頂，遠望哥哥。哥哥說：「唉！我的弟弟行役於外，晝夜都在奔忙。希望他處處謹慎，能夠早日回家，不至於死在外邊。」

㈤十畝之間

這是賢者感於國亂政危欲與友歸隱也。

十畝之間兮，桑者閑閑兮，行與子還兮㊀。

【今註】賢人因政治混亂，不願意作官，羨慕在農畝桑者悠閒自得的生活，而約合友人一塊辭官歸田，回到農村，過那種悠閒自得的生活。㊀行與子還兮：行，且也，即將也，而且與子還鄉，且與子回到農村吧。

【今譯】那十畝之間兮，採桑者悠閒自得的生活，是多麼值得羨慕啊！我和你乾脆還是回到鄉間吧！

十畝之外兮，桑者泄泄兮㊀。行，與子逝兮。

【今註】㊀泄泄：泄，音異。泄泄，猶閑閑也。

【今譯】那十畝之外兮，採桑者悠閒自得的生活，是多麼值得羨慕啊！我和你乾脆還是離開這裏吧！

㈥伐　檀

這是詩人歎清廉之不見用，且諷在位者之貪鄙也。

坎坎伐檀兮㊀，置之河之干兮㊁；河水清且漣猗㊂。「不稼不穡㊃，胡取禾三百廛兮㊄？不狩不獵，胡瞻爾庭有縣貆兮㊅？」彼君子兮，不素餐兮㊆。

【今註】㊀坎坎：即斫斫，繼續不斷的斫斫，伐木的動作。檀：樹木名，可製車。㊁河干：河邊也。㊂漣：水行之波紋也。猗：同兮字，語助詞。自坎坎伐檀，至清且漣猗，乃形容清廉之不見用。很辛苦的伐檀，為的是製車以行於陸地，今乃置之於河邊，就是用不著。雖然不見用，而清廉之士仍如河水之清且漣猗，決不以不見用而苟且取容，就是君子固窮之意。下面詩人就接著斥責在位者之貪鄙，詞嚴義正的斥責他們說：「不稼不穡，胡取禾三百廛兮？不狩不獵，胡瞻爾庭有縣貆兮。」最後說道：「彼君子兮，不素餐兮」，乃是詩人的結論之詞。㊃稼穡：稼，耕種也。穡，收割也。㊄廛：一夫所居，曰廛。三百廛即是三百家之意。㊅縣：同懸，掛也。貆：音桓，貛也。㊆素：空也，無功也，徒有其名而無其能。

【今譯】很辛苦的斫伐檀木，為的是製車以行於陸地，今乃置之於河邊，等於置之於無用之地。河水非常之清澈而波紋美觀。至於無能而居高位享厚祿的人，「你們既不耕種，又不收割，為什麼取人家三百廛的穀物呢？你們既不狩逐，又不打獵，為什麼看見你們家裏掛著野生的貛呢？」真正是有品格的君子，決不肯白白的無能無功而享受人家的飲食啊！

坎坎伐輻兮㈠，置之河之側兮，河水清且直猗㈡。「不稼不穡，胡取禾三百億兮㈢？不狩不獵，胡瞻爾庭有縣特兮㈣？」彼君子兮，不素食兮。

【今註】㈠輻：車輻也，伐木以為輻也。㈡直：水流之直也。形容君子品行之清而且直。㈢億：穀物的單位，如三百廛三百囷之類。㈣特：三歲之雄獸也。

【今譯】很辛苦的斫伐檀木，為的是製輻以行於陸地，今乃置之於河旁，等於置之於無用之地。河水非常之清澈而流行逕直。至於無能而居高位享厚祿的人，「你們既不耕種，又不收割，為什麼取人家三百億的穀物呢？你們既不狩逐，又不打獵，為什麼看見你們家裏掛著三歲的獸兒呢？」真正是有品格的君子，決不肯白白的無能無功而享受人家的飲食啊！

坎坎伐輪兮，置之河之漘兮㈠，河水清且淪猗㈡。「不稼不穡，胡取禾三百囷兮㈢？不狩不獵，胡瞻爾庭有縣鶉兮？」彼君子兮，不素飧兮㈣。

【今註】㈠漘：音ㄔㄨㄣˊ，音唇，河岸也。㈡淪：小的波紋。㈢囷：音君，農民盛穀物的圓倉。㈣飧：音飧（ㄙㄨㄣ），熟食。

【今譯】很辛苦的斫伐檀木，為的是製輪以行於陸地，今乃置之於河岸，等於置之於無用之地。河水非常之清澈而波紋秩然。至於無能而居高位享厚祿的人，「你們既不耕種，又不收割，為什麼取人家三百囷的穀物呢？你們既不狩逐，又不打獵，為什麼看見你們家裏掛著鶉鶉呢？」真正是有品格的君子，決不肯白白的無能無功而享受人家的飲食的。

㈦碩　鼠

這是刺責為政者征斂苛重以致人民離析之詩。

碩鼠碩鼠㈠，無食我黍。三歲貫女㈡，莫我肯顧㈢。逝將去女㈣，適彼樂土，樂土樂土，爰得我所㈤。

【今註】㈠碩鼠：大鼠。又解為鼫鼠，或鼯鼠，形大如鼠，似兔，尾有毛，青黃色，好在田中食粟豆，關西呼為鼩鼠。㈡貫：慣也，嬌生慣養，縱其所欲也。女，讀汝。㈢顧：眷顧，照顧，顧及。㈣逝：發語詞。㈤所：安身的地方。

【今譯】碩鼠呀，碩鼠，不要吃我的黍子，三歲之久，一直縱慣著你，而你對於我毫不眷顧。我要離開你了，我要去到一個快樂之地，到了那裏，我就得其所哉了。

碩鼠碩鼠，無食我麥。三歲貫女，莫我肯德。逝將去女，適彼樂國，樂國樂國，爰得我直㊀。

【今註】㊀直：道也，宜也。

【今譯】碩鼠呀，碩鼠！不要吃我的麥子，三歲之久，一直縱慣著你，而你對於我毫無恩德。我要離開你了，我要去到一個快樂之國。到了那裏，我就得其所宜了。

碩鼠碩鼠，無食我苗。三歲貫女，莫我肯勞㊀。逝將去女，適彼樂郊，樂郊樂郊，誰之永號㊁。

【今註】㊀勞：慰勞，安慰。㊁誰之永號：誰還再有歎息呼號呢？就是說，再也沒有什麼苦痛了。

【今譯】碩鼠呀，碩鼠，不要吃我的禾苗，三歲之久，一直縱慣著你，而你對於我毫不安慰。我要離開你了，我要去到一個快樂之郊，到了那裏，我就不會再有什麼痛苦了。

十、唐

國名，本堯帝之舊都，在禹貢冀州之域，太行恆山之西，太原太岳之區。周成王封弟叔虞為唐侯，南有晉水。至其子燮，乃改國號曰晉。其後徙居曲沃，又徙居於絳縣。其地土瘠民貧，勤儉質樸，憂深思遠，有唐堯之遺風云。

(一) 蟋蟀

這是唐地民俗娛樂不忘工作之詩。

蟋蟀在堂，歲聿其莫㈠，今我不樂，日月其除㈡，無已大康㈢，職思其居㈣，好樂無荒，良士瞿瞿㈤。

【今註】㈠聿：音育（ㄩˋ），語助詞。㈡日月其除：言日月一天減少一天，歲月易逝之意。㈢無已大康：言不可過於享樂。已，同以字。大：太甚。康：享樂。㈣職思其居：職字在此處，作為「尚」字解，尚者，庶幾也，希望之詞，即言雖在娛樂之時，還希望能夠注意其家務與工作，即娛樂不忘工作之意。詩經中有許多「職」字，用法亦隨處而異，如大東篇「職勞不來」之職字，當解為「經常」的意思，即經常勞苦而不見安慰。如十月之交篇「職競由天」，柔思篇之「職涼善背」，召旻篇之「職兄是引」，皆作發語詞用。如巧言篇之「職為亂階」當作「適」字解，即「適為亂階」也。如抑篇之「亦職維疾」，則作為語助詞解。可見「職」字之解釋，隨地而異，必須深思其上下文之語氣而妥為活用之。㈤瞿瞿：音句，提高警覺，戒慎恐懼之意。蟋蟀在堂：表示已至九月之時也。

【今譯】蟋蟀已經在堂了，一年快要到底了，不趁著現在快樂一番，時間很快的就過去了。但是也不可過於享樂，總要在享樂之中，能不忘家中的事才好。一面享樂，一面不荒廢正業，才是戒慎恐懼的良士。

蟋蟀在堂，歲聿其逝，今我不樂，日月其邁㈠。無已大康，職思其外㈡。好樂無荒，良士蹶蹶㈢。

【今註】㈠邁：往，去。㈡其外：家以外的事，外邊的事。㈢蹶蹶：音ㄍㄨㄟˋ，勤快，敏於事也。

【今譯】蟋蟀已經在堂了，一年快要消逝了，不趁著現在快樂一番，時間很快的就過去了，但是也不可過於享樂，總要在享樂之中，能不忘外邊的事才好。一面享樂，一面不荒廢正業，才是勤快奮發的良士。

蟋蟀在堂，役車其休㈠，今我不樂，日月其慆㈡。無已大康，職思其憂㈢。好樂無荒，良士休休㈣。

【今註】㈠役車：行役所用的車子。㈡慆：音叨，過去。㈢其憂：應當憂慮的事。㈣休休：安閒的樣子。

【今譯】蟋蟀已經在堂了，行役的車子已經休息了。不趁著現在快樂一番，時間很快的就過去了。

但是也不要過於享樂，總要在享樂之中，能不忘應當憂慮的事才好。一面享樂，一面不荒廢正業，才是樂而有節的良士。

㈡山有樞

這是刺唐人吝嗇，不知享受之詩。

山有樞㈠，隰有榆，子有衣裳，弗曳弗婁㈡；子有車馬，弗馳弗驅。宛其死矣㈢，他人是愉。

【今註】㈠樞：荎也，刺榆也。㈡曳婁：婁，亦曳也，皆服用之意。㈢宛其：宛然。宛，枯也，枯然也。

【今譯】山上有樞木，隰地有榆樹，皆不能自用其材，而為他人所用，猶之乎你有衣裳，不穿不服，你有車馬，不馳不驅，一旦枯然而死，別人就拿著你的衣服車馬去快樂了。

山有栲㈠，隰有杻㈡，子有廷內，弗洒弗埽，子有鐘鼓，弗鼓弗考㈢。宛其死矣，他人是保㈣。

【今註】㈠栲：山樗也。㈡杻：音丑，檍樹也。㈢考：敲也。㈣保：佔有也。

【今譯】山上有樗木，隰地有杻樹，皆不能自用其材，而為他人所用，猶之乎你有廷堂，不洒不掃，你有鐘鼓，不敲不奏，一旦枯然而死，別人就把你的廷堂鐘鼓都佔有了。

山有漆，隰有栗，子有酒食，何不日鼓瑟，且以喜樂，且以永日㈠？宛其死矣，他人入室。

【今註】㈠永日：消遣時間。

【今譯】山上有漆樹，隰地有栗樹，皆不能自用其材，而為他人所用，猶之乎你有酒食，為什麼不天天奏樂，為歡行樂，消磨時間呢？一旦枯然死去，別人就進到你的家內變成主人了。

㈢揚之水

這是比喻晉昭侯微弱，不能制桓叔，且封沃以使之強大，如水之激石，不能傷石，且以使之更鮮潔也，故以白石鑿鑿，喻沃之強盛也。

揚之水㈠，白石鑿鑿㈡，素衣朱襮㈢，從子于沃，既見君子，云何不樂？

【今註】㈠揚之水：激揚的水，沒有真正的力量，比喻晉昭侯的微弱。㈡白石鑿鑿：鑿鑿，鮮潔的樣子，激揚的水，沖洗白石，不僅無傷於白石，且使白石更為鮮潔也，比喻晉昭侯不僅不能制桓叔，且封之於沃，使其更強大。㊂素衣朱襮：此為諸侯之服，言昭侯欲以諸侯之服，降身以事桓叔於沃也，且以能事桓叔為樂。襮：音博，衣領也。

【今譯】激揚的水，把白石沖洗得更為鮮潔，穿著素衣朱襮的服裝，到沃地去事奉你，既然見了你，叫我如何不快樂？

揚之水，白石皓皓㊀。素衣朱繡，從子於鵠㊁。既見君子，云何其憂？

【今註】㊀皓皓：潔白的樣子。㊁鵠：即曲沃。

【今譯】激揚的水，把白石沖洗得更為潔白，穿著素衣朱繡的服裝，到沃地去事從你。既然見了你，還有什麼憂愁可說呢？

揚之水，白石粼粼㊀。我聞有命，不敢以告人㊁。

【今註】㊀粼：音鄰（ㄌㄧㄣˊ），清澈也。㊁我聞有命，不敢以告人：言我聽說你有動員之令，要派軍隊來滅晉，我不敢告訴別人，因為這都是不可信的謠言，我相信你決不至於如此也。（這是無力抵抗而故裝糊塗的話。）

【今譯】激揚的水，把白石沖洗得更為清澈。我聽說你下令動員，但是我不敢以此事告人。我相信那不過是謠言而已。

㈣椒　聊

這是描寫桓叔實力之強，晉人視其蕃衍，無力以制而歎息也。

椒聊之實㊀，蕃衍盈升，彼其之子㊁，碩大無朋。椒聊且，遠條且㊂。

【今註】㊀椒聊：即椒也，味辣而香烈，結實少。今結實多，則為反常現象。比喻桓叔之實力發展至於反常也。㊁彼其之子：指桓叔。㊂遠條：枝條很長。且：語助詞，音居。

【今譯】椒聊之實子，蕃衍至於滿滿的一升，猶之乎桓叔的力量發展得碩大無比。椒聊呀，你的枝葉真是長得太長了。

椒聊之實，蕃衍盈匊㊀，彼其之子，碩大且篤㊁。椒聊且，遠條且。

【今註】㊀匊：同掬，一捧也。㊁篤：雄厚。

【今譯】 椒聊的實子，蕃衍至於滿滿的一捧，猶之乎桓叔的力量發展得龐大而雄厚。椒聊呀，你的枝葉真是長得太長了。

(五) 綢 繆

這是亂世的一對新婚夫婦，結婚之夜，驚喜交感之詩。

綢繆束薪㈠，三星在天㈡。今夕何夕，見此良人㈢！「子兮子兮㈣，如此良人何？」

【今註】 此章是描寫新娘對新郎喜極如狂，大有不知如何是好的心情。㈠綢繆：纏綿也。綢音酬，繆音謀。束薪：比喻夫婦結合，束兩人為一人也。夫婦結合，情意纏綿。㈡三星：即參星，二十八宿之一。㈢良人：新郎。㈣子兮子兮：新娘自設之詞，即你呀，你呀。有人解子字為「咨」字，嗟歎之詞，亦通。但本解採新娘自設之詞，自問自答，而不知所答，更見其心花狂喜之一般。好像是窮極無聊之人，忽然得了五十萬元愛國獎券，喜出望外，剎時間也不知道怎樣打發這筆大款，討太太、置洋房、買汽車、做生意，心事重重，不知如何是好？亂世男女，婚配不易，今忽而有此理想夫君，與之相婚，真是覺得天外飛來之奇蹟，所以有今夕何夕之驚喜，仿佛置身夢中，不能想像。狂喜沖昏了腦筋，今夕如何對待夫君？心花四溢，不知所措了，整個的心房，為愛情所陶醉了。

【今譯】夫婦結合，猶如束薪的纏綿；三星在天，正是婚配的期間。今夜晚是甚麼的夜晚啊？竟能與此理想的即君相婚配，真是意想不到的奇蹟啊！「你呀，你呀，有了這樣的新郎，你將如何體貼！如何享受！」

綢繆束芻，三星在隅㈠，今夕何夕？見此邂逅㈡！「子兮子兮，如此邂逅何！」

【今註】㈠隅：東南角。㈡邂逅：遇合。

【今譯】夫婦結合，猶如束芻的纏綿，三星在隅，正是婚配的期間。今夜晚是甚麼的夜晚啊？竟能與此理想的郎君相遇合！「你呀，你呀，有了這樣的遇合，你將如何珍惜！如何享受！」

綢繆束楚，三星在戶，今夕何夕？見此粲者㈠！「子兮子兮㈡，如此粲者何！」

【今註】此章是新郎對漂亮的新娘狂喜如醉的寫照。㈠粲者：漂亮的女人，美麗的新娘。㈡「子兮子兮，如此粲者何」：乃新郎設詞自問之語。

【今譯】夫婦結合，猶如束楚的纏綿。三星在戶，正是婚配的期間。今夜晚是甚麼的夜晚啊？竟能與此美麗的姑娘相結合？「你呀，你呀，有了這樣的美妻，你將如何溫存！如何享受！」

㈥杕　杜

這是沒有兄弟的人，感傷其孤獨無助的詩。

有杕之杜㈠，其葉湑湑㈡，獨行踽踽㈢。豈無他人？不如我同父。嗟行之人㈣，胡不比焉㈤？人無兄弟，胡不佽焉㈥？

【今註】㈠杕：音弟（ㄉㄧˋ），孤獨特立的樣子。有杕：即杕然也。杜：赤棠樹。㈡湑湑：音胥，茂盛的樣子。㈢踽踽：音ㄐㄩˇ，孤單的樣子。㈣行：音杭，道路。㈤比：親近。㈥佽：音次，幫助。

【今譯】孤特的棠樹，其葉猶湑湑然而茂盛；沒有兄弟的人，則踽踽然而獨行，難道是說路上沒有行人嗎？行人是有的，只是不如我有同父的兄弟。唉！行路的人呀，何不親近我呢？何不對於我這個沒有兄弟的人，予以幫助呢？

有杕之杜，其葉菁菁㈠，獨行睘睘㈡，豈無他人？不如我同姓！嗟行之人，胡不比焉？人無兄弟，胡不佽焉？

【今註】㈠菁：音ㄐㄧㄥ，茂盛的樣子。㈡睘睘：音ㄑㄩㄥˊㄑㄩㄥˊ，孤獨無依的樣子。

【今譯】孤特的棠樹，其葉猶菁菁然而茂盛；沒有兄弟的人，則睘睘然而獨行，難道說是路上沒有行人嗎？行人是有的，只是不如我有同姓的兄弟。唉！行路的人呀，何不親近我呢？何不對於我這個沒有兄弟的人，予以幫助呢？

(七) 羔　裘

這是刺斥在位者驕傲自大以致人民厭惡之詩。

羔裘豹祛㈠，自我人居居㈡。豈無他人？維子之故㈢。

【今註】㈠羔裘豹祛：在位卿大夫之服。以羔為裘，以豹皮為袖。祛：音區（ㄑㄩ），衣袖也。㈡居居：同倨倨，驕傲的樣子。㈢故：故舊的。

【今譯】穿著羔裘豹祛的衣服，態度傲慢，惟我獨尊的樣子，實在令人生厭。難道說沒有別的人可以歸依嗎？不過是念起舊日的關係罷了。

羔裘豹褎㈠，自我人究究㈡，豈無他人？維子之好㈢。

【今註】㈠褎：同袖。㈡究究：同居居。㈢好：舊好。

【今譯】穿著羔裘豹袖的衣服，態度傲慢，惟我獨尊的樣子，實在令人生厭。難道說沒有別的人可以歸依嗎？不過是念起舊日的感情而已。

(八)鴇　羽

這是行役者久役於外不得耕作以養父母之怨詩。

肅肅鴇羽㈠，集於苞栩㈡。王事靡盬㈢，不能蓺稷黍㈣，父母何怙㈤？悠悠蒼天，曷其有所㈥！

【今註】㈠肅肅：急促飛翔的動作。鴇：音保（ㄅㄠˇ），鳥名，形似雁而大，腳無後趾，不適於樹棲。㈡苞：茂盛的。栩：音ㄒㄩˇ，櫟樹，其果實，俗叫橡子。集：止棲也。鴇鳥並不適於樹棲，而今竟急促飛翔，棲止於栩樹之上，比喻非其安身之處，猶之乎行役之人，日夜奔勞，隨地而棲，不能在家以養父母，一切都不是他性之所適，心之所安。㈢王事靡盬：王事，王家的事。靡盬：沒有停止的時候。盬：音古（ㄍㄨˇ）。㈣蓺：種植。㈤怙：音ㄏㄨˋ，依靠，生活的憑藉。㈥曷其有所：什麼時候才能有安身的地方呢？

【今譯】急促飛翔的鴇鳥，止棲於栩樹之上，真不是牠安身的地方啊！行役之人，晝夜奔波，王家的事，沒有個停止，以致不能回家，耕種黍稷，年老的父母，靠什麼以生活呢？天呀！天呀！什麼時候我才有安身的地方呢？

肅肅鴇翼，集於苞棘㈠。王事靡盬，不能蓺黍稷，父母何食？

悠悠蒼天，曷其有極㊁！

【今註】㊀棘：棗樹。㊁極：到底，終了之時。

【今譯】急促飛行的鴇鳥，止棲於棗樹之上，真不是牠安身的地方啊！行役之人，晝夜奔波，王家的事，沒有個停止，以致不能回家耕種稷黍，年老的父母，吃什麼東西呢？天呀！天呀！什麼時候才有終了的日子啊！

肅肅鴇行㊀，集於苞桑，王事靡盬，不能蓺稻粱，父母何嘗㊁？
悠悠蒼天，曷其有常！

【今註】㊀行：音杭，鴇鳥結隊飛行的行列。㊁嘗：以口試物，即食也。

【今譯】急促飛行的鴇鳥，止棲於桑樹之上，真不是牠安身的地方啊！行役之人，晝夜奔波，王家的事，沒有個停止，以致不能回家耕種稻粱，年老的父母，嚐什麼東西呢？天呀！天呀！什麼時候才能恢復正常的生活呢？

㈨無　衣

這是晉國大夫為晉武公請命於天子之使之詩。

豈曰無衣七兮㈠，不如子之衣，安且吉兮。

【今註】㈠衣七：七章之服也。

【今譯】他並不是沒有七章之服呀！乃是舊有之服，不如天子所賜之服，穿著安適而且吉利啊！

豈曰無衣六㈠兮，不如子之衣安且燠兮㈡。

【今註】㈠衣六：天子之卿的命服。㈡燠：音ㄩˋ，煖也。

【今譯】他並不是沒有六章之服呀，乃是舊有之服，不如天子所賜之服，穿著安適而且溫暖啊？

㈩有杕之杜

這是孤獨之人希望能有君子過從之詩。

有杕之杜㈠，生于道左。彼君子兮，噬肯適我㈡，中心好之㈢，曷飲食之㈣。

【今註】㈠杕：音弟，孤獨的樣子。㈡噬：同逝，發語詞。適我：來我處。㈢好：動詞，喜愛。㈣曷飲食之：何不以飲食款待他呢？即必以飲食款待他也。

有杕之杜生於道左：比喻自己孤獨，如生於道左之赤棠然。彼君子兮，噬肯適我：希望之詞。

【今譯】孤獨的棠樹，生於道左，猶之乎我這個孤獨的人，很希望君子能惠然肯來。他是我心中敬愛的人，如果他肯來，我必以飲食款待他。

有杕之杜，生於道周㈠。彼君子兮，逝肯來遊。中心好之，曷飲食之。

【今註】㈠道周：道路之右旁。

【今譯】孤獨的棠樹，生於道右。猶之乎我這個孤獨的人，很希望君子肯惠然來遊。他是我衷心敬愛的人，如果他來遊，我必以飲食款待他。

㈩葛　生

這是婦人悼念其亡夫之詩。

葛生蒙楚㈠，蘞蔓于野㈡，予美亡此㈢，誰與獨處㈣。

【今註】㈠葛生蒙楚：葛：蔓生植物。蒙：掩蓋也。楚：小樹也。言葛已生長而掩蓋了小樹。㈡蘞蔓于野：蘞，蔓生草也。這蔓草已遍佈於田野。㈢予美亡此：予，我也，婦人自稱之詞。美，他的漂亮的丈夫。亡此，離開此地，有以此「亡」字為久役於外，有以此「亡」字為死亡，細審詩意，當以死亡為是，因其後章有百歲之後，歸于其居，歸於其室之句，可證明夫婦相會只有黃泉耳。若是行役於外，則行役有生歸之日，何至嚴重至於黃泉相見耶？　㈣誰與獨處：與字作陪伴講，即誰陪我獨處呢？與下章之誰與獨息，誰與獨旦，皆作誰陪我獨息呢？誰陪我獨旦呢？無人相陪，則只有獨處，獨息，獨旦耳。

【今譯】　葛已生長，蒙蓋了小樹，蘞草已蔓衍於荒野，我的好人舍我而去，誰陪我獨處呢？

蔓生蒙棘，蘞蔓于域㈠，予美亡此，誰與獨息㈡。

【今註】　㈠域：墳墓丘墟之地也。　㈡獨息：休息，憩息。

【今譯】　葛已生長，蒙蓋了棘木，蘞草已蔓衍於墳墓，我的好人舍我而去，誰陪我獨息呢？（似寡婦上墳之境。）

角枕粲兮，錦衾爛兮，予美亡此，誰與獨旦㈠。

【今註】　㈠這章是睹物思人，言枕頭依然的鮮艷，錦被依然的華麗，只是人不在了。自己一個人，孤淒淒的枕著枕頭，蓋著錦被，徒增思夫之悲傷耳。

【今譯】　角枕依然的鮮艷，錦被依樣的燦爛，只是可歎我的好人舍我而去，誰陪我獨旦呢？（即誰陪我睡到天明呢？）

夏之日，冬之夜㈠，百歲之後，歸於其居㈡。

【今註】㈠夏之日，冬之夜：夏天日長，冬天夜長，長夜漫漫，最難熬煎，言其苦之甚。㈡居：墳墓也，其死去的丈夫所住之處。與下章之歸於其室，皆指墳墓言。

【今譯】夏之日，冬之夜，最難熬煎，只有百年之後，與你黃泉相見。

冬之夜，夏之日，百歲之後，歸於其室。

【今譯】冬之夜，夏之日，最難熬煎，只有百年之後，與你墓中相伴。

㈩采　苓

這是勸人不要聽信捏造是非之謊話。

采苓采苓，首陽之顛㈠。人之為言㈡，苟亦無信㈢。舍旃舍旃㈣，苟亦無然㈤。人之為言，胡得焉㈥？

【今註】㈠首陽：山名，在山西永濟縣南。顛：山頂，苓生於田野，不生於山間，而采苓之人，謂其苓采自山顛或山下或山邊，皆自炫其名貴的偽言。㊁為言：為即偽字，偽言者，無事實而揑造之言也。㊂苟：希望之詞，尚也，庶幾也。亦，語助詞。㊃舍旃：即舍之哉，即舍掉它，不要信它。㊄苟亦無然：庶幾不以為然。㊅胡得焉：怎能達到目的，怎能發生作用，怎能發生效力。

【今譯】 采苓采苓，都是自稱他的苓菜是採自首陽山之上，這完全是揑造的謊話，揑造的謊話，千萬不可相信。舍棄他們的謊話，千萬不要以為他們的話是對的。如果能夠這樣的不輕信謊話，那麼，一切的揑造是非，都根本失去其作用了。

采苦采苦㊀，首陽之下。人之為言，苟亦無與㊁。舍旃舍旃，苟亦無然。人之為言，胡得焉？

【今註】 ㊀苦：苦菜也。㊁與：許諾也。

【今譯】 采苦采苦，都自稱他的苦菜是採自首陽山之下，這完全是揑造的謊話。揑造的謊話，千萬不可相信。舍棄他們的謊話，千萬不要以為他們的話是對的。如果能夠這樣的不輕信謊話，那麼，一切的揑造是非，都根本失其作用了。

采葑采葑㊀，首陽之東。人之為言，苟亦無從。舍旃舍旃，苟亦無然。人之為言，胡得焉？

【今註】㈠葑：蕪菁。

【今譯】采葑采葑，都自稱他的葑菜是採自首陽山之東，這完全是揑造的謊話。揑造的謊話，千萬不可聽從。舍棄他們的謊話，千萬不要以為他們的話是對的。如果能夠這樣的不輕信謊話，那麼，一切的揑造是非，都根本失其作用了。

十一、秦

國名，其地在禹貢雍州之域，即今之陝西甘肅二省之大部份。初伯益佐禹治水有功，賜姓嬴氏，其後中衰，居西戎以保西邊。大世孫大駱生成及非子，非子事周孝王，養馬於汧渭之間，馬大繁殖，孝王封為附庸，而邑之秦。至周宣王時，犬戎滅成之族，宣王遂命非子曾孫秦仲為大夫，誅西戎，不克，被西戎所殺。及幽王為西戎犬戎所殺，平王東遷，秦仲之孫襄公以兵送之。王封襄公為諸侯，曰：「能逐犬戎，即有岐豐之地。」襄公遂有周西都畿內八百里之地，至玄孫德公又徙於雍。（陝西興平縣。）

㈠車　鄰

這是秦國君臣相樂之詩。

有車鄰鄰㈠，有馬白顛㈡。未見君子㈢，寺人之令㈣。

【今註】㈠鄰鄰：同轔轔，盛多的樣子。㈡顛：額，白顛，額有白毛也。㈢君子：指秦君。㈣寺人：宮內之小臣，後世之宦官是也。寺人之令：即未見國君以前，先由寺人通報於君。

【今譯】盛多的車子，白額的馬匹。未見君子，先請寺人傳報。

阪有漆㈠，隰有栗㈡。既見君子，竝坐鼓瑟㈢。今者不樂，逝者其耋㈣。

【今註】㈠阪有漆，隰有栗：言事物各得其宜，比喻秦之君臣各盡其能，如阪之有漆，隰之有栗。阪者，坡也。㈡隰：低濕之地。㈢既見君子，竝坐鼓瑟：言其君臣之從容諧合，上下相親也。㈣今者不樂，逝者其耋：言今日如不參加這種快樂，時間一過，就八十歲了，比喻賢者之樂於參加秦國政府工作也。耋者，八十歲也。耋音碟。

【今譯】陂地有漆，隰地有栗，各得其宜，各有其用，既見君子，並坐鼓瑟，君臣和樂，上下相親。今日如不及時同樂，時間一過，就八十歲了。

阪有桑，隰有楊。既見君子，並坐鼓簧㈠。今者不樂，逝者其亡㊁。

【今註】㊀簧：音黃，笙管中的薄銅片，吹動時即發音。㊁亡：死去。

【今譯】陂地有桑，隰地有楊。各得其宜，各有其用。既見君子，並坐鼓簧，君臣和樂，上下相親。今日如不及時同樂，時間一過，便要死去了。

(二) 駟 驖

這是秦君田獵之詩。

駟驖孔阜㊀，六轡在手㊁。公之媚子㊂，從公于狩。

【今註】㊀驖：音鐵，黑色的馬。孔：大、極。阜：高大。㊁轡：音佩，馬韁繩。六轡者，兩服兩驂各兩轡，即為八轡，但因驂馬兩轡，納之於觖，故為六轡。㊂媚子：親愛的兒子。

【今譯】四匹黑色的馬，很是高大，御者手執六轡，驅車前進。公的親愛的兒子，從公一塊兒去打獵。

奉時辰牡㊀。辰牡孔碩㊁。公曰：「左之㊂！」舍拔則獲㊃。

【今註】㊀奉時辰牡：此為虞官之事，即掌山澤之官之事，虞官先獻出獸物，以供君子之射獵。奉者，獻也。時者，斯也，此也。㈡辰：據馬瑞辰考證，辰字即麎字，牝獸也。碩：大也。㈢左：命御者使左其車，以射獸之左部，古者射以中其左部為善。㈣舍拔：舍，放出。拔，矢末也，謂放出矢也。則獲：即命中也。

【今譯】　獻出牝雄之獸，很是碩大。公說：「驅車而左」。於是發矢而射，每發即中。

遊於北園，四馬既閑㈠。輶車鸞鑣㈡，載獫歇驕㈢。

【今註】　田獵既畢而遊之狀。㈠閑：動作熟習也。㈡輶：音由（ㄧㄡˊ），輕車也。鸞：鈴也。鑣：音標（ㄅㄧㄠ），馬銜也。輕車與乘車不同，輕車為驅逆之車：置鈴於鑣之兩旁。㈢載獫歇驕：載，動詞，載犬於車上也。獫：音險，犬名。歇，動詞，使之歇息也。驕，同獢，名詞，犬名。載獫與驕於車上，使之休息也。因其在獵逐之時，過份用力，故置於車上，免其奔走，以休息之也。另一解，以為獫、歇、驕，皆是犬名，以歇為名詞，一個動詞，帶著三個名詞，此種文法結構，似非詩經慣有之例。且「歇」字明明為一動詞也。載獫於車上，使之歇息，與下二字「歇驕」，即使驕歇息，故載之於車上；其意義完全相同，此為詩經文法構造之慣例。故採此說。

【今譯】　田獵既畢，乃從容遊於北園，四馬走動起來，步調非常熟練，輶車響著鈴聲，把獵犬載在車上，使牠們在激烈追逐之後，得到歇息。

㈢小　戎

這是婦人想念其出征丈夫之詩。

小戎俴收㈠，五楘梁輈㈡，游環脅驅㈢，陰靷鋈續㈣。文茵暢轂㈤，駕我騏馵㈥。言念君子，溫其如玉㈦。在其板屋㈧，亂我心曲㈨。

【今註】㈠小戎：兵車也，小戎對大戎而言，解釋不一，有謂小戎係羣臣所乘之車，大戎係將帥所乘之車。有謂載兵多者為大戎，載兵少者為小戎，大戎即元戎也。俴：音踐，淺也。收：軫也，皆車後橫木也。車四面之屏物，亦曰軫。大車之軫深八尺，兵車之軫，由前至後四尺四寸，故曰淺收。㈡五楘梁輈：楘：音木，交縈纏束之意，五楘者，纏之凡五處也。輈：音舟，車轅也，兵車田車乘車稱之謂輈。輈之前端，上曲如橋梁，故曰梁輈。㈢游環脅驅：游環者，以皮為之，在服馬背上，貫於驂馬之外背，以制驂馬之出外，因其游移前卻無固定之所在，故曰游環。脅驅者，亦以皮為之，前繫於衡之兩端，後繫於轅之兩端，當服馬之外脅，以制驂馬之入內。㈣陰靷鋈續：靷所以引軸，以皮條為之繫於軸上，而見於軌前，乃設環以接續靷之長度而以白金飾之，故曰鋈續。鋈者，白金也，音沃。㈤文茵暢轂：茵，車席也，以花紋繽紛之虎皮為車席，故曰文茵。暢轂，暢，長也。轂，音谷，車輪中心之圓木也，長的轂，曰長轂。㈥騏：青驪色之馬也。馵：音註，左足白色之馬也。從小戎俴收以至駕我騏馵，皆言出征時車馬動員之雄壯氣勢。下面之「言念君子」至「亂我心曲」，言婦人念其出征丈夫之心情也。言：發語詞。㈦溫其如玉：溫然如玉之美也。㈧在其板屋：出征西戎，西戎之俗以板為屋，故曰在其板屋。㈨心曲：心之深處也。

【今譯】淺輈的兵車，五楘的梁輈，有游環脅驅以調度馬匹的前進，有陰靷鋈續以牽引車軸的運動，虎皮的車席，長長的輪轂，駕起青驪的，白足的形形色色的馬匹，浩浩蕩蕩的出發了。想起夫君，他那溫然如玉的手采，現在正在西戎作戰，使我的心緒，深深的動亂！

四牡孔阜㈠，六轡在手㈡，騏駵是中㈢，騧驪是驂㈣，龍盾之合㈤，鋈以觼軜㈥。言念君子，溫其在邑㈦，方何為期㈧？胡然我念之㈨？

【今註】㈠牡：雄馬。㈡轡：每馬有二轡，四馬為八轡，何以言六轡？因驂內轡納於觖，故只六轡在手也。㈢騏駵是中：騏，青驪色之馬。駵，音留，赤色黑鬣之馬。是中，以之在中間，即服馬也。㈣騧驪是驂：騧，音瓜，黃馬黑喙者曰騧。驪，黑色之馬也。以之為驂馬也。㈤龍盾之合：盾上畫以龍文，故曰龍盾。合者，言載二盾，以備破毀也。㈥鋈以觼軜：觼，音厥，環之有舌者。軜，音納，驂馬之內轡也。置觼於軾前以繫軜，故謂之觼軜，亦消沃白金以為飾，故曰鋈以觼軜。㈦在邑：在西鄙之邑。㈧方何為期：方，將也，言將以何時為歸期也。㈨胡然我念之：言何以使我想念如是之極也。

【今譯】四匹雄馬，極其壯大，手執六轡，以騏駵為中服，以騧驪為兩驂，兩盾之上畫著龍文，觼軜之上鋈以白金，陣容是多麼強大啊！想起我的夫君，正在西邑作戰，什麼時候才能回來啊？為什麼使我想念如此之甚呢！

俴駟孔羣㈠，厹矛鋈錞㈡，蒙伐有苑㈢，虎韔鏤膺㈣，交韔二弓㈤，竹閉緄縢㈥。言念君子，載寢載興㈦，厭厭良人㈧，秩秩德音㈨！

【今註】㈠俴駟：俴，淺也，薄也，謂以薄金為介。介，甲也。孔羣：很有羣性。㈡厹矛鋈錞：厹，音求，厹矛，三隅矛也，刃有三角，即三叉之矛。錞，音敦，矛之下端也，以白金消沃矛之下端，即鋈錞也。㈢蒙伐有苑：蒙，雜也，雜羽也。伐，中干也，盾之別名。有苑，即苑然，文采苑然也。眉上畫著雜羽，文采苑然。㈣虎韔鏤膺：韔，音暢，盛弓之囊，以虎皮做成，故曰虎韔。鏤膺：鏤，雕鏤也；膺，胸也，弓之胸前的一面，曰膺。鏤膺即雕鏤弓面也。㈤交韔二弓：於弓囊中顛倒安置二弓，以備有毀壞。㈥竹閉緄縢：閉，同柲，弓檠也，以竹為之，所以正弓也。緄：繩也，縢：束紮也。以竹為柲，而以繩束紮於弓裏，檠弓體使之正也。㈦載寢載興：載，語助詞。寢，躺下。興，起來。即躺下又起來，起來又躺下，言思之深而起坐不寧也。㈧厭厭良人，秩秩德音：這兩句話，是婦人回憶他們夫婦的愛情生活，回憶他的丈夫對她的恩愛而感到百分之百的滿意，越是滿意於她的丈夫，而對她的丈夫的懷念便越切。厭厭良人，就是說使我百分之百感到滿意的丈夫。厭：足也，夠也，厭厭：足足夠夠也，百分之百滿意也。㈨秩秩：秩，積也，秩秩：積而又積也，積之深而蓄之厚也。德音：她的丈夫對於她的恩愛。秩秩德音者，就是回想她丈夫對於她恩深意重的愛情。所以這兩句話的意思，就是說婦人想念她的丈夫，回憶他們夫婦結合之美，愛情之深，而一旦棒打鴛鴦兩分離，其更想念得睡夢不安，坐臥不定了。

【今譯】四匹薄介的馬，很協調的行動著，車上設著以白金為錞的三隅矛，有畫文苑然的干盾，有虎皮作成的弓囊，弓的正面，施以雕鏤，弓囊裏面，盛著兩弓，而以竹柲，繫之使正。車上的武器，真是齊全俱備了。想念我的夫君，使我臥而又起，起而又臥，寢寐不安，起臥不寧，唉！使我全心滿意的夫君啊！恩深意重的愛情啊！

㈣蒹葭

這是思慕所愛的人而難於親近之詩。

蒹葭蒼蒼㈠，白露為霜㈡，所謂伊人㈢，在水一方㈣，溯洄從之㈤，道阻且長，溯游從之㈥，宛在水中央㈦。

【今註】㈠蒹：音兼，荻草。高數尺。葭：音加，蘆草。蒼蒼：顏色深青的，形容其茂盛。㈡白露為霜：表示是秋天。㈢伊人：彼人也，所愛慕之人也。㈣在水一方：在水的那一邊。㈤溯洄從之：逆流而上以求之。㈥溯遊從之：順流而下以求之。㈦宛在水中央：宛然如在水中央。

【今譯】蒹葭還在蒼蒼，霜露已經降下。我所思慕的那個人，是在水的那一邊。逆流而上去追求她，道程阻隔而且悠長；順流而下去追求她，她又仿佛就在水的中央。

蒹葭淒淒㈠，白露未晞㈡。所謂伊人，在水之湄㈢。溯洄從之，道阻且躋㈣；溯游從之，宛在水中坻㈤。

【今註】㈠淒淒：同萋萋，茂盛的樣子。㈡晞：音希，乾。㈢湄：音眉，水邊。㈣躋：音基，上行。㈤坻：音癡，水中高地。

【今譯】蒹葭還在淒淒，白露尚未乾絕。我所思慕的那個人，是在水的那一邊。逆流而上去追求她，道程阻隔而且難行，順流而下去追求她，她又仿佛是在水中的高地。

蒹葭采采㈠，白露未已㈡，所謂伊人，在水之涘㈢。溯洄從之，道阻且右㈣，溯游從之，宛在水中沚㈤。

【今註】㈠采采：茂盛的樣子。㈡未已：即尚有白露，白露尚未乾的意思。㈢涘：音四，水邊。㈣右：迂廻曲折。㈤沚：音止，水中小片的乾地。

【今譯】蒹葭還在采采，白露尚未乾絕。我所思慕的那個人，是在水的那一邊。逆流而上去追求她，道程阻隔而且迂廻，順流而下去追求她，她又仿佛是在水中的小渚。

(五)終　南

這是秦人讚美其國君的詩。

終南何有㈠？有條有梅㈡。君子至止㈢，錦衣狐裘，顏如渥丹㈣，其君也哉！

【今註】㈠終南：山名，在今陝西省西安之南。㈡條：木名，山楸也。梅：木名，枏也。㈢至止：至，到也。止，語尾詞。㈣顏如渥丹：渥，厚積也，言其面孔氣色之紅潤，如從紅丹中漬染出來似的。

【今譯】終南山上有什麼？有條樹，有梅樹。我們的君主，來到山下，穿著錦衣，被著狐裘，面色紅潤，好像是剛從紅丹中浸染出來似的，真正是君主的風度啊！

終南何有？有紀有堂㈠，君子至止，黻衣繡裳㈡，佩玉將將㈢，壽考不忘㈣。

【今註】㈠紀：讀杞，即杞也。堂：讀棠，即棠也。㈡黻衣：袞衣也。黻，音ㄈㄨˊ。㈢將將：同鏘鏘，玉聲也。㈣不忘：不老也，人老則易忘，不忘者即不老也。壽考不忘者，即長生不老也。

【今譯】終南山上有什麼？有杞樹，有棠樹。我們的君主來到山下，被著袞袍，穿著繡裳，佩玉的聲音，鏘鏘而悅耳，恭祝他長生不老！

(六) 黃　鳥

這是描寫秦穆公以三良從死，國人哀之之詩。

交交黃鳥㈠，止于棘㈡。誰從穆公㈢？子車奄息㈣。維此奄息，百夫之特㈤，臨其穴，惴惴其慄㈥！彼蒼者天，殲我良人㈦！如可贖兮，人百其身㈧！

【今註】㈠交交：鳥之鳴聲也。㈡止：棲也。棘：棗樹。㈢穆公：秦穆公也。㈣子車奄息：左傳文公六年，秦穆公卒，以子車氏之三子奄息，仲行，鍼虎殉葬。此三人者，皆秦之善良之士也，國人哀之，而賦此詩。㈤特：特然傑出的人才。㈥臨其穴，惴惴其慄：言三人被活活的強迫殉葬，臨入墓的時候，渾身戰慄。惴惴：音墜，懼也。穴者，壙穴也。㈦殲：殺也。㈧人百其身：如果可以代替的話，我們願以一百人的生命，來交換他。

【今譯】交交而鳴的黃鳥，棲止在棗樹之上。穆公死了，那個人殉葬呢？是子車氏的兒子奄息。說起奄息，他真是傑出的人才。他臨進墓穴的時候，渾身戰慄！蒼蒼者天啊，殺了我們善良的人！如果可以代替的話，我們寧願以一百人的生命，去換取他一個人的生命！

交交黃鳥，止于桑。誰從穆公，子車仲行㈠。維此仲行，百夫之防㈡，臨其穴，惴惴其慄！彼蒼者天！殲我良人！如可贖兮，人百其身。

【今註】㈠仲行：行，讀杭，子車氏之子名仲行也。㈡百夫之防：防，當也，言一人可當百人也。

【今譯】交交而鳴的黃鳥，棲止在桑樹之上。穆公死了，那個人殉葬呢？是子車氏的兒子仲行。說到仲行，他真是百夫莫當。他臨進墓穴的時候，渾身戰慄！蒼蒼的天啊！殺了我們的良善的人！如果可以代替的話，我們寧願以一百人的生命，去換取他一個人的生命。

交交黃鳥，止于楚。誰從穆公？子車鍼虎㈠。維此鍼虎，百夫之禦㈡，臨其穴，惴惴其慄！彼蒼者天，殲我良人！如可贖兮，人百其身。

【今註】㈠鍼：音ㄓㄣ。鍼虎亦子車氏之子。㈡百夫之禦：百夫難禦之人。

【今譯】交交而鳴的黃鳥，棲止在楚樹之上。穆公死了，那個人殉葬呢？是子車氏的兒子鍼虎。說到鍼虎，真是百夫難禦之人！他臨進墓穴的時候，渾身戰慄！蒼蒼的天，殺了我們良善的人！如果可以代替的話，我們寧願以一百人的生命，去換取他一個人的生命。

【補註】春秋傳曰：「君子曰：秦穆公之不為盟主也，宜哉！死而棄民。先王違世，猶貽之法，而況奪之善人乎！今縱無法以遺後嗣，而又收其良以死，難以在上矣。」又按史記秦武公卒，初以人從死，死者六十六人。至穆公，遂用一百七十七人，而三良與焉。其後，秦始皇之死，令後宮皆從之死，為之作墓道者，亦被活活閉死其中，秦之無道可知矣。

(七) 晨風

這是婦人思念其久出不歸的丈夫之詩。

鴥彼晨風㈠，鬱彼北林㈡，未見君子，憂心欽欽㈢。如何如何㈣？忘我實多㈤。

【今註】㈠鴥：音遇，疾飛的樣子。晨風：鳥名，鸇也。㈡鬱：茂盛的樣子。㈢欽欽：憂愁的樣子。㈣如何如何：此為婦人設詞自問其夫為什麼不回來，為什麼不回來？㈤忘我實多：把我忘的太多，即把我忘的太甚了。

【今譯】那急飛的晨風，還飛回於茂盛的北林。夫君啊！你為什麼不回來呢？見不到夫君，使我心中無限的憂愁！為什麼？為什麼不回來呢？你把我忘的太狠了。

山有苞櫟㈠，隰有六駮㈡。未見君子，憂心靡樂㈢！如何如何？忘我實多。

【今註】㈠苞：茂盛的。櫟：音離，樹名。㈡隰：音習，低濕的地方。六駮：梓榆一類的樹木。駮，音卜。㈢靡樂：無樂，沒有快樂。

【今譯】山上有櫟樹，隰地有六駮，草木猶各得其所，你為什麼不回來呢？見不到夫君，使我滿心憂愁，毫無樂趣之可言！你為什麼，為什麼不回來呢？你把我忘的太狠了。

山有苞棣㈠，隰有樹檖㈡。未見君子，憂心如醉。如何如何？忘我實多。

【今註】㈠棣：音弟，常棣也。㈡檖：音遂，樹名，即赤羅也。

【今譯】山上有棣樹，隰地有赤羅，草木猶各得其所，你為什麼不回來呢？見不到夫君，使我憂心如醉！你為什麼，為什麼不回來呢？你把我忘的太狠了。

㈧無　衣

這是秦民勤王從軍慷慨赴戰之詩。

豈曰無衣，與子同袍？王于興師，修我戈矛，與子同仇。

【今譯】我豈是沒有衣服而與你同穿此戰袍嗎？乃是因為君王正在動員興兵，所以我也參加行伍，拿起武器，與你共同殺敵。

豈曰無衣，與子同澤㈠？王于興師，修我戈戟，與子偕作㈡。

【今註】㈠澤：同襗，袴也。㈡作：起，奮起，動作。

【今譯】我豈是沒有衣服而與你同穿此戰袴嗎？乃是因為君王正在動員興兵，所以我也參加行伍，拿起武器，與你一致動作。

豈曰無衣，與子同裳？王于興師，修我甲兵，與子偕行。

【今譯】我豈是沒有衣服而與你同穿此戰裳嗎？乃是因為君王正在動員興兵，所以我也參加行伍，拿起武器，與你共同行動。

㈨渭　陽

這是秦太子送其舅公子重耳返晉之詩。

我送舅氏㈠，曰至渭陽㈡。何以贈之？路車乘黃㈢。

【今註】㈠我：秦康公自稱。舅氏：晉公子重耳，即以後之晉文公也。㈡曰：發語詞。渭陽：渭水之北也。秦都於雍，雍在渭南，晉在秦東，行必渡渭，蓋車行至於咸陽也。㈢路車：諸侯之車也。乘黃：四馬皆黃色也。

【今譯】我送舅氏，至於渭水之北。以何物為贈呢？贈之以四匹黃馬的路車。

我送舅氏，悠悠我思。何以贈之？瓊瑰玉佩。

【今譯】我送舅氏，心中無限惜別。以何物為贈呢？贈之以瓊瑰製成之玉佩。

㈩權　輿

這是說君主待賢者有始無終之詩。

於我乎夏屋渠渠㈠，今也每食無餘。于嗟乎㈡！不承權輿。

【今註】㈠夏屋渠渠：夏，大也。屋，饌具也。渠渠：豐盛也。夏屋渠渠者，即大饌豐盛之意也。㈡于嗟乎：即吁嗟乎。不承：不繼續也。權輿：開始，萌始，如大戴禮孟春有草權輿，即百草始生也。

【今譯】君主對於我，始而是大饌盛設，現在是每頓飯都沒有剩餘的。唉！有始無終，前後差別太大了！

於我乎每食四簋㊀，今也每食不飽，于嗟乎！不承權輿！

【今註】㊀簋：音規，盛菜的器皿。

【今譯】君主對於我，始而是每餐四盤，現在是每頓飯都吃不飽。唉！有始無終，前後差別太大了。

十二、陳

國名，太皞伏羲氏之故都，在禹貢豫州之東部，即今日河南省淮陽縣之地區也。其地廣漠平坦，無高山峻嶺。周武王時，帝舜之後，有虞閼父為周陶正，武王賴其能利器用，與神明之後，乃以長女妻其子滿，而封之于陳，與黃帝、帝堯之後，共為三恪。大姬好巫覡歌舞之事，其民化之。

(一)宛　丘

這是刺陳君以巫為戲，而無巫祭之禮也。

子之湯兮㊀，宛丘之上兮㊁，洵有情兮㊂，而無望兮㊃！

【今註】㊀湯：同蕩，歌舞遊戲。㊁宛丘：即今河南之淮陽縣，縣有丘，故曰宛丘。㊂洵有情兮：誠然是心情愉快。㊃而無望兮：望是巫祭之專門名詞，古者，巫之降神，必有望祭，貢獻牲粢以為祭物。陳君只以巫風為娛樂之用，大會男女歌舞為樂於宛丘之上，而並無牲粢之備，故曰無望。

【今譯】你大會士女，歌舞於宛丘之上，誠然是心情快樂的了，但是隨意取樂，不供牲粢，大失其巫祭之禮了。

坎其擊鼓㊀，宛丘之下。無冬無夏，值其鷺羽㊁。

【今註】㊀坎其：即坎然，擊鼓之聲也。㊁值：執持也。鷺羽：以鷺鳥之羽為舞具也。用鳥羽而舞，有飄飄欲仙之概，可以增加舞者之嬌媚。

【今譯】擊鼓之聲，坎然振響於宛丘之下，不論是冬天，不論是夏天，都在鷺羽翻飛，歌舞不斷。

坎其擊缶㊀，宛丘之道。無冬無夏，值其鷺翿㊁。

【今註】㊀缶：音ㄈㄡˇ，陶器，叩之可以配合樂拍。㊁鷺翿：即以鷺羽所製之舞翳，舞扇也。翿：音ㄉㄠˋ。

【今譯】擊缶之聲，坎坎然振響於宛丘道上，不論是冬天，不論是夏天，都在手持鷺翳，歌舞不斷。

(二) 東門之枌

這是刺陳國之巫風盛行，而男女借巫事以行樂也。

東門之枌㈠，宛丘之栩㈡，子仲之子，婆娑其下㈢。

【今註】㈠枌：音ㄈㄣˊ，白榆樹。㈡栩：音許，櫟樹。㈢婆娑：舞蹈的樣子。娑音ㄙㄨㄛ。

【今譯】在東門的枌樹下邊，在宛丘的栩樹下邊，子仲氏這一家族的人們在婆娑娑的聚舞。

穀旦于差㈠，南方之原。不績其麻，市也婆娑。

【今註】㈠穀旦：吉日良辰也。差：擇，選定時間。

【今譯】選擇了吉日良辰，地點在南方的平原，不在家裏邊紡花織布，卻聚眾如市的，婆娑而舞。

穀旦于逝㈠，越以鬷邁㈡。視爾如荍㈢，貽我握椒㈣。

【今註】㈠逝：往也。㈡越：語助詞。鬷：音宗，總體也。邁：行也，往也。鬷邁：大家總體的去看舞會。㈢荍：音翹，錦葵也，花色粉紅美艷。視爾如荍：男的向女的說：「我看你好像是一朵粉紅色的錦葵花」。㈣貽我握椒：於是女的贈我以一握的香椒。

【今譯】趁著吉日良辰，大家總體的去參加舞會，男女相會，互傳情話，男的向女的說：「我看你像是一朵粉紅色的錦葵花」，於是女的也贈我以一握的香椒。

(三) 衡　門

這是隱者安貧自樂之詩。

衡門之下㈠，可以棲遲㈡，泌之洋洋㈢，可以樂饑㈣。

【今註】㈠衡門：以橫木為門，言其住處之簡陋也。㈡棲遲：存身，棲身。㈢泌：音ㄇㄧˋ，急流之泉水也。㈣可以樂饑：可以自得其樂而忘饑。

【今譯】簡陋的衡門，同樣可以棲身，何必羨慕那高樓大廈？洋洋的泌泉，同樣可以樂而忘饑，何必垂涎那山珍海味。

豈其食魚，必河之魴㈠？豈其娶妻，必齊之姜㈡？

【今註】㈠魴：魚名，味甚鮮美。㈡齊之姜：齊國姜姓，貴族門第。

【今譯】各種魚類，同樣可以養生，何必一定要吃黃河之魴？小家碧玉，同樣可以偕老，何必一定要娶齊國姜姓之女？

豈其食魚，必河之鯉？豈其娶妻，必宋之子？

【今譯】各種魚類，同樣富有營養，何必一定要吃黃河之鯉？荊釵布裙，同樣饒有風情，何必一定要娶宋國子姓之女？（宋國，商之後，子姓也。）

(四)東門之池

這是男女借機會談情說愛之詩。

東門之池，可以漚麻㊀。彼美淑姬，可與晤歌。

【今註】㊀漚：音慪（ㄡˋ），將麻浸之於水中，使其柔輭，且使其纖維與幹體容易脫離也。

【今譯】東門的池塘，可以漚麻。賢美的淑姬，來此漚麻，正好可以在此和她相晤，而一同歌唱。

東門之池，可以漚紵㊀。彼美淑姬，可與晤語。

【今註】㊀紵：音佇，麻一類的植物。

【今譯】東門的池塘，可以漚紵。賢美的淑姬，來此漚紵，正好可以在此和她相晤，而談情說愛。

東門之池，可以漚菅㈠。彼美淑姬，可與晤言。

【今註】㈠菅：音堅，多年生草，葉細長而尖，根可作刷帚。

【今譯】東門的池塘，可以漚菅，賢美的淑姬，來此漚菅，正好可以在此和她相晤，而談心言歡。

㈤東門之楊

這是男女相約而對方到時不來之詩。

東門之楊，其葉牂牂㈠。昏以為期，明星煌煌㈡。

【今註】㈠牂牂：音臧，葉子茂盛的樣子。㈡煌煌：明亮也。明星：啟明星也。此言男女相約，在黃昏的時候，同至某處相會，但某方在指定時間之內到了，等至啟明星大亮，而對方猶不到。當然非常之失望了。

【今譯】東門的楊樹，葉子長得極其茂盛，彼此約定黃昏時間在此樹下相會，但是現在啟明星已經大亮了，為什麼她還不來呢？

東門之楊，其葉肺肺㈠。昏以為期，明星晢晢㈡。

【今註】㈠肺肺：葉子茂盛的樣子。肺：音沛。㈡晢晢：音哲，明亮的樣子。

【今譯】東門的楊樹，葉子長得極其茂盛。彼此約定黃昏時間在此樹下相會，但是現在啟明星已經大亮了，為什麼她還不來呢？

㈥墓　門

這是刺陳君不能除惡之詩。

墓門有棘㈠，斧以斯之㈡。夫也不良㈢，國人知之。知而不已㈣，誰昔然矣㈤。

【今註】㈠墓門：城門也，馬瑞辰考證甚詳，故墓門非墳墓之門也。㈡斯之：劈除也。㈢夫也不良：此夫字指某人而言，即此人不良。㈣知而不已：已，制止也，知其惡而不加以制止。㈤誰昔然矣？是那一個人壓根兒把他縱放至於如此呢？

【今譯】城門有棘，阻害行人，用斧子把它劈掉。此人不良，國人皆知，知之而不加以制止，是那個人壓根兒把他放縱至於如此呢？

墓門有梅，有鴞萃止㈠。夫也不良，歌以訊之㈡。訊予不顧，顛倒思予㊂。

【今註】㊀鴞：音消，惡聲之鳥也。㊁訊：勸告也。㊂顛倒思予：言到了顛覆敗亡之時，再想及我的話，為時已晚，無救於事矣。

【今譯】城門有梅，惡聲的鴞鳥，棲止其上。此人不良，我已經借詩歌以勸告。我的勸告，不蒙採納，到了顛覆敗亡的時候，再想起我的話，已經無濟於事了。

(七) 防有鵲巢

這是勸人莫信不合理的謊言。

防有鵲巢㊀，邛有旨苕㊁，誰侜予美㊂？心焉忉忉㊃！

【今註】㊀防有鵲巢：防，隄防也。鵲宜巢於樹木之上，今言鵲巢於隄防之上，顯然是不合理不可信的。㊁邛有旨苕：邛，音窮，丘也，高地也。旨，味香的。苕，音條，草名，葉青莖綠，可食。苕宜生於低濕之地，今言苕生於高丘之地，亦是不合理不可信的。㊂誰侜予美：侜，音舟，欺罔也，蒙蔽也，誑也。予美，我所愛之人。㊃忉忉：忉，音刀，憂愁。

【今譯】鵲鳥巢於隄防之上，香苕生於高丘之地，這都是不合理不可信的謊話。但是什麼人說這些不可信的謊話，以欺騙我所愛的人呢？實在使我心中憂愁。

中唐有甓㊀，邛有旨鷊㊁。誰侜予美？心焉惕惕㊂！

【今註】㊀中唐有甓：中唐，中庭路也。甓，陶器也，磚一類的東西，用以建階。中庭之路，非建階之地，而言有甓，是不可信的。㊁邛有旨鷊：鷊，音ㄧˋ。旨鷊，亦旨苕一類之物，生於低濕之地，今言旨鷊生於高丘之地，亦為不可信之言。㊂惕惕：憂懼也。

【今譯】中庭之路而言有磚甓之物，高丘之地而言生旨苕之菜，這都是不合理不可信的謊話。但是什麼人說這些不可信的謊話，以欺騙我的愛人呢？實在使我心中憂懼。

(八)月　出

這是男子思其情女之詩。

月出皎兮㊀，佼人僚兮㊁，舒窈糾兮㊂，勞心悄兮㊃。

【今註】㊀皎：月光皎潔也。㊁佼人：美人也。僚：美好的樣子。㊂舒窈糾兮：舒，發語詞。窈糾：即窈窕也，美好的樣子。糾音矯。㊃勞心悄兮：即憂心悄悄也。

【今譯】皎潔的月光啊，僚麗的美人啊，窈窕的丰姿啊，思而不見，使我深深憂念。

月出皓兮㈠，佼人懰兮㈡，舒懮受兮㈢，勞心慅兮㈣。

【今註】㈠皓：音浩（ㄏㄠˋ），光明潔白也。㈡懰：音劉，美好也。㈢懮受：即窈窕也。懮音酉。㈣慅：音草，憂念的樣子。

【今譯】明亮的月光啊，懰麗的美人啊，窈窕的手姿啊，思而不見，使我切切憂念。

月出照兮㈠，佼人燎兮㈡，舒夭紹兮㈢，勞心慘兮㈣。

【今註】㈠照：光明的。㈡燎：明媚的。㈢夭紹：即窈窕。㈣慘：憂傷也。

【今譯】燦耀的月光啊，明媚的美人啊，窈窕的手姿啊，思而不見，使我慘然憂念。

㈨株 林

這是刺陳靈公與夏姬通姦之詩。

胡為乎株林㈠？從夏南㈡！匪適株林㈢，從夏南。

【今註】㈠株：夏氏之邑也，在今河南省机城縣。林：野也。㈡夏南：徵舒字，徵舒字子南，故稱夏南，夏姬之子也。陳靈公淫于夏姬，言其子，實指其母也。㈢適：往也。

【今譯】他為什麼往株邑之林去呢？是為的找夏南，他的目的，不在於株林，而在於夏南。

駕我乘馬㈠，說于株野㈡。乘我乘駒，朝食于株。

【今註】㈠乘馬：四匹馬之車也。乘，作名詞用時，讀勝。作動詞用時，讀成。㈡說：音稅，舍息也。

【今譯】駕起我的四匹馬車，到株野去休息。坐著我的四駒馬車，到株邑吃早飯。

㈩澤　陂

這是男女相悅相戀之詩。

彼澤之陂㈠，有蒲與荷㈡。有美一人，傷如之何！寤寐無為㈢，涕泗滂沱㈣。

【今註】㈠陂：音ㄆㄛ，水澤的隄障。㈡蒲：水草，可用以編蓆。荷：芙蕖也。㈢無為：百無聊賴，提不起精神。㈣滂沱：痛哭，哭的鼻涕一把淚一把。

【今譯】在那水澤的堤岸，長著蒲草與荷花。想起我所愛慕的美人，使我無限悲傷，睡臥不寧，百無聊賴，只有涕泗縱橫而已！

十三、檜

國名，高辛氏火正祝融的封地，即今之河南省鄭州是也。

彼澤之陂，有蒲與蕑㈠。有美一人，碩大且卷㈡，寤寐無為，中心悁悁㈢。

【今註】㈠蕑：音間，蘭也。㈡卷：同娟，美麗也。㈢悁悁：悁音娟，悁悁，憂思也。

【今譯】在那水澤的隄岸，長著蒲草與蘭花。想起我所愛慕的美人，長的那麼樣的大方漂亮，使我睡臥不寧，百無聊賴，只有中心愁思而已。

彼澤之陂，有蒲菡萏㈠。有美一人，碩大且儼㈡。寤寐無為，輾轉伏枕。

【今註】㈠菡萏：荷花。菡，音ㄏㄢˋ。萏，音ㄉㄢˋ。㈡儼：美麗也。

【今譯】在那水澤的隄岸，長著蒲草與荷花。想起我所愛慕的美人，長的那麼樣的大方漂亮，使我睡臥不寧，百無聊賴，只有翻來覆去的臉伏枕頭而已。

(一)羔裘

這是刺檜君之重遊宴而輕於理朝也。

羔裘逍遙㊀，狐裘以朝㊁，豈不爾思，勞心忉忉。

【今註】㊀羔裘：理朝辦公之法服也。逍遙：遊戲宴樂也。㊁狐裘：燕居之便服也。朝：音潮，臨朝辦公也。馬瑞辰毛詩傳箋通釋引用錢澄之之言曰：「逍遙而以羔裘，是法服為嬉戲之具；視朝而以狐裘，是臨御為褻媟之場」，其言簡明而切要，可以為理解此詩之助。

【今譯】遊宴的時候，你穿著辦公的法服；臨朝的時候，你穿著燕居的便衣。豈有對你不想念的道理，但是你不理國事，使我無限擔心。

羔裘翺翔，狐裘在堂㊀。豈不爾思，我心憂傷。

【今註】㊀堂：公堂，辦公之地。翺翔：消遣玩樂。

【今譯】消遣的時候，你穿著辦公的法服，臨堂的時候，你穿著私居的便衣。豈有對你不想念的道理，但是你荒廢政務，使我內心憂傷。

羔裘如膏㊀，日出有曜㊁。豈不爾思，中心是悼。

【今註】 羔裘如膏，日出有曜：言其只注意服裝之美而不注意國事也。㈠膏：光澤也。㈡日出有曜：耀然如陽光之發亮也。有曜，耀然而有光也。

【今譯】 你所穿的羔裘，光澤鮮豔，耀然如陽光之發亮。豈有對你不想念的道理，但是你懈弛朝政，使我內心悲悼。

㈡素 冠

這是檜之賢臣痛心檜君華服盛裝不理國事而欲歸隱之詩。

庶見素冠兮㈠，棘人欒欒兮㈡，勞心慱慱兮㈢。

【今註】 ㈠庶：庶幾，希望之詞。素冠：與下章之素衣，素韠，皆樸實無華之服著，與檜君之注重盛裝美服者，完全相反。由於檜君之注重服飾打扮，國人化之，成為風氣，故此賢臣深感樸素之衣著，已屬難見，故曰安得見有素冠素衣素韠之人而與之「同歸」「如一」也。㈡棘人：賢臣自謂也，急切憂心國事之人，孤臣孽子之人。欒欒：瘠瘦也，因憂心國事而憔悴消瘦。㈢勞心：操心，操勞之心。慱慱：音團，憂愁的樣子。

【今譯】 好在能碰到一個戴素冠的人吧！孤孽的我已經憔悴不堪了，念及國事，使我擔心的很！

庶見素衣兮，我心傷悲兮，聊與子同歸兮㊀。

【今註】㊀聊：且也。子：指素衣之人。同歸：同斥言於田野，同歸於儉樸的生活。

【今譯】好在能碰到一個穿素衣的人吧！看見那些盛裝豔服，我的心悲傷極了，且願與你同歸於儉樸的生活。

庶見素韠兮㊀，我心蘊結兮㊁，聊與子如一兮㊂。

【今註】㊀韠：音畢，蔽膝之物也。㊁蘊結：憂鬱難解也。㊂如一：一致的生活，儉樸的生活。

【今譯】好在能碰見一個穿素韠的人吧！看見那些盛裝豔服，我的心憂鬱難解，且願與你一樣的樸素無華。

㈢隰有萇楚

這是亂世之人不樂其生之反常心理也。

隰有萇楚㊀，猗儺其枝㊁，夭之沃沃㊂，樂子之無知㊃！

【今註】㊀隰：低濕之地。萇楚：羊桃樹。㊁猗儺：音阿娜，同猗那，美盛的樣子。㊂夭：豔盛也。沃沃：很有光澤的樣子。㊃樂：羨慕也。無知：沒有知覺，沒有感應，故無愁無慮。人在痛苦憂患之中，常常憎恨自己的有知識有感應，而羨慕草木無知無識之可貴，人若是沒有知識沒有感應，對於政治之治亂，社會之是非，人群之善惡，毫無分別，毫無見解，如草木一樣，是多麼好呢！大概在衰亂之世，人們不樂其生，以生為苦，所以才有這種悲哀厭世的心理。如果在太平盛世，室家本來是溫暖的源泉，生命本來是享受的主體，何至於以無知識之愚，無室家之累，為可羨慕的呢！由此詩，可以想見檜國政治之壞了。

【今譯】那低濕的地方，長著一棵羊桃樹，枝葉茂盛，光采鮮豔。羊桃樹啊，像你這樣無知無慮的樣子，真是值得羨慕啊！

隰有萇楚，猗儺其花，夭之沃沃，樂子之無家！

【今譯】那低濕的地方，長著一棵羊桃樹，花開茂盛，光采鮮豔，羊桃樹啊，像你這樣沒有室家之累，真是值得羨慕啊！

隰有萇楚，猗儺其實，夭之沃沃，樂子之無室！

【今譯】那低濕的地方，長著一棵羊桃樹，結實繁茂，光采鮮豔，羊桃樹啊，像你這樣沒有室家之累，真是值得羨慕！

㈣匪　風

這是刺檜政敗壞，人民流離道路，痛苦望救之詩。

匪風發兮㈠，匪車偈兮㈡，顧瞻周道㈢，中心怛兮！

【今註】㈠匪：同非，不是。匪風發兮，匪車偈兮：發，飄刮。㈡偈：音樂，疾驅。言不是風把我們刮在道路上，也不是車把我們趕在道路上，而所以流離道路者，乃惡政之所逼也。㈢顧瞻周道：周道，大道也，大路也。在大路之上，仰天四顧，百無聊賴，所以中心怛愴。

【今譯】不是風把我們刮在大路上，也不是車把我們趕在大路上，在大路上之顛沛流離，仰天四顧，百無聊賴，心中悲愴的很啊！

匪風飄兮，匪車嘌兮㈠，顧瞻周道，中心弔兮！

【今註】㈠嘌：音飄，吹蕩。

【今譯】不是風把我們飄在大路之上，也不是車把我們搖在大路之上。在大路之上，仰天四顧，百無聊賴，心中哀傷的很啊！

誰能亨魚？溉之釜鬵㈠。誰將西歸？懷之好音！

【今註】㊀溉：洗滌。釜鬵：烹魚之器也。鬵，音尋，大鍋。

【今譯】誰能烹魚？我願意為他洗鍋。誰將西歸？我希望能有好的消息。

十四、曹

國名，其地在禹貢兗州陶丘之北，雷夏荷澤之野，周武王以封其弟振鐸，今之山東曹州。

㈠蜉蝣

這是歎人生短暫，榮華不常也。

蜉蝣之羽㊀，衣裳楚楚㊁。心之憂矣，於我歸處㊂。

【今註】㊀蜉蝣：蜉，音ㄈㄨˊ。蝣，音ㄧㄡˊ。蜉蝣，像蜻蜓的昆蟲，棲息水邊，又能飛行空中，朝生暮死，生命甚短。㊁楚楚：鮮明的樣子。但其生命短暫，比喻人生短促，榮華富貴之難久也。㊂消極的結局。

【今譯】蜉蝣的羽翼，好像是鮮明的衣裳，鼓翼而飛，楚楚而美觀。但是朝生暮死，轉瞬即逝。想到我的生命，也和牠是同樣的結局，不由的便憂傷起來。（把「心之憂矣，於我歸處」顛倒翻譯。）

蜉蝣之翼，采采衣服。心之憂矣，於我歸息。

【今譯】 蜉蝣的翅膀，好像是美麗的衣服，鼓翼而飛，采采而發光。但是朝生暮死，轉瞬即逝。想到我的生命，也和牠是同樣的結局，不由的便憂傷起來。（歸處、歸息、歸說，都是死。於，同與解。）

蜉蝣掘閱㈠，麻衣如雪㈡。心之憂矣，於我歸說。

【今註】 ㈠掘閱：掘，穿也。閱，穴也，謂蜉蝣穿穴而出。㈡麻衣：白衣也。

【今譯】 蜉蝣從地中出生之始，一身的白衣服，好像是雪一般的，真是美觀。但是朝生暮死，轉瞬即逝。想到我的生命，也和牠是同樣的結局，不由的便憂傷起來。

㈡候 人

這是刺曹共公之任用小人而疏遠君子。據左傳僖公二十八年，晉文公伐曹。三月入曹，宣布曹公之罪，謂其不用賢人僖負羈，而乘軒者三百人，皆小人也。

彼候人兮㈠，何戈與祋㈡。彼其之子㈢，三百赤芾㈣。

【今註】㈠候人：道路迎送賓客之官。㈡何：同荷，負也。祋：音ㄉㄨㄛˊ，殳也。殳音殊，兵器名，以竹為之，長一丈二尺。候人，指賢人，賢人不被重用，而只為荷戈與祋之事，以作儀仗隊。㈢彼其之子：指小人，小人得志，被重用，反而乘坐高車，佩帶赤芾，有三百人之多。㈣赤芾：芾，冕服之韠也。赤芾，天子所賜大夫之服也，列國之卿大夫，受命於天子者，始得服赤芾。曹以小國，而服赤芾者，竟有三百人之多，可見曹共公之濫寵矣。芾，音沸。

【今譯】彼賢良之君子，荷戈與祋，充當迎送賓客之儀仗隊；而駑劣之小人，反而乘高軒，服赤芾，揚揚得意，竟有三百人之多。

維鵜在梁㈠，不濡其翼㈡。彼其之子，不稱其服。

【今註】㈠鵜：音啼，鵜鶘鳥也。梁：水壩也。㈡濡：濕水也。鵜鶘，比喻君子也，入污水而其翼不沾。

【今譯】水壩上的鵜鶘，雖入於污水之中，而其翼光潔不沾。那般氣質惡劣的小人們，穿佩赤芾之服飾，太不相配了。

維鵜在梁，不濡其咮㈠。彼其之子，不遂其媾㈡。

【今註】㈠咮：音晝，鳥嘴。㈡遂：稱也，配也。媾：寵也。

【今譯】水壩上的鵜鶘，雖入於污水之中，而其嘴光潔不沾。那般氣質惡劣的小人們，享受深厚的寵祿，太不相配了。

薈兮蔚兮㊀，南山朝隮㊁。婉兮孌兮，季女斯饑㊂。

【今註】㊀薈，蔚：皆叢集騰發之意。㊁朝：早晨。隮：虹。以早晨的虹，比喻妖邪的小人。㊂季女：少女也，以少女比喻君子。

【今譯】南山早晨的虹氣，叢蔚而騰勃。美麗婉順而有德的少女，反而淪於饑餓。

㈢鳲　鳩

這是說淑人君子之正己而正人也。

鳲鳩在桑㊀，其子七兮㊁。淑人君子，其儀一兮㊂。其儀一兮，心如結兮㊃。

【今註】㊀鳲鳩：布穀鳥也。鳲：音尸。㊁其子七兮：布穀鳥養了七個兒子，牠怎麼能養七個兒子呢？因為她以同樣的愛去愛牠的每一個兒子。㊂儀：儀者，義也，行為也，行而宜之之謂義。㊃心如結兮：言其心之堅定貞一也。

【今譯】　桑樹上的布穀鳥，以同樣的愛去愛牠的每一個兒子，所以牠能養大了七個兒子。善良的君子，他的行為，永遠是純一不二的。他所以純一不二，是由於他的心之堅定貞一的緣故。

鳲鳩在桑，其子在梅。淑人君子，其帶伊絲㈠。其帶伊絲，其弁伊騏㈡。

【今註】　㈠伊：維也。㈡弁：皮冠也。騏：同璂，飾玉。

【今譯】　布穀鳥在桑樹上，牠的兒子飛在梅枝上。善良的君子，他的大帶，用素絲作成，他的皮冠，用玉石作裝飾。

鳲鳩在桑，其子在棘。淑人君子，其儀不忒㈠。其儀不忒，正是四國。

【今註】　㈠忒：錯誤。忒音特。

【今譯】　布穀鳥在桑樹上，牠的兒子飛在棗樹上。善良的君子，他的行為永遠是正大光明的。因為他的行為正大光明，所以他能端正四方的國家。

鳲鳩在桑，其子在榛。淑人君子，正是國人。正是國人，胡不萬年。

【今譯】布穀鳥在桑樹上，牠的兒子飛到榛枝上。善良的君子，端正全國的人民。既然他是全國人民的表率，怎可以不長壽萬年呢！（祝禱其長壽萬年。）

(四)下　泉

這是傷周室衰微而四方諸侯之強凌弱也。

洌彼下泉㊀，浸彼苞稂㊁。愾我寤歎㊂，念彼周京㊃。

【今註】㊀冽：音列（ㄌㄧㄝˋ），寒冷的。下泉：自上而下流的泉水。㊁浸：澆灌也。苞：叢生也。稂音狼，牛尾蒿也。㊂愾：音蓋，歎息聲。寤：語詞。㊃周京：周朝的都城，即成周。此詩借寒泉流下，澆浸苞稂，比喻晉以大國而侵曹，曹無力以抵抗，而周天子力量微弱，亦不能抑強扶弱，於是詩人為之歎息。

【今譯】寒冽的下泉，澆浸之苞稂。想起了周京的衰微，使我愾然歎息。

洌彼下泉，浸彼苞蕭㊀。愾我寤歎，念彼京周㊁。

【今註】㊀蕭：蒿也。㊁京周：即周京，為協韻倒置。

【今譯】寒冽的下泉，澆浸了苞蕭。想起了周京的衰微，使我愾然歎息。

冽彼下泉，浸彼苞蓍㈠。愾我寤歎，念彼京師㈡。

【今註】㈠著：蒿類。㈡京師：京都之地，人口眾多，即周京。

【今譯】寒冽的下泉，澆浸了苞蓍。想起了周京的衰微，使我愾然歎息。

芃芃黍苗㈠，陰雨膏之㈡；四國有王㈢，郇伯勞之㈣。

【今註】㈠芃芃：音朋，茂盛的樣子。㈡膏：作動詞解，滋潤，潤澤。㈢四國有王：四方的國家，心目中知道尊敬周天子，心目中尚有周天子。㈣郇伯勞之：郇，音荀，伯，即荀躒，亦即智伯。春秋昭公二十二年，王子朝作亂，晉荀躒率領九州的戎人，平定禍亂，保護周敬王進入王城。昭公二十六年，荀躒又衛護敬王返回成周。成周即東周。昭公二十七年，晉國又保衛周京。勞：招徠，號召。

【今譯】茂盛的黍苗，是由於陰雨的澤潤。四方的國家所以心目中尚有周王，是由於郇伯的招徠。

十五、豳

國名，在禹貢雍州岐山之北，原隰之野。虞夏之際，棄為后稷之官，而封於邰（今陝西省武功縣）。棄之後代子孫至公劉之世，能修復后稷之業，民以富實，乃相土地之宜而立國於豳（今陝西省，三水縣）。

(一) 七月

這是詠豳地農村工作及生活情形之詩。

七月流火㈠，九月授衣㈡，一之日觱發㈢，二之日栗烈㈣；無衣無褐㈤，何以卒歲㈥？三之日于耜㈦，四之日舉趾㈧。同我婦子，饁彼南畝㈨，田畯至喜㈩。

【今註】㈠七月：指夏曆之七月而言，夏曆之七月為周曆之九月。流火：火，星名，六月初黃昏時，火星見於南方，至七月之昏，則下而向西流，故曰流火，即七月火星下沉也。㈡九月授衣：夏之九月，為周之十一月，天氣已寒，故授衣而使之禦寒。㈢一之日觱發：一之日，夏曆十一月，即周之正月。觱：音必，觱發，風寒也。㈣二之日栗烈：二之日，夏曆十二月，即周之二月，栗烈：即凛冽，寒冷也。㈤褐：音何，毛布，平民之服。㈥何以卒歲：何以渡過冬天。㈦三之日于耜：三之日，夏曆正月，即周之三月。耜，音似，農具，即今日之鍬。于耜者，即修理農具，準備開始農作也。㈧四之日舉趾：四之日，夏曆二月，即周之四月。舉趾，即舉腳踏耜，耕墾田地。㈨饁：音葉，送飯到田裏以供耕者之食。㈩田畯，音俊，田官，勸導耕作之官。

【今譯】 七月的時候，火星下流，天氣漸涼。九月的時候，霜降天寒，把衣服分授家人以禦寒。十一月的時候，寒風颼颼；十二月的時候，冷氣凓人，如果沒衣沒褐，何以能渡過這凜冽的寒冬？到了第二年的正月，就要修理農具，準備開始耕作。二月的時候，就要腳踏鍬具，耕鬆土壤。自此以後，農田的工作，便越來越忙，於是全家動員，壯而有力者在田耕作，婦孺們在家做飯，飯做好了，送到田間以供工作者的食用。勸農的官，看到這種男女老幼勤於耕作的情形，便大大的歡喜起來。

七月流火，九月授衣。春日載陽㈠，有鳴倉庚㈡。女執懿筐㈢，遵彼微行㈣，爰求柔桑，春日遲遲㈤，采蘩祁祁㈥，女心悲傷，殆及公子同歸㈦。

【今註】 ㈠載：始也。陽：溫和也。㈡倉庚：黃鸝也。㈢懿筐：深的筐子。㈣遵：循也。微行：小徑也。行，讀杭。㈤春日遲遲：日長而暄也。㈥蘩：白蒿也，用以生蠶，蓋蠶有生出者，有未生出者，以白蒿水澆於蠶子，則未生出者亦可生，故采蘩所以生蠶，並非飼蠶。祁祁：人眾也。㈦女心悲傷，殆及公子同歸：女心為什麼悲傷呢？因為要嫁於公子，遠離家人父母，故一時心酸耳。

此章全言女功之事。

【今譯】 冬天過了，春天開始溫暖起來，黃鸝也叫起來了，女子拿著深美的筐子，順著小路，去採那柔嫩的桑葉，生養幼蠶。春日天長而溫和，采蘩的人，也很多很多，女子一想起就要出嫁於公子，遠離家人父母，不由的便悲傷起來。

七月流火，八月萑葦㊀。蠶月條桑㊁，取彼斧斨㊂，以伐遠揚，猗彼女桑㊃。七月鳴鵙㊄，八月載績㊅，載玄載黃㊆，我朱孔陽㊇，為公子裳。

【今註】㊀萑葦：萑，音丸，萑葦即蘆葦，可作為養蠶之曲簿。㊁蠶月：養蠶的時期。條：作動詞用，條理、整理、修理、剪理、修剪桑枝，把枯老的剪去，使新嫩的有充分發展的機會。於是取彼斧斨以伐遠揚。㊂斧斨：斨，音槍，亦斧之類，受柄之處，其洞孔方者曰斨，橢圓者曰斧。㊃猗彼女桑：猗，使之茂盛也，女桑，幼小之桑樹。即使幼小之桑樹充分發展而茂盛。㊄鵙：音決，伯勞鳥也。㊅績：紡織。㊆載玄載黃：乃把絲染成黑色或黃色。㊇我朱孔陽：朱，染的紅色。孔，甚也，陽，鮮豔也。

【今譯】七月的時候，火星下流；八月的時候，收割蘆葦。到了蠶月的時候（第二年三月），修剪桑枝，用斧子斨子把遠揚起的枝梢，都剪掉，使那些幼小的桑樹，得有發展茂盛的機會。到了七月的時候，伯勞叫鳴；八月的時候，就可以紡織成布，於是染成黑的黃的各種各樣的顏色。我染的紅色的布，最為鮮豔，預備為公子做衣裳穿。

四月秀葽㈠，五月鳴蜩㈡，八月其穫，十月隕蘀㈢。一之日于貉㈣，取彼狐狸，為公子裘。二之日其同㈤，載纘武功㈥。言私其豵㈦，獻豜於公㈧。

【今註】㈠葽：音腰，苦菜也。㈡蜩：音條，蟬也。㈢隕：落。蘀：音ㄊㄨㄛˋ，草木皮葉落地也。㈣一之日于貉：一之日，十一月也，于貉，往獵貉也。貉，音賀，獸名。㈤二之日其同：二之日，十二月也，同，會同也，謂大會眾人行獵也。㈥載纘武功：纘，繼續練習。武功，武事也，打獵有益於習武，所以打獵就是操練武功。㈦豵：一歲的豬。㈧豜：音肩，三歲的豬。

【今譯】四月的時候，葽菜成秀。五月的時候，蟬兒發鳴。八月的時候，收割莊稼。十月的時候，草木隕落，十一月的時候，獵逐狐狸，為公子製皮襖。十二月的時候，大會眾人而行獵，藉以操練武功。獵得的野豬，小的自己吃，大的獻於豳公。

五月斯螽動股，六月莎雞振羽㈠。七月在野，八月在宇㈡。九月在戶㈢，十月蟋蟀入我牀下㈣。穹窒熏鼠㈤，塞向墐戶㈥。嗟我婦子，曰為改歲㈦，入此室處㈧。

【今註】㈠斯螽：莎雞，蟋蟀，皆是一物，隨時變化而異其名。螽，音忠，昆蟲。莎，音蓑。動股：

以股部磨擦翅膀而發鳴。振羽：鼓動翅膀而發聲。㈡宇：屋簷：謂蟋蟀在屋簷之下。㈢在戶：言九月天氣入涼，蟋蟀乃避至門戶之內。㈣入我牀下：言天氣更冷，蟋蟀則避於我的牀下。㈤穹：音窮，洞穴也。窒：音質，塞也，將展中的洞穴都塞住，以免寒氣侵入。熏鼠：鼠係咬嚙東西並穿穴之物，所以要用火烟把鼠熏絕。㈥塞向：冬天北風寒冽，要把北向的窗牖塞住。墐戶：墐，音謹，以泥塗物也，貧民之戶都用樹枝或竹草編成，容易透風，所以要塗之以泥而可以蔽風。㈦曰：語詞。為：將也。改歲：言將換新年也。㈧入此室處：進入這樣溫暖的房內，安生的過活。

【今譯】五月的時候，斯螽叫鳴，六月的時候，莎雞振羽，七月的時候，蟋蟀在野，八月的時候，天氣入涼，蟋蟀就在屋簷之下。九月的時候，天氣較寒，蟋蟀就跑入門戶之內。十月的時候，天氣更寒，蟋蟀就藏入我的牀下。十月以後，我就把房屋的孔洞都堵塞起來，把咬物品掘孔洞的老鼠都熏死，把面朝北的窗子都堵塞住，把葦編的門，用泥塗抹起來，這樣，寒氣就一點不能侵入屋內，我們全家男女老小就可以在此溫暖的房間，安安生生的度過晚冬而迎新春。

六月食鬱及薁㈠，七月亨葵及菽㈡，八月剝棗㈢，十月穫稻，為此春酒㈣，以介眉壽㈤。七月食瓜，八月斷壺㈥，九月叔苴㈦，采荼薪樗㈧，食我農夫。

【今註】㈠鬱：唐棣類果物。薁：音玉，野葡萄。㈡亨：古烹字。葵：菜名。菽：大豆。㈢剝棗：

剝打也，打棗樹之枝，使棗落下，以便收成。㊃春酒：凍醪也，冬時釀之，新春飲之。㊄介：助也。厚壽：高壽也。㊅斷壺：瓠也，斷蒂取瓜也。㊆叔：拾也。苴：麻子，可作菜羹。㊇荼：苦菜。樗：音庶，下等的木材，作薪用。

【今譯】　六月的時候，吃唐棣和葡萄。七月的時候，吃葵果和大豆。八月的時候打棗。十月的時候收稻。冬天做酒春天喝，介眉高壽人歡樂。七月的時候吃瓜，八月的時候斷瓠，九月的時候拾麻子，收採苦菜，斫伐樗薪，儲備齊全，我們農夫們就可以充充足足的有著吃的了。

九月築場圃㊀，十月納禾稼㊁。黍稷重穋㊂，禾麻菽麥。嗟我農夫，我稼既同㊃，上入執宮功㊄。晝爾于茅，宵爾索綯㊅，亟其乘屋，其始播百穀。

【今註】　㊀場圃：場是收穀之地，圃是種菜的地，因場圃使用同一之地，故九月之時，菜蔬已收，圃地即換作場地之用，築場圃以納禾稼。㊁禾：穀物連穀秸之總名。稼：禾已秀實而尚在田野者，曰稼。㊂重：音蟲，先種後熟曰重。穋：音路，後種先熟曰穋。禾：稻、秫、菽、粱之類，皆曰禾。㊃同：收聚完畢也。㊄上入：即到都城去。執宮功：為豳公建造房屋之事也。㊅索綯：絞繩索。

【今譯】　九月的時候，修築場圃；十月的時候，納進禾稼，黍啊，稷啊，麻啊，豆啊，稻啊，秫啊，有先種而後熟的，有後種而先熟的，這個時候，統統都收割了。我們一般農夫，既然把莊稼都收聚完畢，於是就上到都城，給豳公建築房屋，白天弄茅草，晚上絞繩索，急急忙忙，趕快把房子蓋好了，就該開始播種百穀了。

二之日㈠，鑿冰沖沖㈡，三之日㈢，納于凌陰㈣。四之日其蚤㈤，獻羔祭韭㈥。九月肅霜㈦，十月滌場㈧。朋酒斯饗㈨，曰殺羔羊，躋彼公堂㈩，稱彼兕觥，萬壽無疆。

【今註】㈠二之日：十二月也。㈡沖沖：鑿冰之聲。㈢三之日：正月也。㈣凌陰：藏冰室。㈤四之日：二月也。其蚤：早期。㈥獻羔祭韭：以羔羊與韭菜獻祭。㈦九月肅霜：霜降而有肅殺之氣。㈧滌場：場事已畢而清掃之。㈨朋酒：朋輩相聚而飲酒。㈩躋彼公堂：升登於豳公之堂，為豳公祝壽。

【今譯】十二月的時候，把冰鑿開，正月的時候，納冰於藏冰室。二月早期的時候，以羔羊與韭菜獻祭。九月霜降，而帶有肅殺之氣。十月的時候，清掃穀場，農事全畢，於是大家殺羔宰羊，聚酒為歡。升登豳公之堂，舉杯稱觴，祝豳公萬壽無疆。

㈡鴟　鴞

這是周公自述輔成王平叛亂、定國家之苦心。

鴟鴞鴟鴞㈠，既取我子，無毀我室㈡，恩斯勤斯，鬻子之閔斯㈢。

【今註】㈠鴟鴞：即貓頭鷹，專捕其他小鳥為食。這首詩是周公借鳥語述說自己的苦衷。武王克商，使其弟管叔蔡叔監視紂子武庚之國。武王死，成王幼小，周公立成王而相之。而二叔以武庚叛，且製造謠言，謂周公將不利於成王。故周公東征，二年，乃得管叔武庚而誅之。而成王猶未知周公之真誠也。於是周公作此詩以貽王。託為愛巢之鳥，而斥鴞鴟之破壞。鴟，音ㄔ。鴞，音ㄒㄧㄠ。㈡室：巢也。㈢鬻子：幼子，稚子，指成王。閔：憐惜。斯：語助詞。

【今譯】鴟鴞呀，鴟鴞呀，你既捕取我的兒子，不要再破壞我的窩巢了。我所以辛辛苦苦，殷勤照顧，完全是為了稚子的可憐！

迨天之未陰雨㈠，徹彼桑土㈡，綢繆牖戶㈢。今汝下民㈣，或敢侮予㈤。

【今註】㈠迨：趁著。㈡徹：取。桑土：桑樹根也。㈢綢繆：繆，音謀，從早準備，從早纏絮。㈣女：讀汝。㈤或敢侮予：言我勤苦如此，誰敢來污辱我。周公自己以鳥之築巢自比。

【今譯】趁著天還沒有下雨的時候，我就早早的採取桑根，把窗子、門戶（鳥巢）都纏紮起來，以防備毀壞，現在你們下民，有誰敢污辱我呢？

予手拮据㊀，予所捋荼㊁，予所蓄租㊂，予口卒瘏㊃，曰予未有室家㊄。

【今註】㊀拮：音結。据：音居。拮据：操作勞苦，手口並作。㊁捋：音勒，取也。荼：萩穗，可用以鋪巢。㊂租：同苴，草墊也。㊃卒：同瘁，病也。瘏：音塗，病也。㊄室家：巢也。辛辛苦苦，為的是建築窩巢，周公此章，仍以愛巢築巢之鳥自喻。

【今譯】我的操作已經夠勞苦了，我採取荼草，我儲積苴墊，我的嘴角也生病了。我所以如此辛苦，為的是沒有窩巢，要積極建造一個窩巢才行。

予羽譙譙㊀，予尾翛翛㊁，予室翹翹㊂，風雨所漂搖，予維音嘵嘵。

【今註】㊀譙譙：音樵，顦顇也，憔悴也，焦枯也。㊁翛翛：音消，同消消，敝也。㊂翹翹：危殆也。嘵嘵：音消，恐懼告愬的聲音。

【今譯】我的翅膀已經憔悴了，我的尾巴已經殘敝了，我的窩巢，搖搖欲墜，再加以風雨的漂蕩，叫我如何不悲懼哀訴呢！

(三) 東 山

這是東征戰士歸途及到家後抒懷之詩。

我徂東山㈠，慆慆不歸㈡。我來自東，零雨其濛㈢。我東曰歸㈣，我心西悲。制彼裳衣㈤，勿士行枚㈥。蜎蜎者蠋㈦，烝在桑野㈧。敦彼獨宿㈨，亦在車下。

【今註】㈠徂：往也。東山：東征之地也。㈡慆慆：音滔，久久也。㈢零雨：落雨也。濛：毛毛細雨的樣子。㈣曰：語助詞。㈤制：製也。裳衣：便服也。㈥勿士行枚：士，事也，從事也。行，讀杭，行陣也。枚，行軍時士卒口中所銜的枚，枚狀如筷子，橫銜口中，以制諠譁。勿士行枚，即再不從事於戰爭也。㈦蜎蜎：獨行的樣子。蠋：音蜀，似蠶之蟲也。㈧烝在桑野：烝，乃也，乃在桑野。㈨敦：孤獨也。敦彼獨宿：此乃戰士自言，因下雨獨宿於車下。

【今譯】我從軍往征東山，久久不能回家。戰事結束了，我從東方回去，下著毛毛的細雨。我自東方歸來的時候，我的心向西方而悲傷。但願穿起便衣，永遠再不僕僕於戰場。那一條蜎蜎的野蠶，孤獨的蠕動於桑野之地，正好像我這個離家的人，孤獨的蜷縮在車轂之下似的。

我徂東山，慆慆不歸。我來自東，零雨其濛。果臝之實㈠，亦施于宇㊁；伊威在室㊂。蠨蛸在戶㊃，町畽鹿場㊄，熠燿宵行㊅，不可畏也，伊可懷也㊆。

【今註】㊀果臝之實：臝，音羅，果臝，栝樓也，藥草也，果實似黃瓜而較大。㊁施：音拖，延蔓也。宇：屋簷也。㊂伊威：甲蟲類，節足動物，生息於陰隰之處。㊃蠨蛸：蠨音蕭，蛸音梢。蠨蛸，長足的小蜘蛛。㊄町畽鹿場：町，音廷。畽，音湍。町畽，舍旁之隙地。㊅熠燿宵行：熠，音ㄧ丶。燿，音ㄧㄠ丶。熠燿，發光閃閃，如燐火似的，燐火，俗謂之鬼火。宵行，蟲名，俗謂之明火蟲。㊆伊可懷也：伊，她也，征夫指其妻而言，其夫妻感情極好，三年不歸，思之至甚，故想到家鄉荒涼之狀，雖極可畏，但他認為不可畏者，乃一心一意要回家看他所懷念的她，有此極端思妻之心，故置一切於不可畏也。

【今譯】我從軍往征東山，久久不能回家。戰事結束了，我從東方回去，下著毛毛細雨。料想家中無人打掃，一定是果臝之實，蔓延於屋簷；甲蟲生息於房內，蜘蛛結網於牖戶，宅邊的空地，變為野鹿活動的場所，明火蟲在夜間忽閃忽隱，好像是鬼火一般，這種荒涼陰森的景象，想起來令人害怕，但是一切都不值得害怕，因為我的她更值得懷念啊！

我徂東山，慆慆不歸，我來自東，零雨其濛。鸛鳴于垤㊀，婦歎于室。洒掃穹窒，我征聿至㈡。有敦瓜苦㈢，烝在栗薪㈣。自我不見，于今三年。

【今註】㈠鸛：音灌，鳥名，似鶴而頂丁紅。垤：音蝶，小土堆。㈡聿至：聿，音玉，語助詞，聿至，到家也。㈢有敦瓜苦：敦，孤懸的。瓜苦，苦瓜也。有一個孤懸的苦瓜。㈣烝在栗薪：乃在栗薪之上。

【今譯】我從軍往征東山，久久不能回家。戰爭結束了，我從東方回去，下著毛毛的細雨。鸛鳥在土堆上叫啼，我的妻在家中歎息。她在洒掃房屋的時候，我忽然到家了。一眼瞥見一個苦瓜，孤懸在栗薪之上，我不見此物，已經有三年之久了。

我徂東山，慆慆不歸。我來自東，零雨其濛。倉庚于飛㈠，熠燿其羽㈡。之子于歸，皇駁其馬㈢，親結其縭㈣，九十其儀㈤。其新孔嘉㈥，其舊如之何㈦？

【今註】㈠倉庚：黃鸝也。㈡熠燿：發光的樣子。㈢之子于歸：女子出嫁，指其妻當年出嫁的情形。皇駁其馬：馬之黃白相雜者曰皇，馬之赤身黑鬃而雜以白色者曰駁。㈣親結其縭：縭音離，女嫁時，母親為之結縭，縭者，蔽膝之物也。㈤九十其儀：九種十種的禮節，言其禮儀之多也。㈥其新孔嘉：言其新婚時夫婦感情之甜蜜。㈦其舊如之何：現在是老夫老妻了，久別重逢，該怎麼樣呢？應該是更相親更相愛了。

【今譯】我從軍往征東山，久久不能回家。戰爭結束了，我從東方回去，下著毛毛細雨。回想我和妻當年初婚之日，正是黃鶯于飛之時，妻的漂亮，又如黃鶯的羽翼那樣的美麗；她的母親為她結上了佩巾，各色各樣的馬匹來送親，多種多式的禮節來行婚，一對新婚夫妻，真是說不盡的甜蜜啊！現在是老夫老妻了，老夫老妻，久別重逢，應該怎麼樣？

㈣破斧

這是讚美周公東征救國救民之德也。

既破我斧㈠，又缺我斨㈡。周公東征，四國是皇㈢，哀我人斯㈣，亦孔之將㈤。

【今註】此為東征戰士之口氣。

㈠斧：戰爭武器。㈡斨：音槍，武器。㈢四國：造謠反叛之四國，而非朱子所謂四方之國家。皇：匡正。㈣哀：哀憐也，愛恤也，言周公之哀恤我人民。㈤亦孔之將：亦，語助詞。孔，極也。將，大也。

【今譯】 為了征服叛亂，我們的斧兒也破了，我們的斨兒也缺了，這真是一場劇烈的戰爭。周公所以要東征者，是因為要匡救四國的禍亂，他哀憐人民的德意，可以說是大極了。

既破我斧，又缺我錡㊀。周公東征，四國是吪㊁。哀我人斯，亦孔之嘉。

【今註】 ㊀錡：音奇，鑿屬，武器。㊁吪：音訛，化也。

【今譯】 為了征服叛亂，我們的斧兒也破了，我們的錡兒也缺了，這真是一場劇烈的戰爭。周公所以要東征者，是因為要變化四國的風氣，他哀憐人民的德意，可是說是好極了。

既破我斧，又缺我銶㊀。周公東征，四國是遒㊁。哀我人斯，亦孔之休。

【今註】 ㊀銶：獨頭斧，武器。㊁遒：音酋，安定也。㊂休：美好。

【今譯】 為了征服叛亂，我們的斧兒也破了，我們的銶兒也缺了，這真是一場劇烈的戰爭。周公之所以要東征者，是因為要安定四國的秩序，他哀憐人民的德意，可以說是美極了。

㈤伐　柯

這是讚美周公之足以為人模範也。

伐柯如何㈠？匪斧不克。取妻如何㈡？匪媒不得。

【今註】㈠柯：音科，斧柄也。㈡取：讀娶。匪：非也。

【今譯】怎麼樣才能斫製斧柄呢？非用斧子斫不掉。怎麼樣才能娶到太太呢？非託媒人得不到。

伐柯伐柯，其則不遠。我覯之子㈠，籩豆有踐㈡。

【今註】㈠覯：見也。之子：指周公也。㈡籩豆有踐：籩豆皆禮器也。踐：行也。

【今譯】手執著斧柄，而伐柯以製斧柄，其方法就在手上。我所見的人，是個實踐禮儀的人。（意思就是說我們要想學禮儀，周公就是我們面前的標準。本詩「我覯之子，籩豆有踐」與下一詩「我覯之子，袞衣繡裳」，皆指周公，意義文法構造皆同。）

㈥九　罭

這是東都之人，孺依周公，不願其離去也。

九罭之魚鱒魴㈠，我覯之子㈡，袞衣繡裳㈢。

【今註】㈠罭：音域，魚網也。九罭，小而且密之魚網也。鱒：音尊，鱗細腹白之魚。魴：音房，鯿魚也。㈡我覯之子：我所見之人，指周公也。㈢袞衣：衣上畫有卷龍之衣也。古者天子之衣畫龍，一升二降。上公之衣畫龍，但有降龍，因其龍首卷然，故謂之袞。

【今譯】九罭之網，僅能容小蝦，而今鱒魴大魚竟置於九罭之內。我所見之人，穿著袞衣繡裳的上公之服，而竟置於東方之地。

鴻飛遵渚㈠，公歸無所，於女信處㈡。

【今註】㈠鴻：鴻鵠也，一飛千里之大鳥也，應當飛翔於雲際，今循小渚而飛，言鴻鵠之不得志也。比喻周公宜在朝庭之上，今處於東都，是不得其志也，亦見成王之不知人也。㈡女，讀汝。信：再宿曰信。公：指周公也。

【今譯】飛翔於雲際的鴻鵠，今竟循小渚而飛行。公無所歸，只得與汝作信宿之處。

鴻飛遵陸，公歸不復㈠，於女信宿。

【今註】㈠不復：不再來東都，而將久處於朝庭。

【今譯】飛翔於雲際的鴻鵠，今竟循陸地而飛行。公雖暫時無所歸，與汝作信宿之處，但終久是要回去的，一去之後，就不復再來了。

是以有衮衣兮，無以我公歸兮，無使我心悲兮。

【今註】本章是言東都之民，愛戀周公，而不願其離開也。

【今譯】穿著衮衣的人，雖宜在朝廷，但是我們希望不要把公召回，不要使我們心中悲傷！

(七)狼　跋

這是豳人讚美周公之詩。

狼跋其胡㈠，載疐其尾㈡。公孫碩膚㈢，赤舄几几㈣。

【今註】㈠跋：音拔，足踢之也。胡：頷下懸肉也。㈡疐：音至，通躓，跲也，顛蹶也，言老狼頷下懸有肉，前行則足踢其肉，後退則足躓其尾，所謂「跋前疐後」，進退得咎。比喻周公因遭疑謗，有進退兩難之勢。㈢公孫：指周公也。因其為帝王之後，故稱公子公孫皆可。碩膚：宏寬大量。㈣赤舄：冕服之履也。几几：安重的樣子。此言周公雖處於跋前疐後之境，然以其寬宏大量，所以能步履安重，處之裕然。

【今譯】 狼前進則自躐其頷下之肉，後退則自躓其後部之尾，這真是動輒得咎。周公之處境，雖類於此，但以其寬宏大量，故仍能步履安定，處之裕然。

狼疐其尾，載跋其胡，公孫碩膚，德音不瑕㊀。

【今註】 ㊀德音：聲名，令聞，聲譽也。不瑕：沒有一點瑕疵。

【今譯】 狼後退則自躓於後部之尾，前進則自躐其頷下之肉，這真是動輒得咎。周公之處境，雖類於此，但以其寬宏大量，故仍能保持其聲譽，沒有一點瑕疵。

貳、小雅

雅，嚴正而高貴的，正樂之歌，有大雅小雅之別，大雅，是會朝的樂歌，是受釐陳戒之辭，所以恭敬莊嚴，毫無悲怨之聲。小雅，是燕饗的樂歌，亦有悲怨之句，傷時之言，諷詠之意。這是大小雅的分別。雅頌無諸國名別，但以中原之聲為多，該地帶為中華文化的源泉，所以見之於詩者特別之多。雅詩以每十篇為一卷，故謂之「什」，猶軍法以十人為什的意思。

一、鹿鳴之什

(一)鹿　鳴

這是燕待群臣嘉賓之詩，而燕禮亦云。工歌鹿鳴，四牡，皇皇者華，即指此而言。其後，推而用之於鄉人賓主之間，所以這三篇詩成為上下通用之樂。

呦呦鹿鳴㊀，食野之苹㊁。我有嘉賓㊂，鼓瑟吹笙㊃。吹笙鼓簧㊄，承筐是將㊅。人之好我，示我周行㊆。

【今註】㈠呦呦：音一ㄡˇ 一ㄡˇ，鹿鳴聲。㈡苹：音平，是蒿類的植物，又名藾蕭，嫩時可食。㈢嘉賓：主人高稱客人之詞。㈣鼓：敲擊。㈤簧：笙之舌片。㈥承：捧著。筐：用以盛幣帛送禮的筐子。將：送致，進獻。㈦周行：行，讀杭。周行即大路，比喻至德要道之大道理。

【今譯】鹿得了野苹，便呼鳴共食。我燕饗高貴的嘉賓，鼓瑟吹笙，歡聚共樂，捧筐送幣，以侑酒食。嘉賓們對於我如此愛好，希望不吝指教，示我以大道。

呦呦鹿鳴，食野之蒿。我有嘉賓，德音孔昭㈠，視民不恌㈡，君子是則是效㈢。我有旨酒，嘉賓式燕以敖㈣。

【今註】㈠德音孔昭：德音即德行聲譽。孔昭，極其光明。㈡視民不恌：視，同示，示範，啟示。恌：偷薄。㈢則：作動詞用，效法。㈣敖：行樂。式：詞語。

【今譯】鹿得了野蒿，便呼鳴共食。我有高貴的嘉賓，他們的德行聲譽，都是極其光明的，可以教導人民以不偷薄，可以使有地位的君子則而效之。我有芬香的美酒，希望嘉賓們盡情的燕飲歡樂。

呦呦鹿鳴，食野之芩㈠。我有嘉賓，鼓瑟鼓琴。鼓瑟鼓琴，和樂且湛㈡。我有旨酒，以燕樂嘉賓之心。

【今註】㈠芩：音琴，草名。㈡湛：音耽（ㄉㄢ），極其歡樂。

【今譯】鹿得了野芩，便呼鳴共食，我歡燕高貴的嘉賓，鼓瑟彈琴，大家盡興歡樂。我有芬香的美酒，以燕樂嘉賓們的心情。

(二)四牡

這是出使於外者久不得歸的怨詩。

四牡騑騑㈠，周道倭遲㈡，豈不懷歸？王事靡盬㈢，我心傷悲。

【今註】㈠牡：音某，雄馬。騑騑：前行不停的。㈡周道：大路。倭遲：紆回而邈遠的。㈢盬：音古，止息。

【今譯】四匹雄馬，不停的前進，遙遙長途，紆回而邈遠，我豈有不想回家的道理？只是因為王家的事，沒有個停止，所以不能回去。我的心，真是悲傷極了。

四牡騑騑，嘽嘽駱馬㈠。豈不懷歸？王事靡盬，不遑啟處㈡。

【今註】㈠嘽嘽：音彈，眾盛的樣子。駱馬：白馬黑鬣。不遑：沒有閒暇。㈡啟處：啟，跪也，古時席地而坐，息止跪於席上。處：安生也。

【今譯】四匹雄馬，白身黑鬣，不停的前進，我豈有不想回家的道理？只是因為王家的事，沒有個停止，我連一點安生的空隙都沒有。

翩翩者鵻㈠，載飛載下㈡，集于苞栩㈢。王事靡盬，不遑將父㈣。

【今註】㈠翩：音篇，輕快而飛的樣子。鵻：音椎，鳥名，鶉鳩也。㈡載：語助詞。㈢集：棲止。栩：音許，櫟樹。㈣將：奉養。

【今譯】翩翩飛行的雛鳥，且飛且下，棲止於茂盛的栩樹之上。王家的事，沒有個停止。使我不能回家，以奉養父親。

翩翩者鵻，載飛載止，集于苞杞。王事靡盬，不遑將母。

【今譯】翩翩飛行的雛鳥，且飛且停，棲止於茂盛的杞樹之上。王家的事，沒有個停止。使我不能回家，以奉養母親。

駕彼四駱，載驟駸駸㈠。豈不懷歸？是用作歌，將母來諗㈡。

【今註】㈠驟：疾馳也。駸駸：駸、音侵，飛奔的樣子。㈡諗：音審，念也。來：助詞。

【今譯】駕著那四駱的車子，猛速的奔馳。我豈有不想回家的道理？只是忙於王事，不能回去。我沒有辦法，只好作個歌兒，以發抒我想念我母親的悲痛罷了。

(三)皇皇者華

這是使臣出使四方博訪民情之詩。

皇皇者華㈠，于彼原隰㈡。駪駪征夫㈢，每懷靡及㈣。

【今註】㈠皇皇：煌煌。㈡于：在。原隰：高平曰原，低濕曰隰。㈢駪駪：音申，眾多疾行的樣子。征夫：使臣及其隨員。㈣每：常常。靡及：不及，達不到任務。常常存著一種惟恐達不到任務的心情。

【今譯】煌煌的花兒，豔開於平原及低濕之地。駪駪的征夫，常常存著一種惟恐達不到任務的心情。

我馬維駒㈠，六轡如濡㈡。載馳載驅㈢，周爰咨諏㈣。

【今註】㈠駒：馬五尺以上曰駒。㈡如濡：形容六轡之光澤，如同剛剛染出的顏色一樣。㈢載馳載驅：且馳且驅。㈣周：普徧。爰：於。咨諏：諏，音鄒（ㄗㄡ），訪問。

【今譯】四匹駒馬駕著車子，六轡光澤如濡，我於是馳驅各地，進行普徧的訪問。

我馬維騏㈠，六轡如絲㈡。載馳載驅，周爰咨謀㈢。

【今註】㈠騏：青黑色的馬。㈡六轡如絲：如絲之均勻柔韌。㈢咨謀：咨問商談。

【今譯】四匹騏馬駕著車子，六轡柔韌如絲。我於是馳驅各地，進行普徧的諮談。

我馬維駱㈠，六轡沃若㈡。載馳載驅，周爰咨度㈢。

【今註】㈠駱：白身黑鬣的馬。㈡沃若：即若沃，鮮潤光澤的。㈢咨度：即咨謀、容諏、訪問。

【今譯】四匹駱馬駕著車子，六轡光澤如沃。我於是馳驅各地，進行普徧的採訪。

我馬維駰㈠，六轡既均㈡。載馳載驅，周爰咨詢。

【今註】㈠駰：音因，淺黑而白且有雜毛的馬。㈡均：勻和。㈢咨詢：詢問民情。

【今譯】四匹駰馬駕著車子，六轡非常勻和。我於是馳驅各地，進行普徧的問詢。

㈣常　棣

這是形容兄弟關係至近宜相親相愛之詩

常棣之華㈠，鄂不韡韡㈡。凡今之人，莫如兄弟。

【今註】㈠常棣：即棠棣，子櫻桃可食。華：花。鄂：音諤（ㄜˋ），鄂然，顯著的樣子。㈡韡韡：音韋（ㄨㄟˇ），鮮明的樣子。借棠棣之花萼相承，比喻兄弟手足相親之義。不：語詞。

【今譯】棠棣的花，花萼相承，多麼的光澤鮮豔啊！凡今之人，關係最親切者，再沒有過於兄弟了。

死喪之威㈠，兄弟孔懷㈡。原隰裒矣㈢，兄弟求矣。

【今註】㈠威：畏，可怕，恐怖。死喪之威：言在亂離之世，死喪之禍，是人人所恐怖的。㈡兄弟孔懷：言只有兄弟們特別關心。㈢原隰裒矣：言死者的尸身，不論是仆斃於高原或低濕之地，只有兄弟們到處去尋找。裒同掊，音ㄆㄡˊ，仆倒，仆斃。朱子謂「尸裒聚於原隰之間」，意頗近之，但講「裒」為「聚」，則不如講「裒」為「仆」。按「裒」同「捊」同「掊」，是「裒」亦訓為「仆」之義，因其「仆」，故兄弟求之，如其「聚」，又何須求之呢？所以訓「裒」為仆，義至明而文至順，否則衍辭蕪字以訓之，終覺其迂回牽強。

【今譯】死喪之禍，是人人所畏怖的，只有兄弟們特別關心。死者的尸體，不論是仆斃高原或低地，只有兄弟們到處去尋找。

脊令在原㈠，兄弟急難。每有良朋㈡，況也永歎㈢。

【今註】㈠脊令：鳥名，飛則共鳴，行則搖尾，有急難相共之意，故借之以喻兄弟之處急難。㈡每：雖也。況：朱子訓為發語詞。有人訓為「滋」。㈢永歎：長歎息也。

【今譯】脊令鳥之在高原，就好比兄弟之處急難，不顧生死，互相救援。當急難之時，即使再好的朋友，也不過替你表示同情的長歎而已。

兄弟鬩於牆㈠，外禦其務㈡。每有良朋，烝也無戎㈢。

【今註】㈠鬩：音戲，鬥狠。牆：門內。㈡禦：抵抗。務：同侮，欺侮、侵侮。㈢烝：朱子訓為發語詞，有人訓為「久」。戎：援助。

【今譯】兄弟之間，在家門之內，雖然不免有鬥狠之事，但是一遇到外邊有人來欺侮，便結合起來同心抵抗。當外侮來臨之時，即使再好的朋友，也無人肯來相助了。

喪亂既平，既安且寧。雖有兄弟，不如友生。

【今註】本段是斥責有些兄弟們能夠處急難，而不能善於處平時之錯誤。

【今譯】喪亂既平之後，既安且寧，兄弟們更應當相親相愛了。但是有些兄弟們，反而感情淡薄，把兄弟看作不如朋友，這真是大大的錯誤啊！

儐爾籩豆㈠，飲酒之飫㈡，兄弟既具㈢，和樂且孺㈣。

【今註】㈠儐：音賓，陳列。籩豆：飲酒之器。㈡飫音淤，足，飽。㈢具：俱。㈣和樂且孺：孺，愉快親愛，言兄弟之間和樂而愉快。

【今譯】擺上你們的酒餚，喝個痛痛快快吧。兄弟們既然聚首共飲，就可以和和樂樂而相親相愛了。

妻子好合，如鼓瑟琴。弟兄既翕㊀，和樂且湛㊁。

【今註】㊀翕：音吸，和合。㊁湛：音耽，樂之久也。

【今譯】夫妻們感情和睦，如同琴瑟之協調一般。兄弟們既然感情融洽，就可以和和樂樂，而永遠愉快了。

宜爾室家㊀，樂爾妻帑㊁。是究是圖㊂，亶其然乎㊃！

【今註】㊀宜：妥當。㊁帑：音奴，子。㊂是究是圖：言兄弟們如能照這種道理去研究去實行。㊃亶：音膽，誠。亶其然乎，即完全對了。

【今譯】使你的家庭順順當當，使你的妻子和和樂樂。兄弟們如果都能以此存心，以此努力，那就完全對了。

(五) 伐　木

這是勸人要有朋友而且要厚待朋友之詩。

伐木丁丁㈠，鳥鳴嚶嚶㈡。出自幽谷㈢，遷于喬木㈣。嚶其鳴矣，求其友聲。相彼鳥矣㈤，猶求友聲，矧伊人矣㈥，不求友生？神之聽之㈦，終和且平㈧。

【今註】 ㈠丁丁：伐木之聲。㈡嚶嚶：鳥之和鳴也。㈢幽谷：深暗之谷。㈣喬木：高樹。嚶其鳴矣：嚶然而鳴。㈤相彼鳥矣：看那鳥啊。㈥矧：而況。㈦神之聽之：言人如能厚於朋友之道，則神明保祐。㈧終和且平：既和且平。馬瑞辰訓「神之聽之」為「慎之聽之」言人如能留神於交友之道，聽從於交友之道，則可以既和且平。如此解釋亦通。

【今譯】 伐木的聲音，丁丁的響著，鳥鳴的聲音，嚶嚶的叫著，鳥兒從黑暗的幽谷中飛出，登棲於高樹之上，嚶嚶的叫，牠為什麼叫呢？是為的呼求朋友的共鳴。看那小小的鳥，還知道尋求朋友的共鳴，而況是一個人，難道就不知道尋求朋友嗎？人如能留心於求友之道，聽從於求友之道，那麼就可以得到和樂與平安了。

伐木許許㈠，釃酒有藇㈡。既有肥羜㈢，以速諸父㈣，寧適不來㈤，微我弗顧㈥。於粲洒埽㈦，陳饋八簋㈧。既有肥牡㈨，以速諸舅㈩。寧適不來？微我有咎㈡。

【今註】㈠許許：音呼，衆人合力伐木之聲，淮南子曰：「舉大木者呼邪許」，蓋舉重勸力之歌也。㈡釃酒有藇：釃音師，釃酒者或以筐或以草湅之而去其糟，禮記所謂「縮酌用茅」是也。有藇：音與，美也。有藇，即美好也。㈢羜：音佇，未成年之羊。㈣以速諸父：速，請也。諸父，朋友之同姓而尊者也。㈤寧適不來：寧肯他們以有偶然之事而不來。㈥微我弗顧：微，非也，不是我不顧念他們。㈦於粲洒埽：於，讀烏，歎詞。粲，同燦，鮮明的樣子。㈧陳饋八簋：陳，擺設。饋，音匱（ㄎㄨㄟˋ），食物也。簋，音規，盛食物之器皿也。㈨牡：雄性的牲畜。㈩諸舅：朋友之異姓而尊者。㈡微我有咎：不是我有過錯。

【今譯】伐木的聲，許許的叫。有藇然的美酒，有肥鮮的羔羊，以宴請諸父，寧肯他們以有偶然之事而不來，不是我不顧念他們。把房間打掃得乾乾淨淨，擺設著八簋的食品，又有肥美的牲牡，以宴請諸舅，寧肯他們以有偶然之事而不來，不是我有什麼過錯。

伐木於阪㈠，釃酒有衍㈡，籩豆有踐㈢，兄弟無遠㈣。民之失德㈤，乾餱以愆㈥。有酒湑我，無酒酤我。坎坎鼓我，蹲蹲舞我。迨我暇矣，飲此湑矣㈦。

【今註】㈠阪：音板，陂也，山坡之地也。㈡有衍：即衍然，美也。㈢籩豆有踐：籩豆，盛物之禮器也。踐，陳設整齊，謂以禮相待也。㈣兄弟無遠，謂朋友之間要相親相愛，如兄如弟，不可疏遠也。㊄民之失德：謂人們喪失了淳厚之德。㊅乾餱以愆：彼此相待，都是乾餱一類極粗劣的食品，因此，人人都犯了錯誤。㊆有酒湑我以至於飲此湑矣的一段話，是說自己要厚待朋友的一番情況。王靜芝先生在詩經通釋內謂：「有酒湑我，無酒沽我，坎坎鼓我，蹲蹲舞我。」諸句，要顛倒來講，即有酒我湑，無酒我沽，坎坎我鼓，蹲蹲我舞。其言甚是。湑：音許，縮酒而濾其渣也。坎坎，擊鼓之聲。蹲蹲：舞的樣子。迨我暇矣：趁著我有空閒的時候。

【今譯】伐木於山坡之地。有醇美的酒，有籩豆之設，朋友相待，要如兄如弟，不可疏遠。可歎世風不古，人們喪失了淳厚之德，彼此以乾餱相待，真是罪過之極。我對待朋友不是這樣，我是自己釀酒備酒，如果家中無酒，我就去買酒，我坎坎而鼓，我蹲蹲而舞，趁著我有空閒的時候，就請朋友們痛飲一場。

㈥天　保

這是臣下祝福君上之詩。

天保定爾，亦孔之固。俾爾單厚㊀，何福不除㊁？俾爾多益，亦莫不庶。

【今註】㊀單厚：單，即亶也，亶即誠然信然也。㊁除：授也，如「除官」即授官。亦：語詞。

【今譯】上天保定你，非常之堅固。既然使你富厚，還有什麼福分不給於你呢？既然使你多益，還有什麼東西不充分的呢？

天保定爾，俾爾戩穀㈠。罄無不宜㈡，受天百祿。降爾遐福㈢，維日不足。

【今註】㈠戩：音翦，福也。穀：祿也。㈡罄：一切的一切。㈢遐：洪大的。

【今譯】上天保定你，使你多有福祿。接受上天所賜的百祿，一切無不合宜。上天降給你以洪大的福氣，只怕你時間不夠，迎接不暇。

天保定爾，以莫不興。如山如阜㈠，如岡如陵。如川之方至，以莫不增㈡。

【今註】㈠阜：土山。㈡以：語助詞。

【今譯】上天保定你，使你一切無不興盛，好像是山、阜、岡、陵那樣的高大，又好像是川流剛來一樣的浩蕩，使你的一切，無不日益增加。

吉蠲為饎㈠，是用孝享㈡。禴祠烝嘗㈢，于公先王。君曰：「卜爾萬壽無疆㊃。」

【今註】㊀蠲：音捐，齋戒沐浴以潔身，準備祭祀先公王也。饎，音翅（ㄔˋ），酒食。㊁孝享：享獻。㊂禴：音藥，夏季祭祀之專用名詞。祠：春祭也。烝：冬祭也。嘗：秋祭也。于公先王：祭于先公先王也。君曰：君指先公先王而言，先人已死，何以能言？因古者祭時，必有尸，尸就是依法指定某一活人為先公先王之代表，故此章之「君曰」，即尸者代表先公先王發言也。㊃卜：賜給，授予。

【今譯】擇定吉日，齋戒沐浴，奉獻酒食，按照四時，祭祀先公先王。於是尸者代表先公先王為之發言曰：「賜給你以萬壽無疆之福。」

神之弔矣㊀，詒爾多福㊁。民之質矣㊂，日用飲食。羣黎百姓，偏為爾德㊃。

【今註】㊀弔：愛憐，如書經「昊天不弔」。有人解釋為「至也」，亦通。㊁詒：音遺，賜給。㊂質：質樸單簡，欲望有限，惟在日用飲食而已。㊃羣黎：庶民也。百姓：貴族也。偏為爾德：普偏的被你的德性所感化，如書經堯典「九族既睦，平章百姓。黎民於變時雍」，這是中國正統的政治思想，所謂「修身齊家治國平天下」。

【今譯】由於神的愛憐，賜給你以多福；而人民質樸寡欲，自足於簡單的日用飲食。於是羣黎百姓都為你的德性所感化，而國泰民安了。

如月之恒㊀，如日之升；如南山之壽，不騫不崩㊁；如松柏之茂，無不爾或承㊂。

【今註】㊀恒：月亮上弦的時候。㊁騫：音牽（ㄑㄧㄢ），虧損。崩：倒塌。㊂承：繼承，永遠不凋不斷。

【今譯】你像上弦的月亮，你像旭升的太陽；你像南山那樣的長壽，永遠不虧不崩；你像松柏那樣的長茂，子子孫孫，繩繩續續，永遠不凋不零。

(七)采　薇

這是戰士在歸途中抒懷之詩。

采薇采薇㊀，薇亦作止㊁。曰歸曰歸，歲亦莫止㊂。靡室靡家，玁狁之故㊃。不遑啟居㊄，玁狁之故。

【今註】㊀薇：野菜名，似蕨而高，嫩時可食。㊁作：生出。止：語助詞。㊂莫：同暮，歲莫者，一年快到底也。㊃靡室靡家：本有室家，而因在外戍役，就變成無室無家了。玁狁：玁，音險（ㄒㄧㄢˇ）。

玁，音允，在西北方的狄國，殷末周初，稱為鬼方。周朝中葉以後，稱為玁狁，即以後之匈奴。㊄不遑：不暇也。啟居，啟者，跪也。古時用席，坐著即是跪著，故啟居即是安居，即是平安的過生活。

【今譯】　採薇啊，採薇啊，薇菜已經生出來了。回家啊，回家啊，時間已經是年底了，但是現在所以成為無室無家的情形者，完全是由於玁狁侵擾的緣故。所以不能平安的過生活者，也完全是由於玁狁侵擾的緣故。

采薇采薇，薇亦柔止㊀。曰歸曰歸，心亦憂止。憂心烈烈，載飢載渴㊁。我戍未定，靡使歸聘㊂。

【今註】　㊀柔：嫩芽也。烈烈：言其憂之甚也。㊁載：語助詞。㊂靡使聘歸：有兩種解釋，有人解為沒有使人到家去問候，另一種解釋是家中沒有派人到我處來問候。

【今譯】　採薇啊，薇菜已經有嫩葉了。回家啊，回家啊，我的心太想家了。我想家的心，如飢如渴。因為是征戍不定，所以家中無法派人來看我，我與家人的消息便完全隔絕了。

采薇采薇，薇亦剛止㊀。曰歸曰歸，歲亦陽止㊁。王事靡盬㊂，不遑啟處。憂心孔疚㊃，我行不來㊄。

【今註】　㊀剛：長硬也。㊁陽：十月為陽。㊂盬：止息。㊃孔疚：大病。㊄不來：即不能回家也。

【今譯】採薇啊，採薇啊，薇菜都已經長硬了。回家啊，回家啊，時間已經是十月了。王家的公事，沒有個停止，連一點休息的空暇都沒有。可歎啊，我戍役在外不能回家，我想家的心，就如同害著大病似的。

彼爾維何㈠？維常之華㈡。彼路斯何㈢？君子之車㈣。戎車既駕，四牡業業㈤。豈敢定居，一月三捷。

【今註】㈠爾：同薾，花茂盛的樣子。㈡常：即棠棣。㈢路：車也。㈣君子：將帥也。㈤業業：壯盛的樣子。

【今譯】那茂盛的花是什麼花兒？是棠棣之花。那大路之車是何人之車？是將帥之車。大路既已啟駕，四匹雄馬，昂然奮進。為什麼不敢安逸而定居呢？是希望一月之中，能夠打上三個大的勝仗。

駕彼四牡，四牡騤騤㈠。君子所依，小人所腓㈡。四牡翼翼㈢，象弭魚服㈣。豈不日戒，玁狁孔棘㈤。

【今註】㈠騤騤：音揆，壯盛的樣子。㈡腓：音肥，庇，掩護。㈢翼翼：整齊的樣子。㈣象弭：弭，弓弭，以象骨飾弓之兩端，魚服，魚，獸名，似豬，其皮可為弓鞬矢服。㈤日戒：經常戒備。玁狁孔棘：玁狁之作亂甚急，故不可不戒備。

【今譯】四匹壯盛的雄馬，駕著戎車，將帥依戎車以作戰，士卒藉戎車為掩護。四匹雄馬，翼翼而進，以象骨飾弓弭，以魚皮製矢袋，玁狁之為亂，極其緊急，怎敢不時時刻刻加緊戒備呢？

昔我往矣，楊柳依依㈠。今我來思，雨雪霏霏㈡。行道遲遲，載渴載飢。我心傷悲，莫知我哀。

【今註】㈠依依：柔嫩婀娜的樣子。㈡霏霏：雨雪紛飛的樣子，盛大的樣子。思：語詞。

【今譯】以前我往征戍的時候，楊柳依依而柔媚。現在我要回家的時候，大雪霏霏而飄蕩。由於思家之心，如饑如渴，所以分外覺得在路上走得太慢。我的內心之傷悲，是沒有人能夠知道的。

(八) 出　車

這是戰士平服玁狁凱歌而歸之詩。

我出我車，于彼牧矣㈠。自天子所，謂我來矣㈡。召彼僕夫㈢，謂之載矣㈣。王事多難，維其棘矣㈤。

【今註】㈠牧：郊外之地。出：出動。㈡謂，使也。㈢僕夫：御車之人。㈣謂之載矣：使之駕起車來。㈤棘：緊急動作。

【今譯】我出動我的戎車，到那郊場之地。從天子那裏，使我來領導作戰，我就呼喚御夫，把車子駕將起來。國家多難，我們必須緊急從事。

我出我車，于彼郊矣。設此旐矣㈠，建彼旄矣㈡。彼旟旐斯㈢，胡不旆旆㈣。憂心悄悄㈤，僕夫況瘁㈥。

【今註】㈠設：安置。旐：音兆，旗上畫有龜蛇之文者。㈡旄：音毛，旗竿頂端繫著牛尾的旗子。㈢旟：音與（ㄩˊ），畫著鳥隼的旗子。㈣旆：音沛，飛揚的樣子。㈤悄悄：音巧，憂愁的樣子。㈥況瘁：病，憔悴。

【今譯】我出動我的戎車，往那郊野之地，設起旐旗，立起旄旟，軍旗飄揚，好不威武！但是責任重大，令人發愁，僕夫為了過分辛勞也憔悴了。

王命南仲㈠，往城于方㈡。出車彭彭㈢，旂旐央央㈣。天子命我：城彼朔方。赫赫南仲㈤，玁狁于襄㈥。

【今註】㈠南仲：大將之名，周宣王時人。㈡城：作動詞用，築城。方：朔方，與玁狁相近之地。㈢彭彭：盛多的樣子。㈣央央：鮮明的樣子。㈤赫赫：威武的樣子。㈥襄：同攘，驅除入侵之敵。

【今譯】周王命令南仲，去築城于朔方，戎車彭彭而壯盛，旌旗央央而鮮明。天子命令我們去建造朔方的城壘，威名赫赫的南仲，要把玁狁驅逐出去！

昔我往矣，黍稷方華㈠；今我來思㈡，雨雪載塗㈢。王事多難，不遑啟居，豈不懷歸，畏此簡書㈣。

【今註】㈠方華：正在茂盛之時。㈡思：語尾詞。㈢雨雪：即落雪。㈣簡書：天子派兵征討之策命。

【今譯】以前我出征的時候，黍稷正在開花；現在我要歸來的時候，雨雪充滿道途。國家正在多難之時，沒有一點休息的空暇。我豈有不想回家的道理？只是害怕天子的策命，不敢離開罷了。

喓喓草蟲㈠，趯趯阜螽㈡。未見君子，憂心忡忡㈢。既見君子，我心則降㈣。赫赫南仲，薄伐西戎㈤。

【今註】此章為征婦述其思念丈夫之詞。㈠喓喓：蟲鳴聲，喓音腰。草蟲，蝗類，紡織娘也。㈡趯趯：跳躍也。趯音惕。阜螽：幼蝗也。螽音終。㈢君子：指其丈夫。忡忡：忡音沖，心跳不定的樣子。㈣我心則降：放心，安心，心不跳動惶懼也。㈤薄：發語詞。西戎：指玁狁也。如謂西戎指西方之昆夷而言，則為另一戰爭，與此文之前後均以對玁狁作戰為題者，顯係不類。

【今譯】草蟲喓喓的叫，幼蝗趯趯的跳。未見君子，我的心憂惶不定；必須見著君子，我的心才能完全放下。威名赫赫的南仲，領兵征伐玁狁去了。

春日遲遲㈠，卉木萋萋㈡。倉庚喈喈㈢，采蘩祁祁㈣。執訊獲醜㈤，薄言還歸㈥。赫赫南仲，玁狁于夷㈦。

【今註】㈠遲遲：舒緩的樣子。㈡卉：音ㄏㄨㄟˋ，花草。萋萋：茂盛的樣子。㈢倉庚：黃鸝。喈喈：音皆，和諧的聲音。㈣蘩：白蒿。祁祁：眾多的樣子。㈤執：生得之也。訊：探聽消息的，即間諜。醜：惡人。㈥薄，言，皆語助詞。但另一解釋，「薄」，可視為副詞，即形容其「還歸」之迫切心情，作「迫切的」、「急切的」解釋。㈡夷：平服。

【今譯】春日非常的舒緩，花木萋萋而茂盛，黃鸝和諧的叫著，採蘩的人，很多很多。就在此時，生執了間諜，活捉了惡徒，於是凱歌而歸。威名赫赫的南仲，終於平服了玁狁。

㈨杕　杜

這是婦人思念其出征的丈夫之詩。

有杕之杜㈠，有睆其實㈡。王事靡盬，繼嗣我日。日月陽止，女心傷止，征夫遑止㈢。

【今註】㈠杕：音弟，孤特的樣子。有杕，即杕然也。杜：赤棠也。㈡睆：音緩（ㄏㄨㄢˇ），結實也。㈢遑：空暇。

【今譯】孤特的赤棠，已經睆然而結果了。公家的事，沒有個停止，作戰的時間，不斷的拖延下去，月份已經到了十月了，我的心悲傷的很，丈夫啊，想你大概會有空暇了吧！

有杕之杜，其葉萋萋。王事靡盬，我心傷悲。卉木萋止㈠，女心悲止，征夫歸止。

【今註】㈠止：語尾詞。

【今譯】孤特的赤棠，葉子長的很茂盛。公家的事，沒有個停止，我的心很是悲傷。花木很茂盛，我心很悲傷。丈夫啊，想你快要歸來了吧！

陟彼北山，言采其杞㈠。王事靡盬㈡，憂我父母。檀車幝幝㈢，四牡痯痯㈣，征夫不遠。

【今註】㈠言：語助詞。杞：枸杞。㈡憂我父母：此乃女子之憂心於父母，因其丈夫不在家，無人耕農，將使父母之生活發生困難，故為父母擔憂。㈢檀車：即棧車，役車也。幝幝：音闡（ㄔㄢˇ），破敝的樣子。㈣痯：音管，病也。

【今譯】登上北山，去采枸杞。公家的事，沒有個停止，我真替父母憂心。戰車想已破敝了，戰馬想已疲病了，丈夫啊，想你回家的時期，該已不遠了。

匪載匪來㊀，憂心孔疚。期逝不至，而多為恤㊁。卜筮偕止，會言近止，征夫邇止。

【今註】㊀載：乘車也。㊁恤：憂也。

【今譯】不見你乘車歸來，使我憂心如患大病。該回的時期而不回，使我更其擔心，我曾求卜問筮，都說你快要回來了，丈夫啊，想必是你快要回來了。

㈩南　陔

朱子謂笙詩也，有聲無詞，舊在魚麗之後，以儀禮考之，其篇次當在此，今正之，說見華黍。

二、白華之什

㈠白　華

笙詩也。

㈡華　黍

亦笙詩也。鄉飲酒禮，鼓瑟而歌鹿鳴、四牡、皇皇者華，然後笙入堂下，磬南北面立，歌南陔、白華、華黍。燕禮亦鼓瑟，歌鹿鳴、四牡、皇華，然後笙入，立于縣中，奏南陔、白華、華黍。南陔以下，今無以考其名篇之義。然曰笙、曰樂、曰奏，而不言歌，則有聲而無詞，明矣。

㈢魚　麗

這是燕饗通用之樂歌。

魚麗于罶㈠，鱨鯊㈡。君子有酒，旨且多㈢。

【今註】㈠麗：罹也。罶：音留，捕魚之竹器，以曲簿為笱，而承水壩之空者也。㈡鱨，音嘗，黃頰魚也。鯊：鮀魚也。㈢旨：味美而香也。君子：主人。

【今譯】魚兒陷進于罶笱了，有鱨魚鯊魚。主人於是設酒宴以待客，主人的酒，既香且多啊。

魚麗于罶，魴鱧㊀。君子有酒，多且旨。

【今註】㊀魴：音房，鯿魚也。鱧：音禮，黑魚也。

【今譯】魚兒陷進于罶笱了，有魴魚有鱧魚。主人于是設酒宴以待客，主人的酒，既多且香啊。

魚麗于罶，鰋鯉㊀。君子有酒，旨且有。

【今註】㊀鰋：音偃，鮎魚。

【今譯】魚兒陷進於罶苟了，有鰋魚，有鯉魚。主人于是設酒宴以待客。主人的酒，既香且多啊。

物其多矣，維其嘉矣。

【今譯】主人的酒菜真是豐富啊，真是精美啊。

物其旨矣，維其偕矣。

【今註】偕：合也，合口也。

【今譯】主人的酒菜真是香美啊，真是合口啊。

物其有矣，維其時矣㊀。

【今註】㊀時：新鮮的。

【今譯】主人的酒菜真是豐富啊，真是新鮮啊。

㈣由　庚

朱子謂：「按儀禮鄉飲酒及燕禮，前樂既畢，皆間歌魚麗，笙由庚。歌南有嘉魚，笙崇丘。歌南山有臺，笙由儀。間代也，言一歌一吹也。然則此六者，蓋一時之詩，而皆為燕饗賓客上下通用之樂。毛公分魚麗以足前什，而說者不察，遂分魚麗以上為文武詩，嘉魚以下為成王詩，其失甚矣。」

㈤南有嘉魚

這也是燕饗通用之樂。

南有嘉魚㊀，烝然罩罩㊁。君子有酒，嘉賓式燕以樂㊂。

【今註】㊀南：南方。嘉魚：鯉魚鱒鱗的一種魚。㊁烝然：久然，費時頗久也。罩罩：捕魚之動作，罩而又罩，然後得之，故曰罩罩。㊂式：語助詞。

【今譯】南方有嘉魚，罩捕很久而後得之。於是主人備酒以燕嘉賓，賓主盡歡而樂。

南有嘉魚，烝然汕汕㈠。君子有酒，嘉賓式燕以衎㈡。

【今註】㈠汕汕：音訕（ㄕㄢˋ），編竹捕魚之器，汕汕者，捕魚之動作也，汕而又汕也。㈡衎：樂也，音看。

【今譯】南方有嘉魚，捕取很久而後得之。於是主人備酒以燕賓，賓主盡歡而樂。

南有樛木㈠，甘瓠纍之㈡。君子有酒，嘉賓式燕綏之㈢。

【今註】㈠樛：音鳩，一種下垂而美之木名。㈡瓠：音護，蔬類植物，有甘苦兩種，甘者可食。纍：繫也。㈢綏之：安集。

【今譯】南山有樛木，甘瓠都繫纍在它身上。主人得了甘瓠，於是備美酒以燕嘉賓，賓主皆大歡樂。

翩翩者鵻㈠，烝然來思。君子有酒，嘉賓式燕又思㈡。

【今註】㈠翩翩：音篇，鳥飛輕疾貌。鵻：音椎，勃鳩。㈡思：語助詞。又：同侑，勸酒也。

【今譯】翩翩然而飛的鵻鳥，很久才能得到，主人於是備酒，以宴嘉賓，勸了又勸，盡歡而樂。

㈥崇　丘

（無詞）

㈦南山有臺

這是祝福有德有位者之詩。

南山有臺㈠，北山有萊㈡。樂只君子㈢，邦家之基。樂只君子，萬壽無期㈣。

【今註】㈠臺：夫須，即莎草。㈡萊：草名，葉香可食。㈢只：語助詞。㈣無期：無盡期也。

【今譯】南山有臺，北山有萊。快樂的君子，是國家的基石。快樂的君子，萬年長壽而無盡期。

南山有桑，北山有楊。樂只君子，邦家之光。樂只君子，萬壽無疆。

【今譯】南山有桑，北山有楊。快樂的君子，是國家的光榮。快樂的君子，萬年長壽而無邊限。

南山有杞，北山有李。樂只君子，民之父母，樂只君子，德音不已㊀。

【今註】㊀德音：聲譽也。

【今譯】南山有杞，北山有李。快樂的君子，是人民的父母。快樂的君子，聲譽永傳而不已。

南山有栲㊀，北山有杻㊁。樂只君子，遐不眉壽㊂？樂只君子，德音是茂。

【今註】㊀栲：音考，山樗也。㊁杻：音紐，檍樹也。㊂遐不：豈不也。眉壽：高壽也。

【今譯】南山有栲，北山有杻。快樂的君子，豈有不高壽的道理？快樂的君子，聲譽日見其隆盛。

南山有枸㊀，北山有楰㊁。樂只君子，遐不黃耇㊂。樂只君子，保艾爾後㊃。

【今註】㊀枸：音句，枳枸也，亦名木蜜。㊁楰：音庾，亦名苦楸。㊂黃耇：黃，黃髮也。耇，音苟，老也。㊃保：安也。艾：音愛，養也。

【今譯】南山有枸，北山有楰。快樂的君子，豈有不高壽的道理？快樂的君子，使你的後人，也能得到平安與幸福。

(八)由　儀

（無詞）

(九)蓼　蕭

這是天子燕諸侯之詩。

蓼彼蕭斯㈠，零露湑兮㈡。既見君子㈢，我心寫兮㈣。燕笑語兮㈤，是以有譽處兮㈥。

【今註】㈠蓼：音六，長大的樣子。蕭：蒿也。斯：語尾詞。㈡零：動詞，落也。湑：音胥（ㄒㄩˇ），茂盛的樣子。㈢君子：指諸侯。㈣寫：發抒也，心情舒放也。㈤燕：燕飲。㈥譽：同豫，安樂也。

【今譯】高大的蒿兒，上面霑著很多的露水。既然見到君子，我的心便很是舒展了。大家在一塊兒說說笑笑，所以感情融洽而相處安樂了。

蓼彼蕭斯，零露瀼瀼㈠。既見君子，為龍為光㈡，其德不爽㈢，壽考不忘㈣。

【今註】㊀瀼瀼：音ㄖㄤˇ，濃盛的樣子。㊁龍：同寵，親愛。㊂爽：錯誤。㊃考：老，大壽。

【今譯】高大的蕭兒，上面沾著很盛的露水。既然見到君子，我深以為親愛而光榮。諸位的德行如此完美，必然可以樂享高壽而使人永遠不忘了。

蓼彼蕭斯，零露泥泥㊀。既見君子，孔燕豈弟㊁。宜兄宜弟，令德壽豈㊂。

【今註】㊀泥泥：沾濡的樣子。㊁孔燕豈弟：孔，甚也。燕，飲酒也。豈：音愷，和樂也。弟音悌，平易也。宜兄宜弟：天子與諸侯之間，多是兄弟關係，所以天子語諸侯，大家要各盡其宜，為兄者宜盡為兄之道，為弟者宜盡為弟之道。㊂壽豈：豈，音愷，和樂也。

【今譯】高大的蕭兒，上面沾著泥泥的露水。既然見到君子，大家就和樂親切的在一塊痛飲一下。兄弟之間，要能彼此各盡其宜，那就令德彰聞，長壽和樂了。

蓼彼蕭斯，零露濃濃。既見君子，鞗革忡忡㊀。和鸞雝雝㊁，萬福攸同㊂。

【今註】㊀鞗：音條，轡也。忡忡：下垂的樣子。㊁和鸞：皆車之鈴也。在軾之鈴，曰和。在鑣之鈴，曰鸞。雝雝：音ㄩㄥ，和諧也。㊂攸：所也。同，聚也。

【今譯】高大的蕭兒，上面沾著濃重的露水。既然見到君子，看到鞗革忡忡的車馬之盛，聽到和鸞雝雝的鈴響之聲，便可以知道大家必然是萬福之所聚了。

㈩湛　露

這是天子燕諸侯之詩。

湛湛露斯㈠，匪陽不晞㈡。厭厭夜飲㈢，不醉無歸。

【今註】㈠湛湛：音占，濃厚也。斯：語尾詞。㈡匪：同非。陽：日也。晞：音希，乾也。㈢厭厭：足也，飽飲也，痛痛快快之飲也。

【今譯】濃重的露水，非見陽光則不乾；痛快的夜飲，非至喝醉則不歸。

湛湛露斯，在彼豐草。厭厭夜飲，在宗載考㈠。

【今註】㈠宗：同姓也。考：成也。載：助詞。

【今譯】濃重的露水，潤霑了豐草的上面。痛快的夜飲，邀請了同姓以成歡。

湛湛露斯，在彼杞棘㈠。顯允君子㈡，莫不令德。

【今註】㈠杞：樹名。棘：棗樹。㈡顯允：明而信也。

【今譯】濃重的露水，潤霑於杞棘之上。明信的君子，沒有一個不是德行善良的。

其桐其椅，其實離離㈠。豈弟君子，莫不令儀。

【今註】㈠離離：下垂的樣子。桐：樹名。椅：樹名。

【今譯】那些桐樹椅樹，果實離離而下垂。和樂親切的君子，沒有一個不是風度良好的。

三、彤弓之什

㈠彤　弓

這是天子歡燕有功諸侯而賜之弓矢之詩。

彤弓弨兮㈠，受言藏之㈡。我有嘉賓㈢，中心貺之㈣。鐘鼓既設㈤，一朝饗之㈥。

【今註】㈠彤：音同，朱色也。弨：音超，弓弛而尚未張弦也。㈡言：語助詞。㈢嘉賓：殺賊立功之諸侯。㈣中心：發於誠心誠意的。貺：音況，賜與也。㈤鐘鼓：天子大饗諸侯，用鐘鼓。㈥一朝：一旦，即刻，言其速也。

【今譯】把朱漆而未張弦的弓，受而藏之。我有嘉賓，便誠心誠意的把弓賞賜于他。擺設鐘鼓，即刻歡燕他。

彤弓弨兮，受言載之㊀。我有嘉賓，中心喜之。鐘鼓既設，一朝右之㊁。

【今註】㊀載：藏也。㊁右：同侑，勸酒也。

【今譯】把朱漆而未張弦的弓，受而載之。我有嘉賓，內心非常的喜歡他。擺設鐘鼓，即刻勸酒於他。

彤弓弨兮，受言櫜之㊀。我有嘉賓，中心好之。鐘鼓既設，一朝醻之㊁。

【今註】㊀櫜：音高，藏之于囊也。㊁醻：音酬，勸酒也。

【今譯】把朱漆而未張弦的弓，受而櫜之。我有嘉賓，內心非常的悅愛他。擺設鐘鼓，即刻醻酒於他。

㈡菁菁者莪

這是人君喜見賢者之詩。

菁菁者莪㈠，在彼中阿㈡。既見君子，樂且有儀㈢。

【今註】㈠菁菁：音精，茂盛的樣子。莪：蘿蒿也。㈡中阿：山曲曰阿，中阿即山曲之中也。君子：指賢者。㈢樂且有儀：指君子之風度非常祥和而有禮儀。

【今譯】茂盛的蘿蒿，在那陵曲之中。既經見了君子，他的風度非常祥和而有禮儀。

菁菁者莪，在彼中沚㈠。既見君子，我心則喜。

【今註】㈠沚：音止，小渚也，水中可止息之地。

【今譯】茂盛的蘿蒿，在那小渚之中。既經見了君子，我的心便非常的喜歡。

菁菁者莪，在彼中陵㈠。既見君子，錫我百朋㈡。

【今註】㈠陵：丘阜也。㈡錫：賜也。朋：古者以貝為幣，五貝為一朋。

【今譯】茂盛的蘿蒿，在那丘阜之中。既經見了君子，他賜我以教益，如得百朋之錫也。

汎汎楊舟㈠，載沉載浮㈡。既見君子，我心則休㈢。

【今註】㈠汎汎：飄蕩不定的。楊舟：以楊木所製之舟也。㈡載沉載浮：沉沉浮浮，不穩定也，主人自己比喻其未見君子以前之心理。載，語助詞。㈢休：喜悅而安然也。

【今譯】未見君子以前，我的心如汎汎的楊舟，沉浮不定。既經見了君子，我的心便快活而安然了。

㈢六　月

這是讚美尹吉甫征伐玁狁有功之詩。

六月棲棲㈠，戎車既飭㈡。四牡騤騤㈢，載是常服㈣。玁狁孔熾㈤，我是用急㈥。王于出征，以匡王國㈦。

【今註】㈠棲棲：同栖栖，遑遑忙忙的樣子。㈡戎車：兵車。飭：整飭。㈢騤騤：壯盛的樣子。㈣載：以車載之也。常服：戎服也。㈤孔熾：極為熾盛。㈥我是用急：我，我方，我國。用：因而。急：危急。㈦匡：救，救國家之危急。

【今譯】六月的時候，情勢緊張，大家栖栖忙忙，準備作戰。我的戎車，已經整飭，壯盛的四匹雄馬，載著戎服以行。玁狁的侵略勢力，非常凶猛，我方的情勢，因而緊張。所以王乃下令出征，以救王國之危急。

比物四驪㈠，閑之維則㈡。維此六月，既成我服㈢，我服既成，于三十里㈣。王于出征，以佐天子。

【今註】㈠比物：比其力之相等者，古時用馬，凡祭祀朝覲會同，則用毛色相同之馬，凡軍事則用力氣相等之馬。因吉事尚文，武事尚強也。驪：音麗，黑色的馬。㈡閑：經過訓練而動作熟習。維則：即有法則也。㈢服：軍服。㈣三十里：古時每日行軍以三十里為度。于：助詞。

【今譯】四匹力氣相等的黑色之馬，駕著戎車，動作熟習而有法則。於此六月，製造軍服，軍服既成，於是以每日三十里的速度進軍。受了王命而出征，必當殺敵執戈以佐天子。

四牡修廣㈠，其大有顒㈡。薄伐玁狁㈢，以奏膚功㈣。有嚴有翼㈤，共武之服㈥。共武之服，以定王國。

【今註】㈠修：長也。廣：寬也。㈡有顒：顒音ㄩㄥˊ，大的樣子。有顒，即顒然也。㈢薄：語助詞。㈣奏：完成。膚功：大功也。㈤有嚴有翼：即嚴然翼然，皆謹嚴從事小心翼翼之意，凡行軍用兵皆不敢有絲毫疏忽也，所謂「臨事而懼，好謀而成」，皆嚴翼從事也。㈥共武之服：共同恭，即敬嚴謹慎也。武，軍事也。服，工作也。共武之服者，即敬嚴謹慎以從事於軍事工作也。

【今譯】四匹雄馬，又長又寬，而且壯大，討伐玁狁，以完成偉大的功業。嚴翼恭謹，以從事於軍事工作。只有恭謹從事，才能安定國家。

玁狁匪茹㊀，整居焦穫㊁。侵鎬及方㊂，至於涇陽㊃。織文鳥章㊄，白旆央央㊅。元戎十乘㊆，以先啟行㊇。

【今註】㊀玁狁匪茹：玁狁的勢力，不是柔弱易制的。此與前章之玁狁孔熾，以及本章之侵鎬及方，至於涇陽的情勢，可以見之。所以「茹」字，是柔弱易制之意。㊁整居焦穫：整是訓練，整軍經武之意。居，居民也。焦穫，地名，玁狁所盤踞之地。玁狁以焦穫為根據地而整軍經武。㊂鎬、方：皆地名。鎬不是周京之鎬。㊃涇陽：涇水的北邊，指涇水下流將入渭水的地方而言。㊄織：同幟。鳥章：鳥隼之花紋也。㊅白旆：即帛旆，音配，旗下面的飄帶，以帛為之。央央：鮮明的樣子。㊆元戎：大的兵車，是軍隊的前鋒。㊇啟行：出發。

【今譯】玁狁的勢力，不是柔弱易制的，牠以焦穫為根據地而整軍經武，於是侵鎬及方，至於涇陽。為了打擊侵略，我乃出師討伐，軍旗飛揚，帛旆中央，大的戎車十乘，作為開道的先鋒。

戎車既安，如輊如軒㊀。四牡既佶㊁，既佶且閑。薄伐玁狁，至于大原㊂。文武吉甫㊃，萬邦為憲㊄。

【今註】㈠如輊如軒：輊音ㄓˋ，車之覆而前也。軒，車之卻而後也。凡車從後視之如輊，從前視之如軒，然後適調。㈡佶：音吉，壯健的樣子。㈢大原：即今之山西省之太原。㈣文武吉甫：文武雙全之尹吉甫。㈤憲：法，模範。

【今譯】兵車既經準備齊妥，或如輊，或如軒。四匹雄馬，也都壯健，不僅壯健，而且動作熟練。於是討伐玁狁，一直到了太原。像尹吉甫這樣文武雙全的人，真足以為萬邦的模範。

吉甫燕喜㈠，既受多祉㈡。來歸自鎬㈢，我行永久。飲御諸友㈣，炰鱉膾鯉㈤。侯誰在矣㈥，張仲孝友㈦。

【今註】㈠燕喜：言吉甫打了勝仗，凱旋歸來，飲酒喜樂。㈡祉：福。㈢鎬：非周京之鎬，係山西蒲州附近之地。㈣御：進。㈤炰：煮。膾：把肉切成細絲而煮之。㈥侯：發語詞。㈦張仲：當時之賢臣，歐陽修集古錄，薛氏鐘鼎款識，並載有張仲簠銘五十一字，其文曰：「用饗大正歆王賓饌具召飲張仲受無疆福，諸友飤飲具飽，張仲畀壽」。與詩文相合。

【今譯】吉甫凱旋歸來，燕飲喜樂，受了諸多的福祉。從鎬地久戰而還，與故人闊別已久，於是炰鱉膾鯉，以宴請諸友，在座的人都是誰呢？有一個既孝於父母又愛於兄弟的大賢人，他的名字叫張仲。

四采芑

這是讚美方叔征荊蠻之詩。

薄言采芑㈠，于彼新田㈡，于此菑畝㈢。方叔涖止㈣，其車三千，師干之試㈤。方叔率止㈥，乘其四騏㈦，四騏翼翼㈧，路車有奭㈨。簟茀魚服㈩，鉤膺鞗革⑪。

【今註】㈠薄言：二字皆語詞。芑：音起，苦菜。㈡新田：新墾二歲之田。㈢菑：音緇，新墾一歲之田。㈣方叔：周之卿士，受命而為將也。涖：音立，臨也。㈤師干之試：師，軍隊之通稱，干，干戈，武器也。試：操練也。言方叔到場，察閱軍隊操練武器的情形。㈥率：統率。㈦騏：馬之青色如綦文者。㈧翼翼：壯健的樣子。㈨路車：戎車。有奭：奭音失，赤紅色，有奭，即奭然。㈩簟茀：簟，音店，茀，音弗，以方文竹簟為車蔽也。魚服：以魚獸皮作成之箭袋也。⑪鉤膺：馬腹之帶，有鉤以拘之，施之於膺。鞗革：鞗，音條，轡也。革，轡首也。鞗革，馬轡所把之外，有餘而垂下者也。

【今譯】采芑去呀，有的往新田去采芑，有的往菑田去采芑。大將方叔來檢閱他的軍隊了，兵車有三千輛之多，軍隊的操練都很熟習。他就率領這些人馬，乘著他的四匹健壯的青馬所駕的戎車，前往征伐荊蠻。紅色的戎車，方文竹簟的車蔽，魚獸皮製的箭袋，馬腹繫著大帶，馬轡垂然而美觀，車馬之盛，軍容之壯，於此可見了。

薄言采芑，于彼新田，于此中鄉㊀。方叔涖止，其車三千，旂旐央央㊁。方叔率止，約軝錯衡㊂，八鸞瑲瑲㊃。服其命服㊄，朱芾斯皇㊅，有瑲葱珩㊆。

【今註】㊀中鄉：鄉者，田野也，中鄉者，即田野之中也。㊁旂：音旗，旗上畫有龍文者。旐：音兆，旗也，旗上畫有龜蛇之文者。㊂約軝：約，束也。軝，音祈，車轂也，以皮纏束兵車之轂，而塗以朱色。錯衡：錯，文彩也。衡，轅前端之橫木也。錯衡者，言轅前端橫木之有文彩也。㊃八鸞瑲瑲：鸞，在鑣之鈴也，馬口兩旁各一，四馬則共有八鈴。瑲瑲：音倉，響亮之鈴聲也。㊄命服：天子所命之服。㊅朱芾：芾，音弗，同韍，以韋為之，蔽膝也。禮三命赤芾葱珩。斯：語助詞。皇：即煌煌也。㊆瑲：玉聲。葱：蒼色如葱。珩：佩首橫玉也。

【今譯】采芑去啊，有的往新田去采芑，有的往鄉野去采芑。大將方叔來檢閱他的軍隊了，兵車有三千輛之多，旗幟鮮明。他就率領這些人馬，前往討伐荊蠻。戎車的轂，束以韋革；轅前橫木，施以文彩；八鸞交鳴，響聲瑲瑲。方叔穿著命服，朱芾輝煌，佩玉葱蒼。

鴥彼飛隼㊀，其飛戾天㊁，亦集爰止㊂。方叔涖止，其車三千，

師干之試。方叔率止，鉦人伐鼓㊃，陳師鞠旅㊄，顯允方叔㊅。伐鼓淵淵㊆，振旅闐闐㊇。

【今註】㊀鴥：音聿，疾飛的樣子。隼：音準，鴞屬。㊁戾天：至於天際也。㊂亦集爰止：亦，語詞。止，語詞。集爰，爰集也，集棲于樹也。㊃鉦人伐鼓：鉦，音征，鐃也。古者作戰，鳴鉦以止兵，擊鼓以進兵，各有專人。此所謂鉦人伐鼓者，即該止時，鉦人主管鳴其鉦，該進時，鼓人主管伐其鼓。㊄陳師鞠旅：陳，集合也，排列也。鞠，告誓也。師，旅，皆軍隊之編制也。五百人為一旅，二千五百人為一師。陳師鞠旅者，即集合部隊，當眾宣示討平禍亂之任務也。㊅顯允方叔：顯，高位也。允，誠然也。顯允方叔者，即方叔誠然宜於居高位也，因其平玁狁，征荊蠻，屢著戰功也。㊆伐鼓淵淵：淵淵，鼓聲也。㊇振旅闐闐：打了勝仗，凱旋歸來之時，振起軍旅之威，鼓聲闐闐然也。闐闐：壯盛也。闐，音ㄊㄧㄢˊ。

【今譯】那疾飛的鴞子，一飛至於天際，而後棲止於樹上。大將方叔檢閱他的軍隊來了，他的兵車有三千輛之多，軍隊的操作，都很熟練。他就率領這些人馬，征討荊蠻。鉦人伐鼓，各有專司，他就集合軍隊，宣誓出師平亂的任務，激昂慷慨，三軍奮發。方叔居於統帥之顯位，實在是應該的啊。進軍殺敵，鼓聲淵淵而雄湧；振旅歸來，鼓聲闐闐而壯盛。

蠢爾荊蠻㈠，大邦為讎㈡。方叔元老㈢，克壯其猶㈣。方叔率止，執訊獲醜㈤。戎車嘽嘽㈥，嘽嘽焞焞㈦，如霆如雷。顯允方叔，征伐玁狁，蠻荊來威。

【今註】㈠蠢：愚蠢無知而輕舉妄動的。㈡大邦：中國也。㈢元老：在軍事政治上有重要地位與長久資歷之老臣也。㈣克壯其猶：猶，同猷，計劃也。克壯其猷者，謂能發展其計劃而獲致輝煌之戰果也。㈤訊：探聽消息之間諜。㈥嘽嘽：嘽，音ㄊㄢ，眾多也。㈦焞焞：焞，音推，盛大的樣子。

【今譯】你們這些愚蠢無知而輕舉妄動的荊蠻，竟敢與大國為讎。老謀深算德高望重的方叔，必能發展其計劃而獲致輝煌的戰果。所以方叔為率，就捉拿了敵諜，捕獲了惡類，戎車浩浩蕩蕩的出動，聲威如霆如雷的震撼。方叔居於統帥的高位，實在是應該的啊！他於平服玁狁之後，接連著又征討荊蠻，使荊蠻畏威而來服，他的功勞，真是大啊！

㈤車　攻

這是宣王會諸侯田獵于東都之詩。

我車既攻㈠，我馬既同㈡。四牡龐龐㈢，駕言徂東㈣。

【今註】㈠攻：同工，繕也，治也，經過人工修治也。㈡同：齊備也。㈢龐龐：又高又大的。㈣言：語詞。徂：音居，往也。東：東都，東方，洛陽一帶之地。

【今譯】我的車既已整好，我的馬既已齊備，四匹雄馬，高而且大，駕起車子，往東方去了。

田車既好㈠，四牡孔阜㈡，東有甫草㈢，駕言行狩㈣。

【今註】㈠田車：田獵之車。㈡孔：甚。阜：高大。㈢甫草：甫田之草，即圃田之草，圃田在河南省之中牟縣，與鄭州鄰近。東西五十里，南北二十六里。其中多麻黃草。㈣狩：冬獵曰狩。

【今譯】田車既已備好，四匹雄馬，甚是高大。東方中牟有圃田之草，駕起車子，到那裏打獵去了。

之子于苗㈠，選徒囂囂㈡，建旐設旄㈢，搏獸于敖㈣。

【今註】㈠之子：指宣王。苗：狩獵。㈡選徒：調派隨獵之徒卒。囂：同囂字，讀ㄠˊ，眾多的樣子。㈢旐：音兆，旗上有龜蛇之文。旄：音毛，以牛尾注於旗竿之首。㈣搏：獲取。敖：地名，在今河南省滎陽縣境，亦鄭州鄰近之地。

【今譯】天子往東方狩獵，調派了很多隨獵的徒卒，車上設著旐旄，到敖地去搏取禽獸。

駕彼四牡，四牡奕奕㈠。赤芾金舄㈡，會同有繹㈢。

【今註】㈠奕奕：高大也。㈡赤芾金舄：諸侯朝於天子之服。金舄，朱黃色之舄，即赤舄。此處之金字，非金屬物之金。舄，音細（ㄒㄧˋ），鞋子。㈢繹：音意，連續不斷的，有繹，即繹然，繼續不斷。

【今譯】駕起四馬，四匹雄馬，都很高大。東方的諸侯，都乘著車子，穿著赤芾，履著金舄，繼續不斷的來朝見天子。

決拾既佽㈠，弓矢既調㈡，射夫既同㈢，助我舉柴㈣。

【今註】㈠決拾：決，以象骨為之，著於右手大指，以鉤弓弦。拾：以皮為之，著於左臂，即射韝。佽：音次，利也。㈡調：調整妥當。㈢同：齊力相協。㈣舉柴：柴，薪柴，禽獸匿於澤藪之中，必烈火驅之使出，而後射之，故舉柴者，即舉柴薪以烈火也。一說謂柴者，積禽也，舉積禽，言其射獲之多也。本譯取舉薪燃火之說。

【今譯】決拾已經便利了，弓矢已經調整了，射夫們已經齊備了，幫助我把柴火燃燒起來，驅禽獸而出於藪澤，齊力射之。

四黃既駕，兩驂不猗，不失其馳，舍矢如破。

【今譯】四匹黃馬，既已啟駕，外邊的兩匹驂馬，走的不偏不倚，御馬者操作純熟，所以能奔驅不失其法度。而射擊者，技術尤佳，所以能矢一發而必中。

蕭蕭馬鳴㊀，悠悠旆旌㊁。徒御不驚㊂，大庖不盈㊃。

【今註】㊀蕭蕭：馬鳴聲。㊁悠悠：飄蕩也。㊂徒：徒卒。御：御夫。不驚：不驚擾人民。㊃大庖：君之庖也。不盈：射獲雖多，而皆分予諸侯，君不多取，故君之庖廚，不盈滿也。

【今譯】馬兒蕭蕭的鳴叫，旌旗悠悠的飄蕩。徒卒御夫都不曾驚擾人民。射獲之物，分賜諸侯，君不多取，所以君之庖廚，並不求其充盈。

之子于征㊀，有聞無聲㊁，允矣君子㊂，展也大成㊃。

【今註】㊀之子與㊂君子，皆指周宣王而言。㊁有聞無聲：人們只聽說天子有來東方打獵的新聞，而沒有喧譁驚擾的鬧聲。㊂允矣：實在算得是。㊃展也：誠然。

【今譯】此次天子出獵，各事進行圓滿，所以地方人民只聽說天子有來到東方打獵的新聞，而沒有感受一點喧譁驚擾的鬧聲，真可以稱得起是君子了，真算是大大的成功了。

㈥吉　日

這是讚美宣王田獵之詩。

吉日維戊㈠，既伯既禱㈡，田車既好，四牡孔阜㈢。升彼大阜㈣，從其羣醜㈤。

【今註】㈠戊：剛日也，天干之奇數為剛日，偶數為柔日，剛日宜於外事，出獵為外事，故剛日之戊為吉日。㈡既伯既禱：田獵用馬，伯為馬祖，故祭伯也。㈢四牡孔阜之阜字，作形容詞講，高大的。㈣升彼大阜之阜，作名詞講，大的丘阜。㈤從其羣醜：從、追逐。醜、類，禽獸之屬。

【今譯】戊日是田獵的好日子，祭了馬祖而又祈禱。田獵之車乘，已經備好了，四匹雄馬，高而且大，升彼丘阜之處，追逐那一羣一羣的禽獸。

吉日庚午㈠，既差我馬㈡。獸之所同㈢，麀鹿麌麌㈣。漆沮之從㈤，天子之所㈥。

【今註】㈠庚午：亦剛日。㈡差：音冊，擇齊其足。㈢同：聚也。㈣麀：音憂。牝鹿。麌麌：音虞，眾多。㈤漆沮：水名。㈥天子之所：天子所在之處。

【今譯】庚午之日，也是吉日，我們就選擇了善馳的馬，出往田獵，看見獸類聚集的地方，有很多的麀鹿，我們就沿著漆沮水旁，把牠們追逐於天子打獵所在之處。

瞻彼中原㈠，其祁孔有㈡。儦儦俟俟㈢，或羣或友㈣。悉率左右，以燕天子㈤。

【今註】㈠中原：原中也。㈡祁：同慎，大獸。孔有：很多。㈢儦儦：音標，趨行的樣子。俟俟：緩行。㈣或羣或友：獸三曰羣，二曰友。㈤燕：樂也，助興也。

【今譯】看那原野之中，大獸很多很多，有的急遽的跑，有的緩緩而行，三三兩兩，其狀不一。我於是盡率左右之人，從事追逐，以為天子助興。

既張我弓，既挾我矢。發彼小豝㈠，殪此大兕㈡。以御賓客㈢，且以酌醴㈣。

【今註】㈠發：發矢而射。豝：音巴，牝豕。㈡殪：音壹，一射而致其死命，曰殪。兕：音ㄙˋ，野牛。㈢御：進，招待。㈣酌：以勺取酒。醴：音禮，酒。

【今譯】既經張開我們的弓，既經搭上我們的箭，於是首先就射死了一頭小豕，繼而又擊斃了一條大兕。我們就把這些獵物，招待賓客，且飲酒以共樂。

(七) 鴻　雁

這是描寫使臣到處安撫流民之辛勞之詩。

鴻雁于飛㊀，肅肅其羽㊁。之子于征㊂，劬勞于野㊃。爰及矜人㊄，哀此鰥寡㊅。

【今註】㊀鴻雁：大者曰鴻，小者曰雁。㊁肅肅：羽聲，疾遽之聲。喻流民之流離也。㊂之子：指使臣。于征：出使于外。㊃劬勞：辛苦。于野：因為流民到處流離，沒有安居的定所，當然受命而安撫流民的，他的工作，也是在野外的多，所以劬勞于野。㊄矜：可憐的。㊅鰥：老而無婦。寡：老而無夫。

【今譯】鴻雁四處的飛，羽聲肅肅而疾遽。使臣出來擔任安撫工作，天天在野外對流民竭力慰勞，受盡了辛苦。他同情我們這些窮苦的人，特別是對於鰥寡的人，更是哀憫。

鴻雁于飛，集于中澤㊀。之子于垣，百堵皆作㊁。雖則劬勞，其究安宅㊂。

【今註】㊀中澤：澤中。㊁堵：垣牆。㊂究：終於也。此章乃言流民慢慢安集之意。

【今譯】鴻雁于飛，慢慢的集棲于澤中了。使臣督導流民們建造垣屋，於是百堵同時都興建起來，這種工作，雖然是很辛苦，但是畢竟大家都有了安定的住宅了。

鴻雁于飛，哀鳴嗸嗸㈠。維此哲人㈡，謂我劬勞，維彼愚人，謂我宣驕㈢。

【今註】㈠嗸嗸：嗸音敖，喧雜，喧擾之聲。㈡哲人：指使臣而言，流民感激他，故稱之為明白道理的哲人。㈢宣驕：宣，表示。驕，傲慢不遜，怨望牢騷，凡處於苦痛狀態者，說話不免牢騷。

【今譯】鴻雁四下的在飛，悲哀的鳴聲，喧擾嘈雜。只有這位明白道理的使臣，說我們這些流民們真是太苦痛了！那些不明白道理的人，反而說我們流民們的哀訴，是亂發牢騷。

(八)庭　燎

這是讚美君王早朝勤政之詩。

「夜如何其？」「夜未央㈠。」庭燎之光㈡，君子至止㈢，鸞聲將將㈣。

【今註】㈠夜未央：央，盡也，未央，未盡也，即言時間尚早也。㈡庭燎：大燭也。㈢止：語尾詞。㈣鸞聲：車之鈴聲也。將將：音鏘，鈴響聲。君子：指諸侯。

此章「夜如何其」？是天子發問之語。「夜未央」，是侍者答覆之語。

【今譯】「夜間什麼時候了？」「夜尚未盡。」天子便起床，燃大燭以視朝。諸侯也來朝見了，車馬的鈴聲，將將的響著。

「夜如何其？」「夜未艾㈠。」庭燎晣晣㈡，君子至止，鸞聲噦噦㈢。

【今註】㈠未艾：艾音易。未艾，同未央，尚未盡也。㈡晣：音制，明也。㈢噦噦：響聲。

【今譯】「夜間什麼時候了？」「夜尚未盡。」天子便起床視朝！庭燎亮起來了，諸侯們也來朝見了，車馬的鈴聲，噦噦的響著。

「夜如何其？」「夜鄉晨㈠。」庭燎有煇㈡，君子至止，言觀其旂㈢。

【今註】㈠鄉晨：鄉，同向，走近也，向晨，即天快亮了。㈡煇：音輝，光亮也。㈢言：語詞。旂：音旗，旗上繪有龍文者。

【今譯】「夜間什麼時候了？」「天快亮了。」天子便起床視朝，庭燎光亮起來了，諸侯們也來朝見了，可以看見他們的旗幟了。

㈨沔　水

這是歎傷亂世讒人之害正人。

沔彼流水㈠，朝宗於海㈡；鴥彼飛隼㈢，載飛載止。嗟我兄弟，邦人諸友，莫肯念亂，誰無父母。

【今註】㈠沔：音免，形容詞，形容流水之放濫。㈡朝宗于海：朝，歸。宗，向。朝宗於海者，歸向於海也。㈢鴥：音聿，疾飛的樣子。

【今譯】那放濫的流水，它還歸向於海；那疾飛的隼鳥，它還棲止於樹。可嘆啊，我們的兄弟以及邦人諸友，沒有一個肯憂慮現在的禍亂的。誰沒有父母？真是禍亂越鬧越大，自己的父母，也要遭殃了。

沔彼流水，其流湯湯㈠，鴥彼飛隼，載飛載揚。念彼不蹟㈡，載起載行。心之憂矣，不可弭忘㈢。

【今註】㈠湯湯：音傷，水盛流的樣子。㈡不蹟：不循道而行之人，製造禍亂之人。㈢弭：止也。

【今譯】那放濫的流水，越流越盛漲；那疾飛的隼鳥，越飛越高揚；那不講道理的人，越來越胡鬧。我內心的憂傷，簡直是止也止不住，忘也忘不下。

鴥彼飛隼，率彼中陵；民之訛言㈠，寧莫之懲㈡，我友敬矣，讒言其興。

【今註】㈠訛言：訛，音鵝，僞也，造謠也。㈡寧莫之懲：寧，乃也。懲，審察，仔細分辨。

【今譯】那疾飛的鳥兒，循著中陵而飛；那姦人揑造妖言，顛倒是非，乃竟然不加以審察制止；我的朋友你要儆戒了，讒言就要起來了。

㈩鶴　鳴

這是招隱之詩。

鶴鳴于九皐㈠，聲聞於野。魚潛在淵，或在于渚㈡。樂彼之園，爰有樹檀，其下維蘀㈢。它山之石，可以為錯㈣。

【今註】㈠皐：澤也。㈡渚：水中小洲也。㈢蘀：音託，樹木枯落的皮葉也。白鶴鳴于九皐，以至於其下維蘀，皆描繪隱士之生活環境，並象徵其清高之品格。㈣它山之石，可以為錯：言如能得此賢者，即等於得了它山之石，便可以作為砥礪之具，而輔成人君以進德修業也。錯：礪石也。

【今譯】鶴鳴于九皐之深澤，而其聲則遠聞於四野，魚沉潛於深淵，或存身於小洲。那位賢者自得其樂於他的生活環境，在他的園內，有些檀樹，檀樹之下，是些枯落的的樹皮樹葉。如果能得到那位賢者而用之，即等於得了他山之石，便可以作為砥礪美玉之器，而輔成人君以進德修業了。

鶴鳴于九皋，聲聞于天。魚在于渚，或潛在淵。樂彼之園，爰有樹檀，其下維穀㈠。它山之石，可以攻玉。

【今註】㈠穀：樹木名。

【今譯】鶴鳴于九皋之深澤，而其聲則高達于天際，魚存身于小洲，或沉潛於深淵。那位賢者自得其樂於他的生活環境，在他的園內，有些檀樹，下面有些穀樹。如果能得到那位賢者而用之，即等於得了他山之石，便可以作為砥礪美玉之器，而輔成人君以進德修業了。

四、祈父之什

㈠祈　父

這是軍士怨於久役而不得安居養親之詩。

祈父㈠！予，王之爪牙㈡，胡轉予于恤㈢，靡所止居？

【今註】㈠祈父：武官也，司馬也，職掌封圻之兵甲，故以為號。㈡予：兵士自呼也。爪牙：禽獸所用以自衛之武器，猶兵士為保衛天子之武器也。㈢恤：憂患也。

【今譯】祈父啊！我是天子的爪牙，為天子出了不少的力氣，為什麼倒反而置我於憂患之地，使我無所止居呢？

祈父！予，王之爪士，胡轉予于恤，靡所厎止㈠？

【今註】㈠厎：音至，至也，歸宿也。

【今譯】祈父啊！我是天子的爪牙之士，為天子出了不少的力氣，為什麼倒反而置我於憂患之地，使我無所歸宿呢？

祈父！亶不聰㈠，胡轉予于恤，有母之尸饔㈡？

【今註】㈠亶：音旦，誠然也，實在的。㈡尸：失也。饔：音雍，熟食也，奉養也。不聰：不聰明，胡塗也。

【今譯】祈父啊！你實在是糊塗，為什麼置我於憂患之地，使我有母而不得奉養呢？

(二)白　駒

這是君主惋惜賢者不出而仕之詩。

皎皎白駒㊀，食我場苗。縶之維之㊁，以永今朝㊂。所謂伊人㊃，於焉逍遙㊄。

【今註】這是君主欲留賢者不得，乃假託其白駒食苗以留之意。㊀皎皎：潔白的樣子。白駒，賢者所乘之駒。㊁縶：音ㄓˊ，絆也。維：以繩繫之。㊂永：延長時間。㊃伊人：賢者。㊄逍遙：逗留。

【今譯】皎潔的白駒，吃了我場圃的禾苗，我正好藉詞把牠絆住拴住，以延長今朝的時間，所謂伊人，便不得不在此多逗留一會兒了。

皎皎白駒，食我場藿㊀，縶之維之，以永今夕。所謂伊人，於焉嘉客。

【今註】㊀藿：音霍，豆葉也。

【今譯】皎潔的白駒，吃了我場圃的豆葉，我正好藉詞把牠絆住拴住，以延長今晚的時間，所謂伊人，便成了我的上等賓客了。

皎皎白駒，賁然來思㈠。爾公爾侯㈡，逸豫無期，慎爾優游㈢，勉爾遁思㈣。

【今註】㈠賁然：賁音奔，疾然也。思，語詞。㈡爾公爾侯：你的公侯們，指為公家服務之人而言。㈢慎爾優游：迫切希望其萬不可過於優游。㈣勉爾遁思：勉同免，免去、免除、打消的意思。

【今譯】皎潔的白駒，趕快的來吧！你的公侯們，想休息一會兒，就沒有時間。希望你快來幫忙，萬不可過於優游，請你打消你的隱遁的念頭吧！

皎皎白駒，在彼空谷。生芻一束㈠，其人如玉，毋金玉爾音，而有遐心㈡。

【今註】㈠生芻一束：言準備新鮮之芻草，以待空谷白駒之來。㈡無奈其人如玉，高蹈不來。於是希望能常有音信，賜以教益。

【今譯】皎潔的白駒，在那深谷之中。我準備新鮮的芻草一束，以待白駒之來。無奈其人如玉，高蹈不至。希望你不要過於珍惜你的教言，而對我有疎遠之心思。

㈢黃　鳥

這是描寫民適異國，不得其所，而思歸之詩。

黃鳥黃鳥，無集于穀㊀，無啄我粟。此邦之人，不我肯穀㊁，言旋言歸，復我邦族。

【今註】㊀穀：樹木名。㊁不我肯穀：穀，友善也。

【今譯】黃鳥啊，黃鳥，不要棲集於穀樹之上，不要啄食我的粟。此邦之人不肯與我友善，我只有回到我的邦族那裏去了。

黃鳥黃鳥，無集于桑，無啄我粱。此邦之人，不可與明㊀，言旋言歸，復我諸兄㊂。

【今註】㊀明：盟也，信賴也。㊁復：反也。

【今譯】黃鳥啊，黃鳥，不要集棲于桑樹之上，不要啄食我的粱。此邦之人，不可以信賴，我只有回到我的諸兄那裏去了。

黃鳥黃鳥，無集于栩㊀，無啄我黍。此邦之人，不可與處。言旋言歸，復我諸父。

【今註】㈠栩：音許，樹木名。

【今譯】黃鳥啊，黃鳥！不要集棲于栩樹之上，不要啄食我的黍。此邦之人，不可與之共處，我只有回到我的諸父那裏去了。

㈣我行其野

這是描寫民適異國依其婚姻而不見收恤之詩。

我行其野，蔽芾其樗㈠。昏姻之故，言就爾居㈡。爾不我畜，復我邦家。

【今註】㈠樗：音樞，惡木也。蔽芾：茂盛的樣子。㈡言：語詞。

【今譯】我行走於荒野，樗樹正在茂盛。因為有婚姻的關係，所以到你家居住。現在你不養活我，我只有回到自己的邦家了。

我行其野，言采其蓫㈠。昏姻之故，言就爾宿。爾不我畜，言歸思復。

【今註】㈠蓫：音逐，羊蹄菜也。

【今譯】我行走于荒野，採蓫菜而食。因為有婚姻的關係，所以到你家住宿。現在你不養活我，我只有回到自己的老家了。

我行其野，言采其葍㈠。不思舊姻，求爾新特㈡。成不以富㈢，亦祇以異㈣。

【今註】㈠葍：音福，惡菜也。㈡特：匹配，匹偶也。㈢成：即誠，誠然也。㈣異：德行卓異也。成不以富，亦祇以異：感歎其姻家無人情味。

【今譯】我行走于荒野，採葍菜而食。你不念舊日的婚姻關係，而去求新的配偶。一個人的真正價值，不在于他的財富，而在于他的德行卓異。這個道理，真是對極了。

㈤斯　干

這是築室既成而頌禱祈福之詩。

秩秩斯干㈠，幽幽南山㈡。如竹苞矣㈢，如松茂矣。兄及弟矣，式相好矣㈣，無相猶矣㈤。

【今註】㊀秩秩：澄清的樣子。斯：此也。干：澗也。㊁幽幽：深遠的樣子。㊂苞：叢生而固也。㊃式：語詞。㊄猶：猶同尤，怪責也，如「不怨天，不尤人」之尤。如竹苞矣，如松茂矣：比喻兄弟關係。

【今譯】此地有清清的澗水，幽幽的南山。叢密的竹子，茂盛的松樹，環境何等優美！哥哥和弟弟居住於此，要彼此和好，不要互相責怨。

似續妣祖㊀，築室百堵㊁，西南其戶㊂，爰居爰處，爰笑爰語。

【今註】㊀似：同已，既然也，既經也。妣祖：先人也。祭祀祖先，必有宮廟，故先築成宮廟。㊁築室百堵之室，即燕寢也。㊂西南其戶：其戶向西，或其戶向南。爰：於是。

【今譯】既經建成了祭祀先祖的宮廟，而後築室百堵，其戶向西，或其戶向南。於是在這裏有居有處，說說笑笑的過生活了。

約之閣閣㊀，椓之橐橐㊁。風雨攸除㊂，鳥鼠攸去，君子攸芋㊃。

【今註】敘述築牆的情形。㊀約之閣閣：約，束也，夾也，束版也。閣閣，是指束版之狀，即繩子一道一道的束著，而束的很有條理，不是亂七八錯的束。㊁椓之橐橐：板既束成之後，則填土於其中，即用杵把土搗得很堅實，椓就是搗。橐橐是搗土的聲音。橐，音駝（ㄊㄨㄛˊ）。㊂攸：所以，因而。㈣芋：同宇，居住也。

【今譯】　把夾板一道一道的纏好，把土填進去，用杵子把土搗堅實，牆壁牢固了，於是風雨因而吹不進，鳥鼠因而鑽不透，君子因而得以安居了。

如跂斯翼㈠，如矢斯棘㈡，如鳥斯革㈢，如翬斯飛㈣，君子攸躋㈤。

【今註】　此章形容宮室之狀。㈠跂：同企，企足也。斯翼：敬肅的樣子。㈡棘：房之角隅。㈢斯革：張開翅膀的樣子。㈣翬：音輝，雉，野雞也。㈤躋：升也。

【今譯】　宮室的整莊，好像人在立正那樣的嚴肅；廉隅的聳峭，好像箭在射出那樣的迅直；棟宇的峻起，好像鳥在張翼；房簷的軒翔，好像雉在翻飛。這樣的美侖美奐，正是君子所要升入之堂。

殖殖其庭㈠，有覺其楹㈡，噲噲其正㈢，噦噦其冥㈣，君子攸寧。

【今註】　㈠殖殖：平正也。㈡覺：高大而直也。楹：堂屋前之兩柱也。㈢噲噲：音快，快樂也。正：向明之處也。㈣噦噦：音會，深廣的樣子。冥：幽暗之處也。

【今譯】　平正的庭堂，高大的楹柱，明亮的正廳，使人心情愉快；幽奧的內室，使人思想深廣。這種住室，正是君子修心安身之地。

下莞上簟㈠，乃安斯寢。乃寢乃興，乃占我夢。吉夢維何？維熊維羆㈡，維虺維蛇㈢。

【今註】㈠莞：音管，蒲席。簟：音店，竹席。㈡羆：音皮，熊類，體較大，毛色黃白，能直立如人。㈢虺：音灰，小蛇。（古文蟲也。廣韻音ㄏㄨㄟˇ。）

【今譯】牀的下面鋪著草席，上面敷著竹席，把睡覺的地方，安置好了，於是就睡覺了，就起床了，就大做其好夢了，吉利的好夢是什麼呢？就是夢見了熊啦、羆啦、虺啦、蛇啦。

大人占之㈠，維熊維羆，男子之祥㈡；維虺維蛇，女子之祥。

【今註】㈠大人：太卜之官，即占夢之官。㈡祥：先兆也。

【今譯】於是就請太卜之官來占夢。夢見了熊和羆，就是要生男子的吉兆。夢見了虺和蛇，就是要生女子的吉兆。

乃生男子，載寢之床㈠，載衣之裳，載弄之璋㈡。其泣喤喤㈢，朱芾斯皇㈣，室家君王。

【今註】㈠載：則，便。㈡弄：玩。璋：半圭。弄之以璋，尚其德也。㈢喤喤：大聲也。㈣朱芾：朝服也，天子純朱色，諸侯黃朱色。皇：輝煌。

【今譯】　如果是生了男子，就把他寢之於床上，穿之以衣裳，給一塊半圭，叫他玩耍。他的哭聲洪大，將來一定是貴人，穿著輝煌的紅色的朝服，有室有家，為君為主。

乃生女子，載寢之地，載衣之裼㊀，載弄之瓦㊁。無非無儀㊂，唯酒食是議㊃，無父母詒罹㊄。

【今註】　㊀裼：音替，布褓也。㊁瓦：紡磚也，弄之以瓦，意在使其習紡織之女紅也。㊂無非無儀：非，違也。無非，即服從也。儀：度也，自作主張也。無儀，即不要自作主張。總之，女子要多服從，少生事。㊃議：講求。㊄罹：憂也。

【今譯】　如果是生了女子，就把她睡在地上，用衣褓把她裹起，給一塊瓦叫她玩耍。女子最好是多所服從，少作主張，只講些做飯做酒的烹調之事，不要給父母們惹麻煩，就得了。

(六)無　羊

這是咏畜牧有成而牛羊盛多之詩。

誰謂爾無羊？三百維羣。誰謂爾無牛？九十其犉㊀。爾羊來思，㈡其角濈濈㈢。爾牛來思，其耳濕濕㈣。

【今註】㈠犉：音淳，身長七尺黃體黑唇之牛。㈡思：語詞。㈢濈濈：相聚之多也。㈣濕濕：牛耳搖動的樣子。

【今譯】誰說你沒有羊？單以你的羊數而論，每一羣就有三百頭之多。誰說你沒有牛？單以身長七尺黃身黑唇之牛來說，就有九十頭之多。你的羊回來的時候，數不盡的羊角；你的牛回來的時候，數不盡那搖擺的耳朵。

或降于阿㈠，或飲于池，或寢或訛㈡。爾牧來思㈢，何蓑何笠㈣，或負其餱㈤。三十維物㈥，爾牲則具㈦。

【今註】㈠阿：大陵。㈡訛：音鵝，動也。㈢思：語詞。㈣何：同荷，戴、負。㈤餱：音侯，乾糧、食物。㈥三十維物：按顏色而分類，有三十種之多。㈦爾牲則具：祭祀用的牲物都俱備了。

【今譯】那些牛羊們，有的從陵上下來，有的到池邊飲水，有的在臥著，有的在走動。牧人們來了，荷著蓑戴著笠，有的背著食物。按牛羊的毛色，分門別類加以統計，就有三十種之多，你的祭祀用的牲物，可算是無一不備了。

爾牧來思，以薪以蒸㈠，以雌以雄㈡。爾羊來思，矜矜兢兢㈢，不騫不崩㈣。麾之以肱㈤，畢來既升㈥。

【今註】㈠薪、蒸：薪之粗者曰薪，薪之細者曰蒸。㈡以雌以雄：牧者在空暇時所弋獲之禽鳥也。㈢矜矜兢兢：守規矩的樣子，曰矜矜。不懶散不落後，曰兢兢。㈣騫：音千，躁進。崩：離羣。㈤麾：指揮。肱：手臂。㈥既：盡，皆。升：進入牢檻。

【今譯】你的牧者回來了，帶著薪柴，和牧暇時所弋獲之禽鳥，有雌的，有雄的。你的羊也回來了，牠們規規矩矩的行進，不懶散、不落後、不躁進、不離羣。牧者用手臂一揮，牠們便全部到齊，一個個進入牢檻中去了。

牧人乃夢：「眾維魚矣，旐維旟矣㈠。」大人占之：「眾維魚矣，實維豐年。旐維旟矣，室家溱溱㈡。」

【今註】㈠旐：音兆，畫有龜蛇之旗。旟：音與，畫有鳥紋之旗。㈡溱溱：音珍，眾多的樣子。

【今譯】牧人做了個夢，夢見了很多的魚，又夢見畫有龜蛇與鳥類的旗子。於是就請太卜之官來占一下，太卜之官說道：「夢見很多的魚，就是豐年的先兆。夢見畫有龜蛇與鳥類之旗子，就是家中人口興旺的先兆」。真是大吉大利啊。

(七)節南山

這是賢臣刺執政者任用姻小而敗政之詩。

節彼南山㈠，維石巖巖㈡。赫赫師尹㈢，民具爾瞻。憂心如惔㈣，不敢戲談㈤。國既卒斬㈥，何用不監㈦？

【今註】㈠節：音截，高峻的樣子。㈡巖巖：危峻而可怖的樣子。㈢師：太師，三公之官。㈣惔：音談，火燒。㈤不敢戲談：不敢隨便談論。㈥國：指西周之亡而言。卒：終於。斬：斷絕。㈦何用不監：為什麼不以它為監戒呢？這個監字，當「殷監不遠，在夏后之世」的監字講。監同鑑，鏡子也，即以往事為借鏡為參考為鑑戒也。

【今譯】那高峻的南山，巉巖而可怖。權位顯赫的師尹，人民都惟你是看。提起國事，使人憂心如同火燒一般，但是都不敢隨便談論。西周既然終歸於斷絕，為什麼你不以前車之覆為教訓為鑑戒呢？

節彼南山，有實其猗㈠。赫赫師尹，不平謂何？天方薦瘥㈡，喪亂弘多㈢。民言無嘉㈣，憯莫懲嗟㈤。

【今註】㈠有實：廣大的樣子。猗：同阿，邱阿，阿曲，高低不平之處。㈡薦：重複。瘥：音錯，災難。㈢喪亂：禍亂。㈣民言無嘉：人民的批評，都不好聽，都說些難聽的話，即謗責之言。㈤

憯：音慘，曾也，竟然也。懲：悔戒，悔改，改過。嗟：傷痛也。

【今譯】那高峻的南山，阿曲多坎坷。權位顯赫的師尹，你的處事為什麼也是這樣的不平？上天屢次降下災難，禍亂紛起，人民的批評，也都是非常的難聽，難道你竟然不肯悔改而歎傷?!

尹氏大師㈠，維周之氐㈡。秉國之均㈢，四方是維㈣，天子是毗㈤，俾民不迷。不弔昊天㈥，不宜空我師㈦。

【今註】㈠尹氏：姓尹的，太師之官。㈡氐：同砥，柱石。㈢秉國之均：掌握國家的大權。㈣維：維繫。㈤毗：音比，輔佐。㈥不弔昊天：即昊天不弔。不弔者，不可憐也。㈦空：窮也。師：眾人也。

【今譯】尹氏啊，你居於太師之尊，是周室的砥柱，掌握國家的大權，四方靠著你來維繫，天子靠著你來輔佐，庶民靠著你來領導。但是事實上，你完全負不起這種責任。上天又不可憐我們，屢次降下災難，我們百姓們有何罪，你不該使我們大家受窮啊！

弗躬弗親㈠，庶民弗信；弗問弗仕㈡，勿罔君子㈢？式夷式已㈣，無小人殆㈤。瑣瑣姻亞㈥，則無膴仕㈦。

【今註】㈠躬：躬行實踐。親：親身去做。㈡問：過問，管事。仕：事也，從事，工作。㈢罔：

欺騙。君子：君主。㊃式：語詞。夷：平心也。已：止也。㊄殆：危害。㊅瑣瑣：微小的。姻亞：壻之父曰姻。亞：壻們互稱曰亞。㊆膴：音武，厚也，厚祿也。仕：官也。

【今譯】　凡事自己不能躬行實踐，親身率導，百姓們就不會相信你。把一切事情都荒廢了，不管不理，不問不作，那就是欺騙君王。趕快的改變作風吧，要平心正己，不要任用小人，以免危害國家。對於那些瑣微的親戚關係，不要給他們以高官厚祿。

昊天不傭㊀，降此鞫訩㊁。昊天不惠，降此大戾㊂。君子如屆㊃，俾民心闋㊄。君子如夷，惡怒是違㊅。

【今註】　㊀傭：保佑。㊁鞫：大也。訩：音凶，禍亂。㊂戾：罪也。㊃屆：極也，正也，中也。㊄闋：音厥，安定也。㊅違：離去，消失。

【今譯】　上天不保佑我們，降下了這麼大的禍亂。上天不惠愛我們，降下了這麼大的罪。為政的君子，如果能夠行事正當，那麼，民心自然就安定了。如果能夠處事公平，那麼，一切的怨怒，自然就消逝了。

不弔昊天，亂靡有定，式月斯生，俾民不寧，憂心如酲㊀。誰秉國成㊁，不自為政，卒勞百姓。

【今註】㈠酲：音呈，病酒也。㈡國成：即國政。

【今譯】上天不憐恤我們，禍亂沒有停止的時候，月月都要發生，使百姓不得安寧。使我憂心如醉。是那一個人主持國政呢？為什麼不自己親身管事，乃任用姻亞小人掌管一切，終於使百姓吃盡苦頭呢！

駕彼四牡，四牡項領㈠。我瞻四方，蹙蹙靡所騁㈡。

【今註】㈠項：大也。領：頸也。㈡蹙蹙：音促，形容國土縮小之狀。

【今譯】我駕起四牡，四牡很是肥大。我向四方一望，只覺國土日蹙，好像沒有可馳騁的地方似的。

方茂爾惡㈠，相爾矛矣㈡。既夷既懌㈢，如相醻矣㈣。

【今註】㈠方茂爾惡：當你大作其壞事的時候。㈡相爾矛矣：人民都看著你的戈矛。相：看也。㈢夷：平。懌：和悅。㈣醻：敬酒。

【今譯】當你大作其惡的時候，人民都看著你的戈矛，準備和你動武。但是如果你能夠既公平而且喜悅的時候，人民們便親近你，好像要以酒與你相歡待的樣子。可見人心的向背，全看你的作法如何了。

昊天不平，我王不寧。不懲其心，覆怨其正。

【今譯】 由於你的作惡，使昊天為之不平，使我王為之不寧。你不但不自己悔心改過，反而懟怨那些勸戒你教導你的正人君子。

家父作誦㈠，以究王訩㈡。式訛爾心㈢，以畜萬邦㈣。

【今註】 家父：本詩作者之名字，他是一個公平正直的人。在詩的最後，寫出他自己的名字，表示他不畏權勢，敢以正義勸告尹氏。

㈠誦：即本篇之詩。㈡究：推求，研討。訩：禍亂。㈢訛：變化，改正。㈣畜：養也。

【今譯】 家父作這首詩的意思，是要研討王室禍亂之所以由來。希望你能改正你的心性和行為，以養育萬邦的人民。

(八)正 月

這是刺責幽王暴虐無道嚴刑峻法終致亡國之詩。

正月繁霜㈠，我心憂傷。民之訛言㈡，亦孔之將㈢。念我獨兮㈣，憂心京京㈤。哀我小心，癙憂以痒㈥。

【今註】 ㈠正月：即夏曆四月，正陽之月也。四月而下了很大的霜，乃是反常的現象。古人以為是上天對於執政者的警告。㈡訛言：訛音鵝，訛言即謠言，妖言。㈢孔：極。將：大也。㈣念我獨兮：即我獨念兮，言大家都不念，都悠悠忽忽，只有我獨獨擔心。㈤京京：大也。㈥癙：音鼠，病也。痒：音羊，病也。

【今譯】正陽的夏月，而下了很大的霜，這真是反常的現象。我的心非常之憂傷。人民的謠言，也非常之多。大家都不在意，只有我擔心，獨獨的發愁。可憐我這個小心眼的人，竟而憂愁成病了。

父母生我，胡俾我瘉㈠？不自我先，不自我後。好言自口，莠言自口㈡。憂心愈愈㈢，是以有侮。

【今註】㈠瘉：音愈，病也。㈡莠：音酉，惡的，壞的。㈢愈愈：憂懼也。

【今譯】父母既然生我，為什麼使我病痛呢？禍亂不先我而來，也不後我而來，偏偏就來在我生的時候。人們的兩片子嘴是扁的，舌頭是軟的，好話是從他們的口中說出，壞話也是從他們的口中說出。我因為過於憂心國事，以致成病，並且招致了許多的侮辱。

憂心惸惸㈠，念我無祿㈡。民之無辜，並其臣僕㈢。哀我人斯，于何從祿？瞻烏爰止，于誰之屋？

【今註】㈠惸惸：音瓊，憂思的樣子。㈡無祿：不幸也。㈢并其臣僕：即并為臣僕。古者，臣僕都是犯罪的人，被沒入而為奴僕的。

【今譯】 想到人生的不幸，使我憂傷萬分。好好的人們，一點罪也沒有，竟然被加以罪名，沒入為奴僕。可憐的人們，在這無法無天的世上，到那裏去找幸福呢？看那一羣烏鴉，飛來飛去，落止在誰家的屋上？

瞻彼中林㈠，侯薪侯蒸㈡。民今方殆㈢，視天夢夢。既克有定，靡人弗勝。有皇上帝㈣，伊誰云憎？

【今註】 ㈠中林：即林中。㈡侯薪侯蒸：侯，乃也。薪：粗薪。蒸，細薪。比喻朝中沒有人才，沒有棟梁之材，只是一些可供燒火的薪柴而已。㈢方殆：正在危難之中。㈣既克有定，靡人弗勝：上天的決定，沒有人能夠勝過的。皇：大也。

【今譯】 看那樹林之中，只是一些薪柴，沒有棟梁之大材。百姓們正處于危難之中，而上天還是迷迷糊糊，好像是漠不關心似的。我們知道，上天的決定，是沒有人能夠勝過的，但是偉大的上天啊，請問你到底是討厭那一個人呢？為什麼降禍不息呢？

謂山蓋卑，為岡為陵㈠。民之訛言，寧莫之懲㈡。召彼故老，訊之占夢，具曰：「予聖。」誰知烏之雌雄？

【今註】㈠為岡為陵：這一個「為岡」之「為」字，是一個錯字，應當是「謂」字，即應為「謂岡為陵」。本章之「謂山蓋卑，謂岡為陵」，與下章之「謂天蓋高，謂地蓋厚」，在文法構造上是平行的，相似的。說山是低的，說山岡是土陵，這種話當然是訛言。㈡寧：乃也。懲：審察辨別。

【今譯】說山是低的，說山岡是土陵，這顯然是胡說八道的訛言，但是為什麼不加以審別呢？有甚麼事情，召那些故人老臣，再詢問占夢之人，他們都自以為是聖人，但是那一個人能知道烏鴉的雌雄呢？連烏鴉的雌雄都不知道，可見大家都是是非不辨了。

謂天蓋高，不敢不局㈠；謂地蓋厚，不敢不蹐㈡。維號是言㈢，有倫有脊㈣。哀今之人，胡為虺蜴㈤？

【今註】本章言在暴政壓迫之下，人們都不敢挺身而立，不敢邁步而行，不敢據理而言，差不多都變成了像小蛇一類的爬行動物了。

㈠局：彎曲也。㈡蹐：音脊，小步而行也。㈢維號斯言：一說話便是唉聲歎息，除了長吁短歎以外，沒有話說。㈣有倫有脊：倫，理也，理性也，人是有理性有脊骨的動物，應當挺身而立，據理而言，但是懼于暴政的迫害，有脊骨不敢直起身子，有理性不敢講說正義，一說話便只有長吁短歎而已。㈤哀今之人，胡為虺蜴？可憐啊，現今之人為什麼都變為像小蛇一樣的爬行動物了呢？

【今譯】天可以說是很高的了，但是人們不敢不彎下身子；地可以說是很厚的了，但是人們不敢不小步而行。人本是有理性有脊骨的動物，應該是可以挺身而立，據理而言了，但是一般的人，一開口便只有長吁短歎。可憐啊，堂堂的人，為什麼都變成為像小蛇一類的爬行動物了呢？

瞻彼阪田㊀，有菀其特㊁。天之扤我㊂，如不我克㊃。彼求我則㊄，如不我得。執我仇仇，亦不我力。

【今註】㊀阪：音反，磽确崎嶇之田。㊁菀：音遇，茂盛的樣子。特：特生之苗也。㊂扤：音兀，摧殘也。㊃我克：即克服我。㊄彼求我則：即彼求我哉。

【今譯】看那磽确的阪田，還長著茂盛的禾苗。為甚麼上天如此用力的摧殘我，好像惟恐其把我消滅不了似的。他需要我的時候，好像惟恐怕得不到似的。及至得到了我，我又把仇敵捉到了，他卻不認為是我的功勞。

心之憂矣，如或結之。今茲之正，胡然厲矣？燎之方揚，寧或滅之？赫赫宗周，褒姒烕之。

【今譯】我內心的憂愁，好像是結成一塊石頭似的。此時的國政，為什麼這樣的暴虐呢？這種暴虐的作風，好像是燎原的大火一樣，沒有人能夠立即把它撲滅的。到了最後，赫赫的宗周，便亡于褒姒之手了。

終其永懷㈠，又窘陰雨。其車既載㈡，乃棄爾輔㈢。載輸爾載㈣，將伯助予㈤！

【今註】㈠終：既也，既然這樣又那樣，言不止一事也。永懷：深深的憂傷。㈡既載：裝載。㈢輔：夾持車軸之物，一名轐，亦名伏兔。此詩取喻於輔者，以比賢臣也。古稱輔臣為秉軸，即此理也。㈣輸：顛覆。㈤將：請也。伯：長者也。

【今譯】既已滿懷的憂傷，又困於連綿的陰雨。你的車子，既已裝滿了東西，而你竟把夾軸的輔木棄掉，於是乎你的車子便顛覆了。這個時候，你沒有辦法，只好大聲喊叫：「伯伯們，請來幫幫我的忙吧！」那不是已經晚了嗎？

無棄爾輔，員于爾輻㈠。屢顧爾僕㈡，不輸爾載，終踰絕險。曾是不意？

【今註】㈠員：增加。輻：音福，在車輪中間的細柱。㈡僕：同轐，夾軸之木，即輔木也。

【今譯】不要棄掉你的輔木，並且還要增加你的輪柱，不斷的看顧你的轐夾。這樣子，你的車子就不至於顛覆了，而終於可以越過了絕險的旅程。難道連這種道理，你就不注意嗎？

魚在于沼，亦匪克樂。潛雖伏矣，亦孔之炤。憂心慘慘，念國之為虐。

【今譯】魚在池沼之中，亦不能安樂；牠雖然潛伏于水中，但是仍然被人看得清清楚楚。想到國政的暴虐，使我憂心慘慘，怕的是終不免于池魚之殃啊。

彼有旨酒，又有嘉殽。洽比其鄰，昏姻孔云。念我獨兮，憂心慇慇。

【今譯】那些小人們，既有美酒，又有嘉殽，和他的鄰居們吃吃喝喝，鬧得非常熱合；而他們的婚姻關係，又很多很多。想起我的孤獨，心中便深深的憂慮。

佌佌彼有屋㈠，蔌蔌方有穀㈡。民今之無祿，天夭是椓㈢。哿矣富人㈣，哀此惸獨！

【今註】㈠佌佌：音此，小小的樣子。㈡蔌蔌：音速，卑鄙的樣子。㈢天夭：天禍也。椓：音卓，為害也。㈣哿：音可，歡樂也。

【今譯】那些佌佌的小人們，都有房屋住；那些蔌蔌的鄙夫們，都有食物吃。只是一般百姓們太不幸了，既沒有東西吃，又加以天災的迫害。這個年頭，富人們是歡樂了，可憐的是這些窮而無告的孤獨的人們啊！

(九) 十月之交

這是刺皇父亂政以致災變之詩。

十月之交㊀，朔月辛卯㊁，日有食之㊂，亦孔之醜㊃。彼月而微㊄，此日而微㊅。今此下民，亦孔之哀！

【今註】 ㊀十月：周之十月，即夏曆之八月。交：日月交會也，即夏曆每月初一之時。㊁辛卯：初一為辛卯日。㊂日有食之：即日蝕。㊃古以日食為由于國有失道，故稱之為大醜事。㊄月而微：月蝕也。㊅日而微：日蝕也。據曆法推算，周幽王六年乙丑歲建酉之月，辛卯朔辰時日蝕。

【今譯】 十月之交，是朔月辛卯，有日蝕之變，這是一項非常的惡訊。上次剛剛月蝕，這一次又是日蝕，現在的庶民，可真是夠悲哀的了。

日月告凶㊀，不用其行㊁。四國無政，不用其良㊂。彼月而食，則維其常。此日而食，于何不臧㊃？

【今註】㈠告凶：告天下以凶亡之徵。㈡不用其行：行，常度也，不用其行者，即失其常度也。㈢四國無政：四方的國家，沒有良好的政治。不用其良：不用其賢良之人也。㈣臧：善也。

【今譯】日月告天下以凶亡之徵，所以失其常度；四方的國家，不用賢良的人，所以政治不好。上次的月蝕，還可以說是平常的事，這次的日蝕，顯然是非常的災異，為什麼不改過向善呢？

爗爗震電㈠，不寧不令㈡。百川沸騰，山冢崒崩㈢。高岸為谷，深谷為陵。哀今之人，胡憯莫懲㈣？

【今註】㈠爗爗：音夜，電光閃閃的樣子。震：雷也。㈡不寧：不安寧，天搖地撼故不寧。不令：令，善也，惡風暴雨故不善。㈢冢：山頂也。崒：音卒，猝也，忽然也。㈣懲：戒懼也。此章言地震也。憯：音慘，曾也。

【今譯】電光閃閃，雷聲霹靂，天搖地撼，惡風暴雨，百川像滾水一樣的翻騰起來，山冢忽然而崩陷，原來的高岸，變而為深谷，原來的深谷，變而為丘陵。這真是一場大大的災變。可哀啊，現在的人為什麼不曾有絲毫戒懼之心呢？

皇父卿士㈠，番維司徒㈡，家伯冢宰㈢，仲允膳夫㈣，棸子內史㈤，蹶維趣馬㈥，楀維師氏㈦，豔妻煽方處㈧。

【今註】　這是一羣惡勢力。㈠皇父，家伯，仲允，都是人名。番，棸，蹶，楀，皆姓也。卿士：百官之長。㈡司徒：卿名，掌邦教之官。㈢冢宰：卿也，掌邦治之官。㈣膳夫：上士，掌王之飲食饍羞。㈤內史：中大夫，掌爵祿廢置生殺予奪之法。棸，音鄒。㈥趣馬：中士，掌王之馬政。㈦師氏：中大夫，掌司朝得失之事。㈧豔妻：指褒姒而言。煽：誘惑的力量。方處：正在得勢之時，正處於顛峰狀態。

【今譯】　一羣惡徒，把持朝政，如皇父為卿士，番為司徒，家伯為冢宰，仲允為膳夫，棸子內史，蹶為趣馬，楀為師氏。而豔妻褒姒和他們同惡相濟，其誘惑勢力正處於狂熾之時，無人能搖撼之者。

抑此皇父㈠，豈曰不時㈡？胡為我作㈢，不即我謀㈣？徹我牆屋㈤，田卒汙萊㈥。曰：「予不戕㈦，禮則然矣㈧。」

【今註】　㈠抑：語詞。㈡時：農隙之時。㈢我作：叫我去服勞役。㈣即：就也。㈤徹：毀也。㈥卒：盡也。汙：水淹也。萊：草萊荒蕪也。㈦戕：害也。㈧禮：理也。

【今譯】　唉！皇父啊！你豈肯自己說你自己役使人民不是時候呢？為什麼你叫我服勞役，事前不和我商量一下呢？由於你胡亂的徵調，使我的房屋也毀壞了，使我的田地，淹的淹，荒的荒。而你反而說：「我不是害你，按道理是應該這樣的啊。」

皇父孔聖，作都于向㈠。擇三有事㈡，亶侯多藏㈢。不憖遺一老㈣，俾守我王。擇有車馬，以居徂向㈤。

【今註】此章是言皇父看到皇室日危，預作逃難之計，故作都于向。㈠向：地名，在今河南省懷慶府濟源縣境內。㈡三有事：三卿也。㈢亶：誠然也。侯：語詞。多藏：富有也。㈣憖：音印，肯也。遺：留下。老：老臣。㈤以居徂向：即徂向以居。徂：往也。

【今譯】皇父真聰明啊（諷刺話），你作都于遠遠的向地，選擇的三個卿大夫，都是有財富的人家。你不肯留下一個老臣，守在王的身邊。你選擇那些有車有馬的人，都往向國和你住在一起。

黽勉從事㈠，不敢告勞。無罪無辜，讒口囂囂㈡。下民之孽㈢，匪降自天，噂沓背憎㈣，職競由人㈤。

【今註】㈠黽：音敏，黽勉，努力工作也。㈡囂囂：音敖，喧嘩雜亂的意思。㈢孽：災難。㈣噂：音尊，聚在一起也。沓：音踏，相合悅也。背：背了面。㈤職競：專意以某事為業。競：爭先恐後的搶著去幹。由人：由於人們去作那種事情。

【今譯】我們努力的工作，不敢有一句怨言。沒有一點罪過，平白無故的喧喧嚷嚷的說我們的壞話。下民的災難，不是從天而降，乃是由於那些小人們，聚則相勾結，背則相憎恨，爭先恐後的專意去幹那些陷害正人的事所造成。

悠悠我里㈠，亦孔之痗㈡。四方有羨㈢，我獨居憂㈣。民莫不逸，我獨不敢休。天命不徹㈤，我不敢傚，我友自逸㈥。

【今註】㈠里：或作悝，或作瘇。憂思也。㈡痗：音妹，病也。㈢羨：願也，得其所願而歡喜也。有羨，即羨然，快樂的樣子。㈣居憂：處於憂愁之境也。㈤徹：均等。㈥我不敢傚我友自逸：即我不敢倣效我的友人那樣而自居於安逸也。

【今譯】無窮無盡的憂思，使我至於大病。人們都在歡樂，只有我處於愁境；人們都在安逸，只有我不敢休息。這是上天所賦於人們的命運之不均，我不敢倣效我的朋友們那樣的生活，而自居於安逸之地。

㈩雨無正

這是傷歎羣臣離散救國無人之詩。

浩浩昊天㈠，不駿其德㈡。降喪饑饉㈢，斬伐四國，昊天疾威㈣。弗慮弗圖。舍彼有罪㈤，既伏其辜㈥。若此無罪，淪胥以鋪㈦。

【今註】㊀浩浩：廣大的樣子。昊：博大的。㊁駿：大也。㊂饑饉：穀不熟曰饑。菜不熟曰饉。㊃疾威：暴虐也。㊄舍：置也。㊅既伏其辜：伏，隱蔽。㊆淪胥以鋪：即胥淪以鋪。胥，皆也。淪：陷入也。鋪：同痡，病痛也。即皆陷於病痛也。

【今譯】高高的上天，不大發其慈悲。降下了喪亂與饑饉以摧殘四方的人民。高高的蒼天啊，你只知道發作威風，全不考慮下民的苦難。那些有罪的人，你不僅舍而不問，並且隱蔽其罪；而一般無罪的人，卻都陷於病痛之中了。

周宗既滅㊀，靡所止戾㊁。正大夫離居㊂，莫知我勩㊃。三事大夫㊄，莫肯夙夜。邦君諸侯，莫肯朝夕。庶曰式臧㊅，覆出為惡㊆。

【今註】㊀周宗既滅：宗，宗社也，言周之宗社，既然滅亡。㊁靡所止戾：止，立足也。戾，安身也。言沒有立足安身之餘地。㊂正大夫：六卿百官之長也。㊃勩：音異，勞苦也。㊄三事：三公也。大夫：六卿及中下大夫也。㊅庶曰式臧：庶，庶幾也，希望之辭。曰，語詞也。式，語詞也。臧，善也。言經受此次禍亂，希望或有改善之機。㊆覆出為惡：不僅不改善，反而更惡了。

【今譯】周之宗社，既然滅亡，敗奔流散，沒有立足安身的地方。正大夫離其所居，不知道我的苦難；三事大夫，沒有人肯處理公務；邦君諸侯，也沒有人肯忠於職守。經受此次大亂，希望今後或有改善之可能，但是，事實不然，不僅不改善，反而更惡了。

如何昊天，辟言不信㊀？如彼行邁，則靡所臻。凡百君子㊁，各敬爾身。胡不相畏，不畏于天？

【今註】㊀辟：法度也。㊁君子：指羣臣。

【今譯】高高的上天啊，人們為什麼不聽信法度之言呢？好像是走遠路一樣，沒有一個確定的目標。諸位君子，要各敬你們的身心。為什麼大家不存敬畏的心呢？難道連上天也不敬畏嗎？

戎成不退㊀，饑成不遂㊁。曾我暬御㊂，憯憯日瘁㊃。凡百君子，莫肯用訊㊄。聽言則答㊅，譖言則退㊆。

【今註】㊀戎：兵也，兵禍也。㊁遂：安撫人民也。㊂曾：乃也。暬御：暬音褻，侍近也。㊃憯：音慘，憂心也。瘁：病也。㊄訊：忠諫之言。㊅聽言：順耳之言。答：報之以爵祿。㊆譖言：批評之言，忠告之言，誹謗之言，逆耳之言。退：厭惡不用也。

【今譯】兵禍已成，而不能平息；饑荒已成，而不能安撫。我是個近侍的小臣，尚且憂心國事，致於病瘁。多數的君子們都不肯接受忠直的話，對於順耳之言，則喜而接納，寵之以爵祿；對於忠直之言，則認為逆耳，厭惡而不用。

哀哉不能言！匪舌是出，維躬是瘁。哿矣能言㊀，巧言如流，俾躬處休㊁。

【今註】㊀哿：快樂，幸運。㊁休：樂也。

【今譯】傷心啊，我這個不會說話的人，因為我的舌頭不善言辭，所以我的身子致於病痛。幸運的是那些會說話的人，花言巧語，滔滔不絕，如流水一般，因而他們得有高官厚祿，身子安樂。

維曰于仕㊀，孔棘且殆㊁。云不可使，得罪于天子；亦云可使，怨及朋友。

【今註】㊀維：語詞。曰：語詞。㊁孔棘且殆：棘，困難重重也。殆，危險。

【今譯】作官是真不容易啊，困難重重，而且危險。如果是沒有才能，達不成使命，便得罪於人君；如果是才能出眾，能以達成使命，則為同事所忌妬，而結怨于朋友。

謂爾遷于王都㊀，曰：「予未有室家。」鼠思泣血㊁，無言不疾㊂。昔爾出居，誰從作爾室？

【今註】據此章所謂「遷于王都」之句，可知此詩是出於東遷後不久之人的作品。是追述幽王之無道，而刺之也。因其批評之意甚重，苦痛之情甚濃，當可推知為東遷以後不久之詩。因其如非當時敗奔流離之士大夫，不能有此濃重之苦痛感應；如非東遷以後不久之動蕩散亂，處于無政府狀態，人們即不敢對君主有如此之批評。

㈠謂：告也。遷于王都：即西京已亡，遷于東都之洛陽。㈡鼠：同癙，憂也。㈢無言不疾：沒有一句話不見疾於人。疾者，嫉也，忌惡也。

【今譯】我曾經勸你遷于王都，你說：「我在那裏沒有房宅住。」像這樣大臣對國事漠不關心的情形，使我發愁至於泣血。我所說的話，沒有一句不被人忌嫉而厭惡。我不知道你昔日奔蕩流亡的時候，有何人跟著你為你蓋房子？

五、小旻之什

㈠小　旻

這是東遷後之士大夫追刺幽王當時之不能用賢。

旻天疾威㈠，敷於下土㈡，謀猶回遹㈢，何日斯沮㈣？謀臧不從㈤，不臧覆用㈥。我視謀猶，亦孔之邛㈦。

【今註】㈠旻：音民，幽遠的樣子。疾威：疾暴的威嚴，意指王政的暴虐。㈡敷：散佈。㈢謀：計謀。猶：同猷，計劃。回：邪僻不正。遹：音聿，邪僻。㈣沮：音居，停止。㈤臧：良好的。㈥覆：反而。㈦邛：音ㄑㄩㄥˊ，傷痛。

【今譯】旻天的暴威，散佈於地上，邪僻險惡的主意，不知道何日才會停止？好的主意不聽，偏偏去聽信那些壞的主意。我看到那些壞主意，真夠使人痛心的了！

潝潝訿訿㈠，亦孔之哀。謀之其臧，則具是違㈡，謀之不臧，則具是依。我視謀猶，伊于胡底㈢？

【今註】㈠潝潝：音吸，相附和。訿訿：音紫，相詆毀。㈡具：同俱，皆。㈢胡：何？底：音致，至，歸結，結果。

【今譯】大家忽而一陣子又潝潝然相附和，忽而一陣子又訿訿然相詆毀，這種意氣用事的情形，真夠使人哀傷的了，好的主意，大家都加以反對；壞的主意，大家卻又偏偏的去贊成。我看那些壞主意，不知道要發展到何等地步？

我龜既厭㈠，不我告猶㈡，謀夫孔多，是用不集㈢，發言盈庭，誰敢執其咎？如匪行邁謀㈣。是用不得于道㈤。

【今註】㈠龜：古人很信龜，故用龜甲紋以卜事之吉凶。㈡猶：同猷，計劃。㈢用：因而。不集：沒有成功。㈣匪：同彼。行邁：走遠路。謀：只出主意不走動。㈤道：目的地。

【今譯】我的靈龜，已經厭煩了，不把事情的吉凶告訴我們。而出主意的人太多了，所以一事無成。發言的人，議論紛紛，你一句，我一句，充滿了議堂，但是那一個人敢於任其咎，負其責呢？就好像是走遠路一樣，大家都是坐著不動，專出主意，徒事口舌，而實際上一步不行，那便永遠不能達到其目的地。

哀哉為猶！匪先民是程㈠，匪大猶是經㈡，維邇言是聽㈢，維邇言是爭。如彼築室于道謀㈣，是用不潰于成㈤。

【今註】㈠匪：不。先民：前代的賢哲。程：法則。㈡大猶：大猷，遠大的計劃。經：典範，宗旨，依歸，準繩，標準。㈢邇言：淺近的言論，不是深謀遠慮的言論，只求眼前的，暫時的小利小害，不知道遠大的後果的言論。㈣築室于道：在路邊蓋房子。㈤潰于成：遂于成也。

【今譯】一切的主意，都是可悲哀的很啊！不以前代的賢哲為法則，不以遠大的識見為依歸，只是一惟的聽從短近的小話，一惟的計較暫時的利害，而不能拿出深謀遠慮的真知灼見。就好像在路邊蓋房子一樣，你一句，我一句，大家只是出主意，而不動手去建造，那就永遠蓋不成房子。

國雖靡止㈠，或聖或否；民雖靡膴㈡，或哲或謀，或肅或艾㈢，如彼泉流，無淪胥以敗㈣。

【今註】㈠止：安定。㈡膴：音呼，眾多的。㈢肅：恭謹的。艾：治理，有治事的能力。㈣無：同勿。淪胥以敗：即胥淪以敗，同歸于盡。

【今譯】國家雖不安定，但其中，也有聖智的，也有不智的；人民雖不眾多，但其中，也有明哲的，有智謀的，有恭謹持身的，有治事才幹的。千萬不可任用邪人，敗亡國家，以致像那泉水挾泥沙以俱下似的，不分智愚賢不肖而同歸于盡也。

不敢暴虎㈠，不敢馮河㈡，人知其一，莫知其他。戰戰兢兢㈢，如臨深淵，如履薄冰。

【今註】㈠暴虎：以空手去打老虎。㈡馮河：馮，音平，以徒步去過黃河。㈢戰戰：恐懼的樣子。兢兢：小心謹慎，提高警覺。

【今譯】人們都不敢以空手去打老虎，也不敢以徒步去渡黃河，為什麼呢？因為那是太危險了。但是人們都是只知其一，而不知其二，只知道這些小的危險，而不知道還有更大的危險，什麼是更大的危險呢？那就是國家滅亡的危險。所以想起國事，我的心便戰戰兢兢，戒慎恐懼，好像是臨身于深淵之旁，履足于薄冰之上似的。

(二) 小　宛

這是亂世之人，念父母、戒兄弟，謹慎以免禍之詩。

宛彼鳴鳩㊀，翰飛戾天㊁。我心憂傷，念昔先人。明發不寐㊂，有懷二人㊃。

【今註】㊀宛：小的樣子。鳴鳩：斑鳩。㊁翰：羽。戾：至。㊂明發：天色將旦而光明開發。㊃二人：指父母。

【今譯】那小小的斑鳩，鼓起翅膀，飛至于天際。想起先人，我的心很是憂傷。懷念父母，從夜間到天明，我一直睡不著。

人之齊聖㊀，飲酒溫克㊁。彼昏不知，壹醉日富㊂。各敬爾儀㊃，天命不又㊄。

【今註】㊀齊：明智的。㊁溫克：能自我控制而不失中道。㊂富：過甚。㊃儀：行為。㊄又：再，復。

【今譯】一個明智而聖德的人，雖然飲酒，但是能保持其溫恭風度，而不致為酒所困。至于那些昏迷無知的人，一喝酒便喝得酩酊大醉，而且日甚一日。所以希望人們各自敬謹自己的行為，因為如果天命一去，就不能復返了。

中原有菽㊀，庶民采之。螟蛉有子㊁，蜾蠃負之㊂，教誨爾子，式穀似之㊃。

【今註】㊀中原：即原中，田原之中。菽：大豆。㊁螟蛉：桑樹上之小青蟲，似步屈。㊂蜾蠃：土蜂，似蜂而腰小。蜾，音果。蠃，音裸。負之：孵之也。古人以為蜾蠃取青蟲之子，入於木空中，孵七日而化為己子。實則蜾蠃以青蟲之子，喂其幼蜂耳。㊃式：語詞。穀：善。

【今譯】原野中的豆菽，庶民們可以採取它。螟蛉的幼子，蜾蠃們可以孵育它。可見善性是人人所共有，化育的力量是無窮的。因此，你應當教誨你的兒子，使他為善，如同你一樣似的。

題彼脊令㊀，載飛載鳴㊁。我日斯邁㊂，而月斯征㊃。夙興夜寐，無忝爾所生㊄。

【今註】㊀題：視。脊令：鳥名，飛則鳴，行則搖。㊁載飛載鳴：且飛且鳴。㊂邁：奔忙。㊃而：同爾。征：辛勞工作。㊄無：同勿。忝：辱。當時的人，以為脊令鳥是急難相救之鳥，故用以比喻兄弟相助之義。

【今譯】　看那脊令鳥，且飛且鳴，互相呼應。我日日的奔忙，而你也月月的辛勞，我們都要早起晚睡，共同努力，不要對不起我們生身的父母。

交交桑扈㈠，率場啄粟㈡。哀我填寡㈢，宜岸宜獄㈣。握粟出卜㈤，自何能穀㈥？

【今註】　㈠交交：通咬咬，鳥的叫聲。桑扈：鳥名，俗名青嘴。㈡率：循，繞。㈢填：同瘨，有病。㈣宜岸宜獄：「宜」為「且」之誤字，即且岸且獄。岸，犴也，獄也。㈤握粟：以粟為卜卦之費。㈥穀：善。

【今譯】　鳴聲交交的桑扈，繞著穀場，啄粟以為生。可憐我這個貧病交加的人，且有牢獄之災。握把粟出去占個卦，問個吉凶吧，但是事實擺在這裏，從何而能夠有好卦可求呢?!

溫溫恭人，如集于木㈠；惴惴小心㈡，如臨于谷；戰戰兢兢，如履薄冰。

【今註】　㈠集：棲止。㈡惴惴：音ㄓㄨㄟˋ ㄓㄨㄟˋ，憂懼的樣子。

【今譯】　一個溫溫而敬事的人，他的恭敬而謹慎，好像是棲止於樹木之上似的；他的惴惴而小心，好像是臨身於深谷之旁似的；他的戒慎而恐懼，又好像是履足於薄冰之上似的。

(三) 小弁

這是亂世憂讒畏禍之詩。

弁彼鸒斯㈠，歸飛提提㈡。民莫不穀㈢，我獨于罹㈣。何辜于天？我罪伊何？心之憂矣，云如之何！

【今註】㈠弁：音盤，快樂的樣子。鸒：音與，烏鴉。斯：語詞。㈡提提：音是，羣飛安祥的樣子。㈢穀：善。㈣罹：音離，憂患。

【今譯】那快活的烏鴉，安祥的羣飛而歸。人們沒有不是平平安安的，只有我獨獨的處于患難之中。我有什麼得罪于上天的地方？我的罪過是什麼呢？我真是發愁的很啊，但是又有什麼辦法呢？

踧踧周道㈠，鞫為茂草㈡。我心憂傷，惄焉如擣㈢。假寐永歎，維憂用老。心之憂矣，疢如疾首㈣。

【今註】㈠踧踧：音笛，平坦的樣子。周道：大路。㈡鞫：音菊，盡也。㈢惄：音溺，難堪的樣子。擣：搗而碎也。假寐：不脫衣而睡。㈣疢：音趁，疾病。疾首：頭痛。

【今譯】平坦的大路，盡變成了茂草。我內心的憂傷，好像被搗碎似的難堪，和衣而臥，歎傷不已。由於憂傷，故而變老。內心的憂愁，又好像是患著嚴重的頭疼病似的。

惟桑與梓㈠，必恭敬止㈡。靡瞻匪父㈢，靡依匪母㈣，不屬於毛㈤，不離於裏㈥，天之生我，我辰安在㈦？

【今註】㈠桑梓：二木名，古者五畝之宅，樹桑梓於墻下，以為後人養蠶製器之用，這是父母之所手植，故看見桑梓，即思及父母，恭敬之心，便油然而生。㈡止：語尾詞。㈢瞻：景仰，尊敬。㈣依：依靠，親近。㈤屬：相連。㈥離：附著，附貼。裏：代表骨肉心腹。㈦辰：命運，運氣。

【今譯】見了桑梓，必加恭敬，因其為父母手植之物。人生在世，所尊敬者，不是父親嗎？所依靠者，不是母親嗎？那一個不連屬於父母的髮膚？那一個不附繫於父母的骨肉？蒼天啊，把我生下來，我的時運在那裏？為什麼這樣的苦命啊！

菀彼柳斯㈠，鳴蜩嘒嘒㈡。有漼者淵㈢，萑葦淠淠㈣。譬彼舟流，不知所屆㈤。心之憂矣，不遑假寐。

【今註】㈠菀：音豫，茂盛的樣子。斯：語詞。㈡蜩：音條，蟬也。嘒：音會，鳴聲。㈢漼：音崔，很深的樣子。㈣萑葦：蘆荻。萑，音桓。淠淠：音譬，茂多的樣子。㈤屆：至。

【今譯】那茂盛的柳樹上，蜩兒嘒嘒的叫著；那深深的淵水裏，蘆葦密密的長著，牠們都是有所寄託的，那像我的身世這樣的飄泊！我好比流水中的一葉小舟，不知道會漂流到什麼地方？所以我內心非常的憂傷，因而連短短的假寐的空暇，也沒有。

鹿斯之奔㈠，維足伎伎㈡。雉之朝雊㈢，尚求其雌。譬彼壞木㈣，疾用無枝㈤。心之憂矣，寧莫之知㈥！

【今註】㈠斯：語助詞。㈡伎伎：音祈，安舒的樣子。㈢雉：野雞。朝：音招，早晨。雊：音夠，鳴也。㈣壞木：枯萎的樹。㈤疾：有傷病。用：因而。㈥寧：乃也。

【今譯】鹿兒跑著，兩足伎伎而安舒。野雞早晨叫鳴，為的尋求牠的雌配。那像我這樣的孤苦伶仃。我好比是一棵枯萎的樹，因為樹心的受傷，所以無枝無葉。我內心的憂傷，是無人能知道的。

相彼投兔㈠，尚或先之㈡；行有死人㈢，尚或墐之㈣。君子秉心㈤，維其忍之㈥？心之憂矣，涕既隕之㈦。

【今註】㈠投：投入網羅。㈡先：開脫。㈢行：音杭，路也。㈣墐：音僅，埋葬。㈤秉心：存心。㈥維：語詞。㈦隕：落。

【今譯】看那投入羅網的兔子，還會有人把牠開脫；那倒在路上的死人，還會有人把他埋葬。君子的存心，難道就這樣的殘忍嗎？我的內心憂傷極了，不由得流下淚來！

君子信讒，如或醻之㈠。君子不惠㈡，不舒究之㈢。伐木掎矣㈣，析薪杝矣㈤，舍彼有罪，予之佗矣㈥。

【今註】㈠醻：同酬，酌酒敬客。㈡惠：愛惜。㈢舒：慢慢的，平心靜氣的。究：考察。㈣掎：音幾，伐木者，把樹根砍的快斷的時候，然後以繩繫於樹梢，只須一拉，樹則自倒。掎者，即拉之使偏斜而倒也。㈤杝：音拖（ㄊㄨㄛ），順木之紋理而劈破之。㈥佗：擔負。

【今譯】君子相信那些陷害我的讒言，就好像是被人敬酒那樣的易於接受。君子不愛憐我，對於那些無稽的讒言，毫不平心靜氣的加以考察。伐木者必掎其巔，劈薪者必順其紋，可見凡事都有一定的道理。無奈君子竟然舍棄了真正有罪的人而不問，卻把一切罪名都加在我的身上啊！

莫高匪山，莫浚匪泉㈠，君子無易由言，耳屬于垣㈡。無逝我梁㈢，無發我笱㈣。我躬不閱㈤，遑恤我後㈥。

【今註】㈠浚：深。㈡屬：連通。垣：牆。言人耳朵之長，連通于墻，就是說，無論什麼話，總會有人聽到的。㈢逝：去掉。梁：擋水的壩。㈣發：揭開。笱：捕魚之器。㈤閱：容納。㈥遑：何。

【今譯】山沒有不高的，泉沒有不深的，君子不可輕易發言，話沒有不被聽見的。不要去掉我擋水的梁壩，不要揭開我捕魚的笱器。唉，算了吧，我自己本身尚保護不住，還談那些身外之物幹什麼呢！

㈣巧　言

這是說國君信讒，殘害忠良，以致天下危亂。

悠悠昊天㈠，曰父母且㈡，無罪無辜，亂如此憮㈢。昊天已威㈣，予慎無罪㈤！昊天泰憮，予慎無辜！

【今註】㈠悠悠：廣遠的樣子。昊天：意指國君而言。㈡且：音疽，語詞。㈢憮：音呼，大的。㈣已：過甚的。㈤慎：實實在在的。

【今譯】高遠的昊天啊，你是下民的父母，大家無罪無辜，你為什麼降下這麼大的禍害呢？你的發威，已經夠狠的了，我實實在在是沒有罪啊！你的降禍，已經夠大的了，我實實在在是沒有錯啊！

亂之初生，僭始既涵㈠；亂之又生，君子信讒。君子如怒，亂庶遄沮㈡；君子如祉㈢，亂庶遄已㈣。

【今註】㈠僭：同譖，音簪，以虛偽之事，誣毀他人。涵：容納。㈡遄：音專，迅速，很快的。沮：音居，止。㈢祉：福，喜。㈣已：停止。

【今譯】　考察禍亂之所以發生，是由於君子起頭接納了小人們虛構之誣言，而禍亂之所以連續不斷的再發，是由於君子聽信了小人們陷害忠良的讒話。如果君子能夠聞讒言而怒，那麼，禍亂便可以很快的停止；如果君子能夠聞善言而喜，那麼，禍亂便可以很快的消失。

君子屢盟㈠，亂是用長；君子信盜㈡，亂是用暴㈢。盜言孔甘，亂是用餤㈣。匪其止共㈤，維王之邛㈥。

【今註】　㈠盟：盟誓以共相約束。屢盟，即一而再，再而三的屢次盟誓，這是證明彼此都沒有守約的誠意，如果有誠意的話，何必屢盟。㈡盜：小人，讒人。㈢暴：猛烈。㈣餤：音談，進也，貪吃也。㈤止共：共者，恭也。止共者，安守崗位，盡忠於其職務。㈥邛：音窮，病，為害。

【今譯】　君子屢次的盟誓而沒有誠信，禍亂便因之而長大；君子聽信小人的讒言，禍亂便因之而猛烈；以小人的讒言為甜美，禍亂便因之而吞進。讒害忠良的小人們，都是不恪守崗位，盡忠職責的人，徒徒為君王的病累而已。

奕奕寢廟㈠，君子作之。秩秩大猷㈡，聖人莫之㈢。他人有心，予忖度之㈣。躍躍毚兔㈤，遇犬獲之。

【今註】　㈠奕奕：高大的樣子。寢廟：宗廟，前曰廟，後曰寢。廟是接神之處，事尊，故在前。寢是衣冠所藏之處。㈡秩秩：有條有理的，條理分明的。㈢莫：同謨，計劃，議謀。㈣忖：推測。度：音墮，考量。㈤躍：讀笛，疾跳。毚：音纏，狡猾的。

【今譯】高大的寢廟，是君子所建造的；條理分明的大方案，是聖人所規劃的。他人有什麼心事，我可以推測而知，就好像蹦蹦跳跳的狡兔，一遇了獵犬，便被捕獲了。

荏染柔木㈠，君子樹之㈡。往來行言，心焉數之㈢。蛇蛇碩言㈣，出自口矣。巧言如簧㈤，顏之厚矣㈥。

【今註】本章以荏染柔木，比喻讒夫小人們之柔順弱媚，毫無骨格；他們的說話，都是可往可來，可東可西的江湖郎中之言，游移兩可，毫無主張；拍馬吹牛，大言不慚；花言巧語，厚臉無恥。㈠荏染柔木：荏染，柔綿的樣子，是柔木，不是棟梁之材。㈡樹：栽植。㈢往來行言：可往可來，游移兩可。行言，撲朔不定，江湖郎中之言。數：揣摩。㈣蛇蛇碩言：吹牛之言，馬瑞辰以為「蛇蛇」即孟子所謂「訑訑」，訑訑者，自足其智不嗜善言之謂。那麼，「碩言訑訑」者，即大言吹牛之謂。㈤巧言如簧：簧，笙中發音之薄片。花言巧語，即巧言拍馬之謂。㈥顏之厚矣：臉皮厚不知羞恥。總而言之，本章形容小人讒夫之「巧言令色」也。

【今譯】那些像荏染的柔木一樣的小人讒夫們，是君子（指君王）把他們樹植起來的，他們說些可往可來游移兩可的語，以揣摩君子的心理；他們自足其智，大言吹牛；他們花言巧語，投機拍馬；他們臉皮子厚，不知人間有羞恥事。

彼何人斯㊀？居河之麋㊁。無拳無勇，職為亂階㊂。既微且尰㊃，爾勇伊何？為猶將多㊄，爾居徒幾何？

【今註】㊀斯：語詞。㊁麋：同湄，河邊。㊂職：專主。㊃微：腳脛生瘡。尰：同腫，腳腫。㊄猶：詭計。將：大。

【今譯】你是什麼人啊？住在河的旁邊，你既無力而又無勇，但是你實在是禍亂的根源。你的脛既潰爛。而腳亦發腫，你的勇力是什麼呢？你詭計多端，你所結集的幫徒，能有多少呢？

㈤何人斯

這是傷歎同僚反覆無常以相害之詩。

彼何人斯㊀？其心孔艱㊁。胡逝我梁㊂，不入我門？伊誰云從㊃？維暴之云㊄。

【今註】㊀斯：語詞。㊁艱：艱險。㊂逝：往。梁：橋樑。㊃伊：語詞。㊄暴：暴公，暴公與蘇公同為卿士，且為友人，後暴公讒害蘇公，故此詩為刺暴公也。

【今譯】 他是什麼人啊？心地非常之艱險。他為什麼經過我門前的橋樑，而不進入我的大門呢？他是跟誰來的？據說是跟著暴公來的。

二人從行，誰為此禍？胡逝我梁，不入唁我㊀？始者不如今，云不我可。

【今註】 ㊀唁：音彥，慰問。

【今譯】 兩個人同行而來，是那一個加害於我呢？為什麼經過我家門前的橋樑，而不進來慰問我一聲呢？以前的情形和今日的情形，已經大不相同了，今日他已經不贊成我了。

彼何人斯？胡逝我陳㊀，我聞其聲，不見其身㊁？不愧于人，不畏于天？

【今註】 ㊀陳：由堂下到大門之徑。㊁我聞其聲，不見其身：言其行動之詭密。

【今譯】 他是什麼人啊？為什麼經過我的堂下，只聽見他的聲音，而看不到他的影子呢？對人作了虧心事，尚不知愧恥，難道就不怕上天的譴責嗎？

彼何人斯？其為飄風。胡不自北？胡不自南？胡逝我梁？祇攪我心㈠。

【今註】㈠攪：音絞，擾亂。

【今譯】他是什麼人啊？他的行動，詭密而閃鑠，簡直是像飄風一般。為什麼不自北而來？為什麼不自南而來？為什麼往往來來經過我門前的橋樑？他的行動詭密，使我的心緒為之困擾不安。

爾之安行，亦不遑舍㈠。爾之亟行㈡，遑脂爾車㈢？壹者之來㈣，云何其盱㈤。

【今註】㈠安行：徐徐而行。遑：暇。舍：休息。㈡亟行：即急行，疾遽而行。㈢脂車：膏油於車軸，以利行進。㈣壹者之來：言來到我家一次。㈤盱：病，害。

【今譯】說你是徐徐而行嗎？為什麼不到我家歇一會？說你是急急而行嗎？為什麼在路上還膏車子？你來到我家一次，有什麼妨害呢?!

爾還爾入，我心易也㈠。還而不入，否難知㈡也。壹者之來，俾我祇也㈢。

【今註】㈠還：回來的時候。入：進我之門。易：平易而喜悅。㈡否：語詞。㈢祇：安心。

【今譯】你回程的時候，肯進我的大門，我的心就平易而喜悅了。如果回來的時候，你再不進我的大門，那麼，你存什麼心，就很難測知了。希望你能順便到我家一趟，使我的心平安才好。

伯氏吹壎㈠，仲氏吹篪㈡，及爾如貫㈢，諒不我知㈣？出此三物㈤，以詛爾斯㈥。

【今註】㈠伯、仲，兄弟也，既為同僚，則有兄弟之誼矣。壎：音塤，樂器，以土燒製之，大如雞卵，上尖底平，上有孔，週有六孔，由上吹之，指按六孔而發音。㈡篪：音池，樂器名，以竹為之，長一尺四寸，圍三寸，七孔，另上出一孔，橫吹之，以指按孔為音。㈢如貫：如物之穿連在一起。㈣諒不我知：難道你真的不知道我嗎？㈤三物：雞、犬、豕也。㈥詛：音祖，發誓，刺牲血以為誓。

【今譯】我們的關係，好像是兄弟一樣，哥哥吹壎，弟弟吹篪，以相和唱。我們的關係，好像是東西穿在一起一樣，是分不開的，難道你還不知道我嗎？如果真是不知道的話，我把雞犬豕三牲拿來，和你對神發誓好了。

為鬼為蜮㈠，則不可得。有靦面目㈡，視人罔極㈢，作此好歌，以極反側㈣。

【今註】㈠蜮：音域，短狐也。江淮水中皆有之，傳說能含沙以射水中人影，其人即病。㈡靦：音腆，慚愧。㈢視：同示，展示於眾人之前。罔極：沒有限期。㈣極：窮究，追索。反側：反覆無常。

【今譯】如果你是個鬼怪，是個狐精，那麼，我就捉不到你了。但是你仍然還披著一張人的臉皮，那麼，你的可恥的真面目，遲早總要展示於眾人之前而無法遁逃了。我現在作這個好歌，就是要徹底追究你這個反覆無常出賣朋友的小人，到底是誰。

㈥巷　伯

這是指斥讒人之害賢良。

萋兮斐兮㈠，成是貝錦㈡。彼譖人者㈢，亦已大甚㈣。

【今註】㈠萋、斐：文彩交錯的樣子。㈡貝錦：文彩似貝之錦。指那些以讒言陷害賢良的人，吹毛求疵，刻意編織，以致人于罪。㈢譖：音ㄗㄣˋ，以虛構之事，誣陷善良。㈣大：同太。

【今譯】以文彩交錯的編織方法，完成了這樣的光澤如貝的錦品，就好像那誣陷賢良的讒人，以虛構的事件，羅織罪名似的。那些讒害善人的人，也真是作惡太甚了。

哆兮侈兮㈠，成是南箕㈡。彼譖人者，誰適與謀㈢？

【今註】㊀哆：音扯，張大其口。侈：音耻，誇大其言。㊁南箕：星名，常大張其口，比喻讒人之口大如南箕星一樣，常張大其辭，使人之小過，成為大罪，以達其害人之目的。㊂適：主。

【今譯】南箕之星，常常大張其口，那些讒人們常常誇大其辭，血口噴人，就好像南箕星之口一樣。那些羅織罪名以害人的讒夫，是誰與他主謀其事呢？

緝緝翩翩㊀，謀欲譖人。慎爾言也，謂爾不信。

【今註】㊀緝緝：口舌之聲。翩翩：音篇，來往奔走的樣子。

【今譯】在君主之前，口舌緝緝，說長道短，往來翩翩，播弄是非，處心積慮，專意說他人的壞話以害人，這就是那些讒人們的慣技。不過，讒人們的說話，也要小心，瞎話說的太多了，也就沒有人肯相信了。

捷捷幡幡㊀，謀欲譖言。豈不爾受？既其女遷㊁。

【今註】㊀捷捷：捷給，口舌鋒利，能言善道。幡幡：音翻，往來飄忽的樣子。㊁既：既而，最後。女遷：即汝遷，禍必搬到你的身上。

【今譯】在君主之前，口才鋒利，往來飄忽，專意講他人的壞話，以害人。一開始的時候，君主豈不接受你的詭話？但是到了最後，事實證明了你的欺騙，禍害就要整個的搬到你的身上了。

驕人好好㈠，勞人草草㈡。蒼天！蒼天！視彼驕人㈢，矜此勞人㈣！

【今註】㈠驕人：指讒人而言。讒人因其讒言得售，得意忘形而驕傲，故曰驕人。好好：喜也。其詭計已行而心喜也。㈡勞人：苦命的人，指被讒害的人而言，因被讒害而心憂勞。草草：即慅慅，即騷騷，憂傷也。㈢視：同示，展示，展現，把讒人的真面目展現出來。㈣矜：可憐，憐憫。

【今譯】那些編造讒言的人，得意了，趾高氣揚，得意忘形，而那些被讒言所中傷的正人君子們卻受苦了，愁眉苦臉，長吁短歎。老天爺啊！老天爺啊！請你把那些讒人們的罪惡面目，都展示出來吧！請你可憐可憐那些被讒言所陷害的正人君子吧！

彼譖人者，誰適與謀？取彼譖人，投畀豺虎㈠！豺虎不食，投畀有北㈡；有北不受，投畀有昊㈢。

【今註】㈠畀：音必，給，與。㈡有北：極北，冰雪不毛之地。㈢有昊：太空。

【今譯】那捏造讒言以害人的人，是誰和他主謀的呢？把那些讒人們，扔給豺狼虎豹去吃吧。如果豺狼虎豹也嫌他們骯髒而不吃，就把他們扔到冰雪不毛的有北之地去吧，如果有北也不受，就把他們扔到九霄雲外的太空中去吧。

楊園之道㈠，猗于畝丘㈡。寺人孟子㈢，作為此詩，凡百君子，敬而聽之。

【今註】㈠楊園：低下之地。猗：依也。㈡畝丘：高地。言低下之道，依于高地，比喻小人之進讒，依于有高位之人。㈢寺人：內小臣，因受讒人之害，而受宮刑，故成為宦寺。孟子：姓孟的孩子。

【今譯】楊園的路線，依于畝丘的高地，猶之乎小人之進讒，依于高官之引導。寺人孟子，作了這一首詩，希望各位君子，細心聽著，千萬不要被讒人所利用啊！

(七) 谷　風

這是刺責友人能共患難而不能共安樂。

習習谷風㈠，維風及雨。將恐將懼㈡，維予與女㈢；將安將樂，女轉棄予㈣。

【今註】㈠習習：和舒的樣子。谷風：東風。㈡將：且。㈢女：讀汝。㈣轉：反而。

【今譯】和舒的東風，交織著細雨。在憂危恐懼之時，只有我和你共患難；到了安樂之時，你反而拋棄了我。

習習谷風，維風及頹㊀，將恐將懼，寘予于懷；將安將樂，棄予如遺㊁。

【今註】㊀頹：暴風，從上降下之暴風。㊁如遺：遺忘也，完全忘記，好像根本沒有此人一樣。

【今譯】和舒的東風，夾雜著暴風。在憂危恐懼之時，你把我當作心腹之人；到了安樂之時，你反而拋棄了我，好像根本就沒有我這個人似的。

習習谷風，維山崔嵬㊀。無草不死，無木不萎。忘我大德，思我小怨。

【今註】㊀崔嵬：山高的樣子。嵬：同魏。

【今譯】和舒的東風，吹拂著高山。山上的草木，應該是欣欣向榮了，但是，現在草都死了，木都萎了，這不是反常的現象嗎？就好比你對于我，忘記了我的大德，而單單計較我的小錯，是一樣的反常。

(八)蓼　莪

這是孝子悼念父母之詩。

蓼蓼者莪㈠,匪莪伊蒿㈡;哀哀父母,生我劬勞㈢!

【今註】㈠蓼蓼:音路,長大的樣子。莪:美菜。㈡蒿:賤草。匪莪伊蒿:言父母生我,希望我為莪,為美菜,為社會有用之人,而我不爭氣,不能成為莪,成為美菜,而是蒿,是賤草,以致父母失望,想到這裏,深覺對不起父母,而自傷自責。㈢劬:音劬,辛苦。

【今譯】那茂盛而長大的東西,是莪嗎?不是莪,乃是蒿,不是美菜,乃是賤草,我是多麼的使父母失望啊!可憐的可憐的父母啊,你們生養我,真是太辛苦了!

蓼蓼者莪,匪莪伊蔚㈠;哀哀父母,生我勞瘁㈡!

【今註】㈠蔚:蒿類植物。㈡瘁:病。

【今譯】那茂盛而長大的東西,是莪嗎?不是莪,乃是蔚,不是美菜,乃是賤草,我是多麼的使父母失望啊!可憐的可憐的父母啊!你們生養我,辛苦得以至於病!

缾之罄矣㈠,維罍之恥㈡。鮮民之生㈢,不如死之久矣!無父何怙㊃？無母何恃？出則銜恤㊄，入則靡至。

【今註】㊀缾：小的儲酒之器。㊁罍：大的儲酒之器。小的缾中之酒用完了，便從大的罍中取酒，如果缾中沒有酒，便證明罍的供應不夠，所以缾無酒，便是罍之恥。比喻父母不得終養，便是子女之恥。㊂鮮民：即死去了父母之人。言失去父母而自身孤單也。㊃怙：憑仗。㊄銜：含也。恤：憂傷。

【今譯】缾中的酒完了，那便是罍的恥辱，猶之乎父母之不得終養，便是子女的恥辱一樣。死去了父母的人，活著真不如早早的死去好呀！沒有父親，還有什麼憑仗的呢？沒有母親，還有什麼依靠的呢？沒有父母的人，出了門便含著滿腹的憂傷，回了家又好像六神無主似的，不知道到什麼地方才好。

父兮生我，母兮鞠我㊀，拊我畜我㊁，長我育我㊂，顧我復我㊃，出入腹我㊄，欲報之德，昊天罔極㊅！

【今註】㊀鞠：養。㊁拊：撫摩。畜：養活。㊂長我：使我長大。㊃顧：看顧，照護。復：反覆的看，看而又看，看顧之後，忽而又看，形容父母對子女之關心，一不看見，便不放心。㊄腹我：抱在懷中，裹在懷裏。㊅昊天罔極：形容父母之恩，如昊天一樣無窮無邊的大，欲報父母之恩，永遠報不盡。

【今譯】父親生我，母親養我，父母對於我，撫摩我，畜養我，長育我，看顧我，時時刻刻在關心我，出入常把我抱在懷中。父母的恩德，如同昊天一樣無窮無邊的大，想報答父母之恩，可以說是永遠報答不盡的。

南山烈烈㊀，飄風發發㊁。民莫不穀㊂，我獨何害㊃？

【今註】㊀烈烈：高大的樣子。㊁發發：疾速的樣子。㊂穀：善。㊃我獨何害：即何我獨害，即為什麼只有我獨獨的遭害呢？

【今譯】高高的南山，疾速的飄風。人們沒有不是天倫美滿的，為什麼只有我獨獨的遭害呢？

南山律律㊀，飄風弗弗㊁。民莫不穀，我獨不卒㊂。

【今註】㊀律律：猶烈烈也。㊁弗弗：猶發發也。㊂卒：終養其父母。

【今譯】高高的南山，疾速的飄風。人們沒有不是天倫美滿的，只有我不能夠終養父母啊！

(九) 大東

這是東方諸國怨西方之周王徵斂過重之詩。

有饛簋飧㈠，有捄棘匕㈡。周道如砥㈢，其直如矢。君子所履，小人所視。睠言顧之㈣，潸然出涕㈤。

【今註】㈠饛：音蒙，滿滿的，有饛，即饛然。簋：音規，竹製之容器，內方外圓，以盛黍稷，可容一斗二升。飧：音孫，熟的食物。㈡捄：音求，彎曲的。棘：棗木。匕：音比，取食物之匙。㈢周道：大路。砥：音底，磨刀石。㈣睠：音卷，反顧。言：語詞。㈤潸：音山，落淚的樣子。

本章是言朝廷徵斂之不公平，滿滿的盤中熟食，都被長勺所取去了。大路又平又直，君子所行的，小人們都看著的，這就是說眾人們的眼睛是雪亮的，如今君子所行的，既不公平，又不正直，對西方則賦稅輕，對東方則賦稅重，等於滿滿的一盤熟食，都被曲勺挖取以盡，東方的人，還有什麼吃的呢？所以回想起來，不由的落下淚來。

【今譯】滿滿的盤中熟食，都被曲勺挖取盡了，大路像砥礪一樣的平，像箭矢一樣的直，東方的糧食，都從這條大路上拉到西方去了。凡是君子所行的，小民們都看得清清楚楚。如今君子所行的，既不公平，又不正直。回想起來，使人傷心流淚。

小東大東㈠，杼柚其空㈡，糾糾葛屨㈢，可以履霜㈣，佻佻公子㈤，行彼周行㈥，既往既來，使我心疚㈦。

【今註】㈠小東大東：指東方大小諸國而言。㈡杼：音佇，織布的梭子。柚：音軸，織機上用以捲經線的橫木。杼柚其空：言織成的布，都被君子徵斂淨光了。㈢糾糾：纏而又纏。葛屨：用葛草纏纏，穿在腳上，就當作鞋子。㈣履霜：行於冰霜之上，以禦寒冬，足見其苦了。這是說，布疋都被朝廷徵斂，人民無布以做鞋，只好用葛草纏纏當鞋子穿了。㈤佻佻公子：輕狂浪漫的貴族子弟。㈥行彼周行：下一行字，讀杭，大路也。㈦疚：音久，病痛。

【今譯】東方大小各國，織布機上的成品，都被徵斂淨光了。人民們都沒有布做鞋子，只好把葛草纏纏綁綁，穿在腳上，就算是鞋子。穿著這種草鞋，行於冰霜之上，以禦寒冬，該是多麼的難受啊！而那一般輕狂浪漫的貴族子弟，卻來來往往，逍遙自在的行於大路之上。把這種情形，加以對比，使我的內心，更加苦痛！

有冽氿泉㈠，無浸穫薪㈡。契契寤歎㈢，哀我憚人㈣。薪是穫薪，尚可載也。哀我憚人，亦可息也。

【今註】㈠冽：音列，有冽，即冽然，即寒也。氿泉：側出之泉。氿音軌。㈡浸：濕漬。穫薪：穫，割也，穫薪，即已割之薪。㈢契契：憂也。寤歎：因疲勞窮愁而歎息。㈣憚人：勞苦之人。憚，音ㄉㄢˋ。

【今譯】寒冷的氿泉啊！不要浸濕了已割的薪柴。可憐我這個勞苦的人，疲愁不堪，只有長歎！薪柴濕了，還要把它搬到別處去晒一晒，難道我這個可憐的勞苦的人，不應該休息休息嗎？

東人之子㈠，職勞不來㈡；西人之子㈢，粲粲衣服；舟人之子㈣，熊羆是裘；私人之子㈤，百僚是試㈥。

【今註】㈠東人：東方諸國之人。㈡職：專作。來：撫慰。㈢西人：西方京都的人。㈣舟人：指周室王家之人，不敢直言「周」字，而借「舟」字之音，以寫其意。㈤私人：顯貴的私家。㈥僚：官。

【今譯】東方諸國之人的子弟，專作勞苦之事，而得不到一點的安慰；西方京都之人的子弟，衣服穿得漂漂亮亮的；周室王家的子弟，穿著很名貴的熊羆之裘；顯要貴人的子弟，都練習著去作官。東方與西方相比，是多麼的不公平啊！

或以其酒，不以其漿㈠；鞙鞙佩璲㈡，不以其長。維天有漢㈢，監亦有光㈣；跂彼織女㈤，終日七襄㈥。

【今註】㈠漿：酒汁。㈡鞙鞙：同娟娟，美好的樣子。璲：音遂，瑞玉。㈢漢：天河。㈣監：同鑑，鏡也。有光：光然也。監亦有光，即光然如鏡也。㈤跂：隅也，三角也，織女七星，成三角，故言跂以形容之。㈥終日七襄：襄，駕也，駕謂變更其所止也。晝夜周天十二辰，終日則由卯至酉，共七辰，五辰移一次，故曰七襄。

本章係描寫東方諸國被壓迫被搾取而生活陷于極端貧苦之人，憎惡現實，否定一切，甚而連上天也詛罵了。一切都是空虛，一切都是有名無實。

【今譯】有的人，誇著他們的酒好，事實上，他們並沒有好的酒漿。有的人，佩著美麗的玉璲，事實上，他們的佩玉都不夠長度。一切都是虛有其名，而無其實，地下是如此，天上也是如此，比方那空中的天河，何嘗不光明燦爛，但是它能看見什麼呢？再像那三隅峙立的織女星，每日移更七次，似乎是很忙碌的了，但是它能作些什麼呢？

雖則七襄，不成報章㈠。睆彼牽牛㈡，不以服箱㈢。東有啟明，西有長庚㈣。有捄天畢㈤，載施之行㈥。

【今註】㈠報章：文繡錦帛也。㈡睆：音莞，光明的。牽牛：星名。㈢服箱：箱，車箱。服箱，駕車也。㈣啟明、長庚：一星之名，晨曰啟明，暮曰長庚。㈤有捄：捄然也，即曲然也。天畢：星名，形似捕兔之網。畢：網也。㈥載：語詞。行：音杭，行列。載施之行：即表面形式也。

【今譯】那每日七移的織女星，並不能織成片段錦帛；那光明燦爛的牽牛星，並不曾駕過車子；那東邊的啟明星，那西邊的長庚星，也都是無用之物；那曲曲彎彎的天畢星，好像是捕兔的網子一樣，事實上，它只是徒有其形，何曾捕獲過一隻兔子？

維南有箕㈠，不可以簸揚；維北有斗㈡，不可以挹酒漿。維南有箕，載翕其舌㈢；維北有斗，西柄之揭㈣。

【今註】㈠箕：星名。㈡斗：星名，形似勺，有柄。㈢翕：音錫，張口伸舌，有噬人之勢。㈣揭：舉也，舉起西人之柄以榨取東人。

【今譯】那南方的箕星，名雖為箕，而其實無簸揚之能；那北方的斗星，形雖似斗，而其實無挹酒之用。不僅如此，南方的箕星，張口伸舌，好像要噬人似的；北方的斗星，舉起柄勺，好像要幫助西方人榨取我們東方人似的。

㈩四　月

這是江漢之民，怨周政之亂而不得安於其生之詩。

四月維夏，六月徂暑㈠。先祖匪人㈡？胡寧忍予？

【今註】㈠徂。往也。㈡人：同仁，仁愛也。

【今譯】四月已是夏季，六月就進入於暑天了。先祖啊，你不是很仁慈的嗎？為什麼忍心置我於禍亂之中呢？

秋日淒淒㈠，百卉具腓㈡。亂離瘼矣㈢，爰其適歸？

【今註】㈠淒淒：涼風㈡卉：花草。具：俱也，皆也。腓：音非，即「痱」之假借字，病也。㈢瘼：病也。

【今譯】淒涼的秋天到了，各種花草都凋萎了。亂離之禍，把我折磨成病了，我往什麼地方去啊?!

冬日烈烈㈠，飄風發發㈡。民莫不穀㈢，我獨何害？

【今註】㈠烈烈：同栗栗，同冽冽，寒冷也。㈡發發：急遽的。㈢穀：善，美滿，家庭團圓。

【今譯】寒冷的冬日逼著，疾遽的飄風刮著，人們沒有不是家庭團聚的，為什麼只有我獨獨的受苦呢？

山有嘉卉，侯栗侯梅㈠。廢為殘賊㈡，莫知其尤㈢。

【今註】㈠侯：語詞。㈡廢：大也。廢為殘賊：言在位者，大為殘害人民之事。㈢尤：過也。

【今譯】山上有美好的花草，有栗有梅。在位之人，大為殘害人民之事，而他自己還不自知其罪過。

相彼泉水㈠，載清載濁㈡。我日構禍㈢，曷云能穀？

【今註】㊀相：看。㊁載：語詞。㊂構禍：與禍相連結。

【今譯】看那泉水，有清的時候，也有濁的時候，那像我天天與禍難相連結，怎麼樣還能夠有幸福之可言！

滔滔江漢㊀，南國之紀㊁。盡瘁以仕㊂，寧莫我有㊃。

【今註】㊀滔滔：大水的樣子。江漢：二水名，長江與漢水。㊁紀：邊界，屏藩的意思。㊂盡瘁：盡力。仕：從事，工作。㊃寧：乃。有：親近。

【今譯】滔滔的江漢，是南國的屏藩。我盡心盡力以從事工作，而主上竟不與我親近。

匪鶉匪鳶㊀，翰飛戾天。匪鱣匪鮪㊁，潛逃于淵。

【今註】㊀鶉：音團，鵰，大鳥。鳶：音沿，鷙鳥。㊁鱣：音沾，鯉魚。鮪：音尾，似鯉而小。

【今譯】我不是鶉，也不是鳶，怎能夠鼓起翅膀，飛到天邊？我不是鱣，也不是鮪，怎能夠潛匿形跡，逃于深淵？看樣子，我是無所逃于天地之間了。

山有蕨薇㊀，隰有杞桋㊁。君子作歌，維以告哀。

【今註】㊀蕨、薇：皆野菜名，可食。㊁隰：音習，低下之地。杞：枸檵。桋：音夷，樹名。

【今譯】山地有蕨薇，低地有杞桋。草木猶有託身之地，而我竟然流離四方，無安身之處。因此作歌，以吐訴我的悲傷。

六、北山之什

㈠北　山

這是行役之大夫感傷勞役不均之詩。

陟彼北山㈠，言采其杞㈡。偕偕士子㈢，朝夕從事。王事靡盬㈣，憂我父母。

【今註】㈠陟：升也，登也。㈡言：語詞。采：同採。杞：枸杞，可食。㈢偕偕：強壯的樣子。㈣盬：音古，停止。

【今譯】登上北山，去採枸杞。強壯的士子，朝夕行役于外。王家的事，沒有個停止，使我久久不能回家，我真憂心父母的生活問題啊！

溥天之下㈠，莫非王土。率土之濱㈡，莫非王臣。大夫不均㈢，我從事獨賢㊃。

【今註】㊀溥：音普，徧也。㊁率：循也。濱：邊涯也。㊂大夫：主持勞役分配之人。㊃獨賢：獨勞，以為我能幹，所以分配給我的工作，特別之多。

【今譯】普天之下，沒有不是王的土地。沿著土地的邊際，沒有不是王的臣民。主持勞役工作的人，分配工作不公平，所以我的工作，特別勞苦。

四牡彭彭㊀，王事傍傍㊁。嘉我未老㊂，鮮我方將㊃。旅力方剛，經營四方㊄。

【今註】㊀彭彭：音旁，進行不止的樣子。㊁傍傍：音崩，言王事繁重的意思。㊂嘉：嘉許。㊃鮮：以為少而難得。㊄旅力：旅，同膂，脊骨。經營：料理，有所作為。

【今譯】四馬不停的前進，王事非常之繁重。君上嘉許我尚未老，稱讚我還強壯，認為我的體力正在健強，所以就命令我從事服役，以經營四方。

或燕燕居息㊀，或盡瘁事國；或息偃在牀㊁，或不已于行。

【今註】㊀燕燕：安息的樣子。㊁偃：仰臥。

【今譯】有些人安安逸逸的在家休息，有些人盡力事國以至於致病；有些人在牀上仰面躺著，有些人一步不停的在外行役。這是多麼的不公平啊！

或不知叫號㈠，或慘慘劬勞㈡，或棲遲偃仰㈢，或王事鞅掌㈣。

【今註】㈠叫號：被征召服役之呼喚。㈡慘慘：憂戚的樣子。㈢棲遲：游息。偃仰：仰臥。㈣鞅掌：煩勞。

【今譯】有些人根本不曾知道有行役的呼召，有些人愁眉苦臉的辛勞，有些人游息而仰臥，有些人苦於王事的煩勞。

或湛樂飲酒㈠，或慘慘畏咎，或出入風議㈡，或靡事不為。

【今註】㈠湛：音丹，狂樂。㈡風議：說空話，閒聊天。

【今譯】有的人喝酒狂樂，有的人擔心害怕惟恐有錯，有的人出出進進到處去聊天，有的人不論什麼事情都得幹。真是苦樂不均啊！

㈡無將大車

這是行役勞苦而憂思者之詩。

無將大車㊀，祇自塵兮㊁。無思百憂，祇自疷兮㊂。

【今註】㊀將：趕車、扶進。㊁祇：適以。塵：污也。㊂疷：應作疷，音祈，病也。

【今譯】不要趕那大車，趕大車，徒徒弄了自己一身的灰塵。不要想那百般的憂事，想百憂，徒徒病壞了自己的身體。

無將大車，維塵冥冥㊀。無思百憂，不出于熲㊁。

【今註】㊀冥冥：昏晦。㊁熲：音耿，憂悶，耿耿于心，心中不暢快。

【今譯】不要趕那大車，以致揚起灰塵，天昏地暗。不要想那百憂，以致越想心中越煩悶。

無將大車，維塵雝兮㊀。無思百憂，祇自重兮㊁。

【今註】㊀雝：同壅，蔽也。㊁重：累也，傷也。

【今譯】不要趕那大車，以致灰塵蔽目。不要想那百憂，以致自己累壞自己。

㈢小　明

這是行役者思妻之詩。

明明上天，照臨下土。我征徂西㊀，至于艽野㊁。二月初吉㊂，載離寒暑㊃。心之憂矣，其毒大苦㊄。念彼共人㊅，涕零如雨。豈不懷歸？畏此罪罟㊆。

【今註】㊀征：行也。徂：往也。㊁艽野：艽，音求，荒遠之地。㊂二月：夏曆之二月。初吉：朔日也。㊃離：同罹，遭也。㊄毒：言心中之苦，如有毒藥也。大：同太。㊅共人：即指其婦人而言。㊆罟：音古，網羅。

【今譯】明明的上天，照臨著下地。我行役往西方，到了那荒遠之地。我是二月初吉離家，經過了寒天暑天，現在又臨到歲暮，而我還不能回家。我內心的憂痛，如同吃了毒藥一樣的苦。想起了我的相依為命的妻子，就使我淚落如雨。我豈有不想回家的道理？只是怕的私自回家，犯了逃亡的罪名罷了。

昔我往矣，日月方除㊀，曷云其還㊁？歲聿云莫㊂。念我獨兮，我事孔庶㊃。心之憂矣，憚我不暇㊄。念彼共人，睠睠懷顧㊅。豈不懷歸？畏此譴怒㊆。

【今註】㊀日月方除：除舊歲，來新歲，即二月初吉也。㊁云：語詞。㊂聿：語詞。莫：同暮，年底。㈣孔庶：極多。㈤憚：音朵，役使。㈥睠睠：念念不忘。㈦譴：責罰。

【今譯】當我以前往西方去的時候，還是新年的初頭，現在到了年底了，什麼時候才能回去啊?!可憐我這孤獨的一人，而事務又非常之繁多。真是使人發愁啊，一天到晚，把我驅使得一點空暇沒有。想起我的相依為命的妻子，我心中反覆睠顧。我豈有不想回家的道理?只是怕的犯了罪而受責罰罷了。

昔我往矣，日月方奧㈠，曷云其還?政事愈蹙㈡。歲聿云莫，采蕭穫菽㈢。心之憂矣，自詒伊戚㈣。念彼共人，興言出宿㈤。豈不懷歸?畏此反覆㈥。

【今註】㈠奧：同隩，煖也。㈡蹙：忙迫。㈢蕭：蒿。穫菽：收割豆子。㈣自詒伊戚：自己給自己找苦頭。㈤言：語詞。㈥反覆：翻臉無情的人。

【今譯】以前我往西方去的時候，天氣正是煖和。現在到了年底了，正是採蒿割豆之時，而我的事務，越來越忙迫，什麼時候才能回家啊?!內心憂傷的很，後悔著不該出來作事情，完全是自己給自己找苦頭。想起我的相依為命的妻子，睡也睡不著，只好到外邊消磨一夜了。我豈有不想回家的道理?只是怕這個翻臉無情的上司罷了。

「嗟爾君子，無恒安處㈠。靖共爾位㈡，正直是與。神之聽之，

式穀以女㊂。」

【今註】這是行役者回憶其離家時，其妻勸告之語。

㊀安處：安閒自處。㊁靖共爾位：靖，同靜，專一也。共：同恭，敬事也。㊂式：語詞。穀：福也。女：同汝。

【今譯】唉，君子你啊，不要貪求安閒，要專心一意的恪盡你的職守，要和正直的人相往來。這樣子，神明就會聽信你，而降給你以幸福。

「嗟爾君子，無恒安息。靖共爾位，好是正直。神之聽之，介爾景福㊀。」

【今註】㊀介：賜給。景：大也。

【今譯】唉，君子你啊，不要貪圖安息，要專心一意的恪盡你的職守，要與正直的人相結好。這樣子，神明就會聽信你，而降給你以大福。

㈣鼓鐘

這是祭悼國君之詩。

鼓鐘將將㊀，淮水湯湯㊁，憂心且傷。淑人君子，懷允不忘㊂。

【今註】㊀將將：音鏘，鐘聲。㊁湯湯：音傷，水大的樣子。㊂允：誠然也。

【今譯】鏘鏘的鐘聲，蕩蕩的淮水，我的心憂戚而且悲傷！這樣的淑人君子，實在是值得懷念而不忘啊！

鼓鐘喈喈㊀，淮水湝湝㊁，憂心且悲！淑人君子，其德不回㊂！

【今註】㊀喈喈：音皆，即鏘鏘。㊁湝湝：音諧，即蕩蕩。㊂回：邪。

【今譯】喈喈的鐘聲，湝湝的淮水，我的心憂戚而且悲傷！這樣的淑人君子，他的德行是沒有一點邪曲的啊！

鼓鐘伐鼛㊀，淮有三洲，憂心且妯㊁！淑人君子，其德不猶㊂！

【今註】㊀鼛：音高，大鼓。㊁妯：音抽，慟也。㊂猶：同尤，可指責的。

【今譯】敲鐘擊鼓，淮水之中有三洲，我的內心憂戚而傷慟！這樣的淑人君子，他的德行真是無可指責的！

鼓鐘欽欽㈠，鼓瑟鼓琴，笙磬同音。以雅以南㈡，以籥不僭㈢。

【今註】㈠欽欽：鐘聲。㈡雅：如大雅小雅。南：周南召南。㈢籥：音藥，似笛，有三孔，吹籥以成樂，和之而作舞。不僭：不亂，各種樂器互相諧和而不亂。僭，音欽。

【今譯】鐘聲欽欽，鼓瑟奏琴，笙磬的聲音，很是配合。奏著雅聲與南樂，又吹籥成樂而作舞，各種的聲音，非常之協調而不亂。

(五) 楚茨

這是王者祭祀之詩。

楚楚者茨㈠，言抽其棘㈡。自昔何為？我蓺黍稷㈢。我黍與與㈣，我稷翼翼㈤。我倉既盈，我庾維億㈥。以為酒食，以享以祀，以妥以侑㈦，以介景福㈧。

【今註】㈠楚楚：茂盛的樣子。茨：蒺藜。㈡言：語詞。抽：除去。棘：刺也。㈢蓺：種植。㈣與與：蕃盛的樣子。㈤翼翼：蕃盛的樣子。㈥億：極言其盈滿之狀，不可以數目字之「億」限之。㈦妥：安尸坐。侑：音宥，勸尸酒也。㈧景福：大福。

【今譯】把那些茂盛的蒺藜，都剷除乾淨。古人為什麼要這樣做呢？為的是要種植黍稷。把黍稷種植之後，都長的很蕃盛，收成非常之好，倉啦、庾啦，都裝得滿滿的，於是乎就備上酒食，以敬祀祖先，安了尸坐，勸了尸酒，以求神明降以大福。

濟濟蹌蹌㊀，絜爾牛羊㊁，以往烝嘗㊂，或剝或亨㊃，或肆或將㊄，
祝祭于祊㊅，祀事孔明㊆，先祖是皇㊇，神保是饗㊈，孝孫有慶，
報以介福㊉，萬壽無疆。

【今註】㊀濟濟蹌蹌：皆言容止有禮、威儀恭敬的樣子。蹌，音槍。㊁絜：同潔。牛羊：祭祀之牲。㊂烝：冬祭。嘗：秋祭。㊃亨：同烹。㊄肆：陳設。將：捧持以進。㊅祝：以言告神，為主人祈福。祊：音崩，廟門之內。㊆孔明：極其明備。㊇皇：往也。㊈神保：神靈。㊉介福：大福。

【今譯】祭祀之人，禮貌恭敬，潔其牛羊，以舉行烝嘗之祭祀。有的剝皮，有的烹煮，有的陳設，有的奉獻，祝者祭於廟門之內，祭祀的事，進行的非常明備。於是乎祖先都來臨了，神明也饗受了。主祭的孝孫便有喜慶了。於是神明報之以大福，而萬壽無疆。

執爨踖踖㊀，為俎孔碩。或燔或炙㊁。君婦莫莫㊂，為豆孔庶㊃。
為賓為客㊄，獻醻交錯㊅。禮儀卒度㊆，笑語卒獲㊇，神保是格㊈，

報以介福，萬壽攸酢㊉。

【今註】㊀爨：音竄，竈下烹調之事。踖踖：音積，敬慎的樣子。㊁燔：音番，燒也。炙：烤也。㊂君婦：后，嫡妻。莫莫：敬慎的樣子。㊃豆：盛庶羞之器。㊄賓客：助祭之人。㊅醻：音酬，導飲也，先由主人酌賓為獻，賓既酢主人，主人又自飲酌賓，曰醻。交錯：東西為交，邪行為錯，即賓主交互行酒，交錯來往也。㊆卒度：盡合乎法度。㊇卒獲：盡得其所宜。㊈格：來到。㊉酢：音昨，報答。

【今譯】執爨事的人，態度恭敬，盛牲體的俎器很大，或者燒肉，或者烤肉。君之主婦，很敬謹的備上了庶羞，賓客行禮如儀，於是賓主之間，酬酢交錯，禮儀都很合度，笑語都很得宜。於是乎神明來格，賜以大福，報以萬壽。

我孔熯矣㊀，式禮莫愆。工祝致告㊁，徂賚孝孫㊂。「苾芬孝祀，㊃神嗜飲食，卜爾百福㊄，如幾如式㊅，既齊且稷㊆，既匡既勑㊇，永錫爾極㊈，時萬時億㊉。」

【今註】㊀熯：音漢，敬謹也。㊁工祝：祝官也。㊂賚：音來，賜也。㊃苾芬孝祀：即很香的享祀。苾，音比。自「苾芬孝祀」之句起，以至「時萬時億」之句止，皆祝官之祈禱詞。㊄卜爾百福：

卜，賜也，賜給你以很多的福。㈥如幾如式：幾，庶幾，期望之詞。式，方式。㈦齊：敬也。稷：疾速也，敏速也。㈧匡：正也。勑：誡也，飭也。㈨極：最好的福氣。㈩時：同是。

【今譯】我敬謹的致祭，所以我一切行禮都沒有錯誤。於是祝官致告，祈求神明賜孝孫以多福，致告的話說：「芬香的享祀，是神明所喜歡的飲食，所以賜給你以諸多的福氣，你的一切都合乎法度，你既然恭敬而且敏捷，既然整飭而且謹慎，所以要永遠的賞賜你以最好的福氣，成萬成億的福氣。」

禮儀既備，鐘鼓既戒㈠，孝孫徂位㈡，工祝致告。神具醉止㈢，皇尸載起㈣。鼓鐘送尸，神保聿歸㈤。諸宰君婦㈥，廢徹不遲㈦。諸父兄弟，備言燕私㈧。

【今註】㈠戒：告也，告祭者以祭事之畢也。㈡孝孫徂位：孝孫往堂下西面之位也。㈢具：俱也。止：語詞。㈣皇尸載起：皇者，大也。尸者，祭時受祭之代表人，以卑幼者為之，後世乃用畫像。載起，乃起也。㈤聿：語詞。㈥宰：家宰。㈦廢徹：撤去。不遲：速也。㈧備言燕私：備，皆也，皆參加私燕。

【今譯】禮儀既已完備，鐘鼓既已告戒，孝孫既已就位，工祝既已致告，說神們都有些醉意了，於是受祭的代表人起身了，於是敲鐘以送代表人，神們也都回去了，諸宰君婦，皆及時退下，而諸父兄弟，乃皆參加私燕了。

樂具入奏㈠，以綏後祿㈡。爾殽既將㈢，莫怨具慶㈣。既醉既飽，
小大稽首㈤。「神嗜飲食，使君壽考。孔惠孔時㈥，維其盡之。
子子孫孫，勿替引之㈦。」

【今註】㈠樂具入奏：古者前廟以奉神，後寢以藏衣冠，祭祀在廟，私燕在寢，故祭畢而燕，樂皆入奏於寢也。㈡以綏後祿：綏，安也。後，祭祀之後也。祿，飲食也。以綏後祿者，以安饗祭後之飲食也。祭時擺設之飲食，祖先神靈皆不能食，事實上，還是人們自己享受了。㈢爾殽既將：你的酒菜既已進上。㈣莫怨具慶：沒有一個怨恨你的菜不好，而皆誇獎你的菜好。㈤稽首：叩頭而為君祝福。自「神嗜飲食」之句起，至「勿替引之」之句止，皆為君祝福之詞。㈥孔惠孔時：言君之祭祀，甚順甚善。時者，善也。㈦勿替引之：言子子孫孫不要斷絕這種祭祀，而且要發展下去。

【今譯】祭祀已畢，音樂都入奏於內寢，以安饗祭後的飲食。你的菜殽端上之後，大家都說你的酒席好，非常之歡喜，而沒有一點怨言。大家既醉以酒，既飽以殽，長幼大小都稽首叩頭，為你祝福，說道：「神明喜歡你的飲食，使你壽考無疆。你的祭祀，甚為順意，甚為美好，無一不合乎禮，希望你的子子孫孫不要廢替這種祭祀，並且還應當繼續發展下去。」

㈥信南山

這是王者祭祀之詩。

信彼南山㊀，維禹甸之㊁。畇畇原隰㊂，曾孫田之㊃。我疆我理㊄，南東其畝㊅。

【今註】㊀信彼南山：信者，伸也，延長也。南山者，終南山也。信彼南山者，長長的終南山也。㊁甸：平治也。㊂畇畇：音勻，已經墾闢過的樣子。㊃田：作動詞用，耕種。㊄疆：區劃其大界。理：治定其溝塗。㊅南東其畝：順其地勢水勢之所宜，而定其田隴之南東。不言西北者，有南東即包括其北西矣。

【今譯】那長長的終南山，是禹王所平治的，高原低隰之地，都已墾闢，所以曾孫們得以耕種於其上。把土地的大界，溝塗的路線，加以區劃整理之後，於是順其地勢水道之所宜，而規定田畝之南東方位。

上天同雲㊀，雨雪雰雰㊁，益以霢霂㊂，既優既渥㊃，既霑既足㊄，生我百穀。

【今註】㊀同雲：同，皆也。同雲，皆有雲，即滿天的雲。㊁雨雪：雨，音御，落也，降也，即下雪也。雰雰：即紛紛。㊂霢：小雨也。霢，音脈。霂，音木。㊃優：厚也。渥：濃也。㊄霑：漬也，濡也，即雨落透了。

【今譯】滿天的密雲，於是落雪紛紛，又加以細雨。雨量非常之普遍而充足，於是我們的百穀就生長起來了。

疆埸翼翼㊀，黍稷彧彧㊁，曾孫之穡㊂，以為酒食，畀我尸賓㊃，壽考萬年。

【今註】㊀埸：音亦，畔也。翼翼：整飭的樣子。㊁彧彧：音域，茂盛的樣子。㊂穡：音色，收割。㊃畀：予也。尸：祭祀時受饗之代表人。

【今譯】疆埸翼翼而整飭，黍稷彧彧而茂盛，曾孫們把黍稷收割之後，作成酒食，以祭祀祖先，燕待尸賓。這樣子，神明喜悅，祖先來饗，就會賜我以萬年的壽考。

中田有廬㊀，疆埸有瓜，是剝是菹㊁，獻之皇祖。曾孫壽考，受天之祜㊂。

【今註】㊀中田：即田中。廬：房舍。㊁菹：音居，醃漬也。㊂祜：音戶，福也。皇祖：大祖，高祖以上皆稱皇祖。

【今譯】田中有廬舍，田畔種著瓜果，把那些瓜果剝而醃之，以祭獻於先祖。於是曾孫便會受天之福，而壽考萬年。

祭以清酒㊀，從以騂牡，享於祖考。執其鸞刀㊁，以啟其毛㊂，取其血膋㊃。

【今註】㊀清酒：清潔之酒。騂：音辛，赤色的牲，周朝尚赤。牡：雄牲。享：獻也。㊁鸞刀：鸞，鈴也，有鈴之刀。㊂啟：撥開。㊃膋：音聊，脂膏。

【今譯】先灌地以清潔的酒，然後再進獻以赤色的雄牲。主人親自執著有鈴的刀子，撥開騂牡的毛，取出牠的血與脂膏，殺之以獻祭。

是烝是享㊀，苾苾芬芬，祀事孔明㊁，先祖是皇㊂。報以介福㊃。萬壽無疆。

【今註】㊀烝：進也。㊁孔明：極其明備。㊂皇：臨而饗之也。㊃介福：大福。

【今譯】以此芬香的祭物，進獻於祖先。祭祀之事，進行的非常完備，於是乎先祖來饗，甚是喜歡，就報之以大福，使曾孫萬壽無疆。

(七) 甫田

這是王者祈年祭祀之詩。

倬彼甫田㊀，歲取十千㊁，我取其陳㊂，食我農人，自古有年㊃。
今適南畝，或耘或耔㊄，黍稷薿薿㊅。攸介攸止㊆，烝我髦士㊇。

【今註】㊀倬：音卓，大也。甫田：廣大之田也。㊁歲取十千：古者地方十里，為田十萬畝，而以其萬畝為公田，蓋九一之法也。㊂陳：舊的粟米。㊃自古有年：歷年都是大有之年，豐收之年。㊄耘：除草。耔：音子，以土壅於穀物之根部，可以耐風旱。㊅薿薿：音疑，茂盛的樣子。㊆介：停息。㊇烝：進也，進之而予以慰問也。髦士：聰明能幹之農民。

【今譯】從那廣大的田地中，每年征取萬畝的收入，以為祿食之用。每年積存的舊穀，都拿出來以分散於我的農夫。多年以來，一連都是豐收之年，真是值得慶幸啊。現在我到了南畝一看，看見農夫們，有的在鋤草，有的在壅根，黍稷長的都很茂盛，看樣子又是豐收之年了。我就停息下來，把那些聰明能幹的青年農夫叫到面前，而加以慰問鼓勵。

以我齊明㊀，與我犧羊㊁，以社以方㊂。我田既臧，農夫之慶㊃，
琴瑟擊鼓，以御田祖㊄，以祈甘雨，以介我稷黍㊅，以穀我士女㊆。

【今註】㈠齊明：齊，讀咨，同粢。明，同盛。齊明，即粢盛，祭神所用之飯。㈡犧羊：純色之羊。㈢社：社即后土，土地之神。方：秋祭四方之神。㈣慶：福也。㈤御：迎接。田祖：發明種田之始祖。㈥介：長大。㈦穀：養活。

【今譯】用我的粢盛，和我的純色的羊，以祭祀土地之神與四方之神。我的田事既然做好了，那就是農夫們的福慶。於是奏起琴瑟，打著鼓兒，以迎接田祖，以祈求甘雨，以長大我的黍稷，以養活我的士女。

曾孫來止㈠，以其婦子㈡，饁彼南畝㈢，田畯至喜㈣，攘其左右㈤，嘗其旨否㈥。禾易長畝㈦，終善且有㈧，曾孫不怒，農夫克敏。

【今註】㈠曾孫：主祭之人。止：語詞。㈡婦子：農家的婦孺。㈢饁：音葉，送飯於田中。㈣田畯：勸農之官。畯，音俊。㈤攘：取也。㈥旨：好吃，香。㈦禾易：禾苗蕃盛。長畝：整個的田畝。㈧終善且有：既善且多。

【今譯】曾孫來了，看見農民的婦孺們往田中送飯，田官極其喜歡，就拿起農家所送的飯，嘗嘗好吃不好吃。整個的田地裏，莊稼都長得很蕃盛，既好而且多。曾孫看見了農民們如此的努力耕作，所以非常之高興。

曾孫之稼，如茨如梁㈠；曾孫之庾㈡，如坻如京㈢。乃求千斯倉㈣，乃求萬斯箱㈤。黍稷稻粱，農夫之慶。報以介福，萬壽無疆。

【今註】㈠茨：屋頂。梁：屋脊。㈡庾：儲存穀物之囷。㈢坻：音池，丘陵。京：高丘。㈣斯：語詞。㈤箱：儲存穀物之器。

【今譯】曾孫的莊稼，長得像屋頂房脊一樣的高；曾孫的倉囷，堆的像土陵大丘一樣的多，只好用千倉萬箱來盛它了。這麼多的黍稷稻粱的收成，真是農民們大大的喜事。請求神明們賜給曾孫以大福，乃至於萬壽無疆。

㈧大　田

這是農民因豐年之樂而讚頌其上之詩。

大田多稼，既種既戒㈠，既備乃事，以我覃耜㈡，俶載南畝㈢，播厥百穀，既庭且碩㈣，曾孫是若㈤。

【今註】㈠種：種子。戒：戒飭，整飭其農具。㈡覃：音熖，利也。耜：音似，田器，即犂地之犂刃也，北方人稱為「犂面」。㈢俶：音處，開始。㈣庭：挺直的。碩：大的。㈤若：順心合意也。

【今譯】田地既然廣大，所需用的稼種，自然要多，所以事前要把種子多準備，要把農具整理好。各種應行準備的事都齊全了，於是就背起我的犂兒，到南畝去耕作了。把各種各樣的穀物，都播種下去了，結果，莊稼長的又高又大，很順乎曾孫的心意。

既方既皁㊀，既堅既好，不稂不莠㊁，去其螟螣㊂，及其蟊賊㊃，無害我田穉㊄，田祖有神㊅，秉畀炎火。

【今註】㊀方：房也，穀物孚甲始生而尚未合也。皁：即皂，結實而尚未堅也。㊁稂：音郎，童粱也，害稼之草。莠：音酉，似苗而不能結實者，亦害稼之物。㊂螟：小黑蟲，食穀物之莖葉及其髓質，可致穀物白枯而死。螣：音騰，小青蟲，食穀物之葉苗，且吐絲纏裹餘葉，使穗不得成長。㊃蟊賊：食禾稼之蟲，食根者曰蟊，食節者曰賊。㊄穉：音稚，幼苗。㊅有神：發揮其神力。

【今譯】禾稼慢慢的生甲了，結實了，實兒慢慢的堅硬了，飽滿了。把那些害田的野草和那些似穀非穀的假禾，都除得乾乾淨淨，把那些小黑蟲小青蟲以及吃苗葉苗根的害蟲，都撲殺淨盡，不要叫牠們害了田中的禾苗。田祖啊，請你大發神威，把牠們都投在大火之中，燒個淨盡。

有渰萋萋㊀，興雨祁祁㊁，雨我田公㊂，遂及我私㊃。彼有不穫穉㊄，此有不歛穧㊅，彼有遺秉㊆，此有滯穗㊇，伊寡婦之利㊈。

【今註】㈠渰：音掩，雲彩發動的樣子。萋萋：很盛的樣子。㈡祁祁：多多也。㈢公田：古時井田之制，方里而井，井九百畝，其中為公田，八家皆私有百畝，而合力以耕治公田百畝。㈣我私：私家所分得之百畝之田。有使用權而無所有權。㈤不穫穉：不割之尚未完全成熟之穀物。㈥不斂穧：禾既割而不收者。㈦遺秉：遺棄於地之穀穗。㈧滯穗：滯留於地之穀穗。㈨伊：語詞。寡婦之利：無力耕作之寡婦，於農收時，到田裏拾莊稼，把這些穀物拾起來，以維持生活，一季之中，也可以拾得幾斗或一石以上，足可以維持一個人的半年生活。今日之北方農村中，仍有此種古風。

【今譯】雲彩烏烏的起來了，雨兒多多的降落了，先落到我們的公田，同時也落到我們的私田。那兒有不收割的幼禾，這裏有已割未收的穀穧；那兒有遺棄的麥穗，這裏有留下的稻秉，這些都是一般無田無力的寡婦孤兒們的「外快」，他們可以趁著農收期間，到田裏拾莊稼，以維持生活之用。

曾孫來止。以其婦子，饁彼南畝，田畯至喜。來方禋祀㈠，以其騂黑㈡，與其黍稷，以享以祀，以介景福㈢。

【今註】㈠方：四方也。禋：音因，潔祀也。㈡騂黑：四方各用其方色之牲。㈢以介景福：農夫祈曾孫之受福也。

【今譯】曾孫來了。農家的婦子，往田裏去送飯，田官看見農民欣欣耕作的情形，甚是喜歡。曾孫祭祀四方之神，以其赤牲或黑牲，和成飯的黍稷，來進獻以祀。祈求神明賜給曾孫以大福。

㈨瞻彼洛矣

這是天子會諸侯於東都而諸侯讚美之詩。

瞻彼洛矣㊀，維水泱泱㊁，君子至止㊂，福祿如茨㊃，韎韐有奭㊄，以作六師㊅。

【今註】㊀洛：水名，在東都，會諸侯之處也。㊁泱泱：深廣的樣子。㊂君子：指天子。㊃茨：屋頂。㊄韎：音妹，茅蒐草所染之皮革也。韐：音各，韠也，合韋為之，以蔽前，兵事之服也。有奭：奭，赤色，有奭，即奭然也。㊅作：領導。六師：六軍也。

【今譯】看那洛水是多麼的深廣啊，君子到了，他的福祿，像屋頂那樣的高，他穿戴著韎韐赤然的軍服，以領導六師。

瞻彼洛矣，維水泱泱。君子至止，鞸琫有珌㊀。君子萬年，保其家室。

【今註】㊀鞸：音柄，刀鞘也。琫：音菶（ㄅㄥˇ），佩刀鞘之上飾也。珌：音必，美也，有珌，即珌然也，猶上章之「韎韐有奭」，皆作形容詞用。

【今譯】看那洛水是多麼的深廣啊，君子到了，他的刀鞘的裝飾是多麼美觀啊，他一定能夠萬壽無疆，保其家室。

瞻彼洛矣，維水泱泱，君子至止，福祿既同㈠。君子萬年，保其家邦。

【今註】㈠同：齊備也。

【今譯】看那洛水是多麼的深廣啊，君子到了，福祿俱備，君子一定可以萬年長壽而保持其家邦的。

㈩裳裳者華

這是天子讚美諸侯之詩。

裳裳者華㈠，其葉湑兮㈡，我覯之子㈢，我心寫兮㈣。我心寫兮，是以有譽處兮㈤。

【今註】㈠裳裳：即常棣，即棠棣，比喻兄弟關係，比喻天子與諸侯之親近關係。華：花也。㈡湑：音胥，茂盛的樣子。㈢覯：見也。之子：指諸侯。㈣寫：舒暢，痛快。㈤譽處：和好的相處。

【今譯】棠棣之花，它的葉子真是茂盛啊！我看見了你，我的心情真是快活啊！我的心情快活，我們便能和睦相處了。

裳裳者華，芸其黃矣㊀。我覯之子，維其有章矣㊁。維其有章矣，是以有慶矣。

【今註】㊀芸：盛開也。㊁章：法度，禮貌。

【今譯】棠棣的花，盛開著黃色。我所見的人，真是有禮貌啊！因為是有禮貌，所以就大得福慶了。

裳裳者華，或黃或白。我覯之子，乘其四駱㊀。乘其四駱，六轡沃若㊁。

【今註】㊀駱：白馬黑鬣者。㊁沃若：有光澤，有水色。

【今譯】棠棣的花，有的開著黃色，有的開著白色。我所見的人，乘著四匹白馬黑鬣的車子，六轡柔美而有光澤。

左之左之，君子宜之；右之右之，君子有之㊀。維其有之，是以似之㊁。

【今註】㊀有：能也。㊁似：嗣也，繼承也。

【今譯】君子才德俱備，能力優越，用之於左，則君子宜之；用之於右，則君子能之。因其有此能力，所以能繼承其先人的志業。

七、桑扈之什

(一) 桑扈

這是天子燕諸侯之詩。

交交桑扈㈠，有鶯其羽㈡。君子樂胥㈢，受天之祜。

【今註】㈠交交：同咬咬，鳥鳴聲。桑扈：鳥名，肉食，而不食粟，故亦名竊脂鳥。㈡有鶯：鶯，文采也，有鶯，即鶯然有文采也。㈢樂胥：即胥樂，胥，皆也，即大家皆快樂也。君子：指諸侯。

【今譯】鳴聲交交的桑扈，牠的翅膀，多麼的光采啊。君子們都快樂了，蒙受了上天的福祿。

交交桑扈，有鶯其領㈠。君子樂胥，萬邦之屏。

【今註】㈠領：脖子。

【今譯】鳴聲交交的桑扈，牠的脖子，多麼光采啊。君子們都和樂了，可以作萬邦的屏障。

之屏之翰㈠，百辟為憲㈡。不戢不難㈢？受福不那㈣？

【今註】㈠翰：羽翼。或訓為幹，楨幹。㈡辟：君也，各方伯所統率之諸侯也。憲：法則，榜樣。㈢戢：收斂，檢點，守法度。難：儆戒，謹畏。㈣那：多也。

【今譯】各位君子都是國家的屏藩，是朝廷的楨幹，是百辟的榜樣。那個不是規矩守法？那個不是戒慎謹畏？那個不受上天之多福？

兕觥其觩㈠，旨酒思柔㈡。彼交匪敖㈢，萬福來求㈣。

【今註】㈠兕觥：用兕角所製的酒杯。兕：音四，獨角獸。觩：音求，角上曲的樣子。㈡思：語詞。柔：嘉好的。㈢交：交往。匪敖：不驕傲。㈣求：聚也。

【今譯】有兕製的酒杯，有嘉美的旨酒，相互酬酢往來，溫恭而不驕傲，所以萬福都來聚了。

㈡鴛　鴦

這是諸侯頌禱天子之詩。

鴛鴦于飛㈠，畢之羅之㈡。君子萬年㈢，福祿宜之。

【今註】㊀鴛鴦：匹鳥也，止則相偶，飛則成雙。㊁畢：小網長柄。㊂君子：指天子。

【今譯】鴛鴦正在飛行，用網羅把牠捕住。希望君子萬年，安享福祿。

鴛鴦在梁㊀，戢其左翼㊁。君子萬年，宜其遐福㊂。

【今註】㊀梁：水中石堰。㊁戢其左翼：戢，收斂。兩鳥皆收斂其左翼，以便於互相偎依。㊂遐：永遠的。

【今譯】鴛鴦在石堰之上，雙斂左翼，以相偎依。希望君子萬年，安享永久的福。

乘馬在廄㊀，秣之摧之㊁。君子萬年，福祿艾之㊂。

【今註】㊀乘：四匹馬也。廄：音救，養馬之處。㊁摧：音錯，餵馬之草。秣：音末，餵馬之粟。㊂艾：助也。

【今譯】四馬在廄中，以草與粟來餵牠。希望君子萬年，有福祿的佑助。

乘馬在廄，秣之摧之。君子萬年，福祿綏之㊀。

【今註】㊀綏：安也。集也。

【今譯】四馬在廄中，以草與粟來餵牠。希望君子萬年，有福祿的安集。

㈢頍　弁

這是燕樂兄弟親戚之詩。

有頍者弁㈠，實維伊何？爾酒既旨，爾殽既嘉。豈伊異人？兄弟匪他㈡。蔦與女蘿㈢，施于松柏㈣。未見君子，憂心奕奕㈤。既見君子，庶幾說懌㈥。

【今註】㈠頍：音愧，舉首戴帽的樣子。弁：音卞，皮冠。㈡匪他：不是他人。㈢蔦：音鳥，寄生植物，葉似當盧，子如覆盆子，赤黑，味甜美。女蘿：兔絲也。蔓延草上，黃赤如金。㈣施：音移，拖拖拉拉的蔓延著。㈤奕奕：憂心不定的樣子。此詩以蔦蘿蔓延於木上，以比喻兄弟之互相依附。㈥說：同悅。懌：樂也。

【今譯】你舉首而戴皮冠，為的何事呢？不是為的燕樂客人嗎？你的酒既美，你的菜又好，你所燕待的，不是別人，乃是兄弟。兄弟關係，猶之乎蔓延於松柏之上的蔦蘿一樣，是互相依附的。所以未見君子的時候，心中奕奕而憂愁；既至見了君子，庶幾乎心中可以喜悅了。

有頍者弁，實維何斯？爾酒既旨，爾殽既時㈠，豈伊異人？兄弟具來㈡。蔦與女蘿，施于松上。未見君子，憂心怲怲。既見君子，庶幾有臧㊂。

【今註】㊀時：新鮮，美好。㊁具：同俱，皆也。㊂有臧：即臧然，即善也。怲怲：甚憂也。

【今譯】你舉首而戴皮冠，為的何事呢？不是為的燕樂客人嗎？你的酒既香美，你的菜又新鮮，你所燕待的，不是別人，乃是兄弟。兄弟關係，猶之乎蔓延於松柏之上的蔦蘿一樣，是互相依附的。所以未見君子的時候，我心中怲怲而憂愁，既至見了君子，庶幾乎感情越發友善了。

有頍者弁，實維在首，爾酒既旨，爾殽既阜㊀，豈伊異人？兄弟甥舅。如彼雨雪㊁，先集維霰㊂。死喪無日，無幾相見。樂酒今夕，君子維宴。

【今註】㊀阜：豐盛如丘阜之高。㊁雨雪：雨字作動詞用，降雪也。㊂霰：音線，雪初凝結時之細粒。

【今譯】你的皮冠，戴在頭上，你的酒既美好，你的菜又豐富。你所燕待的，不是別人，乃是兄弟甥舅。好像是下雪一樣，先有細粒的結合，而後大片落下。人之生命，由少而老，說不定什麼時候就會死去的，我們相見的機會，沒有幾多了。今夜晚要趁著機會痛痛快快的喝一下，這就是今晚燕客的本意啊。

四車舝

這是親迎美女成婚之詩。

閒關車之舝兮㈠，思孌季女逝兮㈡，匪飢匪渴，德音來括㈢。雖無好友，式燕且喜㈣。

【今註】㈠閒關：輾轉行進的樣子。舝：音轄，車軸頭之鐵。又車聲也。㈡孌：音鸞，美好的。逝：往迎之也。㈢德音：優良的德性。來括：來會也。㈣式：語詞。

【今譯】車子輾轉的行進，親迎那美麗的少女。我並不是飢，也不是渴，只是思慕她那優美的德性來與我相會，所以我的心便如飢如渴似的。雖然沒有好多的朋友，但是我們也要歡歡喜喜的燕飲一番。

依彼平林㈠，有集維鷮㈡。辰彼碩女㈢，令德來教㈣。式燕且譽㈤，好爾無射㈥。

【今註】㈠依：茂盛的樣子。㈡鷮：音交，野雞。㈢辰：善也。㈣令德：良好的德行。㈤譽：同豫，快樂。㈥射：讀亦，厭惡。

【今譯】那茂盛的平林，有野雞在集棲。那善良的碩女，以她的德行來幫助我。我們快快樂樂的燕飲一番，我將永遠的愛你而無厭。

雖無旨酒，式飲庶幾㈠；雖無嘉殽，式食庶幾；雖無德與女㈡，式歌且舞。

【今註】㈠庶幾：差不多，勉強可以。㈡雖無德與女：女，讀汝。言我的德行雖不能與你相配，但是也勉強可以。這是自謙之詞，足見德行也可以與她相配。男女的德行相配，當然是理想的結合了，於是乎就該既歌且舞了。

【今譯】雖然我沒有美酒，但是也勉強可以喝一番了；雖然我沒有好菜，但是也勉強可以吃一番了；雖然我的德行配不上你，但是我們也應該歌舞一番了。

陟彼高岡，析其柞薪㈠。析其柞薪，其葉湑兮㈡。鮮我覯爾㈢，我心寫兮㈣。

【今註】古人常以析薪比喻婚姻關係，此詩亦然。

㈠柞薪：櫟樹之薪。柞，音昨。㈡湑：音胥，茂盛的樣子。㈢鮮：幸運的。㈣寫：舒暢。

【今譯】登那高岡之上，去析伐柞薪，它的葉子，真是茂盛啊。幸運呀，我能夠遇見你，我的心舒暢極了。

高山仰止㈠，景行行止㈡。四牡騑騑㈢，六轡如琴。覯爾新婚，以慰我心。

【今註】㈠止：同之，即高山仰之，景行行之。㈡景行：大路也。行，讀杭。㈢騑騑：音非，馬行不停的樣子。

【今譯】高山是我所仰望的，大路是我所要行的。四匹雄馬不停的前進，六轡像琴瑟一樣的和諧。遇見你而完成新婚，我的心便無限的快慰了。

(五) 青蠅

這是斥責讒人禍國之詩。

營營青蠅㈠，止于樊㈡。豈弟君子㈢，無信讒言。

【今註】㈠營營：蠅子亂人聽聞的往來飛聲。青蠅：污穢有毒之飛蟲。㈡止：落棲。樊：藩籬。㈢豈弟：即愷悌，仁厚也。

【今譯】那污穢的青蠅，飛聲往來，亂人聽聞，落止在藩籬之上，仁厚祥和的君子啊，千萬不要相信那些捏造是非以陷害正人君子的讒毀之言。

營營青蠅，止于棘。讒人罔極㈠，交亂四國。

【今註】㈠罔極：為害沒有止境，沒有限度。

【今譯】那污穢的青蠅，飛聲往來，亂人聽聞，落止在棘荊之上。那捏造是非以陷害正人君子的讒人，為害之大，沒有止境，使四方的國家，互相猜疑，互相攻擊而為亂。

營營青蠅，止于榛。讒人罔極，構我二人㈠。

【今註】㈠構：捏造是非以讒害人。

【今譯】那骯髒的蒼蠅，飛聲往來亂人聽聞，落止于榛木之上。那陷害正人君子的讒人，陰謀毒計，沒有止境，處心積慮要陷害我們兩個。

㈥賓之初筵

這是戒人飲酒宜有節制之詩。

賓之初筵㈠，左右秩秩㈡，籩豆有楚㈢，殽核維旅㈣。酒既和旨，飲酒孔偕㈤。鐘鼓既設，舉醻逸逸㈥。大侯既抗㈦，弓矢斯張。射夫既同㈧，獻爾發功㈨。發彼有的㈩，以祈爾爵⑪。

【今註】㈠初筵：初就席。㈡秩秩：有秩序。㈢籩豆：祭祀盛物之禮器，以本為之者曰豆，以竹為之者曰籩。有楚：即楚然而有秩序也。㈣殽：肉菜。核：梅桃之類的果品。㈤偕：同飲而和諧。㈥醻：音酬，主人自飲，復酌以進客也。逸逸：往來有序也。㈦大侯：侯者備射之鵠。大侯者，人君之侯也。侯有等級之分，天子熊侯白質，諸侯麋侯赤質；大夫布侯，畫以虎豹；士布侯，畫以鹿豕。天子侯身一丈，其中三分居一，白質畫熊，其外則丹地，畫以雲氣。抗：張弓也。㈧射夫既同：分耦比賽，射禮選羣臣為三耦，三耦之外，其餘各自取匹，謂之眾耦。㈨獻：奏也，表演也。發功：發矢之功。㈩的：鵠的，目標。⑪祈：求也。凡射，勝者以酒飲不勝者，即不勝者被罰酒也。

【今譯】當賓客初就席的時候，或坐于左，或坐于右，秩序非常之好，籩豆的陳列，也楚楚而整齊，菜殽果品也很豐盛，酒既甘美，眾飲和諧。到了鐘鼓既設的時候，主客酬酢，逸逸有序。人君之射侯既舉，於是弓矢俱張。參加比賽的人，既然分配妥當，就各自表現自己的身手了。發射中鵠的勝利者，就罰那些不勝者以飲酒。

籥舞笙鼓㈠，樂既和奏，烝衎烈祖㈡，以洽百禮㈢。百禮既至，有壬有林㈣，錫爾純嘏㈤，子孫其湛㈥。其湛曰樂，各奏爾能。賓載手仇㈦，室人又入㈧，酌彼康爵㈨，以奏爾時㈩。

【今註】㈠籥舞：文舞也。籥，音月，管屬之樂器也。㈡烝：進也。衎，音看，快樂也。烈祖：有功烈之祖先。㈢洽：合也。㈣有壬：即壬然，壬者，大也。有林：即林然，林者，盛也。㈤錫：神賜之也。爾：指主祭者。純嘏：大福也。㈥湛：音占，和樂也。㈦賓載手仇：正射之後，客人餘興未盡，又要再射，於是各自選其匹耦而復比賽。手仇者，自選其共射之匹耦也。㈧室人：主人。㈨康爵：大的酒杯也。㈩時：善也，拿手的射擊本領。

【今譯】籥舞而笙歌，奏樂甚是和諧，以進娛于烈祖，以合于諸百的禮儀。百禮俱備，既大且盛。神明乃賜給主祭者以大福，使其子孫和樂。和樂之餘，各自表現其射擊的本領。客人猶未盡興，乃自選共射之匹耦，再行比賽。於是主人又入於席，酌滿了大的酒杯，祝他們各自善盡其能，以取得勝利。

賓之初筵，溫溫其恭。其未醉止，威儀反反㈠。曰既醉止㈡，威儀幡幡㈢。舍其坐遷，屢舞僊僊㈣。其未醉止，威儀抑抑㈤。曰既醉止，威儀怭怭㈥。是曰既醉，不知其秩㈦。

【今註】㈠反反：慎重的樣子。㈡曰：語詞。㈢幡幡：輕狂的樣子。㈣僊僊：輕舉的樣子。㈤抑抑：矜持，有自制力，謹慎小心的樣子。㈥怭怭：音必，褻瀆不恭的樣子。㈦秩：常態，秩序，理性。

【今譯】　賓客初就席的時候，大家都是溫雅而恭敬。在沒有喝醉的時候，都是態度慎重；既至醉了以後，態度便輕狂不安了，離開了自己的席次，這裏坐坐，那裏遷遷，不斷的蹦蹦跳跳，東倒西歪。在沒有喝醉的時候，都是態度矜持；既至醉了以後，態度便放肆起來，褻瀆不恭了。這是真正的醉了，完全失其常態了。

賓既醉止，載號載呶㊀，亂我籩豆，屢舞僛僛㊁，是曰既醉，不知其郵㊂。側弁之俄㊃，屢舞傞傞㊄。既醉而出，並受其福；醉而不出，是謂伐德㊅。飲酒孔嘉，維其令儀。

【今註】　㊀載號載呶：號，大聲呼叫。呶：音鐃，喧嘩。載：且也。且號且呶，又是呼叫，又是吵鬧。㊁僛僛：音欺，醉舞傾側的樣子。㊂郵：過失。㊃側弁：歪戴著帽子。側：歪斜。弁：帽子。㊄傞傞：音沙，醉舞不止的樣子。㊅伐德：缺德，害德，不道德。

【今譯】　客人既醉之後，又是大聲呼叫，又是喧嘩吵鬧，把案子上弄得杯盤狼藉，手舞足蹈，東倒西歪，這真是喝醉了，一切失德敗行的動作，都不知道了。歪戴著帽子，蹦蹦跳跳，亂舞不休。既經喝醉了，就應該趕快退席，那麼，主人與客人，便都受其福。有些人，喝酒喝醉了，還不離席，胡鬧不止，糾纏不休，這是最敗德的事。本來酒以言歡，喝酒是一件很好的事，但是總要有個節制，要保持著優良的風度。

凡此飲酒，或醉或否，既立之監㈠，或佐之史㈡。彼醉不臧，不醉反恥？式勿從謂㈢，無俾大怠㈣。匪言勿言，匪由勿語。由醉之言，俾出童羖㈤。三爵不識，矧敢多又？

【今註】㈠監：司正之屬，燕禮鄉射，恐有懈倦失禮者，立司正以監察之。㈡史：亦司正之屬。㈢從：隨心所欲而過飲。亦可作「縱」字解，放任無度也。㈣大怠：太怠慢。㈤童羖：童：頭禿而無角也。羖：公羊。羖，音古。

【今譯】凡是飲酒，有人喝醉，有人或不醉。不過，古人所以設置監史司正之屬，就是希望人們不要喝醉。如果說喝醉的人，沒有什麼不善，那麼，不喝醉的人，豈不是反而可恥嗎？所以千萬不要縱性放任，不要醜態百出。一個人要保持適度的控制力，不該說的話，不要亂說，不該行的事，不要亂做。如果喝的酩酊大醉，那麼就要胡說八道了，說什麼「公羊頭上沒有角」，那不是大笑話嗎？喝了三杯，就已經不省人事了，而況還敢再多喝嗎？

(七)魚　藻

這是天子燕諸侯，而諸侯讚美天子之詩。

魚在在藻㈠，有頒其首㈡。王在在鎬㈢，豈樂飲酒㈣。

【今註】㈠藻：水草。㈡有頒：大頭也。有頒：頒然也。㈢鎬：西京長安。㈣豈樂：即愷樂，和樂也。

【今譯】魚在什麼地方呢？魚在水草裏面，得其所哉，所以頒然而大頭。王在什麼地方呢？王在長安京城，國泰民安，所以飲酒取樂。

魚在在藻，有莘其尾㈠。王在在鎬，飲酒樂豈。

【今註】㈠有莘：音辛，即莘然，長而美的樣子。

【今譯】魚在什麼地方？魚在水草裏面，得其所哉，所以體長而肥美。王在什麼地方？王在長安京城，國泰民安，所以飲酒而取樂。

魚在在藻，依于其蒲㈠。王在在鎬，有那其居㈡。

【今註】㈠蒲：蒲草。㈡那：安然也。

【今譯】魚在什麼地方？魚在水草裏面，偎依著蒲草。王在什麼地方？王在長安京城，住的很是安然。

(八)采菽

這是讚美諸侯來朝之詩。

采菽采菽㊀，筐之筥之㊁，君子來朝㊂，何錫予之？雖無予之，路車乘馬㊃。又何予之？玄袞及黼㊄。

【今註】㊀菽：大豆。㊁筐筥：皆盛物之竹器，方者曰筐，圓者曰筥。筥，音舉。㊂君子：指諸侯。㊃路車：天子所賜于諸侯之車，因關係不同，故車亦不同，金車以賜同姓，象車以賜異姓。乘馬：乘音勝，四馬曰乘。㊄玄袞：玄衣而畫以捲龍。黼：音甫，如斧形，刺之于裳也。

【今譯】採了大豆，用筐筥把它盛住。君子來朝，用什麼東西賞賜他們呢？雖然沒有賞賜，但是已經給過路車乘馬了。另外還給有什麼呢？還給過他們以玄袞與黼裳。

觱沸檻泉㊀，言采其芹。君子來朝，言觀其旂㊁。其旂淠淠㊂，鸞聲嘒嘒㊃，載驂載駟㊄，君子所屆㊅。

【今註】㊀觱沸：泉水流出的樣子。觱，音必。檻泉：同濫泉，正湧出之泉水。㊁旂：音旗，旗幟。此字有時作普通的旗字講，有時作特別的旗字講。本章的旂字，是普通意義的。㊂淠淠：音譬，旗幟飄動的樣子。㊃鸞：車馬的鈴。嘒嘒：和諧而合拍的音響。㊄載：語詞。㊅屆：至，到。

【今譯】在湧騰的泉水那邊，可以採取芹菜。在君子來朝的時候，可以看見他們的旗幟。他們的旗幟，淠淠的飄動，鈴聲和諧而合拍。及至看見了兩服兩驂的馬車，君子便到了。

赤芾在股㈠，邪幅在下㈡，彼交匪舒㈢，天子所予。樂只君子㈣，天子命之。樂只君子，福祿申之㈤。

【今註】㈠赤芾：大夫以上者朝服之飾，以韋為之，用以蔽膝，故曰在股。芾，音費。㈡邪幅：膝之下部，用布斜纏至足，故曰在足。有似於今日之「裹腿」。㈢彼交匪舒：交，結也，束纏也。紓，鬆弛也。即言把裹腿打得緊綳綳的，不敢鬆鬆拉拉的。㈣只：語詞。㈤申：重也，再也。

【今譯】赤芾蔽於膝股，布幅斜纏著下腿，束紮得緊緊整整的，不敢有一點鬆懈，因為這些飾物，是天子所賞賜的。和樂的君子，是天子所命令的。和樂的君子，承受了多多的福祿。

維柞之枝㈠，其葉蓬蓬㈡。樂只君子，殿天子之邦㈢。樂只君子，萬福攸同㈣。平平左右㈤，亦是率從㈥。

【今註】㈠柞：音昨，櫟樹。㈡蓬蓬：茂盛的樣子。㈢殿：鎮守，安定。㈣同：集聚。㈤平平：平章，辦理事務有才幹。㈥率從：循規蹈矩，恪盡職責。

【今譯】柞樹的枝葉，很是茂盛。和樂的君子，能夠鎮守天子的邦國。和樂的君子，為萬福之所同聚。他的左右的幹部，也都有治事的才具，恪盡職責。

汎汎楊舟㊀，紼纚維之㊁。樂只君子。天子葵之㊂。樂只君子，福祿膍之㊃。優哉游哉，亦是戾矣㊄。

【今註】㊀汎汎：飄浮的樣子。㊁紼：音弗，麻製之繩。纚：竹製之繩索。維：結繫。㊂葵：節制。㊃膍：音皮，優厚，優待。㊄戾：極也，至矣盡矣。

【今譯】那飄浮的楊舟，有紼纚來維繫。和樂的君子，有天子來節制。和樂的君子，有優厚的福祿。優哉游哉，可算是極人世之幸福了。

(九)角弓

這是勸王者宜遠小人親兄弟之詩。

騂騂角弓㊀，翩其反矣㊁。兄弟昏姻，無胥遠矣㊂。

【今註】㊀騂騂：音形，弓調利的樣子。角弓：以角飾弓也。㊁翩：反的樣子。弓之為物，張之則內向而來，弛之則外反而去。㊂胥：相也。

【今譯】調利的角弓，鬆弛則反張，所以必須撐緊。兄弟婚姻，相疏遠則離散，所以必須親睦。

爾之遠矣，民胥然矣。爾之教矣，民胥傚矣。

【今譯】在上者是人民模倣的準則，你如果疏遠了兄弟婚姻的關係，那麼，人民模倣你的行為，也就疏遠了他們的兄弟婚姻的關係了。反之，你如果能拿出示範作用，親睦了你的兄弟婚姻的關係，那麼，人民們也就倣效你而親睦了他們的兄弟婚姻的關係了。

此令兄弟㈠，綽綽有裕。不令兄弟，交相為瘉㈡。

【今註】㈠令：善也。㈡瘉：病也，互相殘害也。

【今譯】這一對模範兄弟，感情融洽，相處得寬寬容容。那一些不良的兄弟，互相殘害，彼此不能相容。

民之無良，相怨一方㈠，受爵不讓㈡，至于己斯亡㈢。

【今註】㈠一方：對方。㈡爵：爵祿。㈢至于己斯亡：亡，忘記也。言人平常互相責怨對方，但是遇有爵祿之事，便爭奪不相讓，把自己平常所責怨對方的一些大道理，都完全忘記了。

【今譯】人們都失掉了良心，彼此互相責怨，平常所責怨于對方的一些大道理，一旦遇有爵祿之事，便爭先恐後，把自己所講的一切，都完全忘記了。

老馬反為駒，不顧其後。如食宜饇㈠，如酌孔取㈡。

【今註】㈠饇：音豫，飽也。㈡孔取：取之過多。

【今譯】老馬已經是年衰力疲了，而反自以為駒，還是逞強好爭，全不考慮不勝其任的後果如何。譬如吃飯一樣，吃飽便好；又譬如喝酒一樣，不應當飲之過多。凡事以知足為宜。

毋教猱升木㈠，如塗塗附㈡。君子有徽猷㈢，小人與屬㈣。

【今註】㈠猱：音柔，獼猴也。㈡如塗塗附：上一塗字，作名詞用，泥也。下一塗字作動詞用，塗抹某物於物體之上。附：表層。㈢徽：美也。㈣屬：附也。

【今譯】人之性善於倣效，就好比獼猴上樹一樣，不待教而即能；又好比以泥塗物一樣，一塗便附著於物上。君子如有美德，一般老百姓們便隨之而向善了。

雨雪瀌瀌㈠，見晛曰消㈡。莫肯下遺㈢，式居婁驕㈣。

【今註】㈠雨雪：落雪。雨作動詞用。瀌瀌：音標，盛大的樣子。㈡晛：音現，日氣，曰：語詞。㈢下：自下，謙卑。遺：讀隧，謙退。㈣式：語詞。婁：音屢，常常的。

【今譯】下得很濃厚的大雪，一見了日氣，便消化了。可見無論什麼東西，都怕陽光。只有那不肯虛心謙卑的人，才自滿自驕，見不到真理之光，才致於亂亡。

雨雪浮浮㈠，見晛曰流。如蠻如髦㈡，我是用憂。

【今註】㈠浮浮：盛飄的樣子。㈡蠻：南蠻。髦：長髮的南夷，言其未受禮義之教，不明道理。

【今譯】大雪紛飛，一見了日氣，便融流了。可見無論什麼東西都怕陽光。由於人們都像那蠻夷之人一樣，不肯接受真理，所以我才發愁了。

㈩菀　柳

這是以枯柳之不可止息喻王朝不可依倚之詩。

有菀者柳㈠，不尚息焉。上帝甚蹈㈡，無自暱焉㈢。俾予靖之㈣，後予極焉㈤。

【今註】㈠菀：音苑，茂盛的樣子。㈡蹈：動也，變動也，反覆無常性也。㈢暱：接近。㈣靖：治其事也。㈤極：同殛，放逐也。此章以上帝甚蹈，寓君王之反覆無常。

【今譯】那茂盛的柳樹下面，豈不可以休息嗎？那上帝反覆無常，不要自己去接近他。他叫我去治其事，日後反要把我放逐了。

有菀者柳，不尚愒焉㊀。上帝甚蹈，無自瘵焉㊁。俾予靖之，後予邁㊂兮。

【今註】㊀愒：音氣，休息。㊁瘵：音債，病也。㊂邁：放逐，疏遠。

【今譯】那茂盛的柳樹下面，豈不可以愒息嗎？那上帝反覆無常，不要自己去找苦頭。他叫我去辦其事，事後反要把我趕走了。

有鳥高飛，亦傅于天㊀。彼人之心，于何其臻㊁，曷予靖之，居以凶矜㊂？

【今註】㊀傅：至也。㊁臻：至也。㊂矜：凶禍。

【今譯】高高飛行的鳥，也不過飛到天上而已。那一個反覆無常的人，真不知道他的心會變到什麼樣子。為什麼叫我去辦事情，反而處我于凶禍之地呢？

八、都人士之什

(一) 都人士

這是舊都人士於東遷亂離之後，懷念舊都之詩。

彼都人士(一)，狐裘黃黃。其容不改，出言有章。行歸于周(二)，萬民所望(三)。

【今註】(一)彼都：指西周舊都之鎬京。(二)周：舊都。(三)望：盼望。

【今譯】那舊都的人士，穿著黃黃的狐裘，他們的容止，都很正常，他們的言談，都很文雅。趕快回到舊都吧，那是成千成萬的人們所盼望的。

彼都人士，臺笠緇撮(一)，彼君子女，綢直如髮(二)。我不見兮，我心不說(三)。

【今註】(一)臺笠：臺：夫須也，即莎草。臺笠者，以夫須草所製之笠帽也。緇撮：緇，音茲。撮，音錯。緇布之冠也。冠小僅可撮其髻，故曰緇撮。(二)綢直如髮：言其髮之美，如綢而直也。(三)說：同悅。

【今譯】 舊都的人士，帶著夫須製的笠帽，戴著黑色的布冠。舊都的女子，頭髮之美，好像綢子一樣的柔細而且直。可惜我已經多時沒有看見了，我的心真是難過啊！

彼都人士，充耳琇實㊀。彼君子女，謂之尹吉㊁。我不見兮，我心苑結㊂。

【今註】 ㊀充耳：以玉塞耳也。琇：音秀，美石也。實：塞於耳也。㊁尹：尹氏，周之舊姻之姓也。吉：讀姞，亦周之舊姻之姓也。㊂苑結：即鬱結，心中不暢快也。

【今譯】 舊都的人士，以琇玉塞於耳上。貴家的女子，有名的是尹氏姞氏。可惜我已經多時沒有看見了，我的心鬱悶的很啊！

彼都人士，垂帶而厲㊀。彼君子女，卷髮如蠆㊁。我不見兮，言從之邁㊂。

【今註】 ㊀厲：裂帛也。㊁蠆：音差，螫人之蟲，行時即曲舉其尾。㊂邁：行也。

【今譯】 舊都的人士，垂著帛製的大帶。貴家的女子，頭髮捲著好像曲舉其尾的蠆蟲一樣。可惜多時我已經沒有看見了，如果能看見，我就要跟著她走了。

匪伊垂之，帶則有餘。匪伊卷之，髮則有旟㈠。我不見兮，云何盱矣㈡。

【今註】㈠旟：揚起也。㈡盱：音吁，張目遠望也。

【今譯】她的帶子，不是故意下垂的，乃是自然的有餘。她的頭髮，不是故意捲曲的，乃是自然的揚起。可惜我已經多時不能看見了，叫我如何能不張目遠望呢？

㈡采　綠

這是婦人思其丈夫之詩。

終朝采綠㈠，不盈一匊㈡。予髮曲局，薄言歸沐㈢。

【今註】㈠終朝：自旦至食時，曰終朝。綠：王芻也，易得之菜也。㈡盈：滿也。匊：兩手曰匊，因思其君子，無心采綠，故不盈一匊也。㈢薄、言：皆語詞。

【今譯】採了一大早晨的綠菜，沒有採滿一捧。糟了，我的頭髮亂蓬蓬的，趕快回家洗一下子吧，好等著我的好人歸來。

終朝采藍㈠，不盈一襜㈡。五日為期，六日不詹㈢。

【今註】㈠藍：染色之植物也。㈡襜：音詹，農婦到田中採物，常將衣之下部折起，以手提之，或以帶繫於腰部，形成一個包形，可以盛物，就是襜。㈢詹：音占，同瞻，見也。

【今譯】採了一大早晨的藍草，沒有採滿一襜。他臨走的時候，說是五天就可以回來，怎麼已經六天了還不見回來？

之子于狩，言韔其弓㈠。之子于釣，言綸之繩㈡。

【今註】此章乃婦人思其君子歸來後，相與共同生活之構想。

㈠言：語詞。韔：音暢，盛弓之囊也。㈡綸：作動詞用，結繩也。

【今譯】君子若是打獵，我就為你盛弓。君子若是釣魚，我就為你結繩。

其釣維何？維魴及鱮㈠。維魴及鱮，薄言觀者㈡。

【今註】㈠魴：音房，扁身細鱗，又名鯿魚。鱮：音敘，即鰱魚。㈡薄言二字，皆語詞。觀：多也。

【今譯】他釣些什麼魚呢？有魴魚，有鰱魚，釣了很多很多。我要去看一看。

㈢黍　苗

這是讚美召穆公營建謝邑成功之詩。

芃芃黍苗㈠，陰雨膏之㈡。悠悠南行㈢，召伯勞之㈣。

【今註】㈠芃芃：音彭，長大的樣子。㈡膏：潤澤也，作動詞用。㈢悠悠：遠行也。㈣召伯：召穆公虎也。勞：慰勞。

【今譯】盛大的黍苗，有陰雨加以潤澤。悠遠的南行，有召伯予以慰勞。

我任我輦㈠，我車我牛。我行既集㈡，蓋云歸哉㈢。

【今註】㈠任：以肩負物。輦：音撚，以人挽車。㈡行：役事工作。集：工作完成。㈢蓋：語詞。

【今譯】營建工作，積極進行，我們又是背負，又是手挽，又是車運，又是牛拉，所以任務便很快的完成了。任務既經完成，我們大概就可以回家了。

我徒我御㈠，我師我旅㈡，我行既集，蓋云歸處。

【今註】此章言動員人力之眾。

㈠徒：徒步而行者。御：駕車。㈡師、旅：乃工作進行時之編制，五百人是一個旅，五個旅是一個師。

【今譯】我們有步行的，有駕車的，參加工作的人，加以編制，有成師成旅之多。所以我們的任務，很快的便完成了。任務既然完成，大概就可以回家安居了。

肅肅謝功㊀，召伯營之。烈烈征師，召伯成之。

【今註】㊀肅肅：急遽的積極的樣子。謝：地名，在今河南省信陽縣。

【今譯】在謝邑積極進行的工作，是召伯所經營的。浩浩蕩蕩的勞動陣容，是召伯所組成的。

原隰既平㊀，泉流既清，召伯有成，王心則寧㊁。

【今註】㊀原隰：高平曰原，低濕曰隰。平：平治。㊁王：指周宣王。

【今譯】原隰都已經平治了，泉流也都導清了，召伯完成了謝邑興建的工作，於是乎宣王之心因之而安寧了。

㈣隰　桑

這是男女在桑間幽會之詩。

隰桑有阿㈠，其葉有難㈡。既見君子，其樂如何。

【今註】㈠阿：美盛的樣子。有阿，即阿然也。㈡有難：即有儺，讀那，即有那，長美的樣子。阿儺二字連用，與「阿那」、「阿儺」、「阿難」、「猗那」，都是形容物之柔美者。此章則分用，故日有阿、有難，其實同一意義也。

【今譯】隰地的桑樹，多麼柔美啊！它的葉子多麼茂盛啊！既經見了君子，真是無法形容的快樂啊！

隰桑有阿，其葉有沃㈠。既見君子，云何不樂。

【今註】㈠沃：光澤而肥美的，有沃，即沃然也。

【今譯】隰地的桑樹，多麼柔美啊！它的葉子多麼光澤啊！既經見了君子，怎麼樣能不快樂啊！

隰桑有阿，其葉有幽㈠。既見君子，德音孔膠㈡。

【今註】㈠幽：讀蔞，茂盛的樣子。㈡德音孔膠：德音：感情，愛情。孔：極也。膠：融合，結合，堅實。

【今譯】隰地的桑樹，多麼柔美啊！它的葉子多麼茂盛啊！既經見了君子，我們的愛情便極其凝固了。

心乎愛矣，遐不謂矣㈠？中心藏之，何日忘之。

【今註】㈠遐不：何不也。

【今譯】我的心深深的愛上了他，為什麼不明明白白告訴他說呢？滿心的愛，藏在心窩裏，什麼時候會能忘掉呢？

㈤白華

這是女子怨男人無良心之詩。

白華菅兮㈠，白茅束兮。之子之遠㈡，俾我獨兮㈢。

【今註】㈠白華：野麻，漬之使柔韌，其纖維可以織布。菅：音奸，白華漚之成為菅，可作刷子或織屨之用。㈡遠：遠離。㈢俾：使也。

【今譯】白華浸之而成菅了，還有白茅把它束起來，可見草木尚相依而相成，何況我們是夫婦？現在你遠遠的離開我了，使我成為一個孤獨的人了！

英英白雲㈠，露彼菅茅㈡。天步艱難㈢，之子不猶㈣。

【今註】㈠英英：雲盛的樣子，雲氣上升的樣子，同泱泱。㈡露：作動詞用，潤澤之也。㈢天步：命道，時運。㈣猶：如也，勝也。

【今譯】英英的白雲，尚能潤澤那些菅茅。我的命運太艱苦了，遇見了你，你簡直連那白雲還不勝。

滮池北流㈠，浸彼稻田㈡。嘯歌傷懷㈢，念彼碩人㈣。

【今註】㈠滮池：滮，音拋，水名，豐水在西，鄗水在東，滮水在鄗西，正在豐鎬之間，水皆北流。㈡浸：灌溉也。㈢嘯歌：長歎而歌。㈣碩人：指其丈夫。

【今譯】滮水向北而流，灌溉了那些稻田，可見稻田還有滮池的浸潤。而我呢？霑不到一點的浸潤。想起碩人，使我不由得悲歌傷懷！

樵彼桑薪㈠，卬烘于煁㈡。維彼碩人，實勞我心！

【今註】㈠樵：採樵。桑薪：桑之善者。㈡卬：音昂，我也。烘：燒。煁：音忱，無釜之竈，可燎而不可烹飪。

【今譯】採到了桑薪，而燒之於無釜之竈，不可以烹飪，多麼可惜啊！就好比我滿心的熱情，而遇到了無情的你！想起碩人，實在使我傷心啊！

鼓鐘于宮，聲聞于外。念子懆懆㊀，視我邁邁㊁。

【今註】㊀懆懆：音草，憂傷的樣子。㊁視：同示，表示。邁邁：遠而離之。

【今譯】在房子裏面擊鐘，鐘聲就傳聞於外面。我在家裏面想念你，想得愁懆長歎，而你呢？卻表示著冷淡疏遠，好像是不聞不知似的。

有鶖在梁㊀，有鶴在林㊁。維彼碩人，實勞我心！

【今註】㊀鶖：音秋，禿鶖也。梁：魚梁也。鶖鶴皆以魚為食，然鶖為惡鳥。㊁鶴為善鳥，今鶖在魚梁，可以得魚而飽食，鶴反而在林中無魚之地，無魚可食，則飢矣。這是比喻淑女之被棄，而其夫別有新歡也。

【今譯】鶖在魚梁，得魚而食則常飽；鶴在林中，無魚可食則常餓。想起碩人，實在使我傷心啊！

鴛鴦在梁，戢其左翼㊀。之子無良，二三其德。

【今註】㊀戢：斂也。

【今譯】成對的鴛鴦，他們各自斂其左翼，以便於互相偎依。你太沒有良心了，對於我，竟然如此之三心二意！

有扁斯石㊀，履之卑兮。之子之遠，俾我疷兮㊁。

【今註】㊀扁：低卑的。㊁疷：音底，病也。

【今譯】履足於扁低的石頭之上，履之者，也就卑了。你現在遠棄了我，而另結新歡，豈不是自履於扁石之上嗎？你也跟著低卑了。想起了你，實在使我病痛啊！

㈥緜蠻

這是行役者感激帥臣優待之詩。

緜蠻黃鳥㊀，止于丘阿㊁。道之云遠，我勞如何。飲之食之，教之誨之。命彼後車㊂，謂之載之㊃。

【今註】㊀緜蠻：文采縟密的樣子。㊁阿：曲阿也。㊂後車：副車也。㊃謂：告也。

【今譯】文采縟密的黃鳥，棲息于丘曲之處，我奉命行役，道路很是遙遠，我是多麼勞苦啊！幸而領隊的人，很是慈祥，一路之上，他賜我以飲食，給我以教誨，當我走不動的時候，他又叫我坐在後邊的副車上。

緜蠻黃鳥，止于丘隅。豈敢憚行？畏不能趨㊀。飲之食之，教之誨之。命彼後車，謂之載之。

【今註】㊀趨：奔跑。憚：害怕。

【今譯】那文采縟密的黃鳥，棲止於丘隅之處。我豈敢憚於行役？怕的是跑不快啊。幸而領隊的人，很是慈祥，一路之上，他賜我以飲食，又給我以教誨，當我走不動的時候，他又叫我坐在後邊的副車上。

緜蠻黃鳥，止于丘側。豈敢憚行？畏不能極㊀。飲之食之。教之誨之。命彼後車，謂之載之。

【今註】㊀極：目的地，最後之目標。

【今譯】那文采縟密的黃鳥，棲息于丘側之處。我豈敢憚于行役？怕的是走不到目的地。幸而領隊的人，很是慈祥，一路之上，他賜我以飲食，給我以教誨，當我走不動的時候，他又叫我坐在後邊的副車上。

(七)瓠　葉

這是燕飲之詩。

幡幡瓠葉㈠，采之亨之㈡。君子有酒，酌言嘗之㈢。

【今註】㈠幡幡：音番，飄動的樣子。瓠：音ㄏㄨˋ，蔬類植物。㈡亨：同烹。㈢言：語詞。

【今譯】飄動的瓠葉，可以採而烹之，以為佐酒之用。君子有酒，酌一杯嘗嘗吧。

有兔斯首㈠，炮之燔之㈡。君子有酒，酌言獻之㈢。

【今註】㈠斯：語詞。首：一頭兔子。㈡炮：音庖，帶皮毛以泥塗之，而後燒之。燔：音番，以火燒之。㈢獻：主人敬客人之酒也。

【今譯】把兔子一頭，用泥塗裹之後，連毛帶皮而燒之，其味甚美。君子有酒，酌一杯敬客吧。

有兔斯首，燔之炙之㈠。君子有酒，酌言酢之㈡。

【今註】㈠炙：音隻，烤也。㈡酢：音作，客人以酒回敬主人。

【今譯】把兔子一頭，用火烤之，其味甚美。君子有酒，酌一杯來回敬主人吧。

有兔斯首，燔之炮之。君子有酒，酌言醻之㈠。

【今註】㈠醻：音酬，主人又以酒敬客人也。

【今譯】把兔子一頭，用泥裹之，連毛帶皮而燒之，其味甚美。君子有酒，再酌一杯敬敬客人吧。

㈧漸漸之石

這是東征之士怨行役之苦也。

漸漸之石㈠，維其高矣。山川悠遠，維其勞矣。武人東征，不皇朝矣㈡。

【今註】㈠漸漸：同嶄嶄，高峻的樣子。㈡不皇：同不遑，即不暇。朝：音招（ㄓㄠ），早晨。

【今譯】漸漸的石山，真是高峻啊，悠遠的山川跋涉，真是勞苦啊，武人奉命東征，沒有一朝的閒暇啊。

漸漸之石，維其卒矣㈠。山川悠遠，曷其沒矣㈡。武人東征，不皇出矣㈢。

【今註】㈠卒：讀崔，即崔巍，高峻的樣子。㈡沒：盡頭。㈢出：脫出。

【今譯】漸漸的石山，真是高峻啊，悠遠的山川跋涉，什麼時候才是盡頭啊，武人奉命東征，不要想能夠退脫啊。

有豕白蹢㈠，烝涉波矣㈡。月離于畢㈢。俾滂沱矣㈣。武人東征，不皇他矣。

【今註】㈠白蹢：蹢，蹄也。平常豬在欄中，蹄子經常在泥中浸漬，故成為黑色，現在涉水了，所以露出白蹄子了。㈡烝：眾也。涉波：渡水也。㈢月離于畢：離，同罹，遭也。畢：星名。月罹于畢星，乃是下大雨之兆。㈣滂沱：大雨。

【今譯】豬兒都露出了白蹄子，是因為牠們涉水了。月兒罹于畢星，乃是大雨的徵兆。唉，武人奉命東征，還顧它什麼大雨不大雨呢？

㈨苕之華

這是傷歎周室衰亂，人民飢餓之詩。

苕之華㈠，芸其黃矣㈡。心之憂矣，維其傷矣。

【今註】㊀苕：音條，陵苕也，即紫葳，蔓生，附于喬木之上，其花黃赤色，亦名凌霄。詩人自以身逢周室之衰，如苕附物而生，不免凋謝，故以為比，而自言其心之憂傷也。㊁芸：極黃而將趨於凋謝也。

【今譯】陵苕之花，芸然而黃了，我看見王室的凋零，內心的憂愁，真是傷痛啊！

苕之華，其葉青青。知我如此，不如無生！

【今譯】陵苕之花，它的葉子青青而茂盛。早知道我現在如此之苦痛，真不如根本不生我才好啊！

牂羊墳首㊀，三星在罶㊁，人可以食，鮮可以飽。

【今註】㊀牂羊：牂，音臧，牝羊也。墳首：大頭也，羊瘦則身細，故只顯其頭大也。㊁罶：音留，捕魚之笱器也，笱中只映照三星之光，言已無魚也。

【今譯】飢饉之世，羊也瘦了，只顯其頭大；魚也被吃光了，笱中已無魚，只映出三星之光了。人們即使勉強有點東西吃，也很少能夠吃飽的。

㈩何草不黃

這是行役者怨傷之詩。

何草不黃㈠？何日不行？何人不將㈡？經營四方㈢。

【今註】㈠黃：草木敗落而黃也。㈡將：行役。㈢經營：勞碌奔波。不是經濟意味之經營。

【今譯】那些草不終於黃落？那些天不是在行進？那個人不是在從征？大家都是碌碌忙忙，奔波於四方。

何草不玄㈠？何人不矜㈡？哀我征夫，獨為匪民㈢？

【今註】㈠玄：黑色。㈡矜：同鰥，無妻室之單身漢也。雖本來有妻室之人，因為從征，不得歸家，所以也等於是單身漢了。㈢民：人也。詩書上有許多「民」字，都是指「人類」的人，而不是「民眾」的民。

【今譯】那些草不是變成黑色了？那些人不是變成光桿了？可悲哀的很啊，難道我們這些征夫們就不是人嗎？

匪兕匪虎，率彼曠野，哀我征夫，朝夕不暇。

【今譯】我們既不是兕獸，又不是老虎，為什麼天天奔跑於曠野之中？可哀哉，我們這些征夫從早到晚沒有片刻休息的空暇啊！

有芃者狐㈠，率彼幽草㈡。有棧之車㈢，行彼周道㈣。

【今註】㈠芃：音蓬，茂盛的樣子。㈡幽草：深草。㈢有棧：棧，車高的樣子。有棧，即棧然也。㈣周道：大路也。

【今譯】那肥大的狐，往來于深草之中，那高大的車，行走於大道之上，我們這些征夫，和野狐是相差不多的了。

參、大雅

大雅所以異於小雅者為何？朱夫子謂：「小雅者，燕饗之樂；大雅者，朝會之樂，受釐陳戒之辭。」章俊卿謂：「風體語皆重複淺近，婦人女子能道之。雅則士君子為之也。小雅非復風之體，然亦間有重複，未至渾厚大醇。大雅則渾厚大醇矣。」這是小雅與大雅簡單的區別，然而亦未可盡以為標準也。與其迷亂於表面形式之區別，不如直接讀詩也。

一、文王之什

(一)文　王

這是追述文王之德與天命之不易以戒嗣君也。

文王在上，於昭于天㊀。周雖舊邦㊁，其命維新㊂。有周不顯㊃，帝命不時㊄。文王陟降㊅。在帝左右。

【今註】 ㊀於：音烏，歎詞。昭：明也。㊁周雖舊邦：周自后稷始封，至文王之世，已千有餘年，故曰舊邦。㊂其命維新：其受天之命而為天子，則是新近之事。㊃不顯：不，同丕，不顯，即丕顯，大顯也。㊄不時：即丕時，時者是也，丕時者即甚是也。㊅文王陟降：陟，升也。降，下也。言文王之神在天，一升一降，皆在上帝之左右也。此章乃周公追述文王之德，說明周家所以受命而代商者，皆由于此，以戒成王。

【今譯】唉！文王的神靈，昭明於天上，所以我們周朝雖是古老之邦，但是受命而為天子，卻是新近的事。我們周朝真是大顯光采了，上帝的命令，也真是對極了。文王在天上，一升一降，無時不伴在上帝的左右。

亹亹文王㊀，令聞不已㊁。陳錫哉周㊂，侯文王孫子㊃。文王孫子，本支百世㊄。凡周之士㊅，不顯亦世㊆。

【今註】㊀亹亹：音尾，奮勉也，努力於修德行善也。㊁令聞：美好的聲譽也。㊂陳錫：同申錫，重錫，多多賜福也。㊃侯：及於也。㊄本支：本，宗子也。支，庶子也。㊅凡周之士：凡是輔成周室而興的一切賢良之士。㊆不顯：丕顯也。

【今譯】修德行善奮勉精進的文王，他的美好的聲譽，是永遠不已的。上帝於是乃賜周室以多福，以及於文王的孫子。文王的孫子，宗子庶子，百世興旺。不僅此也，凡是輔成周室而興的一切賢良之士，亦無不世世的顯榮。

世之不顯，厥猶翼翼㈠。思皇多士㈡，生此王國。王國克生，維周之楨㈢。濟濟多士㈣，文王以寧。

【今註】㈠翼翼：敬謹從事，不敢怠荒。㈡思：語詞。皇：美大的。㈢楨：周家的棟樑。㈣濟濟：美而眾也。

【今譯】這些賢良之士，雖然是世世顯榮了，但是他們仍然是小心翼翼，敬謹從事，絲毫不敢怠荒。美哉多士，都產生於這一個王國之內。王國能夠產生這麼多的人才，就成為周室的棟樑。有了這些濟濟的多士，所以文王賴以安寧。

穆穆文王㈠，於緝熙敬止㈡。假哉天命㈢，有商孫子。商之孫子，其麗不億㈣。上帝既命，侯于周服㈤。

【今註】㈠穆穆：同亹亹，同勉勉，同勿勿，皆奮勉之意。㈡於：音烏，歎詞。緝：持續。熙：廣大，發揚。止：語詞。㈢假哉王命：大哉天命。㈣麗：數目也。㈤侯：維也，乃也。

【今譯】唉！奮勉精進的文王，能夠持續並廣大其恭敬之德，所以偉大的天命，就使他臣有商家的孫子。商家的孫子，為數不止千千萬萬，但是因為商君失德，所以上帝降下命令，使他們臣服于周。

侯服于周，天命靡常。殷士膚敏㈠，祼將于京㈡。厥作祼將㈢，常服黼冔㈣。王之藎臣㈤，無念爾祖㈥。

【今註】㈠膚：美也。敏：捷也。㈡祼：音灌，祭禮也，以鬯酒獻尸，尸受酒而灌於地，以降神也。㈢將：行也，酌而送之也。京：周京也。㈣黼：音匆，黼裳也。冔：音許，殷朝之冠也。㈤藎臣：忠君愛國之臣。㈥無念爾祖：要時時體念你們祖先文王之德。

【今譯】商朝昔為天下之王，而今日其子孫乃臣服于周，可見天命是沒有一定的，有德則天命之，失德則天棄之。殷朝的故臣，美偉而且敏捷，到周京來助祭，行禮之時，仍然穿戴他們商朝的冠服，周室亦不加禁止。看到天命的轉移與商周的興替，各位忠君愛國的臣士，豈可以不念你們的祖先文王之德嗎？

無念爾祖，聿修厥德。永言配命，自求多福㈠。殷之未喪師㈡，克配上帝。宜鑒于殷㈢，駿命不易㈣。

【今註】㈠聿：發語詞。言：語助詞。㈡師：眾也，民心也。㈢鑒：鏡也，一面鏡子，以殷朝的亡國為鏡子而自我省悟。㈣駿命：大命，天命也。

【今譯】要時時深念爾祖文王之德，要修明自己的德行，要以自己的德行，與天命相配合，以自求諸般的福祿。當殷朝沒有喪失民心的時候，他的行為，足以與天命相配。一旦其行為不能與天命相配，便失了民心，也就亡了國家了。殷朝就是一面最好的鏡子。承受天命，實在是太不容易啊！

命之不易，無遏爾躬㈠。宣昭義問㈡，有虞殷自天㈢。上天之載，㈣無聲無臭。儀刑文王㈤，萬邦作孚。

【今註】㈠遏：絕也。㈡宣昭義問：宣，布也。昭，明也。義，善也。問，同聞，聲譽也。㈢虞：儆惕也，有虞，即虞然，即惕然也。㈣載：行事。㈤儀刑：即儀型，即以文王之敬德為法度為典型為榜樣也。㈥作孚：起而信之也。

【今譯】承受上天之命，實在是不容易啊，不要自絕天命於你之身。你要宣揚昭明你的美好的聲譽，常常惕然於殷之所以亡是由於天命之不予。上天的行事，既無聲，又無味，不可以預測，只有以文王的謹敬奮勉修德行善為儀型為法則，那麼，天下萬邦就自然羣起而信孚於你了。

㈡大　明

這是敘述文王敬天修德及武王克商之歷史經過。

明明在下㈠，赫赫在上㈡。天難忱斯㈢，不易維王。天位殷適㈣，

使不挾四方㊄。

【今註】㊀明明在下：言文王之德也。㊁赫赫在上：言天命之顯也。㊂忱：信，仗恃。斯：語詞。㊃天位殷適：適，往也，去也，離去也，失去也，言天子之位慢慢的從殷室那裏離去了，轉移了，失掉了。㊄挾：持也，持有，保有也。

【今譯】文王的明德，表現於下；上天的命令，顯示於上，有明德，才有顯命。上天是難於完全仗恃的，全在自己的表現，所以最不容易當的，就是天子。天子之位，從殷家那邊慢慢的轉移了，所以使得他們不能保持四方的國家。

摯仲氏任㊀，自彼殷商，來嫁于周，曰嬪于京㊁，乃及王季㊂，維德之行。大任有身㊃，生此文王。

【今註】㊀摯：音至，國名，在殷畿內。任：姓也。仲氏：中女也。㊁嬪：婦也。㊂王季：大王之子，文王之父，大任即嫁於王季也。㊃有身：有孕也。

【今譯】摯國任氏的中女，從殷國畿內，來嫁于周，為婦於周京。於是協助其夫王季，共行仁義之德。太任有孕，就生下了文王。

維此文王，小心翼翼㈠，昭事上帝㈡，聿懷多福㈢。厥德不回㈣，以受方國㈤。

【今註】㈠翼翼：恭順奮進的樣子。㈡昭：明也。㈢聿：語詞。懷：得來也。㈣回：邪曲也。㈤方國：四方之國也。

【今譯】由於文王能夠小心翼翼，恭慎奮發，以明德事奉上帝，所以就得來了諸般的福祿。文王的德行，純正無邪，所以就承受了四方的國家。

天監在下㈠，有命既集㈡。文王初載，天作之合。在洽之陽㈢，在渭之涘㈣。文王嘉止㈤，大邦有子。

【今註】㈠監：視也。㈡集：就也。㈢洽：水名，水北曰陽。馬瑞辰以為洽即郃，即馮翊之郃陽，在同州河西縣南三里，後改夏陽縣。縣南有莘城，即古之莘國。㈣渭：水名。涘：音四，水邊也。㈤嘉：婚禮。

【今譯】上天看見文王在下面的一切表現，於是就降下大命於文王之身。文王初年，由上天的撮合，在洽水之北，在渭水之邊，有一個大邦的女子，文王非常的愛慕她，就要與她結成婚配。

大邦有子，俔天之妹㊀。文定厥祥㊁，親迎于渭，造舟為梁，不顯其光㊂。

【今註】㊀俔：音欠，譬若也。㊁文定厥祥：言以禮定下了喜事，即訂婚也。㊂不顯：即丕顯，大顯也。

【今譯】大邦的女子，長的像天女一樣的漂亮，於是乎就以禮物定下了喜事，親迎於渭水。造舟為梁，大大的表顯其光彩。

有命自天，命此文王。于周于京，纘女維莘㊀。長子維行㊁，篤生武王。保右命爾，燮伐大商㊂。

【今註】㊀纘：音纂，繼續也。莘：國名，即太姒之母國。㊁長子：太姒乃莘國之長女。行：出嫁。㊂燮：同燮。音協，和也，理其事也。

【今譯】從上天來了顯命，命令文王於周之京。能贊助文王的事業者，就是莘國的女子。她以莘國的長女，來嫁于周，於是就生下了武王。上天保佑他，支助他，使他擔負起討伐大商的任務。

殷商之旅㊀，其會如林。矢于牧野㊁：「維予侯興㊂，上帝臨女㊃，無貳爾心。」

【今註】㊀旅：軍旅，軍隊。㊁矢：誓師也。㊂侯：乃也。㊃女：讀汝，指其所誓告之眾。

【今譯】殷商的軍隊，結集之眾，如密排的樹林一樣。武王乃誓師於牧野，訓示於眾曰：「我乃必然興起的，上帝時時刻刻的看著你們，你們要堅持必勝的信心，勇敢作戰。」

牧野洋洋㊀，檀車煌煌㊁。駟騵彭彭㊂。維師尚父㊃，時維鷹揚㊄，涼彼武王㊅，肆伐大商㊆，會朝清明㊇。

【今註】㊀牧野：作戰之處，在殷都朝歌南七十里。洋洋：廣漠的樣子。㊁檀車：檀木所製之車也。煌煌：鮮明的樣子。㊂駟騵：四匹騵馬也。騵馬，白腹黑尾之赤馬也。騵音原。彭彭：壯盛的樣子。㊃師：太師也。尚父：姜太公也，名望，號尚父。㊄鷹揚：如鷹之揚威也。㊅涼：輔佐也。㊆肆伐：痛伐，猛攻也。㊇會朝：會，及也。朝，早晨也。會朝者，即及朝，比朝，當天早晨也。

【今譯】廣漠的牧野戰場，鮮煌的檀製戰車，壯盛的駟騵戰馬，參謀總長姜太公，發揚起鷹一般的威武，協助武王，猛力的痛擊大商的軍隊，當天的早晨，便把商軍打得大敗，而天下從此清明了。

㈢緜

這是敘述周朝遠祖生活及文明進步的歷程。

緜緜瓜瓞㈠，民之初生㈡，自土沮漆㈢。古公亶父㈣，陶復陶穴㈤，未有家室㈥。

【今註】㈠瓞：音蝶，小瓜也。㈡民：指周人。初生：謂其遠世始祖也。㈢沮漆：二水名。㈣古公亶父：古公，號也，亶父，名也。追稱大王。㈤陶復陶穴：陶，掏也，掘土也。掏其土而為之蓋，曰復。復者，覆也，蓋也。又掏其土而為穴，穴者，窩也。㈥家室：宮室之建築物也。

【今譯】緜緜瓜瓞，是繼繼續續越長越大的在發展。周民的始祖，是從沮漆二水的地區中慢慢發展的。當古公亶父之時，掏土為蓋，掘地為穴，還沒有宮室一類的建築之物。

古公亶父，來朝走馬㈠。率西水滸㈡，至于岐下。爰及姜女㈢，聿來胥宇㈣。

【今註】㈠來朝走馬：朝，音招，早也。來朝，早來也。走馬者，走之疾速也。古公亶父為避狄人之侵，而急速離開邠地，遷居於岐山之下，孟子載有此一故事，謂：「太王居邠，狄人侵之，事之以皮幣珠玉犬馬而不得免，乃屬其耆老而告之曰：『狄人之所欲者，吾土地也。吾聞之也，君子不以其所以養人者害人，二三子何患乎無君？我將去之。』去邠，踰梁山，邑于岐山之下，居焉。邠人曰：『仁人也，不可失也。』從之者如歸市。」㈡率：循，沿著。滸：水邊。㈢姜女，姜姓之女，指太王之妃太姜而言。㈣聿：語詞。胥宇：共居也。

【今譯】古公亶父為避狄人之侵，早早的走馬而離開邠地，沿著西水之岸，到了岐山之下，與姜姓之女，共居於此。

周原膴膴㈠，堇荼如飴㈡。爰始爰謀，爰契我龜㈢，曰止曰時㈣，築室于茲。

【今註】㈠周原：周民生活的平原地區。膴膴：音武，肥沃的樣子。㈡堇：音謹，野菜也。荼：音塗，苦菜也。飴：音ㄧˊ，糖漿也。㈢爰契我龜：契，刻也。以龜之腹殼，刻上許多橢圓形的小孔，以火燒炙之，視其爆裂的紋理，以占卜吉凶。㈣止：停住。時：是也。

【今譯】周民生活的平原地區，土壤非常的肥沃，雖是苦菜，吃起來也好像是糖漿一樣的甜。於是開始計劃，藉龜紋占卜吉凶。占卜的結果，認為可以定居。於是就在這個地方，建造起住宅來了。

迺慰迺止㈠，迺左迺右㈡。迺疆迺理㈢，迺宣迺畝㈣。自西徂東，周爰執事㈤。

【今註】㊀慰：安也，定居也。㊁迺左迺右：分配居住之地也。㊂疆：劃分大的地界。理：細分小的壟畝。㊃宣：開墾。畝：做成耕地。㊄周爰執事：周民於是進行工作也。

【今譯】於是乃定居，乃停息，於是乃分配其或左或右的住居；於是乃區劃大的地界，乃細分小的壟畝；於是乃開墾新地，乃做成耕地；於是乎自西徂東，周民才得以各執其事了。

乃召司空㊀，乃召司徒㊁。俾立室家。其繩則直㊂，縮版以載㊃，作廟翼翼㊄。

【今註】㊀司空：掌營建事務之官。㊁司徒：掌徒役勞動之官。㊂其繩則直：繩所以為直，凡營度位處，皆先以繩正之，既正，則束版而築也。㊃縮：束也。版：夾板也。載：裝進以土也。㊄作廟：營建宮室，以宗廟為先，廄庫為次，居室為後。翼翼：莊嚴平正的樣子。

【今譯】於是命令掌管營建的司空，掌管徒役的司徒，使他們建立宮室。先用繩墨，較正直度，然後束以夾板，裝土成牆。先作宗廟，以莊嚴平正為目標。

捄之陾陾㊀，度之薨薨㊁。築之登登㊂，削屢馮馮㊃。百堵皆興，鼛鼓弗勝㊄。

【今註】㊀捄：音句，盛土於器也。陾陾：音仍，盛土之聲也。㊁度：投土於夾板也。薨薨：投土之聲也。㊂築：用石杵搗板內之土，使堅凝也。登登：搗土之聲也。㊃削：削去也。屢：同僂，牆壁之凸出不直者。馮馮：同砰砰，削牆之聲也。㊄鼛鼓弗勝：鼛，音皐，大鼓也。鼛鼓弗勝者，言百堵並作之各種建築聲音之大，雖鼛鼓之聲，亦不敵其大也。

【今譯】　建造工程一開始，各種的聲音，一齊來了，陾陾的盛土之聲，薨薨的投土之聲，登登的搗土之聲，砰砰的剷牆之聲，百堵的營建，同時進行，工作的噪聲，震耳不停，雖鼛鼓之聲，也敵不過這建築聲音之大。

迺立皐門㊀，皐門有伉㊁。迺立應門㊂，應門將將㊃。迺立冢土㊄，戎醜攸行㊅。

【今註】　㊀皐門：宮外的郭門。㊁有伉：高也，有伉，即伉然也。㊂應門：王宮的正門。㊃將將：音槍，莊嚴的樣子。㊄冢土：祭地神之臺，凡起大事，動大眾，必有事乎社而後出。㊅戎醜：戎狄醜類也。攸行：離去此地也。

【今譯】　於是建立宮外的郭門，郭門建立得很是雄巍；又建立王宮的正門，正門也建立得很是莊嚴。又建立冢土之社臺，以為舉大事，動大眾之用，於是戎狄醜類不敢欺侮而自動離去了。

肆不殄厥慍㊀，亦不隕厥問㊁。柞棫拔矣㊂，行道兌矣㊃，混夷

駾矣㈤，維其喙矣㈥。

【今註】㈠肆：故也。殄：音田，根絕。厥慍，厥問之兩個厥字，皆指混夷而言。混夷從其原始居地離開，當然是要恨怒的，故謂之厥慍。但是周室對他們還是採取和平外交政策，不斷絕來往，故曰不隕厥問。㈡隕：斷絕。問：聘使來往。㈢柞：音昨，櫟樹。棫：音域，白桵樹。㈣兌：通也。㈤混夷：讀如昆夷，孟子有文王事昆夷之故事，可見此一章詩多半指文王之事。駾：音兌，奔竄。㈥喙：音諱，衰困也。

【今譯】周室對於當地的異民族，雖不能根絕其慍怒的心理，但亦不斷絕和他們的問好來往。以後，闢荊棘，斬草萊，交通開了，行道通了，昆夷存在不住，也就奔竄了，日趨于衰困了。

虞芮質厥成㈠，文王蹶厥生㈡。予曰有疏附㈢。予曰有先後㈣。予曰有奔奏㈤。予曰有禦侮㈥。

【今註】此章述文王之善德感人。㈠虞：國名，在今山西解縣。芮：音瑞，國名，在今山西芮城縣。質：質正，請求裁判。成：平也，和也，成立協定也。㈡蹶：感動也。生：性也。㈢予曰：連續有四個「予曰」，皆形容人民受感動之後，而紛紛自動的報奮勇，說是能替文王服務的意思。關於虞芮二國之君爭田的故事，據傳記所載，謂：「虞芮之君，相與爭田，久而不平，乃相與朝周。入其境，則耕者讓畔，行者讓路；入其邑，男女異路，斑白者不提攜；入其朝，士讓為大夫，大夫讓為卿。二國之君，感而相謂曰：「我等小人，不可以履君子之境，乃相讓以其所爭田為閒田，而退。天下聞之而歸者，四十餘國。」有：能也。疏附：疏遠的人來歸附。㊃先後：次序，禮義。㊄奔奏：跑腿，服務。㊅禦侮：抵禦外侮。

【今譯】虞芮二國之君，為了爭田，請求文王為他們作公平的裁判，結果，他們便和好了。文王的德行，感動了人們的心性，大家爭先恐後的要為他服務，要替他奔走，這個說：「我能使疏遠的人來歸附」；那個說：「我能使爭奪的人知禮讓」；這個說：「我能為你奔走服務」；那個說：「我能為你抵禦外侮」。大家都是心悅誠服的想為他效命了。

㈣棫　樸

這是讚美周王德行之美與羣臣之賢。

芃芃棫樸㊀，薪之槱之㊁。濟濟辟王㊂，左右趣之㊃。

【今註】㊀芃芃：音蓬，茂盛的樣子。棫：音域，白桵也。樸：木名，棗樹之一種也。㊁槱：音酉，燎薪以祭天也。古者出征則祭天。㊂濟濟：儀容之美也。辟王：君王也。辟音璧。㊃趣之：趨赴其祭事也。

【今譯】茂盛的棫樸之樹，把它們砍成薪柴，聚而燎之，以祭天而出師。祭祀的時候，君王的儀容，非常之美盛，左右臣屬們都是奔奔忙忙的以助成其事。

濟濟辟王，左右奉璋㈠。奉璋峩峩㈡，髦士攸宜㈢。

【今註】㈠奉：捧也。璋：半珪曰璋，祭祀之禮，王祼以圭瓚，諸臣助之；亞祼以璋瓚，左右奉之。㈡峨峨：音俄，盛壯的樣子。㈢髦士：俊秀之士也。

【今譯】君王的儀容，非常美好，左右諸臣，捧璋以助祭，態度亦甚盛壯，這是優秀的卿士們所勝任裕如的。

淠彼涇舟㈠，烝徒楫之㈡。周王于邁㈢，六師及之㈣。

【今註】㈠淠：音譬，舟行的樣子。㈡烝：眾也。楫：撥水之槳也。㈢邁：出征也。㈣六師：六軍也，天子有六軍。

【今譯】像那泛行於涇水之舟，由眾人撥槳而進一樣，周王出征的時候，由六軍跟隨而行。

倬彼雲漢㈠，為章于天㈡。周王壽考，遐不作人㈢？

【今註】㈠倬：音卓，光明的樣子。雲漢：天河也。㈡章：文彩也。㈢遐：何也。作：作育也。

【今譯】像那光明的雲漢，蔚為天上的文彩一樣，壽考的周王，豈有不作育人才的道理。

追琢其章㈠，金玉其相㈡，勉勉我王，綱紀四方。

【今註】㈠追：雕也。追琢，即雕琢也。玉必經雕琢而後能成紋章。㈡相：本質也。

【今譯】王的文彩，如雕琢似的精美，王的本質，如金玉似的純粹，行健不息勉而又勉的我王，所以能紀綱四方，使天下安定而無亂。

㈤旱　麓

這是敘述周王之德與其祭祀得福之詩。

瞻彼旱麓㈠，榛楛濟濟㈡。豈弟君子㈢，干祿豈弟㈣。

【今註】㈠旱：山名。麓：音鹿，山腳也。㈡榛：木名，似栗而小。楛：音戶，木名，似荊而赤。濟濟：眾多也。㈢豈弟：即愷悌，樂易也。㈣干祿：求福祿也。

【今譯】看那旱山之麓，榛楛濟濟而茂盛。和樂平易的君子，以什麼而求福呢？以他的和樂平易的德行而求福。

瑟彼玉瓚㈠，黃流在中㈡。豈弟君子，福祿攸降㈢。

【今註】㈠瑟：鮮潔的樣子。玉瓚：圭瓚也，祭祼之器，以圭為柄，黃金為勺，青金為外，而朱其中。㈡黃流：酒也。㈢攸：所也。

【今譯】那鮮潔的玉瓚，注酒其中以致祭。樂和的君子，為福祿之所降。

鳶飛戾天，魚躍于淵。豈弟君子，遐不作人？

【今譯】鳶一飛而至于天際，魚一躍而入于深淵，皆有其本然的性能。和樂的君子，豈不有作育人羣領導社會的性能？（此言飛于天是鳶的特長，躍于淵是魚的特長，作育人羣就是愷悌君子的特長。）

清酒既載㈠，騂牡既備㈡。以享以祀㈢，以介景福㈣。

【今註】㈠載：裝進也。㈡騂牡：赤色之雄牲也。㈢享：獻也。㈣介：助成也。景福：大福也。

【今譯】清酒已經注上了，騂牲已經全備了，以獻以祭，以助成大福。

瑟彼柞棫㈠，民所燎矣㈡。豈弟君子，神所勞矣。

【今註】㈠瑟：潔淨的。柞：音昨，櫟木。棫：音域，白桵。㈡民：人也。燎：燔祭皇天及三辰諸神。

【今譯】那乾淨的柞棫，是人們所燔燎以祀神靈的，那愷悌的君子，當然是神靈所要慰勞的了。

莫莫葛藟㈠，施于條枚㈡。豈弟君子，求福不回㈢。

【今註】㈠莫莫：茂盛的樣子。㈡施：音移，延蔓也。條：樹枝。枚：樹幹。㈢不回：不邪也。

【今譯】茂盛的葛藟，蔓延于枝條樹幹之上。和樂的君子，以正道而求多福。

㈥思齊

這是敘述文王敬慎和穆德行完美故能造就人才。

思齊大任㈠，文王之母。思媚周姜㈡，京室之婦。大姒嗣徽音㈢，則百斯男㈣。

【今註】㈠思：語詞。大任：大音太，大任乃王季之妻，文王之母。齊：莊敬的，聰敏的。㈡媚：柔順的，可愛的，作形容詞用。周姜：太王之妃，文王之祖母也。㈢大姒：文王之妃。嗣：繼承。徽：美也。音：聲譽。㈣百斯男：舉成數以言其多也。

【今譯】莊敬的大任，乃文王的母親，因為她能孝順周姜，所以成為王室之婦。到了大姒，又能繼承其美好的聲譽，而有百男之多。可見文王上有聖母下有賢妃之足以成其德也。

惠于宗公㈠，神罔時怨㈡，神罔時恫㈢。刑于寡妻㈣，至于兄弟，以御于家邦㈤。

【今註】㈠惠：順也。宗公：先公也。㈡時：同是，因而。㈢恫：音通，痛也。㈣刑：同型，典型也，儀法也。寡妻：妻也，寡小君也。㈤御：讀亞，普及，徧及，推而廣之至於家邦也。

【今譯】文王能夠順于先公，所以神也不怨，神也不痛。文王之德行，足以示範於寡妻，至于兄弟，推而廣之以至于整個的家邦。

雝雝在宮㈠，肅肅在廟㈡。不顯亦臨㈢，無射亦保㈣。

【今註】㈠雝雝：和悅也。宮：閨門之內。㈡肅肅：恭敬也。廟：宗廟。㈢不顯：幽闇也，人所不見也。臨：如臨大事也。㈣無射：射，音移，厭也。無射，即不厭，即快樂之時。保：保持常態也。此兩句，言其戒慎恐懼，不愧屋漏。

【今譯】文王平居在宮門之內，則雝雝而和悅；有事在宗廟之中，則肅肅而恭敬。在闇獨之處，亦極其端莊，如對神明似的；在歡樂之時，亦極能節制而保持常態。可見文王緝熙敬止之德行修養了。

肆戎疾不殄㈠，烈假不瑕㈡。不聞亦式㈢，不諫亦入㈣。

【今註】㈠肆：故而，所以。戎：凶也。疾：患難也。不殄：不至於滅絕也。㈡烈：功烈。假：大也。瑕：音霞，疵也，過失。㈢不聞亦式：處其所未聞之事，能夠謹慎考慮，故亦能合乎法度。㈣不諫亦入：臨其所不諫之局，能夠莊敬惕厲，故亦能入于至善。文王的修養，全部是一「敬」字。

【今譯】文王有此莊敬之修養，所以患難雖凶，而不至殄滅；功業雖大，而不有瑕疵；處事雖非其前聞，而亦能合乎法度；臨機雖無人諫言，而亦能入于至善。

肆成人有德㈠，小子有造㈡。古之人無斁㈢，譽髦斯士㈣。

【今註】㈠成人：成年之人。㈡小子：未成年之人。造：成就也。㈢無斁：斁：音亦，厭也，無斁者，進德修業而無厭倦，即所謂純亦不已也。㈣譽髦斯士：使斯士皆成俊秀而有令譽也。此章言文王之德行感人，具有極大之影響力。古之人：指文王。

【今譯】文王之德，如此之美盛，所以成年的人，受其感化而有德行；未成年的人，受其風教而有成就。文王之自強不息，使士人們皆成為俊秀而有令譽。

(七) 皇　矣

這是敘述太王太伯王季之德及文王伐密伐崇之事。

皇矣上帝㈠，臨下有赫。監觀四方，求民之莫㈡。維此二國㈢，其政不獲㈣。維彼四國㈤，爰究爰度㈥。上帝耆之㈦，憎其式廓㈧。乃眷西顧㈨，此維與宅㈩。

【今註】㈠皇：大也。㈡莫：安定。㈢二國：指夏商而言。㈣不獲：失道也。㈤四國：四方之國。㈥究：考慮。度：審度。㈦耆：音物，厭惡也。㈧式：語詞。廓：大也，縱侈也。㈨眷：愛也，惠也，眷然，惠然也。西顧：指周也，因其在西方也。㈩宅：居也。

【今譯】偉大哉上帝，把下面的情形，看得很明白。觀察四方，以求下民之安定。夏商二國的政治，已經是失道而不得民心，所以又求於四方之國，審度考慮，尋謀適當的人選。審度的結果，上帝都厭棄他們，憎厭他們的淫侈。於是惠然而西顧，眷意於周室，遂以岐周之地，為太王的居地。

作之屏之㈠，其菑其翳㈡。修之平之㈢，其灌其栵㈣。啟之辟之㈤，其檉其椐㈥。攘之剔之㈦，其檿其柘㈧。帝遷明德㈨，串夷載路㈩。天立厥配㈠，受命既固㈡。

【今註】㊀作：讀槎，斫伐也。屏：除去也。㊁菑：音淄（ㄗ），木已枯而不倒，根著於地，曰菑。翳：仆也，倒而死也。㊂修、平：皆治之使疏密正直得宜也。㊃灌：叢生者也。栵：音例，行生者也。㊄啟：開拓也。辟：同闢，開闢也。㊅檉：音稱，河柳也，似楊赤色。椐：音居，腫節似扶老，可為杖者也。㊆攘：除也。剔：挑其不合者而去之也。㊇檿：音厭，山桑也。柘：音哲，木名，美材也。㊈明德：明德之君也，即太王。㊉串夷：混夷也。載路：滿路而去也。⑪天立厥配：天又為他立了賢德的妃配。⑫受命既固：受天之命，極其堅固也。

【今譯】太王居岐之後，大事拓荒的工作，把那些枯死的樹啦草啦，都加以清除。把那些灌生的或行生的，都加以修整平治。把那些河柳啦椐樹啦，都加以啟闢。把那些山桑啦柘樹啦，都剔去其朽敗者，而留其美材者，使之順利生長。上帝把天命移交於明德之君，混夷們就滿路而離去了。上天又為他立了賢德的妃配以幫助他，所以他受天之命，可以說是很堅固的了。

帝省其山㊀，柞棫斯拔，松柏斯兌㊁。帝作邦作對㊂。自太伯王季。維此王季，因心則友㊃，則友其兄，則篤其慶，載錫之光。受祿無喪，奄有四方㊄。

【今註】㊀省：音醒，視也。㊁兌：直長也。㊂帝作邦作對：上帝建立了周邦，又培植出兩個人才，就是太伯與王季。㊃友：友善，友愛。㊄奄有：有也，覆有也。太伯：王季之兄。

【今譯】上帝看見山野的柞棫已經拔去，松柏都已直長，可見道路已經通了。上帝建立周邦，又培植出受命之人，就是太伯和王季。說起這個王季嗎？他的稟心是很友善的。因為他很能友愛他的哥哥，所以上帝就增厚其福慶，而賜之以光榮。他能夠承受這些福祿而不喪失，所以最後就奄有四方之國了。

維此王季，帝度其心㊀。貊其德音㊁。其德克明㊂，克明克類㊃，克長克君㊄，王此大邦，克順克比㊅。比于文王㊆，其德靡悔㊇。既受帝祉，施于孫子㊈。

【今註】㊀度其心：使其心能有度也。度者，節制也。㊁貊其德音：使其德音能貊然也。德音：德性，德行也。貊：定也，靜也。㊂克明：能察是非。㊃克類：能別善惡。㊄克長：可以為長官。克君：可以為君上。㊅克順：能夠順應民心。克比：能夠上下親附。㊆比于文王：到了文王之時。㊇悔：憾，缺陷。㊈施：音移，延及也。

【今譯】這位王季，蒙受上帝的培植，上帝使他要控制其心理，使他要安定其德性。王季受了上帝的啟示，所以他的德性就達到了純明的境界。他能夠明察是非，他能夠辨別善惡，他能夠為人長官，他能夠為人君上，所以他就成為這個大邦之王。為王之後，他又能順應民心，又能使上下親附。到了文王之世，他的德行，也是毫無缺陷的。既經受了上帝的福祉之後，就把這種福澤，傳及於他的子子孫孫。

帝謂文王：「無然畔援㊀，無然歆羨㊁，誕先登于岸㊂。」密人不恭㊃，敢距大邦，侵阮徂共㊄。王赫斯怒，爰整其旅，以按徂旅㊅，以篤于周祜，以對于天下㊆。

【今註】㊀畔援：同畔渙，憑恃武力，跋扈逞強之意。㊁歆羨：即歆羡，貪圖物質欲望之意。㊂誕先登于岸：誕，乃也。先登于岸，先登于至善之高地也。岸：高地也。能先登于至善之高地，即是先知先覺者，然後能領導羣倫也。㊃密：國名，密須氏也，姞姓之國，在寧州。㊄阮：國名，在涇州。共：阮國之地名，涇州之共池是也。㊅按：堵阻也。徂旅：密師前進之軍隊。㊆對：揚也，揚其名也。

【今譯】上帝啟示文王，謂：「不要憑恃武力而跋扈逞強，不要欣羨物欲而放縱淫侈，然後乃能先登于至善之彼岸。」密須氏之人不恭敬，竟敢抗拒大邦，侵略阮國，進入共邑。文王赫然震怒，乃調整軍隊，以遏堵密國前進之師，以穩定國家的邊境，以確保天賜的福祜，以揚名於天下。

依其在京㊀，侵自阮疆㊁。陟我高岡㊂。「無矢我陵㊃，我陵我阿㊄。無飲我泉㊅，我泉我池㊆。」度其鮮原㊇，居岐之陽，在渭之將㊈，萬邦之方㈩，下民之王。

【今註】㈠依其在京：依，據也。京，高丘也，言密國據其高丘之有利地形。㈡侵自阮疆：自阮境而侵周。㈢陟我高岡：登上了我周的山頭。㈣無矢我陵：此周師警告密人入侵部隊之言，說道：「你們不要陳兵於我們的山陵。」㈤我們的山陵，是出自我們的大陵。㈥你們不要飲我們的泉水。㈦我們的泉水，要注於我們的池內。㈧度：審度也，規劃也。鮮原：鮮美的平原也。㈨將：旁側也。㈩方：法則也。

【今譯】密國據其高丘之有利地形，從阮國來侵我周，上了我們的山頭。我方的軍隊警告密人道：「你們不要陳兵于我們的山頭，我們的山頭是我們的大陵。你們不要飲我們的泉水，我們的泉水是我們的池水」。密人既敗退之後，於是文王就審度鮮美的平原，結果，就選定了岐山之陽，渭水之旁，而建都焉。於是文王乃為萬邦的法則，下民的君王。

帝謂文王：「予懷明德㈠，不大聲以色㈡，不長夏以革㈢，不識不知，順帝之則㈣。」帝謂文王：「詢爾仇方㈤，同爾兄弟，以爾鉤援㈥，與爾臨衝㈦，以伐崇墉㈧。」

【今註】㈠予：上帝自稱之詞。懷：眷念。明德：謂文王之德。㈡不大聲以色：不以大聲與厲色待人，而以誠信感人。㊂不長夏以革：夏，夏楚，朴刑也。革，鞭也，鞭刑也。不長夏以革者，即不恃楚刑與鞭刑而為人民之君長也。這段語，就是孔子為政以德之所本，孔子曰：「導之以德，齊之以禮，有恥且格。導之以政，齊之以刑，民免而無恥」。中庸上又載孔子之語，謂：「詩云：『予懷明德，不大聲以色』」。子曰：「聲色之於以化民，末也」。可見文王之為治，全在以誠信服人，不以刑罰威人。㊃順帝之則：不自作聰明，不玩弄智謀詭計，而以自然的良知良能待人處事，就合乎上帝的法則了。㊄詢：徵詢意見。仇方：仇，匹也，同等地位之友國與國也。㊅鉤援：鉤梯也，以梯倚城，相鉤引而上。援即引也。朱子謂鉤梯即雲梯也，攻城之具也。㊆臨衝：臨者，居高臨下之攻擊的車也。衝者平面從旁衝擊之車也。㊇崇：國名，在今陝西鄠縣。崇侯虎讒害文王于紂，紂王囚文王于羑里。文王之臣閎夭之徒，求美女奇物善馬，以獻于紂王，紂乃赦文王，賜之弓矢鐵鉞，得專征伐。文王歸三年，乃伐崇侯虎。墉：城也。

【今譯】 上帝告訴文王說：「我眷念你的純明的德行，你不以惡聲與厲色而自尊自大，你不恃楚刑與鞭刑而君臨人民，你不自作聰明，你不玩弄智謀詭計，而自自然然合乎帝之法則」。上帝又告訴文王說：「徵詢你的與國的意見，率同你的兄弟之國，拿著你的鉤梯，動起你的臨車衝車，以討伐助紂為虐的崇國。」

臨衝閑閑㊀，崇墉言言㊁。執訊連連㊂，攸馘安安㊃。是類是禡㊄。

是致是附，四方以無侮。臨衝茀茀㊅，崇墉仡仡㊆，是伐是肆㊇，是絕是忽㊈，四方以無拂㊉。

【今註】㊀閑閑：操縱臨衝技術之熟練也。㊁言言：崇城之高也。㊂訊：執俘虜而訊問口供。執：活擒。馘：音國，殺敵而割其左耳也，依取耳之多少而計功。㊃安安：不輕暴也。㊄類：祭天神。禡：音罵，祭地神。㊅茀茀：音弗，壯盛的樣子。㊆仡仡：音屹，高大的樣子。㊇肆：縱兵也。㊈忽：滅也。㊉拂：違逆也。

【今譯】臨衝的操作，很是熟練；崇國的城垣，很是高大，雖然高大也敵不住臨衝的攻擊。連續不斷的生擒了許多俘虜而問其口供，斬獲者則割其左耳。於是乎告祭於天神地祇，於是乎招致他們，使他們來歸附，因而四方之國再沒有敢欺侮的了。強大的臨衝，向高大的崇城進攻，大張撻伐，縱兵長驅，於是乎澈底解決了它，消滅了它，因而四方之國再沒有敢反抗的了。

(八) 靈　臺

這是言文王之德能化民，故民樂為之勞也。

經始靈臺㊀，經之營之㊁。庶民攻之㊂，不日成之㊃。經始勿亟㊄，庶民子來㊅。

【今註】㈠經始：開始規劃要建造靈臺。㈡經：初期規劃也。營：建造。㈢攻：工作。㈣不日成之：沒有多少天，便告成了。㈤勿亟：不要急急迫迫的。怕騷擾民眾。㈥子來：如兒子之歸其父母自動而來，踴躍而來。

【今譯】開始規劃要建造靈臺，先是設計，繼而營建。許多的老百姓們，都自動的來工作，所以出乎預料的沒有多少天，便完成了。在開始的時候，文王一再囑咐，說是不要急迫進行，以免擾動人民。但是一般老百姓們如兒子之事父母一樣的，都自動的踴躍的來參加工作，所以完成的如此之快。

王在靈囿㈠，麀鹿攸伏㈡。麀鹿濯濯㈢，白鳥翯翯㈣。王在靈沼㈤，於牣魚躍㈥。

【今註】㈠靈囿：靈臺之下有靈囿，所以域養禽獸。囿，即動物園也。㈡麀：音憂，母鹿也。伏：存身。㈢濯濯：肥澤的樣子。㈣翯翯：音合，潔白的樣子。㈤沼：園中的池沼。㈥於：音烏，歎詞。牣：音刃，滿也。魚躍：樂得其所也。

【今譯】文王遊於靈囿，乃麀鹿存身之所在，麀鹿濯濯而肥澤，白鳥翯翯而潔白。文王又遊於靈沼，看見滿池的魚，跳跳躍躍，真是得其所哉呀。

虡業維樅㈠，賁鼓維鏞㈡，於論鼓鐘㈢，於樂辟廱㈣。

【今註】㈠虡：音巨，懸磬架的立木。業：架之橫木曰栒，業者，栒上之大板也。樅：音叢，業上懸鐘磬之處也，又稱崇牙。㈡賁鼓：賁，音墳，大也。賁鼓，大鼓也。鏞：大鐘也。㈢於：音烏，歎詞。論：同倫，節奏秩然也。㈣辟廱：古代帝王之學舍，大射行禮之處也。

【今譯】設置虡業崇牙，以懸鐘磬，又有大鼓大鐘。鐘鼓之樂，秩然有倫。唉！樂聲多麼諧合啊！這是文王在辟廱聽樂呀！

於論鼓鐘，於樂辟廱。鼉鼓逢逢㈠，矇瞍奏公㈡。

【今註】㈠鼉鼓：鼉，音駝，似蜥蜴，長丈許，若鱷魚，皮可以製鼓，故曰鼉鼓。逢逢：音彭，鼓之響聲也。㈡矇瞍奏公：矇，音蒙，有眸子而不能視物，曰矇。瞍：無眸子曰瞍。古時皆以瞎子為樂師。奏公：奏樂也。

【今譯】唉！鼓鐘之聲多麼諧合啊，這是文王在辟廱聽樂呀。鼉鼓逢逢的響，是樂師在奏樂呀。

㈨下　武

這是讚美武王繼志述事的孝行。

下武維周㈠，世有哲王㈡。三后在天㈢，王配于京。

【今註】㊀下：後也。武：繼也。下武維周：即後人能繼先祖者，維有周家。㊁三后：太王、王季、文王也。㊂王配于京：指武王能配其德于鎬京也。

【今譯】後人能繼承先人之德者，維有周家。歷代都有聖哲之王，如太王、王季、文王，皆相繼而有德。現在三后雖已去世而在天了，但武王繼之，仍能配其德于鎬京。

王配于京，世德作求㊀。永言配命，成王之孚㊁。

【今註】㊀求：逑也，匹也，配也。㊁孚：信也。

【今譯】武王能配其德于鎬京，就是能與三后之世德相比美，這樣，就可以與上天之明命相符合，而成就了武王的信譽。

成王之孚，下士之式。永言孝思㊀，孝思維則。

【今註】㊀言：語詞。

【今譯】武王所以能成就其信譽，而足以為下民的模範者，就是由於他能夠永遠的盡孝於先人。他的孝實在應當效法啊。

媚茲一人㊀，應侯順德㊁。永言孝思，昭哉嗣服㊂。

【今註】㈠媚：愛戴也。侯：乃也。一人：指武王也。㈡應：響應也，效法也。㈢昭哉：賢明哉！這個「昭」字，應以孟子所謂「賢者以其昭昭，使人昭昭」之意，來理解。嗣服：嗣，繼也。服，事業也。嗣服者，繼續先人之事業也。中庸所謂「夫孝者，善繼人之志，善述人之事者也」。

【今譯】天下之人，都愛戴武王，而效法其孝順之德。能夠永遠的孝于先王，繼承先人之志事，武王真是賢明啊。

昭茲來許㈠，繩其祖武㈡。於萬斯年㈢，受天之祜。

【今註】㈠昭茲來許：使後來之人為之昭明。㈡繩其祖武：繩：繼續也，如繩之不斷也。武：步伐也，行跡也。㈢於萬斯年：於讀烏，歎詞。

【今譯】武王之德，能昭明來世之人，能繼續祖先之行，唉！一定可以萬年之久。受天之福。

受天之祜，四方來賀。於萬斯年，不遐有佐。

【今譯】武王蒙受上天之福，四方都來慶賀。唉！周家有福萬年之久，誰不一致擁護呢?!

㈩文王有聲

這是敘述文王遷豐，武王遷鎬之事。

文王有聲，遹駿有聲㈠。遹求厥寧，遹觀厥成。文王烝哉㈡。

【今註】㈠遹：同聿，語詞。駿：大也。㈡烝：隆盛也。

【今譯】文王真是有名聲呀，大大的有名聲呀！他不僅有安天下之志，而且完成了安天下之事。文王的名譽，真是隆盛的很啊！

文王受命，有此武功。既伐于崇，作邑于豐㈠。文王烝哉。

【今註】㈠豐：豐即崇國之地，在今陝西鄠縣，文王之都。

【今譯】文王受天之命，建立了伐崇的武功。把崇國打敗之後，就建立新邑于豐城。文王的功業，真是隆盛啊！

築城伊淢㈠，作豐伊匹㈡。匪棘其欲㈢，遹追來孝，王后烝哉㈣。

【今註】㈠伊：語詞。淢：城牆邊之溝壕也，貯水於溝中以加強之防禦工事。㈡作豐：建造豐之市居。匹：相稱，相等。㈢棘：急速也。㈣王后：后，君也，王后即君王，指文王也。

【今譯】建都豐城，因舊時之壕溝為限。建造市居，亦不比舊日的侈大，可見他並不是急於完成其自己的欲望，乃是追念先人之志而來致其孝思也。文王的孝行，真是隆盛啊。

王公伊濯㈠，維豐之垣。四方攸同，王后維翰㈡。王后烝哉。

【今註】㈠公：同功，事功也。濯：大也。㈡翰：楨幹也，如「維周之翰」。

【今譯】文王有了大功，建豐而為都城，四方之國都來會同，為王的楨幹。文王的功業，真是隆盛啊。

豐水東注，維禹之績。四方攸同，皇王維辟㈠。皇王烝哉。

【今註】㈠皇王：指武王。辟：君也。

【今譯】導豐水而東流，是禹王的功績。四方歸於統一，武王成為天下之君。武王的功業，真是隆盛啊。

鎬京辟廱㈠，自西自東，自南自北，無思不服，皇王烝哉。

【今註】㈠鎬京：武王所建之都也，在豐水東，距豐邑二十五里。周自后稷居邰，公劉居豳，太王居岐，文王遷于豐，武王遷于鎬。辟廱：天子之學，大射行禮之地也。

【今譯】武王建立鎬京，興設學校，自西至東，從南到北，沒有不心服的。武王的功業，真是隆盛啊。

考卜維王㈠，宅是鎬京。維龜正之㈡，武王成之。武王烝哉。

【今註】㈠考：稽考、參考。卜：以龜卜而占事之吉凶。㈡正：決定的指示。

【今譯】武王先參考了龜卜的兆示，而後奠都鎬京。龜卜作了正確的決定，武王成了建都的大事。武王的功業，真是隆盛啊。

豐水有芑㈠，武王豈不仕㈡？詒厥孫謀，以燕翼子㈢。武王烝哉。

【今註】㈠芑：音起，菜也，有訓為芹菜者。㈡仕：事也。㈢燕翼：保護也。

【今譯】豐水有芑，是一個良好的都城。武王豈不欲從事於此？然所以遷都者，是要留下長遠的規模，以保護其子孫的安全。武王的功業，真是隆盛啊。

二、生民之什

㈠生　民

這是敘述后稷誕生之奇及其在農業上之貢獻。

厥初生民㈠，時維姜嫄㈡。生民如何？克禋克祀㈢。以弗無子㈣。履帝武敏歆㈤，攸介攸止㈥，載震載夙㈦，載生載育，時維后稷。

【今註】㈠民：人也。時：是也。㈡姜：姓。嫄：姜女之名。㈢禋：音因，誠意的祭祀。㈣弗：勿也，勿使其無子也。㈤履：踐也。帝：上帝。武：足跡也。敏：拇指也。歆：欣然也，欣然而動，如有人道之感也。㈥攸：於是。介：隔也。又訓休息也。止：居處也。㈦震：動也，懷孕後，胎兒在腹內震動也。夙：肅也，敬戒也，特別小心。

【今譯】周祖的始生，是出於姜嫄。是怎麼生的呢？有一天，姜嫄到野外祭神，祈請神賜給她個兒子。恰好她就踏住了上帝的大拇腳指頭，她的心便欣然而動，好像是發生了人道關係似的。於是她便停了一會兒，回家去了。這樣便懷孕了。過了些時，她覺得肚內胎兒有點震動，於是她便特別小心了。以後便生了他，養育他，他便是周家的始祖后稷了。

誕彌厥月㈠，先生如達㈡。不坼不副㈢，無菑無害㈣，以赫厥靈㈤。上帝不寧㈥。不康禋祀㈦。居然生子㈧。

【今註】㈠誕：語詞。彌：滿也，滿其十月懷胎之月也。㈡先生：頭生孩子，第一次生孩子。達：小羊也，小羊生產極容易。㈢不坼不副：坼，音策，破裂也。副：亦破裂也。言母體之平安也。㈣

菑：同災。㈤赫：明白顯現。㈥不寧：即丕寧。㈦不康：即丕康，大為樂受也。㈧居然：安然也。

【今譯】及至滿了十月懷胎之時，這個頭生的嬰兒，好像小羊生產那樣的容易，便順利而降生了。母體沒有一點的破裂，沒有一點的苦痛，這是顯現了上帝的神靈。上帝的心，很是安寧。由於上帝大大的樂意接受她的誠心的禱祀，所以她就安然的生了個兒子。

誕置之隘巷㈠，牛羊腓字之㈡。誕置之平林，會伐平林。誕置之寒冰，鳥覆翼之。鳥乃去矣，后稷呱矣㈢。實覃實訏㈣，厥聲載路㈤。

【今註】㈠誕：乃，於是。隘巷：狹小的巷子。㈡腓：音肥，庇護。字：愛護。㈢呱：音孤，啼聲也。㈣覃：音談，長也。訏：音虛，大也。㈤載路：滿路也。會：值也，恰巧遇到。此章言后稷無父而生，人以為不祥，故屢次棄之，而有此神異之遭遇也。

【今譯】於是把他棄置於隘狹的巷子之中，有牛羊來庇護他，愛撫他。於是又把他棄置于平林之中，恰巧碰到有人來伐林，就把他救起了。於是又把他棄置於寒冰之上，有鳥兒用翅膀來覆翼他。鳥兒飛去之後，后稷呱呱的啼哭了，他的啼聲，長而且大，滿路之人，無不聽到，又把他救起來了。

誕實匍匐㈠，克岐克嶷㈡。以就口食㈢，蓺之荏菽，荏菽旆旆㈣，禾役穟穟㈤，麻麥幪幪㈥，瓜瓞唪唪㈦。

【今註】㈠實：是也。匍匐：小兒爬行，手足並行也。㈡克岐克嶷：嶷音疑，岐嶷，皆直立之意，從爬著走，慢慢的會站起來，直立而行也。㈢以就口食：就，求也，以求自力而食也。約在六七歲之時。㈣荏菽：荏音任（ㄖㄣˊ），大也。菽：豆類。荏菽：大豆也。旆：音沛（ㄆㄟˋ），旆旆，生長茂盛的樣子。㈤役：行列。穟穟：美好的樣子。穟音遂。㈥幪幪：音蒙，茂盛的樣子。㈦唪唪：結的果實很多的樣子。唪音棒。瓞，音蝶，小瓜也。

【今譯】后稷慢慢的會在地上爬了，又慢慢的會站起來了，會直身而行了。到了六七歲的時候，他想自食其力，於是就種些大豆，大豆長的很是高揚，禾苗的行列，很是美好。他又種些麻麥，麻麥長的很是茂盛。他又種些瓜果，瓜果結的非常之多。

誕后稷之穡，有相之道㈠。茀厥豐草㈡，種之黃茂㈢，實方實苞㈣，實種實褎㈤，實發實秀㈥，實堅實好㈦，實穎實栗㈧，即有邰家室㈨。

【今註】此章言后稷到了青年時代，對於農業，具有天才與經驗，故其播種之物，皆長的很理想。

㈠有相之道：相，視也，視土地之宜而稼穡焉。道，方法也。㈡茀：音弗，除草也。㈢種之黃茂：

種，播種也。黃茂，泛指五穀也。㊃實：是也。方：始也，始生苗也。苞：含苞也。㊄種：穀實最初階段之胚也，即最初之仁也。褎：音右，胚仁之漸長也。㊅發：穀莖之強大也。秀：秀穗也。㊆堅：穀粒長的堅硬了。好：穀粒長的又肥又大。㊇穎：穀穗下垂，因其又多又重也。栗：沒有稗子，沒有空殼也。㊈邰：今陝西武功縣。

【今譯】后稷到了青年時代，對於農業，便很有專長，他能夠視土地之宜，以優良的方法，從事耕稼。他把那些荒草除去之後，播種五穀，於是乎生苗了，長苞了，結胚了，慢慢的胚仁長大了，穀莖長高了，穗兒秀出來了，穀實長硬了，長的又胖又好，穀實很重，把穗兒也壓得垂下來了，穀實連一個稗的也沒有。堯帝很看重這個青年農業專家，就把他任為農官，封之於邰。后稷就在邰地成其家室了。

誕降嘉種，維秬維秠㊀，維穈維芑㊁。恒之秬秠㊂，是穫是畝㊃。恒之穈芑，是任是負㊄。以歸肇祀㊅。

【今註】㊀秬：音巨，黑黍也。秠：音丕，一稃二米者也。㊁穈：音門，赤苗。芑：白苗。㊂恒：徧也，謂普徧種植也。㊃是穫是畝：收穫而棲之於田畝也。㊄任：以肩扛之。負：以背負之。㊅肇：始也。

【今譯】上天降賜后稷以很好的種子，有黑黍、有稃米、有赤苗、有白苗。普徧的種上秬秠，收割了以後，棲之於田畝。又普徧的種上穈芑，收割了以後，用肩扛、用背負，拿回家中，就開始用之以祭獻了。

誕我祀如何？或舂或揄㊀，或簸或蹂㊁。釋之叟叟㊂，烝之浮浮㊃。載謀載惟㊄，取蕭祭脂㊅，取羝以軷㊆。載燔載烈㊇，以興嗣歲。

【今註】㊀舂：搗粟也。揄：音由，取出臼中已舂之粟也。㊁簸：去其糠也。蹂：以手搓之，去其米中之細糠也。㊂釋：淅米也。叟叟：洗米之聲也。㊃烝：同蒸，以熱氣蒸之使熟也。浮浮：蒸氣上升的樣子。㊄謀：卜吉日也。惟：齋戒具備也。㊅蕭：蒿也。脂：祭牲之脂也。將蒿與脂合而燒之，使香氣達於神也。㊆羝：音底，牡羊也。軷：音拔，祭行道之神也。㊇燔：音煩，加於火上燒之。烈：貫之而加於火也。

【今譯】后稷是如何舉行祭祀呢？或舂穀，或抒臼，或簸揚去其粗糠，或手搓去其細糠，然後把米洗乾淨，再加以蒸熟。然後謀之於卜，齋戒俱備。然後合蒿與脂而燒，使香氣能達於神。取牡羊以祭行道之神。或燒或烤，以供祭祀，以興來歲而繼往也。

卬盛于豆㊀，于豆于登㊁。其香始升，上帝居歆㊂，「胡臭亶時㊃！」后稷肇祀，庶無罪悔，以迄于今。

【今註】㊀卬：音昂，我也。豆：禮器也，以木為之，所以薦菹醢也。㊁登：禮器也，以瓦為之，所以薦大羹也。㊂居：安也。歆：鬼神食氣曰歆。㊃胡臭亶時：上帝享祀而稱其氣味之香與供獻之得時也，謂曰：「何其味之香耶，何其供獻之得時耶。」

【今譯】后稷把祭物盛于豆器，或盛于登器，香氣就開始上升。上帝欣然享受，並且稱美道：「氣味何其如此之香，供獻何其如此之得時。」后稷始祭如此之誠，大概可以沒有罪悔了。以至于今，都是繼續誠心誠意的致祭呢。

(二)行　葦

這是祭畢燕飲父兄耆老之詩。

敦彼行葦㊀，牛羊勿踐履。方苞方體㊁，維葉泥泥㊂。戚戚兄弟，㊃莫遠具爾㊄。或肆之筵㊅，或授之几。

【今註】㊀敦：音團，聚生的樣子。行：音杭，道路也。㊁方苞：葦之初生，似竹筍之含苞，故曰方苞。方體：言其成莖也，葦之有莖，大如人之有體，故曰方體。㊂泥泥：茂盛的樣子。㊃戚戚：親近也。㊄莫：勿也。俱爾：即俱邇，俱宜相親近也。㊅肆：陳設也。筵：席也。

【今譯】那聚生路旁的蘆葦，不要讓牛羊踐踏它，它正在生苞，正在發展體格，它的葉子，長得很是茂盛。關係親密的兄弟，不可疏遠，應當彼此親近。或陳設筵席，或授以几座。

肆筵設席，授几有緝御㊀。或獻或酢㊁，洗爵奠斝㊂。醓醢以薦㊃，或燔或炙㊄。嘉殽脾臄㊅，或歌或咢㊆。

【今註】㊀緝御：緝，和穆也。御：侍者。㊁獻：主人敬客人以酒。酢：客人回敬主人以酒。㊂爵：酒杯。斝：音假，酒器，大於爵。主人洗爵醻客，客受而置之，不舉也。㊃醓：音坦，肉醬之多汁者。醢：音海，肉醬也。薦：進也。㊄燔：燒肉。炙：烤肉。㊅殽：肉饌也。脾：脾肉。臄：音劇，口邊之肉也。㊆咢：音鄂，擊鼓而不歌也。

【今譯】陳筵而設席，有和穆的侍者以授几。或主人敬酒於客人，或客人回敬於主人。主人洗杯敬客人以酒，客人受而置之，不舉也。醓醢進上之後，或燒而食之。或烤而食之。有脾部之肉，有口部之肉，都是上等嘉殽。大家吃得很痛快，於是乎有唱歌者，有擊鼓而不歌者，情形非常之合和而親熱。

敦弓既堅㊀，四鍭既鈞㊁。舍矢既均，序賓以賢。敦弓既句㊂，既挾四鍭㊃。四鍭如樹㊄，序賓以不侮㊅。

【今註】㊀敦弓：敦，音雕，畫弓也。堅：勁也。鍭：音侯，金頭之箭也。㊁鈞：分配平均。㊂句：通彀，張弓引滿也。㊃挾：持也。㊄如樹：樹，豎立也，射之中的，猶如豎立于其上者。㊅不侮：敬也，以射中之多少而定席次，但不含有輕侮之意也。

【今譯】　敦弓既已堅勁，每人四根金箭既已分配平均，四矢既已盡都發射，於是就以射中之多少而定其席次。敦弓既已引滿，每人四根金箭既已挾持，四根箭都射中目標，猶如植立在上邊似的。以射中之多少而定席次，但並不含有任何輕侮之意。

曾孫維主㈠，酒醴惟醹㈡，酌以大斗，以祈黃耇㈢。黃耇臺背㈣，以引以翼。壽考維祺㈤。以介景福。

【今註】　㈠曾孫：主祭者之稱，祭畢而燕，故因而稱之也。㈡醹：音儒，味厚之酒。㈢黃耇：老人之稱。㈣臺背：駝背也，年老而背傴僂也。㈤祺：吉也。

【今譯】　曾孫是主人，酒醴是味道醇濃的酒，酌以大杯，敬之於老者，祝禱老者之高壽。老者背已傴僂，要扯著他們，扶著他們，祝賀他們壽考而安康，以進於大福。

㈢既　醉

這是父兄所以答行葦之詩。

既醉以酒，既飽以德㈠。君子萬年㈡，介爾景福。

【今註】㊀既飽以德：謂多受其教益也。㊁君子：指主人，即君王也。

【今譯】既然多蒙君子醉之以美酒，又飽之以教益，敬祝君子萬年長壽，以進於無疆的大福。

既醉以酒，爾殽既將㊀。君子萬年，介爾昭明㊁。

【今註】㊀將：美好也。㊁昭明：光明也。

【今譯】既然多蒙君子醉之以美酒，又賜之以嘉殽，敬祝君子萬年長壽，以進於無限的光明。

昭明有融㊀，高朗令終㊁。令終有俶㊂，公尸嘉告㊃。

【今註】㊀融：光明之盛且長也。有融，即融然也。㊁朗：光明也。令終：令，善也，令終，善其終也，謂有福祿名譽也。㊂令終有俶：俶音處，開始也，好的開始，就是令終的前題。㊃公尸嘉告：公，君也。古者祭設生人為尸，以代表神而受祭，此一代神受享之生人，即謂之「尸」。嘉告：嘉獎的告示，即神的代表轉達神的嘉獎的話。

【今譯】盛大的光明之德，必有福祿名譽的善果。好的開始，就是令終的前提，如今你已經有好的開始了，公尸已經傳下了神對於你大為嘉獎的話了。

其告維何？「籩豆靜嘉㊀，朋友攸攝㊁，攝以威儀㊂。」

【今註】 本章至終篇，皆係公尸傳達神的嘉獎的話。㊀籩豆：禮器也。靜：善也。嘉：美也。㊁朋友：助祭之羣臣也。㊂攝：佐也，助也。威儀：有威可畏，有儀可象，莊敬嚴肅，一切舉止周旋皆合於禮也。

【今譯】 神對於你嘉獎的話都是甚麼呢？神說：「你的祭器，都很潔淨；助祭的羣臣，一切舉動周旋，都很恭敬莊嚴，有威有儀，中規合禮。」

「威儀孔時㊀，君子有孝子，孝子不匱㊁，永錫爾類㊂。」

【今註】 ㊀孔時：時，是也。孔時，極其是也。㊁不匱：匱，竭也。不匱，孝心不竭也，即有充沛的孝心。㊂類：善也，福也。

【今譯】 「威儀非常之好，君子有孝順的兒子，為我舉奠，孝子有充沛不竭的孝心，所以我要永遠賜你以善福。」

「其類維何？室家之壼㊀。君子萬年，永錫祚胤㊁。」

【今註】 ㊀壼：音捆，捆者束也，齊也，即先齊其家而後治國平天下也。㊁祚：福祿也。胤：子孫也。

【今譯】 「福善是甚麼呢？就是先要使你的室家能夠親睦而整齊，使你有萬年之福壽，並且永遠把福祿賜給你的子子孫孫。」

「其胤維何？天被爾祿㈠。君子萬年，景命有僕㈡。」

【今註】㈠被：覆庇也。㈡僕：附著也。

【今譯】「你的子孫有甚麼福呢？是由於你的福善而來。上天覆庇你以福祿，使你萬年之久，大命永遠附著於你之身」。

「其僕維何？釐爾女士㈠，釐爾女士，從以孫子㈡。」

【今註】㈠釐：音離，賜予也。女士：女子而有士君子之行者。㈡從：重也，又加之也。

【今譯】「大命怎樣永遠附著於你呢？上天賜給以有士君子之行的女子，作為你的配偶，這樣的好配偶，又給你生下了賢孝的子子孫孫。」

㈣鳧　鷖

這是祭畢之明日又設禮以燕公尸也。

鳧鷖在涇㈠，公尸來燕來寧㈡。爾酒既清，爾殽既馨。公尸燕飲，福祿來成。

【今註】㈠鳧：音扶，水鳥，如鴨。鷖：音醫，鷗也。涇：涇水也。㈡來燕來寧：受燕而安然。

【今譯】鳧鷖在涇水之中，很是快活。公尸來受燕，很是安然。你的酒既很清潔，你的菜又很馨香，所以公尸欣然接受你的燕飲，而你的福祿也就成就了。

鳧鷖在沙，公尸來燕來宜。爾酒既多，爾殽既嘉，公尸燕飲，福祿來為。

【今譯】鳧鷖在沙灘之上，很是快活。公尸來受燕，很是安宜。你的酒既很多，你的菜又很美，所以公尸欣然接受你的燕飲，而你的福祿也就有助了。

鳧鷖在渚，公尸來燕來處㈠。爾酒既湑㈡，爾殽伊脯㈢。公尸燕飲，福祿來下㈣。

【今註】㈠處：停留，坐一會兒。㈡湑：濾淨也。㈢脯：肉乾。㈣下：降下也。

【今譯】鳧鷖在水渚之上，很是快活。公尸來受燕，來停留一會兒。你的酒既然很清淨，你的菜又有肉乾，所以公尸欣然接受你的燕飲，而你的福祿也就降下來了。

鳧鷖在潨㈠，公尸來燕來宗㈡。既燕于宗，福祿攸降。公尸燕飲，福祿來崇㈢。

【今註】㈠潨：音匆，水會之處也。㈡宗：宗廟也。㈢崇：高大也。

【今譯】鳧鷖在水會之處，很是快活。公尸來在宗廟之中，受燕而飲。既然受燕於宗廟，福祿便降下來了。公尸欣然接受燕飲，你的福祿便高大了。

鳧鷖在亹㈠。公尸來止熏熏㈡。旨酒欣欣㈢，燔炙芬芬。公尸燕飲，無有後艱㈣。

【今註】㈠亹：音門，水峽也。㈡熏熏：和悅也。㈢欣欣：快樂也。㈣後艱：以後的艱苦。

【今譯】鳧鷖在水峽之中，很是快活。公尸來到休息一會兒，很是和悅，喝了旨酒，很是欣喜。燒的肉，烤的肉，味道都很芬香。公尸既然接受你的燕飲，保險你以後大吉大利，平平安安。

㈤假　樂

這是公尸以為君之道答鳧鷖。

假樂君子㊀，顯顯令德㊁，宜民宜人㊂，受祿于天。保右命之，自天申之㊃。

【今註】㊀假：同嘉，美也。㊁顯顯：光明而又光明也。㊂宜民宜人：有益於民，與人民相處很合適。㊃申：發佈，表示也。君子：指王而言。

【今譯】善良而快樂的君子，有極其光明的令德，有益于民，有利于人，所以能承受上天的福祿。上天保佑你，幫助你，命令你，這是從上天那裏發佈出來的。

干祿百福㊀，子孫千億。穆穆皇皇㊁，宜君宜王。不愆不忘㊂，率由舊章。

【今註】㊀干祿百福：干字想是千字之誤，應當是千祿百福。㊁穆穆：敬慎，奮勉上進也。皇皇：光明正大也。㊂不愆不忘：不要私心自用，多所更張之意。

【今譯】假樂的君子，有千般的祿，百般的福，子孫有千億之多。敬慎奮勉，才宜於為君為王。不要私心自大，多所更張，只是遵循舊日的法度便對了。

威儀抑抑㊀，德音秩秩㊁，無怨無惡㊂，率由舊匹㊃。受福無疆，四方之綱。

【今註】㈠抑抑：謙卑而慎密。㈡德音：德行也。秩秩：整飭而有度也。㈢惡：音務，憎厭也。㈣舊匹：舊日之臣僚。

【今譯】假樂的君子，威儀謙卑而慎密，德行整飭而有度，沒有偏執的怨那一個，恨那一個，都是循從羣臣的公意，所以能夠承受無疆之福，而為四方之表率了。

之綱之紀，燕及朋友㈠。百辟卿士，媚于天子。不解于位㈡，民之攸塈㈢。

【今註】㈠燕：安也。朋友：羣匹也，羣臣也。㈡解：讀懈，不懈，即勤于職務而不懈怠也。㈢塈：音戲，安居也。

【今譯】假樂的君子，能夠為四方之綱紀，所以能安及羣臣。百辟卿士，也都愛戴天子。君子能夠不懈怠其職務，人民便因之而得安居樂業了。

㈥公　劉

這是敘述公劉遷豳之後的辛苦經營。

篤公劉㊀，匪居匪康㊁，迺埸迺疆㊂，迺積迺倉㊃，迺裹餱糧㊄，于槖于囊㊅，思輯用光㊆，弓矢斯張，干戈戚揚㊇，爰方啟行㊈。

【今註】㊀篤：篤行實踐，篤實苦幹的意思。㊁匪居：不敢安居。匪康：不敢逸樂。㊂埸、疆：皆指田界而言，不過有大小之別，埸是細分的田界，疆是整個的田界。埸：音易。㊃積：收積，積貯。㊄餱：乾食，乾糧。糧：糧食。㊅槖：音託，盛糧食的袋子，小者曰槖，大者曰囊。㊆輯：和也，和其人民也。光：大也，光大其國家也。㊇干戈戚揚：四種戰爭武器，干，盾也。戈：有刃之武器。戚：斧也。揚：鉞也。㊈行：音杭。

【今譯】篤行實幹的公劉，他不敢安閒，不敢康逸，而惟集中精力於治理田埸，區劃疆界，積貯穀物，充實倉廩。等到富足之後，他又叫人民準備乾糧，放在袋子裏。他想光大其國家，所以張其弓矢，舉其干戈戚揚，而開始啟行，以遷都於豳邑。

篤公劉，于胥斯原㊀，既庶既繁，既順迺宣，而無永歎㊁。陟則在巘㊂，復降在原。何以舟之㊃？維玉及瑤，鞞琫容刀㊄。

【今註】㊀胥：共也，皆也，相互以生也。㊁永歎：嗟怨之聲。㊂巘：音掩，山頂也。㊃舟：服也，帶也。㊄鞞琫：鞞，音柄，刀鞘也。琫，音奉（ㄅㄥˇ），刀鞘之飾也。

【今譯】篤行實幹的公劉，自從相互生活於此平原之後，人口增多了，生產繁盛了，為政既能順於民意，人心乃大通暢，沒有任何的嗟怨與牢騷。公劉時而上於山頂，時而下於平原，研視地形土質以便墾發。他身上所帶的是甚麼呢？是玉和瑤以及裏邊有刀的琫飾之鞘而已。

篤公劉！逝彼百泉㈠，瞻彼溥原㈡，迺陟南岡，乃覯于京㈢。京師之野，于時處處㈣，于時廬旅，于時言言，于時話語。

【今註】㈠百泉：地名。㈡溥原：地名。㈢覯：音構，見也，發現也。㈣時：是也，這個地方。

【今譯】篤行實幹的公劉，走到百泉，瞻望溥原，乃登于南岡之上，才發現了建立京都的好地方。京師之野，是一片開闊之地，在那裏可以安置長居，可以建設房屋，可以說說談談，而進行共同生活了。

篤公劉，于京斯依㈠，蹌蹌濟濟㈡，俾筵俾几㈢，既登乃依㈣，乃造其曹㈤，執豕于牢㈥，酌之用匏㈦，食之飲之，君之宗之㈧。

【今註】㈠依：依之以定居。㈡蹌蹌濟濟：言其羣臣之行止有威儀也。蹌：音槍，行動敬慎的樣子。濟濟：行止有禮的樣子。㈢俾筵俾几：使之設筵使之設几也。㈣登：入席也。依：依几而坐。㈤造：往也。其曹：其指豬而言，曹，羣也，其曹即豬羣也。㈥牢：豬圈也。㈦匏：瓢也，以瓢為酒杯也。㈧宗：被尊崇的中心人物。

【今譯】篤行實幹的公劉，以京都為定居之地。羣臣們人才濟濟，威儀蹌蹌。公劉乃使人設筵布几，慰犒羣臣。即席之後，依几而坐，使人執牢中之家，殺以為殽，以瓢為酒杯，招待大家，吃吃喝喝。公劉真是大家的君王，是大家一致尊崇的族長。

篤公劉，既溥既長㈠，既景迺岡㈡，相其陰陽㈢，觀其流泉，其軍三單㈣，度其隰原㈤，徹田為糧。度其夕陽㈥，豳居允荒㈦。

【今註】㈠溥：廣也。㈡景：同影子，謂根據日影以測定東西南北的方向。迺岡：乃登上高岡以望遠。㈢相：視也。㈣單：獨立單位。㈤度：量也，丈量也。㈥夕陽：山之西也。㈦荒：大也。

【今譯】篤行實幹的公劉，他墾闢的土地，既廣且長。既根據日影以測定東西南北的方向，乃登上高岡以遠望，視其陰陽向背寒暖之所宜，觀其流泉水源之所利，以為營建與農作之參考。他的軍隊有三個軍。他又丈量田地之低濕與高原，規定田賦之徵收，以為軍政各費之需。他又度量山的西邊之地，以擴充之。這樣，豳人的居處，可算是夠廣大的了。

篤公劉，于豳斯館㈠，涉渭為亂㈡，取厲取鍛㈢，止基迺理，爰眾爰有。夾其皇澗㈣，遡其過澗㈤，止旅迺密，芮鞫之即㈥。

【今註】㈠館：住舍也。㈡亂：舟之截流而橫渡也。㈢厲：石也。鍛：石也。㈣有：富有。夾：夾水之兩旁而築室。皇澗：水名。㈤溯：向也。過澗：水名。㈥芮：水之內曲也。鞫：水之外曲也。即：居也。

【今譯】篤行實幹的公劉，當他營建豳地居舍的時候，先乘船橫渡渭水，採運堅良的石頭，以為奠基之用，住居既建，乃理土田。於是人口也多了，財物也富了。在皇澗的兩岸，在過澗的對面，都蓋成房子了，住的很密擠了。於是在水的內曲和外曲之地，也都有人居住了。

㈦洞　酌

這是告戒人君以和樂平易乃能為民之父母。

洞酌彼行潦㈠，挹彼注茲㈡，可以餴饎㈢。豈弟君子，民之父母。

【今註】㈠洞：音迥，遠也。行潦：流動之水也。或訓為偶然積聚之水。酌：以勺取之也。㈡挹彼注茲：挹，音揖，以器取之也。彼，行潦之水也。注，灌入也。由彼取出水而灌注於此也。㈢餴：音分，蒸飯也。饎：音熾，酒食也。

【今譯】遠遠的去酌取那行潦之水，以注入於此間的器物之內，可以蒸飯，可以為酒食。和樂慈祥的君子，才是人民的父母啊。

洞酌彼行潦，挹彼注茲，可以濯罍㊀。豈弟君子，民之攸歸。

【今註】㊀濯：洗滌也。罍：音壘，酒器。

【今譯】遠遠的去酌取那行潦之水，以注入於此間的容器之內，可以洗滌酒器。和樂慈祥的君子，才能使人民歸服啊。

洞酌彼行潦，挹彼注茲，可以濯溉㊀。豈弟君子，民之攸塈㊁。

【今註】㊀溉：洗滌也。㊁攸塈：平安也，安息也。塈，音記（ㄐㄧˋ）。

【今譯】遠遠的去酌取那行潦之水，以注入於此間的容器之內，可以作為洗滌之用。和樂慈祥的君子，才能使人民安息啊。

(八) 卷阿

這是召康公從成王遊卷阿所獻之詩也。

有卷者阿㊀，飄風自南㊁。豈弟君子，來游來歌，以矢其音㊂。

【今註】據汲冢紀年，謂成王三十三年遊于卷阿。可知遊卷阿為成王之事，召康公從之遊而作是詩。

㈠卷：曲也。㈡飄風：廻風也。㈢矢：陳詩也。君子：指成王也。

【今譯】曲然的大陵，飄風自南而來，和樂的君子，來遊於此，我等隨王來遊，乃為之歌，以表達我們的心聲。

伴奐爾遊矣㈠，優游爾休矣。豈弟君子，俾爾彌爾性㈡，似先公酋矣㈢。

【今註】㈠伴奐：優游閑暇也。爾：指王，指君子。㈡彌：終也。性：命也。㈢酋：善終也。先公：先君也。

【今譯】你的出遊，真是閑暇啊！你的休息，真是逍遙啊！和樂的君子呀，希望你永遠長壽，像先君那樣的善始善終啊！

爾土宇昄章㈠，亦孔之厚矣。豈弟君子，俾爾彌爾性，百神爾主矣。

【今註】㈠土宇：土地疆域。昄章：昄音版，昄章，即版圖，即國家之領土與人口也。

【今譯】你的領域版圖，可算是極其富厚廣大了！和樂的君子啊，希望你永遠長壽，常為天地山川鬼神之主。

爾受命長矣，茀祿爾康矣㊀。豈弟君子，俾爾彌爾性，純嘏爾常矣㊁。

【今註】㊀茀祿：即福祿。康：大也。㊁嘏：因祭祀而受福，曰嘏。嘏，音古。

【今譯】你的受命，真是長啊！你的福祿，真是大啊！和樂的君子啊，希望你永遠長壽，常享你的大福啊！

有馮有翼㊀，有孝有德，以引以翼㊁。豈弟君子，四方為則。

【今註】㊀馮：輔也。㊁翼：輔也，護也。

【今譯】你有輔佐之人，有護翼之人，有孝順之人，有賢德之人，常在你的前邊引導，在你的左右扶持。和樂的君子啊，天下四方都以你為法則啊！

顒顒卬卬㊀，如圭如璋，令望令聞。豈弟君子，四方為綱。

【今註】㊀顒顒：音庸，溫和的樣子。卬卬：音昂，高大的樣子。

【今譯】你溫和而莊嚴，你好像美玉那樣的純潔，你有良好的名望和聲譽。和樂的君子啊，天下四方都以你為綱紀啊！

鳳凰于飛㈠，翽翽其羽㈡，亦集爰止。藹藹王多吉士㈢，維君子使，媚于天子。

【今註】㈠鳳凰：以鳳凰比喻賢臣。鳳凰：靈鳥也，雄曰鳳，雌曰凰。㈡翽翽：音諱，羽聲。㈢藹藹：音靄（ㄞˋ），茂盛的樣子，眾多的樣子。

【今譯】鳳凰在飛的時候，羽聲翽翽然，最後棲集于所當止之處。王的左右，賢才佳士，藹藹然而多，都是惟你所使用，都是很親愛於你的。

鳳凰于飛，翽翽其羽，亦傅于天㈠。藹藹王多吉人，維君子使，媚于庶人。

【今註】㈠傅：附也，至也。

【今譯】鳳凰在飛的時候，羽聲翽翽然，能夠飛到天上。王的左右，賢才佳士，藹藹然而多，都是惟你所使用，都是很親愛於人民的。

鳳凰鳴矣，于彼高岡。梧桐生矣，于彼朝陽。菶菶萋萋㈠，雝雝喈喈㈡。

【今註】此章言君臣相得相和也。㊀菶菶：音朋，茂盛的樣子。萋萋：茂盛的樣子。㊁雝雝喈喈：和諧也。喈：音皆。

【今譯】鳳凰叫了，在那高岡之上；梧桐生了，在那朝陽之地。多麼的茂盛啊！多麼的和諧啊。

君子之車，既庶且多；君子之馬，既閑且馳㊀。矢詩不多，維以遂歌。

【今註】㊀閑：熟練於奔馳也。此章言君子車馬之多，比喻人才之多也。因為人才多，大家都陳詩，發表意見，所以他自謙的說，他發表的意見不多，不過是和答君王之歌而已。君子：指君王也。

【今譯】君子之車，既庶而且多；君子之馬，既閑習而且善於奔馳。我個人陳詩不多，不過是可以成歌罷了。

㈨民　勞

這是借同列相戒之口氣以戒王也。

民亦勞止㊀，汔可小康㊁。惠此中國㊂，以綏四方。無縱詭隨㊃，以謹無良。式遏寇虐，憯不畏明㊄。柔遠能邇㊅，以定我王。

【今註】㈠亦、止：皆語詞。㈡汔：音迄，庶幾乎。康：安也。㈢中國：國之中也，王畿之地。㈣詭隨：詭詐邪佞的人。㈤憯：音慘，曾也。㈥柔遠能邇：對於遠方，以柔道懷附，就能使近方安定。這是反對以武力對遠方作戰。

【今譯】老百姓們已經夠辛苦的了，庶乎可以使他們稍微安生一會兒了。愛惜國中的人，以安定四方各國之人。不要放縱那些詭詐邪佞的小人，要慎防那些不良的人，要制止那些寇竊暴虐不畏天命的人。以柔道懷服遠方，就能安定近方，從而鞏固君王的天下。

民亦勞止，汔可小休，惠此中國，以為民逑㈠。無縱詭隨，以謹惛怓㈡。式遏寇虐，無俾民憂。無棄爾勞，以為王休。

【今註】㈠逑：聚也。㈡惛怓：不明事理而好起哄鬧事的人。怓，音鐃。喧嘩也。

【今譯】老百姓們已經夠辛苦的了，庶乎可以使他們稍微休息一會兒了。愛惜國中的人，以團聚四方之民。不要放縱那些詭詐邪佞的小人，以謹防那些不明事理而好起哄鬧事的人。要制止那些寇竊暴虐的人，使老百姓們得以安居無憂。不要放棄爾的辛勞，以為君王的光榮。

民亦勞止，汔可小息，惠此京師，以綏四國。無縱詭隨，以謹罔極㈠。式遏寇虐，無俾作慝㈡。敬慎威儀，以近有德。

【今註】㊀罔極：作惡無限之人。㊁慝：音胎，惡也。

【今譯】老百姓們已經夠辛苦的了，庶乎可以使他們稍微憩息一會兒了。愛惜京師之民，以安定四國之民。不要放縱那些詭詐邪佞的小人，以緊防那些作惡無盡之人，制止那些寇竊暴虐的人，不使他們敢於繼續作惡。敬慎你的威儀，以親近有德的人。

民亦勞止，汔可小愒㊀，惠此中國，俾民憂泄㊁。無縱詭隨，以謹醜厲㊂，式遏寇虐，無俾正敗㊃。戎雖小子㊄，而式弘大。

【今註】㊀愒：音器，歇息。㊁泄：音謝，散去。㊂醜：行為不正而可恥的人。厲：為害於人的人，惡人。㊃正：正常之道，正人君子之道。㊄戎：你。

【今譯】老百姓們已經夠辛苦的了，庶乎可以使他們稍微歇息一會兒了。愛惜國中之民，使他們的憂苦散除。不要放縱那些詭詐邪佞的人，以緊防那些醜惡害人的人，制止那些寇竊暴虐的人，不要使正道破壞。你雖然年輕，但是關係非常之大。

民亦勞止，汔可小安。惠此中國，國無有殘㊀。無縱詭隨，以謹繾綣㊁。式遏寇虐，無俾正反。王欲玉女㊂，是用大諫。

【今註】㊀殘：害也。㊁繾綣：繾音遣。綣音犬。反覆無常之人。㊂玉：成全，重用，培養。

【今譯】老百姓們已經夠辛苦的了，庶乎可以使他們稍微安生一會兒了。愛惜國中之民，使國內沒有殘殺之事。不要放縱那些詭詐邪佞的小人，以緊防那些反覆無常的人，制止那些寇竊暴虐的人，不要使正道失敗。君王有意成全你，重用你，所以我才苦口婆心的勸告你。

(十) 板

這是借戒同列之口氣以戒王也。

上帝板板㊀，下民卒癉㊁，出話不然㊂，為猶不遠㊃。靡聖管管㊄，不宜於亶㊅。猶之未遠，是用大諫。

【今註】㊀板板：反也，反其常道也。㊁卒：盡也，終歸於盡也。癉：音旦，病苦，病痛也。㊂不然：不合于道，不合于理也。㊃猶：猷也，計劃也。㊄靡聖管管：靡，無也。聖：聖人之道也。管：樞要也，中心也，依據也。靡聖管管者，即沒有聖人之道以為樞要以為準繩以為依據以為理論中心也。此句正是上句之「出話不然」之引申，所謂「不然」，即不合於聖人之道也。荀子曰：「聖人者，道之管也」，就是「靡聖管管」之註解。我們把「聖」字，講作「聖人」，覺得這句話很難理解。但如講作「聖人之道」，便順理成章，易於理解了。尤其是有荀子「聖人者，道之管也」的註解，使此句更為顯而易知。㊅不實於亶：亶音膽，誠也，真誠也，誠信也。不實於亶者，即不能實之以誠信也。

【今譯】現在上帝反其常道，以致下民盡陷於病痛。你所說的話，都不合於理；你所作的一切計劃，都是短淺而沒有遠見。你的話，沒有聖人之道作依據，又不能實之以真心誠意。而你的計劃又沒有深慮遠見，所以我才苦口婆心的勸告你。

天之方難㈠，無然憲憲㈡。天之方蹶㈢，無然泄泄㈣。辭之輯矣㈤，民之洽矣。辭之懌矣㈥，民之莫矣㈦。

【今註】㈠方難：正在大降災難。㈡無然：千萬不可。憲憲：欣欣也，悻悻自得，自我陶醉也。㈢方蹶：音厥，顛倒失常也。㈣泄泄：音異，多言妄發也。㈤輯：和也。㈥懌：易，喜悅。㈦莫：安定也。

【今譯】現在上天正在大降災難，千萬不可悻悻而喜，自我陶醉，現在上天正在顛倒失常，千萬不可不負責任，亂發議論。言辭順和，則民心融洽；言辭喜悅，則民心安定，所以發言是不可不慎重的。

我雖異事㈠，及爾同僚㈡。我即爾謀㈢，聽我囂囂㈣。我言維服，勿以為笑㈤。先民有言：「詢于芻蕘㈥。」

【今註】㈠異事：職務不同。㈡同僚：同朝為官。㈢即：就也。㈣囂囂：音消，心情浮動，不肯虛心接受。㈤服：可用可行的，有實用價值的。㈥詢：諮詢、訪問。芻蕘：打柴割草的人，言雖割草打柴的人，其意見亦往往有參考價值。

【今譯】我和你雖然是職務不同，但是大家都是同朝為官。我到你那裏去商量，你卻心情浮躁，不肯虛心接受我的意見。我的話實在有可用的價值，你千萬不要以為是笑談。古代的聖賢，也常說過：「什麼事情，可以多訪問那些割草打柴者的意見。」可見割草打柴者的意見，還有參考的價值，何況我們是同僚的關係呢！

天之方虐㈠，無然謔謔㈡。老夫灌灌㈢，小子蹻蹻㈣。匪我言耄㈤，爾用憂謔㈥。多將熇熇㈦，不可救藥。

【今註】㈠方虐：正在暴虐，正在為害。㈡謔謔：音虐，戲樂。㈢老夫：詩人自稱也。灌灌：款款也，誠懇的樣子。㈣蹻蹻：音矯，驕傲而不相信的樣子。㈤言：語詞。耄：音毛，老朽而糊塗也。㈥爾用憂謔：你把可憂之事，當作玩笑。㈦熇熇：音郝，熾盛的樣子。

【今譯】現在上天正在肆行暴虐，你千萬不可視為戲謔。老夫是誠誠懇懇的向你們講，而你們這般小伙子，卻傲慢而不相信。我的話，並不是老朽糊塗的話，而你們卻把這般可憂之事，當作玩笑。將來這種可憂之事，愈演愈烈，便沒有法子可以救治了。

天之方懠㈠，無為夸毗㈡。威儀卒迷㈢，善人載尸㈣，民之方殿屎㈤，則莫我敢葵㈥，喪亂蔑資㈦，曾莫惠我師㈧？

【今註】㈠懠：音濟，怒也。㈡夸毗：夸，音誇（ㄎㄨㄚ），說大話，自我宣傳。毗：音皮（ㄆㄧˊ），連接，聯合。夸毗：逢迎諂媚，拍馬吹牛，朋比為奸之謂也。㈢卒迷：盡成迷亂。㈣載：則也。尸：死屍也，不能有所作為也。㈤殿屎：屎，音犧，苦痛而呻吟也。㈥葵：揆也，審度其原因也。㈦蔑資：沒有生活的資財。㈧師：眾人也。

【今譯】現在上天正在發怒，你不要逢迎諂媚去附和它。以致威儀盡成迷亂，善人成為死屍，不能有所作為。人民正在呻吟號啼，而無人敢探討其所以呻吟之原因為何。在喪亂之餘，大家無以為生，難道你竟然不肯可憐可憐我們這些大眾嗎？

天之牖民㈠，如壎如篪㈡，如璋如圭㈢，如取如攜㈣，攜無曰益㈤，牖民孔易。民之多辟㈥，無自立辟。

【今註】㈠牖：啟導，開導。㈡壎：音勳，樂器，以土為之。篪：音池，樂器，以竹為之。壎與篪總是合奏，言其欲使民和合也。㈢如璋如圭：圭璋皆玉器，半圭為璋，合二璋則為圭，亦言其欲使民和合也。㈣如取如攜：如取之與攜，供求相應，亦言其和合也。㈤攜無曰益：益，利益也，使攜之者不自私自利，而與人互助互利。㈥辟：同「僻」，邪僻。

【今譯】上天之開導下民，常使民如壎之與篪之相和，如璋之與圭之相合，如取物者與攜物者之供求相應。使攜物者不自私自利，而與人以互助互利，那麼，牖民之道便極其容易了。現在社會風氣很壞，人民之為非作歹者日見其多，如果在上者自己也是行為不正，而放僻邪侈，那豈不是更助長風氣之壞嗎？

价人維藩㈠，大師維垣㈡，大邦維屏㈢，大宗維翰㈣，懷德維寧。宗子維城㈤，無俾城壞。無獨斯畏畏？

【今註】㈠价人：勇士，被甲執銳之人，即軍人。藩：籬也。㈡大師：大眾，即人民也。㈢屏：屏障。㈣大宗：天子之同姓世嫡子也。翰：主幹。㈤宗子：同姓也。

【今譯】軍人是國家的藩籬，人民是國家的垣牆，諸侯是國家的屏障，大宗是國家的主幹，懷德是國家長治久安的基本條件。同姓是國家的城壘，不可使城壘敗壞，城壞則陷于孤獨，豈可不以孤獨為憂懼嗎？

敬天之怒，無敢戲豫㈠。敬天之渝㈡，無敢馳驅。昊天曰明，及爾出王㈢。昊天曰旦，及爾游衍㈣。

【今註】㈠豫：逸樂也。㈡渝：變也，失常也。㈢王：通往，出而有所往也。㈣游衍：放縱作樂也。

【今譯】敬畏上天的震怒，千萬不敢再戲嬉逸樂了。敬畏上帝的反常，千萬不敢再馳驅遊獵了。上天的眼睛是明亮的，你的出入來往，祂無一不見；上天的視聽是聰明的，你的游衍行樂，祂無一不知。上天是不敢欺騙的，只有敬謹修德而已。

三、蕩之什

㈠蕩

這是詩人借文王責商君之口氣以刺厲王之無道。

蕩蕩上帝㈠，下民之辟㈡。疾威上帝，其命多辟㈢。天生烝民，其命匪諶㈣，靡不有初，鮮克有終㈤。

【今註】㈠蕩蕩：高大的，偉大的樣子。㈡下民之辟：辟，君也，為下民而立君主，所謂「天生民而立之君」是也。㈢其命多辟：此處之「辟」字，作「邪僻」講。㈣其命匪諶：其命，天之命令也。諶：音陳（ㄔㄣˊ），信賴也。匪諶：不可完全信賴。㈤靡不有初，鮮克有終：亦指上天之命令而言，就是說，才開始，沒有不是好的，但是很少能夠善終的，後來便命令些壞君主，乃至于亡國敗家，失了天下。夏朝如此，商朝亦如此。言外之意，周朝亦如此。

【今譯】高大的上帝，為下民而立君主。而上帝暴威發作的時候，祂的命令，也就邪僻不正了。上天降生眾民而立之君，祂的命令，不是完全可以信賴的。在開始的時候，所立的君主，沒有不是好的，但是很少能夠善終的到了後來便出了些壞的君主，乃至于亡國敗家。

文王曰：「咨！咨女殷商㈠，曾是彊禦㈡，曾是掊克㈢，曾是在位，曾是在服。天降慆德㈣，女興是力。」

【今註】本詩是詩人傷厲王之無道，有如商紂，不敢直言厲王之惡，乃借商紂以隱射之，又託為文王斥責商紂的口氣，以敷列其罪惡而明示興亡盛衰之所由來。㈠咨：嗟嘆的口氣。女：讀汝。殷商：即指紂王而言。㈡曾是：竟然這樣的。彊禦：即強禦。強暴，欺壓善良。兩字連合而成一個意思，不可勉強分割來講。㈢掊克：聚斂，剝削人民。掊音抔。㈣慆德：滔慢不恭惡性重大的人。慆音滔。

【今譯】文王說道：「可歎啊！可歎你這個商王（紂）！竟然這樣的暴虐無道，竟然這樣的剝削聚斂，竟然使惡人在位，竟然使貪夫居官。凡是上天所降下的滔慢不恭，惡性重大的壞人，自從你起來之後，便完全的任用了。」

文王曰：「咨！咨女殷商，而秉義類㈠，彊禦多懟㈡。流言以對㈢，寇攘式內㈣。侯作侯祝㈤，靡屆靡究㈥。」

【今註】㈠而：同爾。秉：任用。義類：善類。㈡懟：音隊，怨也。㈢流言：虛構之言，欺騙之言，以讒害善類。㈣式：因而，於是。內：進入內部。㈤侯作侯祝：侯，乃也。作：讀詛，咒怨也。祝：毀詛義人。㈥屆：極限。究：窮盡也。

【今譯】文王說道：「可歎啊，可歎你這個商王！你如任用善類，強暴的惡人就怨恨他們，就捏造謠言以破毀他們，於是爭權奪利的小人，進入內部，成為心腹之患，整日裏造謠生事，詛咒怨毀，就沒有個限度，沒有個止境。」

文王曰：「咨！咨女殷商，女炰烋于中國㈠，斂怨以為德。不明爾德，時無背無側㈡；爾德不明，以無陪無卿㈢。」

【今註】㈠炰烋：同咆哮，暴怒，如猛獸之怒吼也。㈡時：是，所以。無背無側：言其前後左右皆無正人輔弼。㈢無陪無卿：陪，貳也，助手也。卿，卿士也。

【今譯】文王說道：「可歎啊，可歎你這個商君！你終日的暴聲怒吼於國中，招致了全國人民的怨恨，你反而自以為有德。因為你不能修明你的德行，所以你的前後左右就沒有輔佐之人；因為你的德行不夠修明，所以就沒有好的助手和優秀的卿士。」

文王曰：「咨！咨女殷商，天不湎爾以酒㊀，不義從式，既愆爾止，靡明靡晦，式號式呼，俾晝作夜。」

【今註】㊀音湎：音免，沉醉也。

【今譯】文王說道：「可歎啊，可歎你這個商君啊！上天並不以酒來迷醉你，乃是你自己要作那不善之事。你的舉止，完全失態，無晝無夜的大號大叫，喧聲酗酒，生活顛倒，把白天當作了夜間。」

文王曰：「咨！咨女殷商，如蜩如螗㊀，如沸如羹㊁。小大近喪，人尚乎由行。內奰于中國㊂，覃及鬼方㊃。」

【今註】㊀如蜩如螗：蜩，音條。螗，音唐。皆蟬類。言人民苦於虐政，悲歎的聲音，如眾蟬之鳴。㊁如沸如羹：言人民動亂的心情，如沸羹之騰。㊂奰：音避（或讀ㄅㄟˋ），怒也。㊃覃：音談，延及也，延及於鬼方，言遠方亦怒也。鬼方：古之異族，殷周之時，稱為鬼方，秦漢之時，稱為匈奴。

【今譯】文王說道：「可歎啊！可歎你這個商君啊！人民苦於虐政，悲歎的聲音，如眾蟬之噪鳴；動亂的心情，如沸羹之掀騰，不分小者老者，都走近於死亡的邊緣。你毫不悔改，仍然是走著罪惡的道路。你不僅觸犯了國內的眾怒，甚至於遠遠的鬼方，也對你大大的惱火了。」

文王曰：「咨！咨女殷商，匪上帝不時㈠，殷不用舊。雖無老成人，尚有典刑㈡。曾是莫聽，大命以傾。」

【今註】㈠時：是也。㈡典刑：舊時的典章制度。

【今譯】文王說道：「可歎啊！可歎你這個商君啊！並不是上帝的不是，乃是因為你不用舊日的作風。現在你雖沒有元老舊臣，但是舊有的典章制度，仍然存在，無奈你竟然連這些典型，也不信從，於是你的國家的命運，也就傾覆了。」

文王曰：「咨！咨女殷商，人亦有言：『顛沛之揭㈠，枝葉未有害，本實先撥㈡。』殷鑒不遠㈢，在夏后之世。

【今註】㈠顛沛：僵仆也，樹之僵仆，曰顛沛，人之僵仆，亦曰顛沛。揭：音接（ㄐㄧㄝ），高舉，樹根蹶起的樣子。㈡撥：敗壞也。㈢鑒：鏡子也。

【今譯】文王說道：「可歎啊！可歎你這個商君啊！古人曾經說過這樣的話，說是：『樹木僵仆，樹根便蹶起來了。並不是枝葉有什麼傷害，乃是因為樹心敗壞的原故』。殷朝的鏡子，並不在遠，只要看看夏朝的結局，就知道了。

(二) 抑

這是衛武公自責自勵之詩。

抑抑威儀㈠，維德之隅㈡。人亦有言：「靡哲不愚」。庶人之愚，亦職維疾。哲人之愚，亦維斯戾㈢。

【今註】㈠抑抑：謹慎謙卑的樣子。㈡隅：廉隅，稜角。㈢戾：罪戾也。處亂世，君昏臣讒，哲人見理至明，最易觸權姦之害，為明哲保身計，故大智若愚，以免於罪禍也。

【今譯】謹慎謙卑的威儀，乃是品德修養的要件。古人曾言：「沒有一個哲人，不是像愚人一樣的」。普通一般的愚人，所以成為愚，主要的是由於先天缺陷。至於明哲的人，有充分的天才和聰明，為什麼他也成為愚人呢？是因為處于亂世，君昏臣姦，最忌諱哲人的議論。為明哲保身起見，只好啞啞聾聾糊糊塗塗了，他是為免于罪戾，而不得不大智若愚的。

無競維人㈠，四方其訓之㈡。有覺德行㈢，四國順之。訏謨定命㈣，遠猶辰告㈤。敬慎威儀，維民之則。

【今註】㈠無競維人：「無競」二字合在一起，當作一個形容詞用，形容「人」，如同下句的「有覺德行」一樣，「有覺」二字合在一起，當作一個形容詞用，形容「德」。所謂「無競」者，即無人能與之競也。即強於一切，勝於一切。「人」者，人才也。「無競維人」者，即言你如有天下莫能與之競的人才，你如有強於一切，勝於一切的人才，那麼，天下便順服你了。㈡訓：馴順也。㈢有覺：覺，光明正大也。有覺，即覺然也。㈣訏：大也。謨：謀也。㈤猶：同猷，計劃。

【今譯】 你如有天下無能與之競的人才，那麼，天下就歸從你了；你如有光明正大的德行，那麼，天下就順服你了。以遠大的謀略，安定國家的命運，以遠大的計劃，及時告戒於國民。敬慎自己的威儀，作為人民的榜樣。

其在于今，興迷亂于政㈠，顛覆厥德，荒湛于酒。女雖湛樂從㈡，弗念厥紹㈢，罔敷求先生，克共明刑㈣。

【今註】 ㈠興：皆也。政：正也，正道也。㈡女：讀汝。雖：同維。㈢紹：繼續先人的遺業。㈣共：恭謹也。刑：法度。

【今譯】 時至今日，你還是迷亂於正道，敗壞了自己的德行，沉溺於酒樂之中，一味的酒樂是從，全不想想如何繼續先王的志業，不肯廣求先王之道，又不能恪守賢明的法度。

肆皇天弗尚㈠，如彼泉流，無淪胥以亡㈡。夙興夜寐，洒掃廷內，維民之章㈢。修爾車馬，弓矢戎兵，用戒戎作㈣，用逷蠻方㈤。

【今註】㊀肆：所以。尚：幫助。㊁如彼泉流，無淪胥以亡：即無如彼泉流，淪胥以亡。㊂章：表率。㊃戒：準備。戎作：軍事工作，戰事工作。㊄遏：抵抗外力的侵略，同「遏」字之意。

【今譯】所以皇天就不幫助你，千萬不可像泉水一樣，大家隨波逐流，同歸于盡。你要早起晚睡，灑掃廷內，以為人民的表率。要修整你的車馬，弓矢以及各種兵器，以準備軍事動員，以抗拒蠻方的侵略。

質爾人民㊀，謹爾侯度㊁，用戒不虞㊂。慎爾出話，敬爾威儀，無不柔嘉㊃。白圭之玷㊄，尚可磨也。斯言之玷，不可為也。

【今註】㊀質：詰也，誓謹也。㊁侯度：斥侯也，偵探也。㊂不虞：料想不到的事變。㊃柔嘉：善也。㊄玷：音點，污點。

【今譯】要告誡你的人民，要謹密你的情報，以防備一切意料不到的事變。要謹慎你的言語，要端敬你的威儀，使之無不盡善盡美。你要知道，白圭有什麼污點，尚可以磨而去之；如果是話說錯了，那便一點辦法沒有了。

無易由言，無曰苟矣。莫捫朕舌㊀，言不可逝矣㊁。無言不讎㊂，無德不報。惠于朋友，庶民小子。子孫繩繩㊃，萬民靡不承㊄。

【今註】本章是教人要謹言。㈠捫：持也。朕：我。㈡不可逝：不可追也，即一言出口，駟馬難追也。㈢讎：對答，反應。㈣繩繩：繼續不斷。㈤承：奉也。

【今譯】不要輕輕易易的說話，不要說我說的話是說著玩的。雖然沒有人禁止我說話，但是要知道一句話說出，是再也追不回來的喲。沒有一句話說出，會不發生反應的；沒有一件好事作出，會沒有報應的。所以你的話說出，如果是有益予朋友，有利於社會羣眾，那麼，你的子子孫孫，便能繼繼續續，繁盛下去，天下萬民也就沒有不順服你的了。

視爾友君子㈠，輯柔爾顏㈡，不遐有愆。相在爾室㈢，尚不愧於屋漏㈣，無曰：「不顯，莫予云覯㈤。」神之格思㈥，不可度思，矧可射思㈦。

【今註】本章是教人要慎行。十目所視，十手所指，一個人的行為，常有人注意，所以不可不謹慎。

㈠視爾友君子：即爾友及君子皆在視爾，即你的朋友和社會上一般的君子，都在看著你的一切行為。

㈡輯：和也。㈢相在爾室：在你的房間裏邊，也會有人看著你。㈣尚：希望你。屋漏：幽暗之處。

㈤覯：見也。㈥格：來也。㈦射：音亦，厭倦，懈怠。

【今譯】你的朋友和社會上一般的君子，都在看著你，你要柔和你的顏色，戒慎恐懼，萬不可有什麼過錯。要知道，一個人的行為，即使在自己的房間，也會有人看見，所以希望你雖在幽暗之處，也不可去作那愧心之事。不要說：「這是不明顯的地方，沒有人會看見我」。要知道，神的來臨，是不可預測的，說不定甚麼時候便會來到，豈敢厭倦而不謹慎自己的行為呢。

辟爾為德㈠，俾臧俾嘉。淑慎爾止，不愆于儀。不僭不賊㈡，鮮不為則。投我以桃，報之以李。彼童而角㈢，實虹小子。

【今註】㈠辟：效法。㈡僭：差錯。不賊：不害於理。㈢童：羊之無角者。㈣虹：迷亂，欺騙。

【今譯】人民們都效法你，作為他們行為的準繩，所以你要使你的行為，表現得很好很美。你的一切動作，要善自慎重，如果你能不失於禮儀，不越於本分，不害於道理，那就很少不以你為法則了。人家投我以桃，我必報之以李，這是合理的反應。如果有人說，童羊頭上生了角，那是完全不合理的，那就是迷亂你了。

荏染柔木㈠，言緡之絲㈡。溫溫恭人，維德之基。其維哲人，告之話言，順德之行。其維愚人，覆謂我僭㈢。民各有心。

【今註】㈠荏：音任。荏染：柔的樣子。㈡緡：音民，被也，施也。言緡之絲，即言施之以絲，即可以成為琴瑟之弦。㈢僭：不誠實。

【今譯】荏染的柔木，被之以絲，即可以成為琴瑟之弦。溫溫的恭人，實是德行的基幹。那些明哲的人，如以善言相告，他便能順乎德性而行，只有那些愚人，我以善言相告，他反而以為我是欺騙他。人們的心理，真是大大的不同啊。

於乎小子㈠，未知臧否㈡。匪手攜之，言示之事。匪面命之，言提其耳。借曰未知㈢，亦既抱子。民之靡盈㈣，誰夙知而莫成㈤？

【今註】㈠於乎：於音烏，於乎即嗚乎。㈡否：音痞，惡也。㈢借：假定。㈣盈：滿也。㈤莫：同暮，晚間。

【今譯】嗚乎小子啊，你不知道甚麼是善，甚麼是惡。我不僅以手攜著你，而且示之以實際之事；我不僅當面告訴過你，並且又提了一提你的耳朵，使你更為注意。假定說你是年幼無知，但是你已經抱子了，年紀已經不小了。人事的努力是永遠沒有個止境的，那一個人是早上知道而晚間便能成功的呢？

昊天孔昭，我生靡樂。視爾夢夢㈠，我心慘慘。誨爾諄諄㈡，聽我藐藐㈢。匪用為教，覆用為虐。借曰未知，亦聿既耄㈣。

【今註】㈠夢夢：昏迷不明的樣子。㈡諄諄：詳悉也。㈢藐藐：忽略也。㈣耄：音毛，八十歲以上之人。

【今譯】上天是極其昭明的，我這一生沒有過過一天快樂的日子。看見你那樣的昏昏倒倒，我的心憂傷的很！我對於你苦口婆心的勸告，而你卻聽之藐藐，全不留心。你對於我的話，不僅不以為教訓，反而認為是對於你的慘酷。假定說你是沒有知識的話，你的年紀已經是八九十歲了，不應該如此之無知啊！

於乎小子，告爾舊止㈠。聽用我謀，庶無大悔。天方艱難，曰喪厥國。取譬不遠㈡，昊天不忒㈢。回遹其德㈣，俾民大棘㈤。

【今註】㈠舊：久也，說的很久。㈡取譬不遠：所舉的例子都不在遠。㈢忒：音特，錯誤。㈣遹：音ㄩˋ，邪也。㈤棘：苦痛。

【今譯】嗚乎小于啊！我勸告你的時候已經很久了，你若是肯採用我的意見，庶幾不致於有多大的後悔了。上天正在降下艱難，要敗亡你的國家。我所譬喻的事例，都不在遠，上天福善禍淫的處置，是一點不會錯誤的。你若是不走正道而邪僻其德，那麼，老百姓們可就要大大的受苦了。

(三) 桑　柔

這是傷歎政昏臣邪，是非顛倒，民風敗壞之詩。

菀彼桑柔㈠，其下侯旬㈡。捋采其劉㈢，瘼此下民㈣。不殄心憂，倉兄填兮㈤。倬彼昊天㈥，寧不我矜㈦？

【今註】㈠菀：音宇，茂盛的樣子。桑柔：柔桑。㈡其下侯旬：於樹下之蔭庇甚為勻徧。㈢捋采其劉：捋：音勒，取也。劉：柔桑之枝葉被斬殺而稀疏缺落也。㈣瘼此下民：柔桑枝葉稀落，則在桑下之人無蔭可庇，而陷于病矣。㈤倉兄：同愴怳，心情悵恨，意不得也。填：同瘨，病也。此句愴怳瘨兮，正與「亂離瘼矣」句法相似。㈥倬，音卓，明也。㈦寧：乃也。

【今譯】那茂盛的柔桑，其蔭普徧而均勻，可以供人乘涼。今若砍伐其枝葉，則樹蔭疏落，而在下乘涼者便苦了。由於桑柔之被摧殘，使人無蔭可庇，因而聯想今日人民受喪亂之苦，憂傷不置，心情惆悵以致于病。高明無所不見的蒼天，竟然一點也不可憐我們？

四牡騤騤㈠，旟旐有翩㈡。亂生不夷㈢，靡國不泯。民靡有黎㈣，具禍以燼。於乎有哀㈤，國步斯頻㈥。

【今註】㈠騤騤：騤，音葵（ㄎㄨㄟˊ），壯盛的樣子。㈡旟旐：旟，音與（ㄩˇ），旐，音兆（ㄓㄠˋ），旗子也。旗上畫有鳥隼者，曰旟，旗上畫有龜蛇者，曰旐。有翩：即翩然飄動的樣子。㈢不夷：不平服也。㈣民靡有黎：即靡有孑遺，所餘不多，不剩幾個。㈤於乎：即嗚乎。㈥國步：國運。頻：

危蹙，急蹙。

【今譯】四牡騤騤而壯盛，旐旗翩然而飄揚，這就是征戰的徵象。戰亂連連發生，不曾有平服的日子，沒有一個國家不趨於滅亡。老百姓們隨著戰火，化為灰燼，所餘沒有幾個了。嗚乎哀哉，國運竟至于如此之危蹙。

國步靡資㈠，天不我將㈡。靡所止疑㈢，云徂何往？君子實維，秉心無競㈣。誰生厲階㈤？至今為梗㈥。

【今註】㈠靡資：因戰亂而窮乏，沒有生活之資財也。㈡將：養也。㈢靡所止疑：即靡所止戾，沒有安生之地。㈣秉心無競：即存心不與人爭權奪利。㈤厲階：禍亂之階。㈥梗：病也。

【今譯】國運窮乏，無以為生，上天又不養活我們。沒有可以安身的地方，到那裏去好呢？君子一向是存心不與人競爭的，根本沒有爭權奪利之意念，那麼，到底是誰造成了這禍亂之階梯呢？直至今日，為害無已。

憂心慇慇㈠，念我土宇㈡。我生不辰㈢，逢天僤怒㈣。自西徂東，靡所定處。多我覯痻㈤，孔棘我圉㈥。

【今註】㈠慇慇：切至也，極憂而病也。㈡土宇：家鄉也。㈢不辰：不是時候，生辰不好。㈣

僤：音談，厚也。㊄覯：遭也，遇也。痻：病也。㊅圉：邊疆也。

【今譯】憂心慇慇，思念我的家鄉。我生辰不佳，遭逢上天的盛怒，從西到東，沒有安定的地方。我所遭遇的苦難太多了，邊疆的問題也太緊急了。

為謀為毖㊀，亂況斯削㊁。告爾憂恤，誨爾序爵。誰能執熱，逝不以濯㊂？其何能淑㊃？載胥及溺。

【今註】㊀毖：音必，謹慎也。㊁亂況斯削：禍亂的情況便減少。㊂逝：語詞。㊃淑：善其後也。

【今譯】如果一切設計能夠慎審考慮，那麼，禍亂的情勢便會減少了。所以勸你要愛惜人民，並且教訓你以序爵任賢之道。那個人能夠手執熱物而不先以冷水澆之？賢人就好比是消熱的能手，是平亂的專家，如果想平亂而不用賢人，如何能以善其後呢？那只有使大家同歸於盡而已。

如彼遡風㊀，亦孔之僾㊁。民有肅心㊂，荓云不逮㊃。好是稼穡，力民代食㊄。稼穡維寶，代食維好。

【今註】㊀遡風：迎面吹來的風，遡，音素（ㄙㄨˋ），逆也。㊁僾：音愛，悶氣，呼吸短促也。㊂肅心，仕進之心。㊃荓：音烹，使之也。不逮：自謙為沒有才能，力量不夠，所以不願入仕了。㊄力民：自食其力之人。代食：代替食祿，代替食薪水。

【今譯】 好像碰著了當面吹來的遡風一樣，使人氣逆而呼吸困難。賢人雖有仕進之心，但以處於亂世，使得他不能不打消其仕意，而借口於他能力不足，不夠用世，於是以稼穡為業，自食其力，以代替俸祿之食。以為稼穡是最寶貴的，自食其力是最好的，所以就沒人來為朝廷辦事了。

天降喪亂，滅我立王㈠。降此蟊賊，稼穡卒痒㈡。哀恫中國，具贅卒荒㈢。靡有旅力，以念穹蒼。

【今註】 此章全言天災之苦。

㈠立王：所賴以生存之王，即五穀也。㈡卒：盡也。痒：病也。㈢贅：音綴（ㄓㄨㄟˋ）連，屬也。

【今譯】 上天降下了喪亂，毀滅了我們所賴以生存之穀物。又降下了吞噬穀物的蟊賊，使我們的稼穡，盡為之病。可哀慟的國內，連年都是災荒，我們實在沒有能用力之處，只有祈禱上蒼救救我們了。

維此惠君㈠，民人所瞻。秉心宣猶㈡，考慎其相㈢。維彼不順，自獨俾臧，自有肺腸，俾民卒狂。

【今註】 ㈠惠君：惠，順也，順于義理也。㈡宣：光明。猶：通達。㈢相：輔佐之人。

【今譯】 維此順理之君，為民人所瞻仰，存心光明而通達，且能慎擇賢能以為輔佐。維彼逆理之君，自以為善，獨行其是，別具肺腸，拂人之性，結果，使人民盡入於狂亂。

瞻彼中林，甡甡其鹿㈠。朋友已譖㈡，不胥以穀㈢。人亦有言：「進退維谷㈣。」

【今註】㈠甡甡：音申，眾多的樣子。㈡譖：音踐，通僭，彼此不信。㈢胥：相。穀：善也。㈣谷：絕地也。

【今譯】看那林中的鹿，友愛而相樂。我則不然，朋友之間，互相疑忌，不能相勉於善。人們常言：「進退維谷」，我今日的處境，正是如此啊！

維此聖人，瞻言百里㈠。維彼愚人，覆狂以喜。匪言不能，相斯畏忌？

【今註】㈠言：語詞。

【今譯】維此聖人，一眼能看到百里之遠；維彼愚人，只能看見眼前，反而歡喜若狂，不知大禍已經臨頭。但是有遠見的聖人，為甚麼事前不把大禍說出來呢？聖人並不是不會說話，那麼，他是有什麼畏忌而不敢說呢？乃是畏忌君王太暴虐，而不敢諫也。

維此良人，弗求弗迪㈠。維彼忍心㈡，是顧是復㈢。民之貪亂㈣，寧為荼毒㈤。

【今註】㈠迪：進用。㈡忍心：殘暴不仁之人。㈢顧：眷念。復：重重復復，留戀而不忍使其去。㈣貪亂：不顧一切的希望天下大亂，此皆君王無道民不堪命之所激也。㈤寧為荼毒：甘心吃更大的苦頭，乃至於同歸於盡也，這就是孟子所謂：「是日何喪，予及汝偕亡」之意。

【今譯】維此良善之人，君王不求不用；維彼殘暴之人，君王既眷念又留戀。暴政壓迫，民不堪命，所以大家不顧死活的一心一意盼望天下大亂，寧願吃更大的苦頭，以逞「同歸於盡」之快。

大風有隧㈠，有空大谷㈡。維此良人，作為式穀。維彼不順，征以中垢㈢。

【今註】㈠隧：音遂，孔道也。㈡有空大谷：有空，形容大谷也。㈢征以中垢：征，行也，中垢，垢中也，行于污垢之中也。

【今譯】大風之來，有其孔道，空然之大谷，即其孔道也。維此良人，所作所為，皆出於善。維彼不順於理之人，所作所為，皆出於污垢之中也。

大風有隧，貪人敗類㈠，聽言則對，誦言如醉。匪用其良，覆俾我悖㈡。

【今註】㈠貪人敗類：言貪人能敗壞善人。類：善也。㈡覆俾我悖：反而使我陷於悖逆。

【今譯】大風之來，由於孔道；善人之敗，由於貪人。為人上者，對於順從之言，則喜而答之；對於諷諫之言，則如醉者之不聞不省。不用善良之人，反而使善良者陷於悖逆。

嗟爾朋友！予豈不知而作？如彼飛蟲，時亦弋獲㈠。既之陰女㈡，反予來赫！

【今註】㈠如彼飛蟲，時亦弋獲：如彼小小的飛蟲，辛辛苦苦，飛行於空中，有時偶然也會捕得一點東西。比喻自己之所言，愚者千慮或有一得之見也。㈡既之陰女：之，往也。陰，密告也。女，汝也。既往你那裏，把我的心事密告於你，你反而對於我加以威脅和恐嚇。

【今譯】唉，朋友你啊！我豈是不知時局之難救而作此言？好比那小小的飛蟲一樣，辛苦飛行於空中，有時偶然也會有所弋獲，我的話，也是希望愚者千慮或有一得之助耳。我既然到你那裏，把我的心事話，密告於你，而你反而來威嚇我，人心真是可怕啊！

民之罔極㈠，職涼善背㈡。為民不利，如云不克。民之回遹㈢，職競用力。

【今註】㊀罔極：為非作惡，沒有限度。㊁涼：薄，險詐。善背：善於反覆。㊂回遹：邪僻不正。遹，音育（ㄩˋ）。

【今譯】人之所以為非作惡，沒有極限，主要是由於人情澆薄，反覆無常。作那不利於人之事，好像是惟恐心力不夠似的。現在人心之所以邪僻，主要的是由於一般惡人傾其全力以爭權奪利，因而導致民情風氣之日趨墮落也。

民之未戾㊀，職盜為寇㊁。涼曰不可，覆背善詈㊂。雖曰非予，既作爾歌。

【今註】㊀戾：安定。㊁盜：盜臣也，聚斂之臣也。寇：竊攘人民之所有也。㊂詈：音利，罵人。

【今譯】人民之所以不得安定，主要的是由於一般聚斂之臣，剝削搜刮，攘奪人民之財物，如同寇賊一樣。心性澆薄已經是不可以了，而況又反覆無常，惡言善罵？雖然你說「這些事情不是我幹的」，但是我已經作成歌了，是為你而作，請你看一看，有則改之，無則加勉。

㈣雲　漢

君王為旱災太甚而祈禱求雨之詩。

倬彼雲漢㈠，昭回于天㈡，王曰：「於乎！何辜今之人？天降喪亂，饑饉薦臻㈢。靡神不舉，靡愛斯牲。圭璧既卒㈣，寧莫我聽？」

【今註】㈠倬：音卓，明亮的樣子。㈡昭：光照也。回：轉動也。王曰：王曰以下，全詩都是王所祈禱的話。㈢薦臻：頻仍也。㈣圭璧：祭神之玉器，隨祭而埋於土，不再取出，故越祭圭器越少以至於盡。

【今譯】明亮的天河，光照運轉於天空。王乃祈禱而言曰：「嗚乎！今之人究竟犯了什麼罪呀？上天降下了喪亂，饑饉連續不斷的來到。為了禱告免災，可以說沒有神我們不與行祭禮的，沒有牲我們敢於愛惜的。現在祭祀的玉器，也都用完了，難道上天對於我們的禱告，一點也不肯聽從嗎？」

旱既大甚㈠，蘊隆蟲蟲㈡。不殄禋祀㈢，自郊徂宮㈣，上下奠瘞㈤，靡神不宗㈥。后稷不克，上帝不臨。耗斁下土㈦，寧丁我躬㈧？

【今註】㈠大：讀太。㈡蘊隆：鬱蒸的暑氣。蟲蟲：音中，熱氣蒸人的樣子。㈢殄：斷絕。禋：音因，祭祀。㈣郊：祭天地。宮：宗廟，祭祖先。㈤上下：上祭天，下祭地。奠：置祭品於地上。

瘞：音一、，埋也。埋祭品于地下。㈥宗：敬，尊敬。㈦耗斁：敗亡也。斁，音杜。㈧丁：適當其時。

【今譯】旱的既然太甚了，熱氣蒸人。我不敢斷絕祭祀，從郊祭到廟祭，上祭天，下祭地，擺祭品，埋祭品，忙個不停，可以說，沒有神不敬到的。但是，后稷不理會，上帝不光臨。這樣的敗亡下土的大旱災，難道就恰巧碰到我的身上嗎？

旱既大甚，則不可推㈠。兢兢業業㈡，如霆如雷。周餘黎民㈢，靡有孑遺㈣。昊天上帝，則不我遺。胡不相畏？先祖于摧㈤。

【今註】㈠推：除去。㈡兢兢業業：危懼的樣子。㈢黎民：眾民。㈣靡有孑遺：沒有幾個人活著。㈤摧：絕也，滅也。

【今譯】旱災既然太甚，就無法解除了。好像聽到雷霆之聲一樣。使人危懼萬分。經過大亂大災之後，周家的黎民，能夠活著的，已經沒有多少了。昊天上帝，既然不留我們，先祖之祭祀，快要斷絕了，為什麼不相互戒懼呢？

旱既大甚，則不可沮㈠。赫赫炎炎㈡，云我無所㈢。大命近止㈣，靡瞻靡顧。羣公先正㈤，則不我助。父母先祖，胡寧忍予？

【今註】㈠沮：止也。㈡赫赫炎炎：言天久不雨，陽光烤熱的樣子。㈢云：語詞。無所：無逃避之處。㈣大命：國家的生命，命運。㈤羣公：指周朝未成王業以前的祖先而言。先正：正，官長，指先公的諸臣而言。

【今譯】旱災既然太甚，已經是阻止不住的了。天氣熱得好像火烤的一樣，使我沒有躲藏之處。國家的命運快完了，沒有人看我，也沒有人顧我。歷代的祖先和先朝的羣臣們，也沒有來幫助我的。父母啊，先祖啊，難道你們對於我竟是這樣的忍心嗎？

旱既大甚，滌滌山川㈠。旱魃為虐㈡，如惔如焚㈢。我心憚暑㈣，憂心如熏㈤。羣公先正，則不我聞。昊天上帝，寧俾我遯㈥？

【今註】㈠滌滌山川：山無木，川無草，地上光禿禿的一草一木都沒有，旱的太甚，草木乾枯，好像是水洗過似的，洗得乾乾淨淨，地上沒有生物。㈡魃：音拔，旱神。㈢惔：音談，燒。㈣憚：怕。㈤熏：灼也，燙也。㈥遯：逃也。

【今譯】旱的既然太甚，山川好像是洗過似的，乾乾淨淨，沒有一草一木的存在。旱神大肆暴虐，熱得如燒如烤。我的心中害怕暑熱，憂愁的好像火燙著一樣。歷代的祖先和先人的羣臣們，對於我的呼籲，不聞不理，昊天上帝，難道會允許我們逃避嗎？

旱既大甚，黽勉畏去㈠，胡寧瘨我以旱㈡？憯不知其故㈢。祈年孔夙㈣，方社不莫㈤。昊天上帝，則不我虞㈥。敬恭明神，宜無悔怒。

【今註】㈠黽勉：勉力從事。黽：音敏，努力也。畏去：不敢逃避。㈡瘨：音顛，病也。㈢憯：音慘，乃也。㈣祈年：孟春祈穀于上帝，孟冬祈來年於天宗之祭也。夙：早也。㈤方社：方，祭四方。社，祭土神。不莫：莫同暮，晚也。不莫即不晚也。㈥虞：揣度，體諒也。

【今譯】旱的既然太甚，我們只有奮勉從事，而不敢逃去。為什麼以旱災的苦痛加之於我們呢？真使我百思而不得其解；我每年舉行祈年之祭，是很早的，而祈四方祈土地之祭，也並不算晚，可惜昊天上帝不體諒我們的誠意，像我這樣的對神明的恭敬，神應該是無悔無怒的呀！

旱既大甚，散無友紀㈠。鞫哉庶正㈡，疚哉冢宰㈢，趣馬師氏㈣，膳夫左右㈤，靡人不周，無不能止㈥。瞻卬昊天㈦，云如何里㈧？

【今註】㈠友：同有。㈡鞫：窮也。庶正：眾官之長。㈢疚：痛也。冢宰：眾長之長。㈣趣馬：掌馬之官。師氏：掌以兵守王門者。㈤膳夫：掌食之官。㈥無不能止：即無不能之。㈦卬：同仰。㈧里：憂也。

【今譯】旱的既然太甚，百官們也四處逃散，沒有紀綱。累得庶正也窮了，冢宰也病了。趣馬，痛氏，膳夫，左右，無人不用力以周濟他人的，沒有人說是自己不能幫忙別人的。仰首昊天，我內心的師苦是無法形容的呀！

瞻卬昊天，有嘒其星㈠。大夫君子，昭假無贏㈡。大命近止，無棄爾成。何求為我，以戾庶正。瞻卬昊天，曷惠其寧？

【今註】㈠有嘒：嘒，音惠，明亮也，有嘒，即嘒然也。㈡昭假：祭祀也，以誠意祈神也。精誠之上達，曰「奏假」。精誠之顯達，曰「昭假」。贏：餘也。

【今譯】瞻仰昊天，星光明亮。大夫君子，所以致力於祭祀者，已經是竭誠盡力而無餘了。雖然是國運垂危，但是大家總要繼續努力，不可廢棄你們已有的成就。那一次的祈求是為我自己呢？無非是為的安定眾官罷了。瞻仰昊天，何不惠然賜下民以安寧呢？

㈤崧　高

這是尹吉甫送申伯就封於謝之詩。

崧高維嶽㈠，駿極于天㈡。維嶽降神，生甫及申㈢。維申及甫，

維周之翰㊃。四國于蕃㊄，四方于宣㊅。

【今註】㊀崧：高大的。嶽：山之尊者，東嶽泰山、西嶽華山、南嶽衡山、北嶽恒山，謂之四嶽。甫侯申伯皆姜姓之國，掌四嶽之祀，能奉其職，嶽神寵之，故降之以福。㊁駿：同峻，高。㊂甫：甫侯。申：申伯。㊃翰：楨幹。㊄蕃：屏藩。㊅宣：可有兩種解釋，一種就普通意義的解釋，宣是宣達，即宣達國王德意於四方。一種是馬瑞辰毛詩傳箋通釋的解釋，以為「宣」當為「垣」字的假借，「四國于蕃，四方于宣」，猶板之詩「价人維藩，大師維垣」，其意義與文法構造皆相似。且「亘」字古讀同「宣」，如「赫兮咺兮」，韓詩作「赫兮喧兮」是也。馬氏之說，頗為精當。

【今譯】山之高大者，就是四嶽，其高可以達於天際。嶽公顯現了神異，就降生了甫侯和申伯。申伯和甫侯，乃是周家的楨幹，四方之國，賴之而為屏藩；四方之民，賴之而為保障。

亹亹申伯㊀，王纘之事㊁。于邑于謝㊂，南國是式。王命召伯，定申伯之宅。登是南邦㊃，世執其功㊄。

【今註】㊀亹亹：音尾，奮勉的樣子。㊁纘：繼續，王使之繼續其先人之事業。㊂于邑：于，為也，作也，于邑，即作邑也。謝：地名，在今河南省信陽縣。申地和謝地相距不遠，謝較申大，故改封於謝。㊃登：前往。南邦：謝地在周土之南，故曰南邦。㊄執：執行。功：工作，任務。

【今譯】奮勉有為的申伯，天子使他繼續其先人之事業，作新邑於謝地，以為南方諸國的榜樣。天子命令召伯，規劃申伯之所居。以便申伯前往南邦，世世執行其任務。

王命申伯，式是南邦。因是謝人，以作爾庸㈠。王命召伯，徹申伯土田㈡。王命傅御㈢，遷其私人㈣。

【今註】㈠因：憑藉，使用。作：發揮。庸：事功。㈡徹：定其經界，正其賦稅。㈢傅御：申伯家臣之長也。㈣遷：使就國也。私人：家人。

【今譯】王命申伯：為南方諸國的榜樣，就使用謝地的人民，以發揮你的事功。王又命令召伯，劃量申伯土田的經界，規定賦稅的收入。王又命令申伯的家臣之長，先帶著申伯的家人前往就國。

申伯之功㈠，召伯是營。有俶其城㈡。寢廟既成，既成藐藐㈢。王錫申伯，四牡蹻蹻㈣，鉤膺濯濯㈤。

【今註】㈠功：工作，建造新邑的工程。㈡俶：音處，善也。有俶，即俶然。㈢藐藐：藐，音秒，美觀也。㈣蹻蹻：音驕，壯健的樣子。㈤鉤膺：馬肚帶上的鉤。膺：馬肚。濯濯：光澤的樣子。

【今譯】申伯建立新邑的工作，由召伯負責營建。先開始建築城郭，而後營建寢廟，寢廟既成之後，很是美觀。王賜申伯以蹻蹻的四牡，四牡身上裝飾的鉤膺之物，也都非常之光澤。

王遣申伯，路車乘馬㈠。「我圖爾居㈡，莫如南土。錫爾介圭㈢，以作爾寶。往近王舅㈣，南土是保。」

【今註】㈠路車：諸侯所乘之車。乘馬：乘音勝，四馬曰乘。㈡圖：謀，打算。㈢介圭：諸侯之封圭。介者，大也。圭者，上圓下方之瑞玉也。㈣往近王舅：近，音記，語詞，用作「矣」，「已」「哉」之詞，即「往矣王舅」之意。申伯為宣王之舅，故以王舅稱之。

【今譯】王遣申伯往謝國去的時候，賞他以路車乘馬。並且告訴他說：「我替你考慮你的住地，再沒有比南土更好的了。我賞賜你以大的玉圭，作為你的寶器。去吧！王舅啊！保障南方的國土！」

申伯信邁㈠，王餞于郿㈡。申伯還南，謝于誠歸㈢。王命召伯，徹申伯土疆㈣，以峙其粻㈤，式遄其行㈥。

【今註】㈠信邁：信，誠，確定時日也。邁，遠行也。即確定日期往南土去也。㈡餞：音見，以酒食相宴為之送行也。郿：音眉，陝西鳳翔府郿縣，在鎬京之西，岐周之東，王當時在岐周，故餞於郿。㈢謝于誠歸：即誠然要歸于謝地也。㈣土疆：封土的疆域及土地的分配使用諸事，皆屬之。徹者，規劃之而徵其賦稅也。㈤峙：音痔，儲積也。粻：音張，糧也。㈥式：語詞。遄：音喘，促其速也。

【今譯】　申伯確定的要遠行了，王於是在郿縣給他餞行。申伯真是歸於謝地去了。先是王曾命令召伯劃定申伯的疆土，規定徵賦的辦法，把糧食早就儲備下來，所以申伯得以從速啟行。

申伯番番㈠，既入于謝。徒御嘽嘽㈡，周邦咸喜㈢，戎有良翰㈣，不顯申伯㈤，王之元舅㈥，文武是憲㈦。

【今註】　㈠番番：番，音波。番番，武勇的樣子。㈡徒御：指申伯的一切隨從人馬而言。嘽嘽：音灘，嘽嘽，人徒眾盛的樣子。㈢周邦：周，徧也。周邦，即全邦也。㈣戎：汝也。翰：屏障也。㈤不顯：即不顯也。㈥元舅：長舅也。㈦憲：法則也。

【今譯】　武勇的申伯，往謝國去了，隨從的人，很是眾盛。全邦的人都很喜歡的說：「你有了良好的屏障了，他就是大有顯德的申伯，是王的長舅，他能以文王武王為法則。」

申伯之德，柔惠且直，揉此萬邦㈠，聞于四國。吉甫作誦，其詩孔碩㈡，其風肆好㈢，以贈申伯。

【今註】　㈠揉：治也，安撫也。㈡碩：大也。㈢肆好：很好也。碩也，好也，皆就其詩之用意而言。

【今譯】　申伯的德行，既柔和而又正直。他來到謝邑，安撫南方的萬邦，聞名於四方的諸國。吉甫為他作了一篇誦，以贈給他。那篇誦詩，非常之碩大，而用意也非常之良好。

(六) 烝 民

這是尹吉甫讚美仲山甫之詩。

天生烝民㈠，有物有則㈡。民之秉彝㈢，好是懿德。天監有周，昭假于下㈣，保茲天子，生仲山甫。

【今註】㈠烝民：眾民。㈡有物有則：有某種事物，即必然有某種事物的法則。㈢秉彝：秉賦之常性。㈣昭假于下：言上天嘉賞有周能承天命，所以就顯現神靈於下土，保祐周朝。

【今譯】上天生下了眾民，有其事物，就必然有其法則。人類的常性，都喜歡美好的德行。上天看見了有周的德行，乃顯現神靈，所以就生下了仲山甫，來保護周朝的天子。

仲山甫之德，柔嘉維則，令儀令色，小心翼翼。古訓是式，威儀是力，天子是若，明命使賦㈠。

【今註】㈠明命使賦：觀前三句連用之「是」字，可以推知「明命使賦」之「使」字，當為「是」字。賦：敷也，敷佈也，敷佈天子之明命於南土也。

【今譯】　仲山甫的德行，柔善可為法則。他有良好的威儀，溫和的顏色，小心而恭謹。他以古訓為法式，他注重於威儀，他順從天子的意旨，他敷佈天子的明命於南土。

王命仲山甫，式是百辟㈠，纘戎祖考㈡，王躬是保。出納王命㈢，王之喉舌。賦政于外，四方爰發㈣。

【今註】　㈠百辟：諸侯。㈡戎：你。㈢出納王命：把王命宣布于外，謂之出。把外邊的意見接納下來以轉達于王，謂之納。㈣發：推行也。

【今譯】　王命仲山甫，為各國諸侯的模範，繼承你先人的事業，保護王的身體。宣佈王的命令於外邊，並轉達外邊的意見于王，是王的喉舌，代表王來發言。敷佈政令于外，於是四方諸國，就起而行之。

肅肅王命㈠，仲山甫將之㈡；邦國若否㈢，仲山甫明之。既明且哲，以保其身。夙夜匪解㈣，以事一人。

【今註】　㈠肅肅：嚴正的。㈡將：奉行。㈢若否：即善否。㈣解：同懈，懶惰怠忽。

【今譯】　嚴正的王命，仲山甫能徹底的奉行；邦國的好壞，仲山甫能全部的瞭解。既聰明而又有智謀，以保全其身；晝夜不懈的努力工作，以奉事天子一人。

人亦有言：「柔則茹之，剛則吐之㊀。」維仲山甫，柔亦不茹，剛亦不吐。不侮矜寡㊁，不畏彊禦㊂。

【今註】㊀柔則茹之，剛則吐之：遇到軟的，就把他吃了；遇到硬的，就把他吐了。這就是吃軟怕硬，欺壓善良的人，害怕暴惡的人。㊁矜寡：即鰥寡，老而無妻曰鰥，老而無夫曰寡。㊂彊禦：強暴的惡人。

【今譯】世人們常說：「軟的就把他吃了，硬的就把他吐了。」這完全是吃軟怕硬的現實主義。惟獨仲山甫不是這樣，他對於軟的既不吞食，對於硬的也不屈服。不欺侮那些鰥寡的人，也不害怕那些強暴的人。

人亦有言：「德輶如毛㊀，民鮮克舉之。」我儀圖之㊁，維仲山甫舉之。愛莫助之，袞職有闕㊂，維仲山甫補之。

【今註】㊀輶：音酉，輕也。㊁儀圖：揣度，想像也。㊂袞職：天子服袞衣，故袞職，即天子之職。闕：失也。

【今譯】人們也說過：「德之輕如羽毛一樣，但是人們很少能把它舉起來。」我心中想像只有一個人，就是只有仲山甫能舉起來。我對於仲山甫真是愛其德而不能有所幫助。天子有什麼錯誤，惟仲山甫能夠糾正過來，補救過來。

仲山甫出祖㈠，四牡業業㈡，征夫捷捷㈢，每懷靡及。四牡彭彭㈣，八鸞鏘鏘㈤。王命仲山甫，城彼東方㈥。

【今註】㈠出祖：出行祭道神。㈡業業：雄健的樣子。㈢捷捷：疾速的樣子。㈣彭彭：盛壯的樣子。㈤鏘鏘：鸞鈴之鳴聲。㈥東方：齊之臨淄。

【今譯】仲山甫出祖啟行，四牡業業而前進，征夫捷捷而疾走，好像常常存著惟恐怕趕不及的心情。四牡彭彭而前進，八鸞鏘鏘而和鳴，王命仲山甫，建設東方的臨淄。

四牡騤騤㈠，八鸞喈喈㈡。仲山甫徂齊㈢，式遄其歸。吉甫作誦㈣，穆如清風㈤。仲山甫永懷，以慰其心。

【今註】㈠騤騤：強健的樣子。㈡喈喈：和鳴聲。㈢徂：音ㄘㄨˊ，往也。㈣誦：有音節而可誦之詞句。㈤穆：溫和的。

【今譯】四牡騤騤而前進，八鸞喈喈而和鳴，仲山甫往齊國去了，希望他能早去早回。吉甫作這首詩，溫和的如同清風一般，希望仲山甫永遠記著這首詩，可以安慰他的心靈。

(七)韓　奕

這是讚美韓侯之詩。

奕奕梁山㈠，維禹甸之㈡，有倬其道㈢，韓侯受命，王親命之：「纘戎祖考㈣，無廢朕命，夙夜匪解㈤，虔共爾位㈥。朕命不易，榦不庭方㈦，以佐戎辟㈧。」

【今註】㈠奕奕：高大的樣子。梁山：在今之河北固安縣境內。㈡甸：治也。㈢倬：音卓，光明。有倬，即倬然。㈣戎：你，汝也。㈤解：同懈。㈥虔共：虔，敬也。共，恭也。㈦榦：糾正也。不庭方：不來朝會之方國。㈧辟：音壁，君也。

【今譯】高大的梁山，是禹王所平治的。因為韓侯的行事，很是光明，所以就受命而為韓侯。王親自命令他道：「你要繼續你先祖的事業，不要廢棄我的命令。你要晝夜不懈的努力工作，誠心誠意恭恭敬敬的盡到你的職責。我命你為韓侯，也並不是一件容易之事。希望你以身作則，能糾正那些不來朝會的方國，以輔佐你的君王。」

四牡奕奕，孔修且張㈠。韓侯入覲㈡，以其介圭㈢，入覲于王。王錫韓侯，淑旂綏章㈣，簟茀錯衡㈤，玄袞赤舄㈥，鉤膺鏤錫㈦，鞹鞃淺幭㈧，鞗革金厄㈨。

【今註】㈠修：長也。張：大也。㈡覲：朝見天子。㈢介圭：大圭，執之為贄，以合瑞于王也。㈣淑：善也，美好也。旂：旗上繪有交龍之文。綏章：染鳥羽或旄牛尾為之，注於旂竿之首，以為表章者也。㈤簟茀錯衡：簟：方文竹席。茀：車蔽。錯：文采。衡：轅前端之橫木。㈥玄衮：玄色畫有卷龍之衣。赤舄：赤色之履也。㈦鉤膺：馬腹之帶，有鉤以拘之，施之於胸部。鏤：刻金也。錫：音陽，馬眉上之飾物也。㈧鞹：音擴，除過毛之革。鞃：音弘，車軾蒙革也。鞹鞃，即以去毛之皮，施于軾之中央，以使車子牢固也。淺幭：以淺色之虎皮覆於軾也。幭音密。㈨鞗革金厄：鞗革，轡首也。鞗音條。金厄：以金為環，纏搤轡首也。

【今譯】四匹雄馬，奕奕然既長且大。韓侯入朝覲見天子的時候，以其大圭，入覲于王。王賜韓侯以美麗的旗幟，旗竿之首有些羽毛的飾物。車子的裝飾，也很美觀，以方文竹席為車蔽，車前端的橫木之上，也施以文采。又賜以玄色的衮衣，赤色之舄。馬的裝飾有鉤膺，有鏤錫。車軾上蒙之以淺色的虎皮。馬轡之首，以金環束之。這些都是王賞賜于韓侯的。

韓侯出祖㈠，出宿于屠㈡。顯父餞之㈢，清酒百壺。其殽維何？炰鼈鮮魚。其蔌維何㈣？維筍及蒲。其贈維何？乘馬路車㈤。籩豆有且㊅，侯氏燕胥㊆。

【今註】㊀韓侯出祖：韓侯覲見天子之後，而首途就國，祖者，行路，祭道路之神也。祭而出發，故曰出祖。㊁屠：地名，或以為杜陵。㊂顯父：周之卿士也。卿士都是地位顯達之人，故曰顯父。父者，男子之美稱也。㊃蔌：音速，蔬菜也。㊄乘馬路車：乘，音勝，四馬曰乘。路車：諸侯所乘之車。㊅且：音居，多也。有且，即且然。㊆侯氏燕胥：來朝之諸侯送行而共相燕樂也。胥，共同。

【今譯】韓侯要啟程就國了，出宿于屠地。周室的卿大夫們為他送行，備了清酒百壺。肉菜是炰鼈和鮮魚，素菜是筍子和蒲蒻。天子贈他以乘馬路車。籩豆的陳設甚多，各國來朝的諸侯，都來參加這場歡宴。

韓侯取妻，汾王之甥㊀，蹶父之子㊁。韓侯迎止㊂，于蹶之里。百兩彭彭㊃，八鸞鏘鏘㊄，不顯其光㊅。諸娣從之㊆，祁祁如雲㊇。韓侯顧之㊈，爛其盈門㊉。

【今註】㊀汾王：厲王，流于彘，在汾水之上，故時人稱為汾王云。㊁蹶父：周之卿士。蹶音媿。㊂止：語詞。㊃兩：同輛，車輛。彭彭：車行盛大的樣子。㊄鏘鏘：車鈴之響聲。㊅不顯：即丕顯，大顯也。㊆諸娣從之：古者諸侯取妻，一娶九女，諸侯娶一國，則二國往媵之，以姪娣從，姪者兄之子，娣者女弟也。㈧祁祁：眾多的樣子。㈨顧：曲顧，親迎之禮。㈩爛其：粲爛，即爛然也。

【今譯】韓侯娶太太了，是汾王的甥女，是蹶父的女兒。韓侯親身到了蹶父那裏去迎親。百輛的車兒，彭彭而盛大，八鸞的響聲，鏘鏘而和鳴，大大的顯現其光彩，妻之諸娣，從之而來。韓侯親迎，眾多的美女，光艷照人，一個比一個漂亮似的，充盈了門庭。

蹶父孔武，靡國不到。為韓姞相攸㈠，莫如韓樂。孔樂韓土，川澤訏訏㈡，魴鱮甫甫㈢，麀鹿噳噳㈣。有熊有羆，有貓有虎，慶既令居，韓姞燕譽。

【今註】㈠韓姞：姞，蹶父之姓。因其女嫁于韓，故曰韓姞。相攸：相其所宜適之地也。㈡訏訏：大的樣子。㈢甫甫：大也。㈣噳噳：音禹，眾多的樣子。

【今譯】蹶父甚是勇武，沒有一個國家他不到過的。他為韓姞考慮所適宜的地方，認為再沒有比嫁到韓國更快樂了。韓國真是一個快樂的土地，川澤廣大，魴鱮肥美，麀鹿眾多，另外還有熊有羆，有貓有虎。她嫁到這樣好的地方，真是可喜可賀，韓姞從此快樂而幸福了。

溥彼韓城㈠，燕師所完㈡。以先祖受命，因時百蠻㈢，王錫韓侯，

其追其貊。奄受北國㈣，因以其伯。實墉實壑㈤，實畝實籍㈥，獻其貔皮㈦，赤豹黃羆。

【今註】㈠溥：大也。㈡燕師：燕國的眾人。㈢時：是也。㈣奄受：盡受也。㈤墉：築城。壑：深其池也。㈥畝：丈量其田地。籍：收斂其賦稅。㈦貔皮：猛獸之皮也。貔，音皮（ㄆㄧˊ）。

【今譯】大哉韓國之城，是燕國的眾人所營建的。因為韓之先祖有功，故王命韓侯為北方百蠻之長，所有北方追貊的蠻族，盡受其統治。於是乎就築其城，濬其池，丈量其土地，規定其賦稅，而立國之規模，遂奠其基。韓侯每年獻其貔皮、赤豹、黃羆，以修貢職於王室。

(八)江　漢

這是讚美召公平淮夷之詩。

江漢浮浮㈠，武夫滔滔㈡。匪安匪遊，淮夷來求㈢。既出我車。既設我旟，匪安匪舒，淮夷來鋪㈣。

【今註】㈠浮浮：流動的樣子。㈡滔滔：浩浩蕩蕩的樣子。㈢求：搜索。㈣旟：音余，旗之畫有鳥隼者。鋪：平服也。

【今譯】江漢浮浮的流動，武夫浩浩蕩蕩的出征，不敢安逸，不敢戲嬉，一心一意惟在搜索淮夷。

既然出動了我們的車子，既然豎起了我們的旗幟，不敢安逸不敢怠緩，一心一意惟在平服淮夷。

江漢湯湯㈠，武夫洸洸㈡，經營四方㈢，告成于王㈣。四方既平，王國庶定。時靡有爭㈤，王心載寧㈥。

【今註】㈠湯湯：音傷，水流的聲音。㈡洸洸：勇武的樣子。㈢經營：建造事業。㈣成：成功。㈤時：是。㈥載寧：乃寧。

【今譯】江漢湯湯的流動，武夫勇敢的出征，經營四方，而告成功于王。四方既然平服，王國因而安定。天下大平，沒有戰爭，王心才算安寧。

江漢之滸㈠，王命召虎㈡，式辟四方㈢，徹我疆土㈣，匪疚匪棘㈤，王國來極㈥，于疆十理，至於南海。

【今註】㈠滸：水岸。㈡召虎：召穆公名虎。㈢辟：同闢，開闢也。㈣徹：丈量其土田，區劃其經界，以定賦役。㈤疚：病也。棘：急切，騷擾。㈥來極：是極，以王國的一切制度為準繩。

【今譯】王命召虎，就江漢之濱，向外拓展以開闢四方，區劃疆界，丈量土地，以規定賦役之徵收。這並不是為害淮夷，擾亂淮夷，乃是要以王國的一切制度為準繩，而奠立統一的規模。要劃其疆界，理其土田，以至於南海為止。

王命召虎，來旬來宣㈠，「文武受命，召公維翰。無曰予小子，召公是似㈡。肇敏戎公㈢，用錫爾祉㈣。」

【今註】㈠旬：同徇，巡視也。㈡似：同嗣，繼續也。㈢戎公：即戎工，軍事工作。又一種解釋，將戎字解為「汝」，就是你的工作。事實上，召公的工作，不限于軍事，故採用「汝」之意義。㈣祉：福也。

【今譯】王命召虎，巡視江漢各地，並宣達王命。王命諭召虎說：「文王武王受天之命而為天子，召公乃是楨幹。你不要說『我是小子，怎敢與召公相比？』你應當繼續召公的功業。你要積極的完成你的工作，我便賞賜你以多福。」

「釐爾圭瓚㈠，秬鬯一卣㈡，告于文人㈢，錫山土田，于周受命㈣，自召祖命㈤。」虎拜稽首㈥：「天子萬年。」

【今註】㈠釐：音離，賜也。圭瓚：瓚，音贊，祭祀時灌酒之器用。以圭為柄之瓚，曰圭瓚。㈡秬鬯：用黑黍釀造之酒，祭時用以降神。秬，音巨，鬯，音暢。卣：音酉，酒器。㈢文人：有文德之先祖。㈣周：岐周。㈤自召祖命：用召康公受封時的禮節。㈥稽首：叩頭至地也。此章敘述王賜召公策命之詞。

【今譯】「賞賜你以圭瓚秬鬯，使你祭告于你的祖先。又賞賜你以山川土田，以廣大你的封邑。這項頒封典禮，在岐周之廟舉行，以文王當年所以頒封你之先人康公的隆重典禮，來頒封你，你就可以理解其意義之重大了。」虎拜叩頭，敬祝：「天子萬年。」

虎拜稽首，對揚王休㈠，作召公考㈡：「天子萬壽。明明天子，令聞不已。矢其文德㈢，洽此四國㈣。」

【今註】㈠對揚王休：對答並稱揚王之美命。㈡作召公考：作康公之廟器而勒記王之策命，並為詞以頌王。考者，頌禱之詞也。㈢矢：展施，敷佈。㈣洽：協和也。

【今譯】召公叩首，感謝並稱揚王之美命，於是作康公之廟器，而勒記王之策命，並為詞以頌王，其詞曰：「天子萬年，長壽無疆。明明天子，美好的聲譽永遠不已，敷佈文德，以協和四方的國家。」

㈨常　武

這是讚美宣王自將伐徐成功之詩。

赫赫明明，王命卿士，南仲大祖㈠，大師皇父㈡，整我六師㈢，以修我戎㈣。既敬既戒㈤，惠此南國。

【今註】㊀南仲：大將之名。大祖：太祖之廟。大，音泰。㊁大師：相當於參謀長之職。大，音泰。㊂六師：天子之六軍。㊃戎：兵器。㊄敬：儆也，亦警戒之意。

【今譯】王命赫赫而明顯，命將帥於太祖之廟，以南仲為元帥，以皇父為太師。整頓我們的六軍，修理我們的兵器，以討伐徐戎。囑咐大家要敬謹從事，提高警覺，平定暴亂，以加惠于南方之國。

王謂尹氏㊀：「命程伯休父㊁，左右陳行㊂，戒我師旅，率彼淮浦，㊃省此徐土㊄，不留不處㊅，三事就緒㊆。」

【今註】㊀尹氏：即太師皇父，據竹書紀年「幽王元年，王錫太師尹氏皇父命」，可見皇父實為尹氏。㊁程伯休父：程，國名。伯，爵級也。休父，程伯之名也。當時為大司馬。㊂左右陳行：左右陳其行列。㊃率彼淮浦：循著淮水的邊岸。㊄省此徐土：省，視也，徐土，徐州之境地也。㊅不留不處：積極的軍事動員之意。不留，不得遲疑滯留，逗留。不處，不得安閒，逸居。㊆三事就緒：三軍之動員工作，完全準備妥當。本章是宣王有關軍事動員的指示。

【今譯】王告訴參謀長尹氏：「命令程伯休父將部隊展開，左右陳其行列，告戒我們的軍隊要警覺嚴整，循著淮水的邊岸，向徐州推進，不得延誤，不得安閒，要把三軍動員的工作，積極準備妥當。」

赫赫業業，有嚴天子㊀，王舒保作㊁，匪紹匪遊㊂，徐方繹騷，

震驚徐方，如雷如霆，徐方震驚㈣。

【今註】㈠有嚴：即嚴然。㈡王舒保作：王的表情非常之鄭重而振奮，與下句之「匪紹匪遊」相對立。舒：表現，展示於外者。保：鄭重其事也。作：振奮。㈢匪紹匪遊：紹，安閒，弛緩也。意謂看樣子不像是為的消遣，不是為的遊樂，一定是為的重大事情。㈣徐方繹騷：徐方聽到了王師出動的消息，便騷動不安起來。

【今譯】王師出動，聲勢赫赫，兵馬雄壯，天子的氣象真是威嚴啊！天子的表情，非常之鄭重而振奮，看樣子，絕對不是為的消遣，為的遊樂，一定是為的重大的事件。王師出動的消息，傳到徐方之後，徐方便騷亂起來，把徐方震驚了。天子的威風，好像是雷霆一樣，徐方整個的震驚了。

王奮厥武，如震如怒。進厥虎臣，闞如虓虎㈠。鋪敦淮濆㈡，仍執醜虜。截彼淮浦㈢，王師之所。

【今註】㈠闞：音喊，忿怒的樣子。虓：音消，虎怒吼也。㈡鋪敦：陳兵，陳列兵力。濆：音焚，厓也。㈢截：平服。浦：水濱。

【今譯】王一奮發其威武，就好像天上打雷一樣的震怒。把他的戰士們開上去，就好像怒吼的老虎一樣，在淮水之岸，展開陣勢，就把醜虜們擒住了。平服了淮河區域，成為王師統一的地區。

王旅嘽嘽㈠，如飛如翰㈡，如江如漢，如山之苞㈢，如川之流，緜緜翼翼㈣，不測不克，濯征徐國㈤。

【今註】㈠嘽嘽：音灘，眾盛的樣子。㈡飛、翰：代表猛禽如鷹鸇之類。㈢苞：固定也。㈣緜緜：不斷絕的。㈤濯：音酌，大也。濯征，大征也。

【今譯】王的軍隊，旺盛而眾多，它的行進，好像是疾飛猛撲的鷹鸇一樣；它的聲勢，好像是浩浩蕩蕩的江漢一樣；它的停止，好像是山嶽一樣的不可搖撼；它的進行，好像是江河一樣的不可阻擋，它的兵力，緜緜而不可絕；它的陣容，翼翼而不可亂；它有測不透的神威，它有打不破的實力，因而就把徐國乾乾淨淨的征服了。

王猶允塞㈠，徐方既來㈡，徐方既同㈢，天子之功。四方既平，徐方來庭㈣，徐方不回㈤，王曰還歸。

【今註】㈠猶：同猷，計劃。塞：實也，合於實際，實際可行。㈡來：歸向，順服。㈢同：會同來朝。㈣庭：來朝。㈤不回：即不違，不敢再有二心，再有反抗。

【今譯】王的計劃，實在是切合實際啊！所以軍事一動，徐方便歸順了，徐方便來朝了，這完全是天子的功勞。四方既然平定了，徐方也來朝會了，徐方也不敢違抗命令了，於是天子就下令班師而歸。

㈩瞻卬

這是刺幽王寵褒姒以致亂也。

瞻卬昊天㈠，則不我惠㈡。孔填不寧㈢，降此大厲㈣。邦靡有定，士民其瘵㈤。蟊賊蟊疾㈥，靡有夷屆㈦。罪罟不收㈧，靡有夷瘳㈨。

【今註】㈠卬：同仰。㈡惠：愛憐。㈢填：同瘨，病痛也。㈣厲：禍亂。㈤瘵：音債，病也。㈥蟊：音矛，害稼之蟲。㈦夷：平定。屆：止，結束。㈧罟：音古，網也。收：收斂也。㈨瘳：音抽，病愈也。

【今譯】仰首而望蒼天，蒼天不憐惜我，我已經非常之苦痛不安了，而又降下了這個大的禍難。邦國沒有安定的日子，士民們都陷於病痛了。為害於人的蟊賊，沒有消滅，沒有結束的時候，而又加之以罪名日多，刑網不見收斂，而人民的苦痛便沒有解救的可能了。

人有土田，女反有之㈠；人有民人，女覆奪之㈡。此宜無罪，女反收之；彼宜有罪，女覆說之㈢。哲夫成城㈣，哲婦傾城。

【今註】㈠女：讀汝。有：取之為己有也。㈡覆：反而。㈢說：同脫，脫去刑責。㈣哲：有智謀的，有聰明的。收：拘捕也。

【今譯】別人所有的土田，你反而取為己有；別人所有的民人，你反而奪為己有。這個人應該是無罪的人，你反而把他逮捕入獄；那個人應該是有罪的人，你反而把他解脫掉，這完全是沒有是非了。男人而有智謀，就可以保衛國家，為國家的干城；反之，若是女人而有智謀，那她便成為顛倒是非的長舌婦，非致於傾城亡國不止了。

懿厥哲婦㊀，為梟為鴟㊁。婦有長舌，維厲之階㊂。亂匪降自天，生自婦人。匪教匪誨，時維婦寺㊃。

【今註】㊀懿：同噫，歎詞。㊁梟：音蕭，惡鳥。鴟：音癡，惡鳥，俗皆呼為貓頭鷹。㊂厲：惡，禍。㊃時：是也。寺：宦官，近寺。

【今譯】可歎啊！那個詭計多端的婦人，簡直是梟鴟一般，聞其聲即令人害怕。婦人長舌多嘴，播弄是非，就是禍亂發生的階梯。禍亂不是由于天降，乃是由於婦人的釀造。完全不可以教不可以誨的，就是婦人與宦寺了。

鞫人忮忒㊀，譖始竟背㊁。豈曰不極，伊胡為慝㊂？如賈三倍，君子是識。婦無公事，休其蠶織。

【今註】㊀鞫人忮忒：長舌之婦，窮詰人以忮害轉變之術。即害人之手段，變化不測也。鞫：窮詰，以言屈人，使之不能申辯也。忮：音志，害也。忒：變也。㊁譖始竟背：始而進讒言以害人，終則完全與事實相背。譖：音ㄗㄣˋ，誣害人之讒言。即其害人之讒言，全是他自己的捏造，而毫無事實。㊂豈曰不極，伊胡為慝？：這樣的人不算是惡人，那麼，什麼樣的人，才算是惡人呢？伊，語詞。胡，何也。慝，音ㄊㄜˋ，惡也。

【今譯】長舌之婦，窮詰人以忮害變詐之術，讒害人以毫無事實之言，這樣的人，如果還不以為是惡人，那麼什麼樣的人，才算是惡人呢？做生意的人，所注意的是三倍之利，如今士大夫們也注意這三倍之利，是在官而亦以求利為目的也，豈非可恥之事？婦人而不務正業，棄其蠶織之事而不為，專一想參與政事，干擾政治，那豈不是罪惡之事？

天何以刺㊀？何神不富㊁？舍爾介狄㊂，維予胥忌。不弔不祥㊃，威儀不類㊄。人之云亡，邦國殄瘁㊅。

【今註】㊀刺：責也。㊁富：福也。㊂介狄：大惡之人。狄，邪惡也。㊃不弔：不哀憐也，不以為哀也。不祥：不吉利之事，災禍之事。不弔不祥，即不以災禍之事為可哀可弔也。㊄類：善也。㊅殄瘁：病也，敗亡也。殄，音ㄊㄧㄢˇ。

【今譯】上天為什麼要責斥你呢？神為什麼不降給你以福氣呢？因為你捨棄了大的惡人不加懲治，反而來忌妬我這個正人君子。你不以天降之災禍為可哀，你的一切舉止，又不合于善。賢人們都沒有了，國家非敗滅不可了。

天之降罔㈠，維其優矣㈡。人之云亡，心之憂矣。天之降罔，維其幾矣㈢。人之云亡，心之悲矣。

【今註】㈠罔：網也，降網以示災異。㈡優：多也，多次也。㈢幾：多次也。

【今譯】上天降下罪惡的網羅，已有多次了。賢人都沒有了，實在使我憂心！上天降下罪惡的網羅，已經幾次了，賢人都沒有了，實在使我悲傷！

觱沸檻泉㈠，維其深矣。心之憂矣，寧自今矣。不自我先，不自我後。藐藐昊天㈡，無不克鞏㈢，無忝皇祖，式救爾後。

【今註】㈠觱沸：觱音必，泉涌的樣子。檻泉：泉上出者。㈡藐藐：高遠的樣子。㈢無不克鞏：沒有不能予以鞏固之者，雖在極其危亂之時，只要上天肯幫忙，沒有不可以轉危為安的。

【今譯】泉水奮湧而上出，它的源淵一定是很深的了。我內心的憂傷，豈是從今日才開始的麼？是很久很久的了！不在我以前，不在我以後，偏偏就在我的身上碰到這種禍難！但是，高遠的上天，只要肯幫忙，雖在極危亂之時，也沒有不可以轉危為安的，希望你能夠悔心改過，不給祖先以恥辱，那麼天意可以轉回，後代的子孫也可以得救了。

(十)召　旻

這是刺幽王任用小人以致危亡也。

旻天疾威㈠，天篤降喪㈡，瘨我饑饉㈢，民卒流亡㈣，我居圉卒荒㈤。

【今註】㈠旻天：邈遠的上天，旻音民。㈡篤：很厚的，很嚴重的。㈢瘨：病也，作動詞用，音顛。饑：穀不熟曰饑。饉：菜不熟曰饉。㈣卒：盡也。㈤居圉：生活的地區。圉同域。

【今譯】疾怒而發威的旻天，降下了嚴重的喪亂，又以饑饉來苦害我們，庶民們無以為生，所以就流亡于外，四處乞食去了，我們所居住的地區，全部的逃亡以空了。

天降罪罟㈠，蟊賊內訌㈡，昏椓靡共㈢，潰潰回遹㈣，實靖夷我邦㈤。

【今註】㈠罟：網也。㈡蟊賊內訌：害人的一些惡人，在內部裏邊互相爭鬪。訌音紅。㈢昏椓：昏，亂也，諠譁也。椓：音卓，譖也，讒也，互相陷害也。靡共：共，恭也，恭盡職務也。靡共：靡有人真心實意認真做事的。㈣潰潰：昏亂的。回遹：邪僻的。遹：音聿。㈤靖夷：治理也。

【今譯】上天降下了罪惡的網羅，一些為害人羣的惡人，在內部訌鬪，製造謠言，互相讒害，沒有人是真心實意，正正經經的做事的。像這樣昏亂邪僻的人，王竟然用之以治國家，那怎能不失敗呢？

皋皋訿訿㊀，曾不知其玷㊁。兢兢業業，孔填不寧㊂，我位孔貶。

【今註】㊀皋皋：欺騙也。訿訿：小人讒言以害正人也。訿音子，同訾。㊁曾：音增，乃也。玷：汚點也，壞處。㊂孔填：填同瘨，憂也，病也。孔填，極其憂心也。

【今譯】王對于那些欺騙成性讒害賢良的小人，竟然不知道他們的缺點；而對於像我這樣的兢兢業業，戒慎恐懼，憂心國事，不敢安逸的人，卻把職位大大的貶低了。

如彼歲旱，草不潰茂㊀，如彼棲苴㊁，我相此邦㊂，無不潰止㊃。

【今註】㊀潰茂：潰，遂也，潰與茂相連，即茂也。㊁棲苴：枯槁的草。㊂相：視也，觀察。㊃潰止：止，敗亡也，潰與止相連，亦即敗亡也。

【今譯】天旱之年，草木不能茂盛；好像是枯槁了似的。我看這個邦國，沒有不敗亡的道理.

維昔之富不如時㊀？維今之疚不如茲㊁？彼疏斯粺㊂，胡不自替㊃，職兄斯引㊄？

【今註】㊀時：是也。㊁疚：禍亂。㊂疏：粗糠。粺：精米。粺音敗。㊃替：廢退。㊄兄：同況。職：發語詞。

【今譯】難道昔日的富盛不如今日？難道今日的禍亂不夠嚴重？君子小人如細米之與粗糠，分別甚易，為什麼那些小人們不自廢退呢？而況再加以長用嗎？

池之竭矣，不云自頻㈠？泉之竭矣，不云自中？溥斯害矣㈡，職兄斯弘，不烖我躬㈢？

【今註】㈠頻：頻頻挹取。㈡溥：大也。㈢烖：災禍也。

【今譯】池水竭盡了，不是由於頻頻挹取的緣故嗎？泉水乾枯了，不是由於淵源缺水嗎？小人之為害，已經夠普徧了，而況再加以擴大？災害豈有不波及於我的身上嗎？

昔先王受命，有如召公，日辟國百里㈠，今也日蹙國百里㈡。於乎哀哉㈢！維今之人，不尚有舊㈣。

【今註】㈠辟：同闢。㈡蹙：縮短。㈢於乎：同嗚乎。㈣尚：尊重，重用。有舊：元老舊德之臣。

【今譯】昔日文王武王受命而為天子，任用像召公那樣的賢臣，所以能夠一日而開闢國土至於百里之廣。現在不然了。一日便縮短國土至於百里之多。真是令人傷心啊！為什麼有這樣的差別呢？是因為現在的人，不喜歡任用元老舊德之故。

肆、周　頌

頌之目的，在表揚祖先的盛德，其作者多為士大夫，其體制莊嚴正大。頌有周頌、魯頌、商頌。周頌三十一篇，多周公時所定，而亦或有康王以後之詩。

一、清廟之什

(一)清　廟

這是周公既成洛邑率諸侯以祀文王之樂歌。

於穆清廟㈠，肅雝顯相㈡。濟濟多士㈢，秉文之德㈣。對越在天㈤，駿奔走在廟㈥，不顯不承㈦，無射於人斯㈧。

【今註】㈠於：音烏，歎詞。穆：深遠也。清廟：清靜之廟。㈡肅：敬也。雝：音雍，和也。顯：明也。相：助也，謂助祭之公卿諸侯。㈢濟濟：眾也。多士：與祭執事之人也。㈣秉文之德：秉承文王之德。㈤對越在天：順承而發揚文王在天之意旨。㈥駿：急速。㈦不顯不承：兩個不字，俱作「丕」字解，即丕顯文王之德，丕承文王之意。㈧無射於人斯：射，音亦，厭也。斯，語詞。因為祭者能大顯文王之德，大承文王之意，所以文王在天之靈就喜歡而不厭於人了。朱子曰：「此周公既成洛邑而朝諸侯，因率之以祀文王之樂歌。」

【今譯】　唉！在這個深遠而肅靜之廟，恭祭文王，助祭的公卿諸侯，都是很肅敬而雍和；而與祭之人，又都是濟濟多士。大家都能秉承文王的德行，發揚文王在天的意旨；而又能敏速的奔走於廟中之祭祀。像這樣的大大的顯現了文王的德行，大大的順承了文王的意旨，文王自然是很喜歡的了，不會厭惡人們了。

㈡維天之命

這是祭文王之詩。

維天之命，於穆不已㈠。於乎不顯，文王之德之純。假以溢我㈡，我其收之㈢，駿惠我文王㈣，曾孫篤之㈤。

【今註】　㈠維天之命，於穆不已：這兩句話是講天道，命即道也，維天之命，即維天之道也。天道是什麼呢？是「於穆不已」，是奮勉前進，行健不息之意，就是易經所講之道，「天行健，君子以自強不息」之意，所以這「於穆不已」四字，就是「行健不息」之意。文王德行之美，事功之大，全得力於一個「敬」字，這個「敬」字最好的解釋，就是大雅文王之什所謂「穆穆文王，於緝熙敬止」，上天是穆穆不已，文王是穆穆敬止，所以文王之德，與上天相配。由此來理解「穆穆」二字之義，當不以「和也」「美也」「遠也」為死板之界說，而是以「行健不息」為其真諦的。敬者即行健不息之謂也。㈡假以溢我：假，大也，文王之德，大以溢我，即言文王之德，大大的充滿了我們。㈢我其收之：我們要敬謹的接受。㈣駿惠我文王：疾速的順從我們文王之德，即積極的順從我們文王之德。㈤曾孫篤之：篤，躬行實踐也。後世子孫更要篤行實踐文王之德。

【今譯】唉！上天之道，是行健不息的；文王之德之純，也是行健不已的，足以與上天之道相配合，文王是多麼的光明啊！文王之德，大大的充滿了我們，我們應當敬謹接收而無失，我們要積極的順從文王的德行，我們後世子孫要篤行實踐，發揚而光大之。

㈢維　清

這是祭文王之詩。

維清緝熙㈠，文王之典㈡。肇禋㈢，迄用有成，維周之禎。

【今註】㈠維清緝熙：清，清明也。緝，持續。熙，光明。㈡典：典型，榜樣。㈢肇禋：開始祭祀。禋，音因（ㄧㄣ），誠心的祭祀。

【今譯】清靜而持續光明的德行，是文王所示於我們的典型。從始祭以至于今，皆有成功，這就是我們周家的福祥。

(四) 烈　文

這是祭於宗廟而慰勞助祭之諸侯之詩。

烈文辟公㈠，錫茲祉福。惠我無疆，子孫保之。無封靡于爾邦㈡，維王其崇之。念茲戎功㈢，繼序其皇之㈣。無競維人㈤，四方其訓之㈥。不顯維德，百辟其刑之㈦。於乎！前王不忘。

【今註】㈠烈文辟公：烈文二字，係形容辟公。就是有功烈有文德之各位助祭的諸侯。辟公，諸侯也。㈡封靡：大的過惡。封，大也。靡，過也。㈢戎功：大功也，助祭之功也。㈣繼序：次第相繼。皇：光大之也。㈤無競維人：競，強也，勝也，「無競」者，即他人強不過也，此二字形容下一「人」字，「人」者「人才」也。「無競維人」者，即言你如有他人強不過勝不過的人才，則四方就順從你了，可見人才的重要性了。此種文法構造，與「無競維烈」、「丕顯維德」相似，上兩字皆為後一字之形容詞。㈥訓：順也。㈦百辟：百官諸侯也。刑：同型，法則，效法也。

【今譯】有功烈有文德之各位諸侯，你們來助祭，就是賜我以福祉，加惠於我，無邊無限，我的子孫也要永遠保持這種福惠。希望你們在你們的邦內，不要作出什麼過惡的事，王自然就尊敬你們了。又念及你們有這次助祭的大功，更希望你們的子孫能繼序而光大之。你們如果能在人才上強過他人，四方自然就順從你們了；你們如果能夠昭明你們的德行，百官自然就以你們為榜樣了。唉！前王的德行，我們應當永遠不忘啊！

(五)天作

這是周王祭祀岐山之詩。

天作高山，大王荒之㈠。彼作矣，文王康之㈡。彼徂矣岐㈢。有夷之行㈣，子孫保之。

【今註】㈠荒：墾闢也。㈡康：大也，擴大其規模。㈢徂：往也。㈣夷：平夷。行：音杭，道路。

【今譯】上天創造了高山（指岐山），太王把它墾闢起來，太王墾闢之後，文王又擴大其規模。自從太公到了岐山之後，岐山才有了平坦的道路，而子孫遂世世保守而不失。

(六)昊天有成命

這是祭祀成王之詩。

昊天有成命㈠，二后受之㈡，成王不敢康㈢，夙夜基命宥密㈣，於緝熙㈤，單厥心㈥，肆其靖之㈦。

【今註】㈠成命：明命也。㈡二后：文王，武王。㈢康：安逸自在。㈣夙夜基命宥密：基者，本也，命者，天之明命也，基命者，本於天之明命也。宥者，深宏也，密者，靜密也。基命宥密者，即本於天之明命而深宏靜密也。依文法構造，此詩之「夙夜基命」，與下一詩之「我其夙夜，畏天之威」相似，蓋將「夙夜基命」引伸之，即為「夙夜基天之命」也。㈤於：讀烏。緝熙：持續其光明。㈥單厥心：即盡其心。㈦肆：故也，所以也。

【今譯】上天有明命，文王武王受之。到了成王之時，又不敢安逸，朝朝暮暮本於天之明命，而深宏靜密，持續其光明，竭盡其心力，所以能安定天下而保其所受於天之明命。

(七) 我　將

這是宗祀文王於明堂以配上帝之樂歌。

我將我享㈠，維羊維牛。維天其右之㈡。儀式刑文王之典㈢，日靖四方。伊嘏文王㈣，既右饗之㈤，我其夙夜，畏天之威，于時保之㈥。

【今註】㈠將：奉也。享：獻也。㈡右：助也。㈢刑：同型。典：常道也。㈣嘏：大也。伊嘏文王，即大哉文王。㈤既右享之：文王既降而居右以饗此祭。㈥于時：於是也。

【今譯】我以羊與牛奉獻上天，祈求上天的保佑。我要以文王之道為典型而效法之，以安定四方。偉大的文王，既然降臨而饗祭，我一定要晝夜努力，敬畏上天的威嚴，以保持上天與文王之所以明命於我者。

(八)時　邁

這是讚美武王巡狩告祭柴望之詩。

時邁其邦㈠，昊天其子之。實右序有周㈡，薄言震之㈢，莫不震疊㈣，懷柔百神，及河喬嶽㈤。允王維后。明昭有周，式序在位。載戢干戈㈥，載櫜弓矢㈦。我求懿德，肆于時夏，允王保之。

【今註】古者，天子巡行邦國，至於方嶽之下，則燔柴以祭天，又望祭山川，故謂之「柴望」。此詩為周公所作。

㈠時：是也。邁：行也，行其邦國，即出巡也。㈡右序：即助也。二字同義。㈢薄：語詞。㈣疊：

音蝶，懼也。㈤喬：高也。㈥戢：斂而藏之。㈦櫜：音高，弓囊也。

【今譯】我王出巡邦國，上天愛之如子。由於上天的佑助，所以我王一怒，而天下莫不震懼。又能懷柔百神以及大河高山。我王實在配作天下之君啊！我周之德，照然而明，百官諸侯，各盡其職，於是斂藏干戈而不用，櫜置弓矢而弭戰，惟以善德，敷布於華夏，我王實在是最善於保持其天下了。

㈨執　競

這是祭祀武王之詩。

執競武王㈠，無競維烈㈡，不顯成康㈢，上帝是皇。自彼成康，奄有四方。斤斤其明㈣，鐘鼓喤喤㈤，磬筦將將㈥，降福穰穰㈦。降福簡簡㈧，威儀反反㈨。既醉既飽，福祿來反。

【今註】㈠競：強也，執競者，堅持其自強不息之心也。㈡無競維烈：功業之盛，天下莫能與之比。㈢不顯：丕顯也。㈣斤斤：明著也。㈤喤喤：和也。㈥將將：音槍。鏘鏘：樂器之聲也。㈦穰穰：音攘，眾多也。㈧簡簡：大也。㈨反反：謹重的樣子。

【今譯】自強不息的武王，功業之盛，天下莫比，及至成王康王，又能大顯其光明，於是上帝嘉之而加以福祿。自從成王康王，盡有四方，德業斤斤而明著。鐘鼓喤喤，磬筦將將，降福既多，降福又大，而威儀愈益謹重。所以神喜而來受祭，既醉既飽，便降以無止無疆的福祿。

㈩思　文

這是祭祀后稷之詩。

思文后稷㈠，克配于天。立我烝民㈡，莫匪爾極，貽我來牟㈢，帝命率育㈣。無此疆爾界，陳常于時夏㈤。

【今註】㈠思：語詞。文：有文德的。㈡立：通粒，言眾民得以粒食，全賴后稷教民稼穡之功。㈢來牟：來，小麥；牟，大麥。㈣育：養育人民。㈤陳常于時夏：陳，倡導，教導。常：道也，政也，農政也。時：是，此。夏，華夏也。

【今譯】有文德的后稷，可以與天相配。我們眾民所以得能粒食，沒有不是由於你的大恩大德而來。你既遺我們以小麥，又給我們以大麥。上帝命令你以此普徧的養育下民，不分什麼疆界地區。又使你宣傳農業之道於中國，以為社會民生之本。

二、臣工之什

㈠臣　工

這是戒農官之詩。

嗟嗟臣工㊀，敬爾在公㊁。王釐爾成㊂，來咨來茹㊃。嗟嗟保介㊄，維莫之春㊅，亦又何求？如何新畬㊆？於皇來牟㊇，將受厥明㊈。明昭上帝，迄用康年㊉。命我眾人，庤乃錢鎛⑪，奄觀銍艾⑫。

【今註】 ㊀嗟嗟：重歎之詞，言其戒敕之深也。臣工：羣臣百官，而主要是指農官。㊁在公：在公家之職務。㊂釐：賞賜。㊃咨：商量。茹：計劃農事之進行。㊄保介：農官之副手。㊅莫春：暮春也，夏曆三月之時。㊆畬：音余，三歲田也。㊇於皇：烏皇，美哉之意。㊈將受厥明：明，成也，成熟也，將受其成熟。㊉康年：豐年。⑪庤：音至，具也。錢：銚也，掘土之農具。鎛：音博，鋤也，除草之田器也。⑫奄觀銍艾：忽然即可觀其收割也。艾，割也，音刈（ㄧˋ），通刈。銍：音至，短鎌也。

【今譯】 唉，唉！諸位臣工們，你們要認真工作，王因為你們在農事上之成功而賞賜你們，來和你們商量並計劃農事進行。唉，唉！你們各位農事的助手們，現在是暮春三月之時，你們何所求呢？新田的耕治怎麼樣的呢？好啊！大麥小麥長的多麼好啊！將要有好的收成了。昭明的上帝，要賜給我們以豐年了。要命令我們的農民們，把鍤啦鋤啦都準備好，好好的加以耕作，眼看很快就要用鐮刀割麥了，大大的有收成了。

(二) 噫　嘻

這也是戒農官之詩。

噫嘻成王㈠，既昭假爾㈡，率時農夫㈢，播厥百穀。駿發爾私㈣，終三十里㈤，亦服爾耕㈥，十千維耦㈦。

【今註】㈠噫嘻：祈禱之聲。㈡既昭假爾：以精誠祈神。精誠上達曰奏假，精誠顯達曰昭假。古時春耕之始，先祭神以祈求豐年。爾，農官也。㈢時：是也。㈣駿：速也。發：耕也。私：私田也。㈤三十里：萬夫之地。㈥服：從事也。㈦十千維耦：十千，萬人也，二人並耕為耦。即同心齊力之意也。

【今譯】成王既已在上帝之前，大聲禱告，為你們祈求豐年。你要領導農夫們，播殖百穀，速速耕治你們的私田，完成三十里之數。並且要萬人為耦，同心齊力，以從事你們的耕作。

㈢振　鷺

這是夏商二王之後，來周助祭之詩。

振鷺于飛㈠，于彼西雝㈡，我客戾止㈢，亦有斯容。在彼無惡，在此無斁㈣。庶幾夙夜，以永終譽。

【今註】㈠振：羣飛的樣子。鷺：白鳥。㈡雝：音雍，澤也。㈢客：二王之後，夏王之後封於杞，商王之後封於宋。二王之後，為周之客，有事則膰，有喪則拜。我客戾止：我客來此助祭。㈣斁：音亦，厭惡。

【今譯】白潔的鷺鳥，羣飛於西雝之澤，而我們的貴賓夏商二王之後來此助祭，其容貌修整，亦如鷺之潔白也。二王之後，在彼處無人怨惡，在此處亦無人厭煩，可以說，到處都是受人歡迎的。希望我們的貴賓夙夜不懈，以永遠保持你們美好的聲譽。

㈣豐　年

這是豐年秋冬祭神之詩。

豐年多黍多稌㈠，亦有高廩㈡，萬億及秭㈢。為酒為醴，烝畀祖妣，以洽百禮，降福孔皆㊃。

【今註】㊀稌：音ㄊㄨˊ，稻也。㊁廩：米倉也，音林。㊂秭：音紫，億億曰秭。㊃孔皆：極其普偏也。

【今譯】豐收之年，多黍多稻，又有高大的米倉以儲存之，其禾秉至於萬億以及億億之多。用這種稻米作為酒醴，以獻祭於祖妣，以洽合於百禮，於是神乃普偏的降之以福。

㈤有瞽

這是始作樂而合祖之詩。

有瞽有瞽㊀，在周之庭。設業設虡㊁，崇牙樹羽㊂。應田縣鼓㊃，鞉磬柷圉㊄。既備乃奏，簫管備舉㊅。喤喤厥聲，肅雝和鳴，先祖是聽。我客戾止，永觀厥成。

【今註】㊀瞽：樂官無目者也。㊁設業設虡：業，栒上之大板也。栒，虡之橫木也。虡，懸鐘之立木也。音巨。㊂崇牙：業上懸鐘磬處，以彩色為大牙，其狀隆然，故曰崇牙。樹羽：置五彩之羽於崇牙之上也。㊃應田縣鼓：應，小鞞也，鞞，鼙鼓也，小鼓橫懸者。田，大鼓也。縣鼓為周朝之制。縣：同懸。㊄鞉磬柷圉：鞉，音桃，如鼓而小，有柄，兩耳，持其柄搖之，則旁耳自擊，如今小兒之搖鼓。磬：石磬也。柷，音祝，樂器名，如漆桶，方二尺四寸，深一尺八寸，中有椎柄，連底，挏之令左右擊，奏之初，先擊柷以起樂者也。以木為之。挏，推引而動之也。圉，音域，狀如伏虎，背上有二十七鉏鋙，以木櫟之，鉏鋙，木鋸齒，以木盡擊其齒，自首至尾，其木聲連綴戛然。圉為止樂之樂器，樂終則一聲長畫，戛然而止。㈥簫：編小竹管為一排，管之長短各不同，故分音階，捧而左右移動吹奏之。管：竹製之樂器，六孔，單管。

【今譯】瞽盲的樂官，已在庭中，庭中設業設虡，以懸鐘磬，懸木之上，還有崇牙樹羽的裝飾。另外的樂器有小鼓、大鼓、鞉鼓，有柷、磬、圉等，樂器俱備，乃奏樂，又有簫管配合著，聲音很是和諧而肅敬，請先祖們來欣賞。我們的貴客杞宋二國的代表也都到了，一直觀禮到終了。

㈥潛

這是季冬獻魚，春獻鮪，以祀祖先之詩。

猗與漆沮㈠，潛有多魚。有鱣有鮪㈡，鰷鱨鰋鯉㈢。以享以祀，以介景福。

【今註】㈠猗與：讚美之詞，即美矣哉。漆沮：二水名。㈡鱣：音沾，黃色大魚。鮪：音尾，似鱣而小。㈢鰷：音條，白鰷。鱨：音嘗，黃色魚。鰋：音偃，鮎魚。

【今譯】美矣哉漆沮之水！其中藏著很多的魚，有鱣、有鮪、有鰷、有鱨、有鰋、有鯉，把這些魚拿來，以祭祖先，以祈求大福。

(七) 雝

這是武王祭文王之詩。

有來雝雝，至止肅肅，相維辟公㈠，天子穆穆。於薦廣牡㈡，相予肆祀㈢。假哉皇考㈣，綏予孝子㈤。宣哲維人，文武維后，燕及皇天，克昌厥後，綏我眉壽㈥，介以繁祉。即右烈考㈦，亦右文母㈧。

【今註】㈠相：助祭。辟公：諸侯。㈡於：讀烏。廣牡：大牲。㈢肆祀：祭祀之專名詞，以牲之全身而祭，謂之「肆祀」。㈣假哉皇考：祈請皇考降臨而來享也。皇考：指文王。㈤孝子：武王自稱。㈥綏：安也。眉壽：高壽也。㈦右：侑也，祭饗也。㈧文母：有文德的母親。指文王之妻太姒而言，即武王之母。

【今譯】助祭的諸侯們，都和睦的來了，進了廟堂，儀容很是尊敬。主祭的天子，態度恭敬。唉！助祭者幫助我擺設祭物，獻上很大的全牲。偉大的皇考啊，請你愉快的來享受，以安我為子者的心情。皇考有明哲之德，有文武全才，實在配作為人君，所以上能感動皇天，下能昌盛後嗣。安我以長壽，賜我以多福。我之祭祀，既以敬饗我的功業昭著的父親，同時也是敬饗我的文德賢良的母親。

(八)載　見

這是成王率諸侯以祭於武王廟之詩。

載見辟王㊀，曰求厥章㊁。龍旂陽陽㊂，和鈴央央㊃，鞗革有鶬㊄，休有烈光。率見昭考㊅，以孝以享㊆，以介眉壽。永言保之，思皇多祜㊇。烈文辟公，綏以多福，俾緝熙于純嘏㊈。

【今註】㊀載：語詞。辟王：天子，指成王而言。㊁章：典章制度。㊂陽陽：鮮明的樣子。㊃和鈴：旗上之鈴曰鈴，軾前之鈴曰和。央央：和聲也。㊄鞗革：鞗，音條，馬轡所持之外，有餘而下垂者也。有鶬：鶬音槍，和聲也。㊅昭考：指武王。廟制，太祖居中，左昭右穆，文王當穆，武王當昭，故書稱穆考文王，而此詩及訪落，皆謂武王為「昭考」。㊆享：獻也。㊇思：語詞。皇：發揚，宏大。祜：音ㄏㄨˋ，福也。㊈純嘏：純，大也。嘏，音古，福也。

【今譯】諸侯來見成王，說是為的稟求法度。他們的龍旗，陽陽而鮮明，他們的車鈴，央央而和鳴，他們的鞗革，鶬然而作聲，這都顯示他們的休美與光彩。成王於是率領他們以祭于武王之廟，以致其孝思，以獻其祭禮，以祈求長壽，並且要永遠保持，以弘大更多的福澤。各位有功烈有文德之諸侯，蒙你們來助祭，大大的安我以多福，使我能夠繼續保持其光明以獲致大福。

(九) 有　客

這是微子來見周廟之詩。

有客有客㈠，亦白其馬㈡。有萋有且㈢，敦琢其旅㈣。有客宿宿㈤，有客信信㈥，言授之縶㈦，以縶其馬。薄言追之㈧，左右綏之㈨，既有淫威㈩，降福孔夷。

【今註】㈠客：指微子也。周既滅商，封微子於宋，以祀其先王，而以客禮待之，表示不敢稱為臣也。㈡亦：語詞。白其馬：殷尚白，故其禮物亦用白色，保存殷之舊習也。㈢有萋有且：形容其隨從人員之盛。萋、且，皆作壯盛解。且，音阻。㈣敦琢其旅：敦琢，選擇也。敦，音堆。其旅，其卿大夫之從行者。㈤宿：住留一夜，曰宿。㈥信：再留住一夜，曰信。㈦言：語詞。縶：繫馬之索也。以縶其馬：把他的馬縛住，不使其行，意即留之不欲其去也。㈧薄言追之：薄言二字，語詞。追之，謂其已去而復追之使還，言其愛之無盡也。㈨左右綏之：用各種各樣的方法，說服他，安撫他，使他多留住幾天。㈩既有淫威：淫，大也，多也。威，德威也。言其既有大的德威，天必降之以大福也，此祝客人之言。

【今譯】　貴客來了，貴客來了，乘著白色的馬，他的隨從人員，都是選擇出來的，陣容很是壯大。客人停留了一夜，再停留了一夜，主人依依不舍，不願意客人去，於是命人用繩子把客人的馬拴住，使他不能去。實在留不住了，客人非走不可，只好讓客人走了。但是主人還是戀戀不舍的，客人走了之後，主人又去追上客人，用各種各樣的方法，說服客人，非要客人回去再多住幾天不可。主人挽留不住，於是致祝于客人，說你既有盛大的德威，上天一定會降你以大福。

㈩武

這是周公所作歌頌武王武功之詩。

於皇武王㈠，無競維烈。允文文王，克開厥後，嗣武受之，勝殷遏劉㈡，耆定爾功㈢。

【今註】　㈠於：讀烏，歎詞。皇：大也。㈡勝殷：戰勝了殷家。遏：止也。劉：殺戮，戰爭。㈢耆：致也。音指。

【今譯】　唉，偉大的武王！功業之大，沒有人能與之相比的。文王的確是大有文德之君，所以能夠為後人創開了一條光明之路，武王繼起，承受他的基業，戰勝了殷朝，弭熄了戰亂，終於奠定了輝煌的功業。

三、閔予小子之什

㈠閔予小子

這是成王免喪，將始即政，朝於先王廟之詩。

閔予小子㈠！遭家不造㈡，嬛嬛在疚㈢。於乎皇考㈣，永世克孝，念茲皇祖㈤，陟降庭止㈥。維予小子，夙夜敬止。於乎皇王㈦，繼序思不忘。

【今註】㈠閔：病也。予小子：成王自稱也。㈡不造：家運不幸，家運多難，家運不善。㈢嬛嬛：同煢，音瓊，孤獨無所依恃也。疚：音救，病也。㈣皇考：指武王。㈤皇祖：指文王。㈥陟降庭止：言武王之孝思文王，常若文王之上下往來於室內也。㈦皇王：兼指文王武王也。

【今譯】我這個可憐的小子，遭逢家門不幸，孤苦無依，憂心的很！嗚乎皇考！你終生能盡孝道，思念祖父，仿佛祖父上下往來都在你的室內似的！我小子也要效法你的行為，不論白天夜間，都要一心一意的恭敬思念。嗚乎皇王，我要繼續你們的榜樣，常常的思念你們，永遠不敢或忘！

㈡訪　落

這是成王與羣臣謀政於廟之詩。

訪予落止㈠，率時昭考㈡，於乎悠哉㈢！朕未有艾㈣，將予就之㈤。繼猶判渙㈥，維予小子，未堪家多難。紹庭上下，陟降厥家㈦。休矣皇考，以保明其身。

【今註】㈠訪予落止：訪：問，問教，商議。落，開始。止：語詞。我在始政之初，訪問於羣臣。㈡率時昭考：率，遵循。時，是。昭考：賢明的先父，即武王。㈢於乎：即烏乎。悠哉：遠大也。言遵循武王之道，是一個遠大的任務。㈣朕未有艾：艾音愛，閱歷。㈤將予就之：希望羣臣們輔導我，成就我。㈥繼猶判渙：繼，繼續。猶，同猷，功業。判渙，大也，發揚光大也。繼續先父之功業，並發揚而光大之。㈦紹庭上下，陟降厥家：紹，繼續的，不斷的，上下往來於家於庭，即希望先父在天之神，還要不斷的上下往來於我們的家內庭內。隱隱的保佑我，指導我。

【今譯】我在始政之初，訪問羣臣，要遵循賢明的先父之道而行。但是這個任務何等遠大啊！我個人實在沒有政治閱歷，希望羣臣們輔導我，成就我，使我能夠繼續先父的功業，並且發揚而光大之。我以年幼之人，真是經不起接二連三的家難的打擊，請求先父在天之靈，常常上下來往於我們的家庭，隱隱的保佑我，指導我。偉大的先父啊！請你保佑我，使我能夠明白你的道理而力行之。

㈢敬之

這是成王以自戒自勵之詞告於廟也。

敬之敬之，天維顯思，命不易哉！無曰：「高高在上」。陟降厥士㈠，日監在茲。維予小子，不聰敬止？日就月將，學有緝熙于光明，佛時仔肩㈡，示我顯德行。

【今註】㈠士：事也。㈡佛：音弼，輔助。時：是。仔肩：責任。

【今譯】敬謹小心啊！敬謹小心啊！上天的眼睛是最明亮的，受天之命，真不是容易的啊！不要以為「上天高高在上」，離我們很遠。要知道上天來往上下，凡是我們所作的事，他每天都監視得清清楚楚。我這個小子，豈敢不小心靜聽以敬慎其事嗎？我自當努力工作，日有所就，月有所成，長時學習，積漸廣大以至于最光明之境界。凡我羣臣，都要輔助我擔起任務，指示我以顯德之行，而確保上天之明命。

㈣小毖

這是成王懲管蔡之禍而自儆之詩。

予其懲而毖後患㈠，莫予荓蜂㈡，自在卒螫㈢。肇允彼桃蟲㈣，拚飛維鳥㈤。未堪家多難，予又集于蓼㈥。

【今註】㈠毖：音比，慎也。㈡荓：音ㄆㄧㄥ，使也。㈢螫：音釋，毒蟲咬人或刺人。㈣桃蟲：小鳥，即鷦鷯，小於黃雀，其雛化而為鵰，故俗語謂鷦鷯生鵰。易林亦曰桃蟲生鵰。㈤拚飛維鳥：拚，音翻，飛的樣子，始為桃蟲，而後竟翻飛而成為大鵰，言管蔡之禍，其始信以為小事，而後竟成為反叛之大禍。㈥蓼：音了，苦菜也。

【今譯】我真應該以管蔡之禍為戒而慎防後患啊！不要使它成為螞蜂，而自找辛螫之苦。譬如桃蟲，起始以為牠不過是一個小小的鷦鷯而已，那曉得以後竟成為一個大鵰了呢？我年紀幼小，經不起國家多難的折磨，而又處於艱苦之地，真應該特別的小心啊！

㈤載　芟

這是春耕祈禱社稷之詩。

載芟載柞㈠，其耕澤澤㈡。千耦其耘，徂隰徂畛㈢。侯主侯伯㈣，侯亞侯旅㈤，侯彊侯以㈥。有嗿其饁㈦，思媚其婦㈧，有依其士㈨，有略其耜(一〇)，俶載南畝(一一)。播厥百穀，實函斯活(一二)。驛驛其達(一三)，有厭其傑(一四)。厭厭其苗(一五)，緜緜其麃(一六)。載穫濟濟，有實其積。萬億及秭。為酒為醴，烝畀祖妣，以洽百禮，有飶其香(一七)，邦家之光。有椒其馨(一八)，胡考之寧(一九)。匪且有且(二〇)，匪今斯今(二一)，振古如茲(二二)。

【今註】(一)載：語詞。芟：除草。柞：音作，除木。(二)澤澤：同釋釋，即土質鬆散之意。(三)隰：為田之處。畛：音ㄓㄣˇ，田畔。(四)侯：乃也。主：家長。伯：長子。(五)亞：仲叔。旅：眾子弟。強：民之有餘力而來助者。(六)以：用也，傭用之勞動者。(七)有嗿其饁：嗿，音坦，眾食聲，有嗿即嗿然。饁音葉，由家中送到耕地之飯。(八)思媚其婦：婦人來田中送飯，其夫見其來送，趕快去迎接，表示媚愛之態。(九)有依其士：士，夫也，婦人亦表示其愛依士夫之情。(一〇)略：利也。耜：音似，農具。(一一)俶：音處，始也。載：從事。(一二)函：穀種播於地中，受水土之氣，而慢慢生芽。(一三)驛驛：穀苗出生的樣子。達：發達而出于地面之上。(一四)有厭其傑：傑，先出之苗。厭，美好的樣子，有厭即厭然。(一五)厭厭其苗：厭厭，眾苗都長齊的樣子。(一六)緜緜其麃：緜緜，細密也。麃，音標，剔苗，將穀苗整剔得距離相等。亦作耘田鋤田解。(一七)有飶其香：飶，音必，芬香。(一八)有椒其馨：椒，香也。有椒即椒然。(一九)胡考：胡，大也。考，老年。胡考即年老大壽之意。(二〇)匪且有且：且，音居，此也。即非獨此處有此豐收。(二一)匪今斯今：非獨今年有此豐收。(二二)振古：自古。

【今譯】農民們先把地上的草木斬除，然後再把土壤弄鬆散。對對成千的在田中耕作。家長啦、老大啦、老二老三啊、家中的眾成員啦、助工啦、傭工啦，各色人等都在田中工作。該吃飯的時候，婦人們從家中把飯送到田裏，男人們看見送飯來了，趕快去接，大家在一塊吃飲，男的女的相互表示慰問的好感。耕作的器具，都很鋒利，於是又開始田間的工作。先把百穀的種子散播於地下，穀種受了水土之氣的滋潤，慢慢的就生了芽而長出於地面，有的苗先出，長的分外漂亮。等到苗兒都長齊以後，經過細密的剔苗鋤草等工作以後，苗兒就長得很茂盛，收穫就一定很豐多，禾秉的堆積，可達萬億及億億之多，這正是豐年的景象啊。用這些穀物，做成酒醴，以祭獻於祖妣，以舉行百般的禮節。這種豐收的成果，就是邦家的光榮；這種芬香的酒醴，正是高年的享受。這種豐收的景象，不獨此處是如此，也不獨今年是如此，而是振古以來就是如此的。

㈥良　耜

這是秋祭社稷之神之詩。

畟畟良耜㈠，俶載南畝，播厥百穀，實函斯活。或來瞻女㈡，載筐及筥。其饟伊黍，其笠伊糾㈢，其鎛斯趙㈣，以薅荼蓼㈤。荼蓼朽止㈥，黍稷茂止。穫之挃挃㈦，積之栗栗㈧。其崇如墉㈨，其比如櫛。⑩以開百室，百室盈止，婦子寧止。殺時犉牡⑪，有捄其角⑫，以似以續⑬，續古之人⑭。

【今註】㊀畟畟：音測，謂農具之鋒利能深入土中者，故訓為鋒利的。㊁瞻：同贍，供給以飯也，即送飯至田中也，即饁也。㊂糾：三股繩也。㊃鎛：音博，鋤類的農具。趙：趙字古通銚。又解刺也。㊄薅：音蒿，拔田草也，荼，音塗，陸地之草。蓼，音聊，水邊之草。㊅止：語尾詞。㊆挃：音至，割禾之聲。㊇栗栗：眾多也。㊈崇：高也。墉：城牆也。⑩比：密接也。櫛，音傑，梳頭的梳子。⑪時：是也。犉：音淳，脣黑而體黃之牛。牡，雄者。⑫捄：音求，彎曲的。有捄，即捄然也。⑬以似以續：似即「嗣」之假借，故似續二字同義，似續皆為祀事，說文：「祀祭無巳也。」祭無巳，故為似續。斯干之詩曰：「似續妣祖」，謂享祀妣祖也。此詩「以似以續」，亦謂祀社稷也。⑭續古之人：繼古人之配社稷者，即先嗇司嗇也。非祀其先祖也。（此馬瑞辰之說）

【今譯】農民們拿著鋒利的農具，以開始耕作於南畝，把各種穀物的種子都散播於地下，在地下受了水土之氣的濕潤，便慢慢的生出穀苗了。往田中送飯的女子來了，攜著滿筐滿筥的食物，多半是黍子做的。農民們吃了飯之後，就又戴起笠帽，持著快利的鋤兒以除草。把草都清除了，消滅了，黍稷自然都長得很茂盛了。到了成熟的時候，便收割了，收割的聲音，挃挃的響。割了之後，就把它堆積起來，堆得一層一層的，其高好像是城牆一樣的。一堆一堆的密密的排著，好像是梳子一樣的。把穀物在場中都打好了，曬乾了，於是乎就開了百間的房子以貯藏之，百間的房子，都裝得滿滿的。這個時候，家人們婦人子女都很安意了，就把那曲角的黑脣雄性的黃牛宰了，拿來祭祀先代的農神，祈禱他們的賜福。

(七) 絲　衣

這是繹祭飲酒之詩。

絲衣其紑㈠，載弁俅俅㈡。自堂徂基㈢，自羊徂牛。鼐鼎及鼒㈣，兕觥其觩㈤，旨酒思柔㈥。不吳不敖㈦，胡考之休㈧。

【今註】㈠絲衣：祭服。紑：音弗，潔白的樣子。㈡載：同戴。弁：爵弁，士祭於王之服。俅俅：音求，恭順的樣子。㈢基：門塾之基。㈣鼐：音乃，大鼎。鼒：音才，小鼎。皆用以烹牲。㈤兕觥：以兕角為酒杯。觩：音求，曲的樣子。㈥柔：嘉美也。㈦吳：音話，大言也，喧嘩也。敖：怠傲。㈧胡考：壽考也。胡：壽也。休：美也。

繹祭者，祭之名也，即於正祭之明日，復祭之也。商謂之肜，周謂之繹。

【今譯】士祭於王之時，穿著潔白的絲衣，戴著爵弁，態度很是恭敬。從廟堂到廟門，從羊到牛，從大鼐到小鼎，都要仔細看過，把各事都準備妥當了，於是就舉起兕觥旨酒以獻祭。行禮的時候，不喧譁，不怠慢，所以就能得到壽考的休美。

(八) 酌

這是頌武王之詩。

於鑠王師㈠，遵養時晦㈡。時純熙矣㈢，是用大介㈣。我龍受之㈤，蹻蹻王之造㈥。載用有嗣㈦，實維爾公㈧，允師。

【今註】㈠於：讀烏，歎詞。鑠：音朔，美盛的樣子。㈡遵養時晦：在時世晦闇之際，能保養其實力，不輕舉，不妄動，養精蓄銳，以待時機之成熟。㈢時純煕矣：即時機成熟了，大有光明了。㈣是用大介：於是大發甲兵，全面動員，一舉而定天下，一戎衣而天下大定。㈤龍：同寵，光榮也。㈥蹻蹻：音橋，威武的樣子。㈦載用有嗣：載，則也。嗣，繼續也。㈧公：指武王。

【今譯】壯盛的王師，養精蓄銳於時世晦暗之際，一旦時機成熟，光明來到，便大發甲兵，全面動員，一戎衣而大定天下，這就是武王的功業。我今受此寵光，全是武王德威之所致。今後惟有稟承王的工作，繼續努力耳。武王實在是足以為師法啊！

(九) 桓

這是祀武王而頌其武功之詩。

綏萬邦，婁豐年㈠，天命匪解㈡。桓桓武王㈢，保有厥士㈣，于以四方，克定厥家。於昭于天㈤，皇以閒之㈥。

【今註】㈠婁：即屢，屢次也。㈡解：同懈。㈢桓桓：神武的樣子。㈣保有厥士：據馬瑞辰解釋，以為士字係「土」字之說，「士」「土」二字很易錯誤。然後人不敢以為是錯字，故強作解釋，就「士」字之意而附會之，實則是「保有厥土」，即保持其既有之土地為根據地，而與下句之「于以四方」相銜接，即發展至於四方，即向四方發展也。最後為「克定厥家」，即安定其國家也。由此一錯字為例，可見幾千年相沿下來之錯字，在詩經中還有，後人沿而不改，只就錯字之意附會成文，所以常覺牽強不自然也。㈤於昭于天：於，讀烏，歎詞。其德上昭于天。㈥皇以閒之：皇，美也。閒，代也，代殷而有天下也。

【今譯】平定萬邦，而又連連的屢次豐年，可見天命之於周，真是久而不厭啊。神武的武王，以原有的土地為根據地，而向四方發展，最後，能夠大定天下而安定其國家。唉，武王的德，上昭於天，所以上天美之，命其代殷而有天下也。

㈩賚

這是武王克商歸告文王之廟之詩。

文王既勤止，我應受之，敷時繹思㊀，我徂維求定。時周之命㊁，於繹思。

【今註】㊀時：是也。繹：引伸也，發展也，引伸至於無窮也。思：語詞。㊁時周之命：依馬瑞辰解釋「時」為承順，即聽從周王家的命令。

【今譯】文王既勤勞於前而立其功業，我應當繼續其功業，使之普徧發展以至於無窮。我今後之所望者惟在求天下之安定，一致順從周家的命令。唉！要努力發展以至於無窮啊！

㈩ 般

這是武王巡狩而祭河嶽之詩。

於皇時周㊀，陟其高山。嶞山喬嶽㊁，允猶翕河㊂。敷天之下，裒時之對㊃，時周之命㊄。

【今註】㊀於：讀嗚。皇：美也。時：是。㊁嶞：音朵，狹長的。喬嶽：高大之山。㊂翕：合也。河：黃河。㊃裒：音抔，聚。對：答揚。㊄時周之命：聽從周之命令。

【今譯】美哉大周，升其高山，山高且長，真可以與黃河之固，雙雙並美。普天之下，各國諸侯，皆相聚於此，而答揚王休，聽從周家的命令。

伍、魯　頌

魯：國名，故城在今山東省之曲阜縣。周公輔成王，有大勳勞於天下，故成王封周公之長子伯禽於魯，並賜以天子之禮樂，於是乎魯亦有頌，以為廟樂。魯頌共有四篇，或頌揚時君，或歌詠時事，審其體裁，與頌不類，卻與風雅相近。

(一)駉

這是描寫僖公牧馬之盛。

駉駉牡馬㈠，在坰之野㈡。薄言駉者㈢，有驈有皇㈣，有驪有黃㈤，以車彭彭㈥。思無疆㈦，思馬斯臧㈧。

【今註】㈠駉駉：音炯，腹幹肥張的樣子。㈡坰：邑外謂之郊，郊外謂之牧，牧外謂之野，野外謂之林，林外謂之坰。事實上，即遠郊之野也。㈢薄、言：皆語詞。㈣驈：音矞，驪馬白胯者。皇：黃馬雜以白色者。㈤驪：黑馬。黃：黃騂也。㈥彭彭：壯盛的樣子。㈦思無疆：思，語詞。無疆：無限的多。㈧臧：美也。

【今譯】 肥大的雄馬，佈滿原野。這些高頭大馬，有黑身而白胯者，有體黃而雜以白色者，有純黑者，有黃赤色者，駕起車來，壯盛而美觀呀！好多的馬啊！好漂亮的馬啊！

駉駉牡馬，在坰之野，薄言駉者，有騅有駓㈠，有騂有騏，以車伾伾㈡。思無期，思馬斯才。

【今註】 ㈠騅：音錐，蒼白雜毛曰騅。駓：音丕，黃白雜毛曰駓。㈡騂：赤黃曰騂。騏：青黑曰騏。伾伾：音丕，有力的樣子。

【今譯】 肥大的雄馬，佈滿原野。這些高頭大馬，有蒼白雜毛的，有黃白雜毛的，有赤黃色的，有青黑色的。駕起車來，威風而有力。呀！好多的馬啊！好俊偉的馬啊！

駉駉牡馬，在坰之野。薄言駉者，有驒有駱㈠，有駵有雒㈡，以車繹繹㈢。思無斁㈣，思馬斯作㈤。

【今註】 ㈠驒：音駝，馬之青驪驎者，色有深淺，班駁如魚鱗，俗所謂連錢驄也。駱：白馬黑鬣曰駱。㈡駵：音騮，赤身黑鬣曰駵。雒：音洛，黑身白鬣曰雒。㈢繹繹：善走的樣子。㈣斁：厭也。

㈤作：活潑奮發的樣子。

【今譯】 肥大的雄馬，佈滿原野。這些高頭人馬，有青驪而斑駁如魚鱗者，有白體而黑鬣者，有赤體而黑鬣者，有黑體而白鬣者。駕起車來，善走而如飛。呀，好令人喜歡的馬啊！好活潑可愛的馬啊！

駉駉牡馬，在坰之野。薄言駉者，有駰有騢㊀，有驔有魚㊁，以車祛祛㊂。思無邪，思馬斯徂㊃。

【今註】㊀駰：音因，馬之陰白雜毛者。騢：音暇，馬之彤白雜毛者。㊁驔：音覃，豪在骭而白者。魚：馬之二目白而似魚者。㊂祛祛：音區，強健的樣子。㊃徂：美也。

【今譯】肥大的雄馬，佈滿原野。這些高頭大馬，有陰白雜毛者，有彤白雜毛者，有豪在骭而白者，有二目白而似魚者，駕起車來，端正而強健。呀，好端正的馬呀！好魁梧大方的馬啊！

（上面四章所言之「無疆」、「無期」，皆形容馬之多。所言之「斯臧」、「斯才」、「斯作」、「斯徂」、「無斁」、「無邪」，皆形容馬之美。調換字句，反覆吟詠，其味長而其意則一，不可強為分別。）

(二)有 駜

這是燕飲而頌魯君之詩。

有駜有駜㊀，駜彼乘黃。夙夜在公，在公明明㊁。振振鷺㊂，鷺

于下，鼓咽咽㈣，醉言舞，于胥樂兮㈤。

【今註】㈠駜：音弼，馬肥壯的樣子。㈡明明：即勉勉，工作努力之意。㈢鷺：鷺羽，舞者所持，故此處所謂之鷺，非鷺鳥，而係持鷺羽以舞者之人。振振鷺，鷺于下：乃舞者持鷺羽之動作有似于鷺耳。㈣咽：同淵，鼓聲之深長也。㈤胥樂：相與共樂。

【今譯】多麼肥壯啊，那四匹黃色的大馬。大夫們，夙夜為工作而努力。工作之後，燕飲歌舞，舞者手持鷺羽，或起或落，動作一致，好像羣鷺飛上飛下的樣子。助舞的鼓聲咽咽。既醉且舞，大家真是快樂啊。

有駜有駜，駜彼乘牡。夙夜在公。在公飲酒。振振鷺，鷺于飛，鼓咽咽，醉言歸，于胥樂兮。

【今譯】多麼肥壯啊，那四匹雄偉的大馬。大夫們，夙夜為工作而努力。工作之後，燕飲歌舞，舞者手持鷺羽，或起或落，動作一致，好像羣鷺飛下飛上的樣子。助舞的鼓聲咽咽。既醉而歸，大家真是快樂啊。

有駜有駜，駜彼乘駽㈠。夙夜在公，在公載燕。自今以始，歲其有。君子有穀㈡，詒孫子。于胥樂兮。

【今註】㈠駽：音勸，青驪色之馬。㈡穀：善也，福也。君子：指魯公也。

【今譯】多麼肥壯啊，那四匹青驪色的大馬。大夫們，夙夜為工作而努力。工作之後，燕飲為樂。希望從今以後，歲歲都是豐年，君子多有福祿，遺留子孫。大家真是快樂啊。

㈢泮水

這是伯禽征淮夷，執俘告於泮宮也。

思樂泮水㈠，薄采其芹㈡。魯侯戾止㈢，言觀其旂㈣。其旂茷茷㈤，鸞聲噦噦㈥。無小無大㈦，從公于邁㈧。

【今註】㈠思：發語詞。泮水：泮宮之水也。諸侯之學，鄉射之宮，謂之泮宮。其東西南方有水，形如半璧，以其半於辟廱，故曰泮水，而宮亦名為泮宮也。㈡薄：語詞。芹：水菜也，以為行釋菜之禮所用之物，此詩始終言魯侯在泮宮事，是克淮夷之後，釋菜而儐賓也。㈢戾：至也。止：語詞。㈣旂：音旗，上有交龍者。㈤茷茷：音吠，飛揚的樣子。㈥鸞聲：車上之鈴聲。噦噦：音慧，鈴聲之盛也。㈦無小無大：不分職位之尊卑也。㈧公：指魯君伯禽而言。于邁：于，助詞。邁：行也。

【今譯】快樂的泮水那邊，可以去采芹菜。恰好魯侯來到了，看見他的旂子。他的旂子飄揚，他的車鈴和鳴，不分大官小官，都跟著他來了。

思樂泮水，薄采其藻㈠。魯侯戾止，其馬蹻蹻㈡。其馬蹻蹻，其音昭昭㈢。載色載笑㈣，匪怒伊教㈤。

【今註】㈠藻：水草。㈡蹻蹻：壯盛的樣子。㈢其音昭昭：音，音容，表情。昭昭：賢明的樣子。言魯侯的表情，非常之賢明。昭昭，即孟子所謂「賢者以其昭昭，使人昭昭」之意。㈣載色載笑：載，則也。色：面色溫和也。㈤匪怒伊教：言魯侯之對人，沒有一點怒言厲色的樣子，而只是勸人，以道理說服人。

【今譯】快樂的泮水那邊，可以去采水草。恰好魯侯到了，他的馬很是壯盛。他的馬很壯盛，他的音容表情，很是賢明，面色溫和，又說又笑。他沒有一點怒顏厲色的樣子，只是以道理說服人。

思樂泮水，薄采其茆㈠。魯侯戾止，在泮飲酒。既飲旨酒，永錫難老㈡。順彼長道㈢，屈此羣醜㈣。

【今註】㈠茆：音卯，蓴菜也。㈡難老：難於衰老，即長生不老也。㈢長道：大道也。㈣羣醜：淮夷也。

【今譯】快樂的泮水那邊，可以去採蓴菜。恰好魯侯來到了，在泮宮飲酒。既飲美酒，上天又賜他以長生不老。魯侯能順從先王之大道，以屈服淮夷的一羣為惡之人。

穆穆魯侯㈠，敬明其德。敬慎威儀，維民之則。允文允武，昭假烈祖㈡。靡有不孝㈢，自求伊祜㈣。

【今註】頌魯侯之德。㈠穆穆：敬謹小心自強不息的樣子。㈡昭假：昭，光也。假，格也，即感動其先祖而因以來饗也。㈢孝：效也，效法其先人也。㈣祜：福也。

【今譯】謹慎小心的魯侯，能夠敬謹的修明其德行，慎重其威儀，所以能作為人民的榜樣。他既有文才，又有武勇，所以能感格其先祖而來饗。他無一事不效法其先祖的，所以能夠自求多福。

明明魯侯，克明其德。既作泮宮，淮夷攸服。矯矯虎臣㈠，在泮獻馘㈡。淑問如皐陶㈢，在泮獻囚。

【今註】㈠矯矯：勇武的樣子。㈡馘：音國，殺敵割取其左耳以計功者。㈢淑問：善於問案子。皐陶：人名，堯舜時掌刑法之官，判囚最為公平。明明：勉勉也，努力工作也。

【今譯】勤奮努力的魯侯，能夠修明其德行。既建造了泮宮，又平服了淮夷。勇武如虎的戰士，到泮宮來獻馘；善問案子如皐陶一樣的刑官，到泮宮來審問囚俘。

濟濟多士，克廣德心㈠。桓桓于征㈡，狄彼東南㈢。烝烝皇皇㈣，不吳不揚㈤，不告于訩㈥，在泮獻功。

【今註】㈠廣：推而大之。德心：善心。㈡桓桓：勇武的樣子。㈢狄：平定。㈣烝烝：盛也。皇皇：盛也，大也。㈤不吳不揚：靜肅而不諠譁也。吳，大言也。揚，高聲也，如「將上堂，聲必揚。」㈥訩：爭功。

【今譯】濟濟眾多的戰士，能夠推廣魯侯的善心，勇武的出征，平定了東南。武功盛大，戰果輝煌。但是凱旋而歸，沒有任何的諠譁；來泮獻功，又沒有訩訩爭功的情事。

角弓其觩㈠，束矢其搜㈡，戎車孔博㈢，徒御無斁㈣。既克淮夷，孔淑不逆，式固爾猶㈤，淮夷卒獲。

【今註】㈠觩：音求，健強的樣子。㈡束矢：五十矢為一束，或曰百矢為一束。搜：矢疾聲也。㈢博：同傅，安利也。㈣斁：音亦，厭怠也。㈤猶：同猷，計劃。

【今譯】魯侯的弓，極其強健，魯侯的箭，極其疾速，魯侯的戰車，非常之堅利，魯侯的徒御，非常之勤奮，所以能夠平定了淮夷。淮夷平定之後，他們也都非常之向善，而不違抗命令。這就是因為能堅決執行你的計劃，所以終於把淮夷平服了。

翩彼飛鴞㈠，集于泮林。食我桑黮㈡，懷我好音㈢。憬彼淮夷㈣，來獻其琛㈤。元龜象齒㈥，大賂南金㈦。

【今註】㈠翩：飛的樣子。鴞：音梟，惡聲之鳥。㈡黮：音甚，桑之果實。㈢懷：歸也。回報也。㈣憬：音景，蠻悍的。㈤琛：寶也。㈥元龜：大龜。賂：音路，餽贈。㈦南金：南方所產之金。

【今譯】那翩飛的鴞鳥，棲集於泮水之林，吃我的桑葚，就報我以好音。那蠻悍的淮夷，歸服之後，就來獻珍寶，大龜、象牙，並餽贈以南方之金。

㈣閟宮

這是僖公祀于新廟之詩。

閟宮有侐㈠，實實枚枚㈡。赫赫姜嫄㈢，其德不回㈣。上帝是依㈤，無災無害。彌月不遲㈥，是生后稷。降之百福，黍稷重穋㈦。植穉菽麥㈧。奄有下國㈨，俾民稼穡，有稷有黍，有稻有秬㈩。奄有下土，纘禹之緒㈡。

【今註】㈠閟：音ㄇㄧˋ，深邃的樣子，神秘的樣子。有侐：侐，音ㄒㄩˋ，寂靜的樣子。有侐即侐然。㈡實實：廟基鞏固的樣子。枚枚：梁椽結構周密的樣子。㈢姜嫄：周始祖后稷之母。㈣不回：無邪。㊄依：依附，接近。㊅彌月：滿了十月生產的時間。㊆重穋：重，音蟲，先種後熟曰重。穋，音路，後種先熟曰穋。㊇稙穉：先種曰稙。後種曰穉。菽：豆。㊈奄有：覆有也。㊉秬：音巨，黑黍。㊁纘：音ㄗㄨㄢˇ，繼續也。緒：事業也。

【今譯】深邃的宮廟，侐然而清靜，基石鞏固，結構周密，這就是「閟宮」。顯赫的姜嫄，她的德行，純正無邪，惟依從上帝的意思，所以上帝使他，平平安安的，到了十月孕滿，便生下了后稷。上帝又降賜后稷以多福。后稷善於播種黍稷，稙穉豆麥，於是封之於邰而覆有下國。后稷教民稼穡，有稷有黍，有稻有秬。生產豐富，人民得以足食。於是覆有下土，繼續禹王平水土之功而發展農業。

后稷之孫，實維大王㊀。居岐之陽㊁，實始翦商㊂。至于文武，纘大王之緒，致天之屆㊃，于牧之野㊄，「無貳無虞㊅，上帝臨女㊆。」敦商之旅㊇，克咸厥功㊈。

【今註】㊀大王：大讀泰，大王即古公亶父也，文王之父。㊁岐：岐山。㊂翦：削斬，侵削。㊃屆：罰，殛，誅也。㊄牧野：在紂都之郊，武王在此誓師。㊅無貳無虞：無貳，不要有二心。無虞，不要有懷疑。㊆上帝臨女：女讀汝，上帝都在看著你們。此兩句是武王在牧野誓師之詞。㊇敦：頓也，打敗，頓挫。㊈克咸厥功：即克成厥功。

【今譯】后稷的孫子，就是太王，居於岐山之南，才開始有削奪商朝的企圖。到了文王武王，繼承了大王的功業，代表上天對於紂王的懲罰，誓師於牧野，說道：「你們大家奮勇殺敵，不要有二心，不要有疑慮，上帝在監視著你們。」於是打敗了商紂的軍隊，而能夠成就了統一天下之功。

王曰：「叔父(一)，建爾元子(二)，俾侯于魯。大啟爾宇(三)，為周室輔。」乃命魯公，俾侯于東；錫之山川，土田附庸(四)。周公之孫，莊公之子(五)，龍旂承祀(六)，六轡耳耳(七)。春秋匪解(八)，享祀不忒(九)。皇皇后帝(一〇)，皇祖后稷，享以騂犧(一一)，是饗是宜(一二)，降福既多。周公皇祖，亦其福女(一三)。秋而載嘗(一四)，夏而楅衡(一五)。白牡騂剛(一六)，犧尊將將(一七)。毛炰胾羹(一八)，籩豆大房(一九)。萬舞洋洋(二〇)，孝孫有慶(二一)。俾爾熾而昌，俾爾壽而臧。保彼東方，魯邦是常。不虧不崩(二二)，不震不騰(二三)。三壽作朋(二四)，如岡如陵。

【今註】(一)王：成王。叔父：周公。(二)元子：周公的長子，即伯禽。(三)啟：開拓。宇：同域，即魯國的疆域。(四)附庸：小國不能自達於天子，乃就近附屬於大國。(五)莊公之子：即僖公。(六)龍旂：旂上畫有交龍者。(七)耳耳：眾盛的樣子。(八)匪解：即匪懈，言奉祀不懈怠也。(九)忒：音特，過錯。(一〇)皇皇后帝：皇皇，大也。皇皇后帝，即指上天也。(一一)享：獻也。騂犧：純赤色之牛。(一二)是饗是宜：言神吃著很合宜，即神受其饗也。(一三)女：讀汝。(一四)嘗：秋祭曰嘗。(一五)夏而楅衡：秋祭所用之牛，在夏天時就先把牠的角，用木衡制住，使得牠不能觸人，蓋以其觸人則不吉利也。⑯白牡：白色之雄牛。騂剛：赤色之雄牛。用白牛以祭周公，用赤牛以祭魯公。⑰犧尊：外形似獸，中間可以盛酒的酒器。將將：嚴整的樣子。⑱毛炰：帶毛包泥而燒之。胾羹：胾，音ㄗˋ，切肉也。羹：煮肉之汁也。⑲籩豆：祭器，竹製的曰籩。木製的曰豆。大房：盛半體牲之俎，足下有跗如堂房也。⑳萬舞：兼有文武之舞的總名。洋洋：眾盛的樣子。㉑孝孫：指禧公。㉒虧：日月虧蝕。㉓崩：山崩。震：地震。騰：百川沸騰。㉔三壽：上壽，一百二十歲；中壽，一百歲；下壽，八十歲。

【今譯】成王對周公說道：「叔父啊，立你的長子，使他為魯國的諸侯，大大的開拓你的疆域，為周室的助手。」於是乃命魯公伯禽為東方的諸侯，賜他以山川、土田、以及一些附庸的小國。到了周公之孫，莊公之子僖公的時候，就以龍旂承奉祭祀，六轡耳耳而柔澤，春秋四時都不敢懈怠的舉行祭祀，禮儀都沒有一點的錯失。祭祀皇皇的上帝與皇祖后稷的時候，獻之以純赤色之牛。上帝與皇祖都很滿意的來受饗，於是就降之以很多的福。周公皇祖，也給你以福。秋天的祭祀，在夏天就把犧牛準備好，把牠的角上，施以橫木，防其觸人，因為牛一觸人，就不吉利了。到了祭祀的時候，用白色的雄牛以祭周公。用赤色的雄牛以祭魯公，有將將的犧尊，有毛炰胾羹的美味，籩豆大房都盛得滿滿，萬舞洋洋而盛大，而主祭之孝孫就有福了。使你旺盛而昌大，使你長壽而安善，保障那東方的地區，常守你魯國的疆土，使你沒有日月虧蝕之變，沒有山崩地震之災，沒有百川沸騰之殃，使你與三壽之老人為朋，生命之強健，如山之高，如陵之長。

公車千乘㈠，朱英綠縢㈡。二矛重弓㈢，公徒三萬㈣，貝冑朱綅㈤，烝徒增增㈥。戎狄是膺㈦，荊舒是懲㈧，則莫我敢承㈨。俾爾昌而熾，俾爾壽而富，黃髮臺背㈩，壽胥與試。俾爾昌而大，俾爾耇而艾，萬有千歲，眉壽無有害⑪。

【今註】㈠千乘：大國之賦也，成方十里，出革車一乘，甲士三人，左持弓，右持矛，中人御。武卒七十二人，將重車者二十五人。千乘之地，則三百十六里有奇也。㈡朱英：用以飾矛。綠縢：用以約弓。㈢二矛：酋矛，夷矛。重弓：二弓，所以防備有折壞也。㈣公徒三萬：徒，步卒也。車千乘，法當用十萬人，而為步卒者七萬二千人，然大國之賦，適滿千乘，苟盡用之，是舉國而行也。故其用之，大國三軍而已。三軍為車三百七十五乘，三萬七千五百人，其為步卒不過二萬七千人，舉其中而以成數言之，故曰三萬也。㈤貝冑：以貝飾冑也。朱綅：綅，音纖，即線也，用朱線以綴貝。㈥烝徒：眾徒也。增增：眾多的樣子。㈦膺：當也，抵擋也。㈧荊：楚之別號。舒：楚之與國。㈨敢承：敢於抵禦。㈩黃髮臺背：皆老人之特徵，黃髮者，髮已黃也。臺背：背已駝，或曰背有鮐文也。⑪眉壽：高壽。

【今譯】公車有千乘，都是二矛重弓，矛有朱英之飾，弓有綠縢之設。步卒有三萬之多，都是以貝飾冑，以朱線綴貝，陣容眾盛。以這種盛大的兵力，去打擊戎狄，懲罰荊舒，就沒有敢於和我們相抵抗的。因此，神明就使你昌盛而興旺，使你長壽而富貴，使你與黃髮臺背之老者，相與比壽，萬年千歲，長生而無恙。

泰山巖巖㈠，魯邦所詹㈡，奄有龜蒙㈢，遂荒大東㈣，至于海邦，淮夷來同，莫不率從，魯侯之功。

【今註】㈠巖巖：峻危的樣子。㈡詹：同瞻，望也。㈢龜：山名，在山東之泗水縣。蒙：山名，在山東之蒙陰縣。㈣荒：擴大。

【今譯】高峻的泰山，是魯邦之人所共瞻的，奄有龜蒙山區，遂擴展而為東方之大國，至於海濱之邦，淮夷也來會同，各國莫不率從，這都是魯侯的功勞。

保有鳧繹㈠，遂荒徐宅，至于海邦，淮夷蠻貊㈡，及彼南夷，莫不率從，莫敢不諾，魯侯是若㈢。

【今註】㈠鳧：音扶，山名，在山東魚臺縣。繹：山名，即嶧山，在山東嶧縣。㈡蠻貊：蠻，南夷。貊，東夷。㈢若：順從。

【今譯】保有鳧山繹山之根據地，遂擴展至於徐州之境，以及於海濱之邦，淮夷蠻貊，及彼南夷，沒有不服從，沒有不應命的，魯侯說什麼，他們便做什麼。

天錫公純嘏㊀，眉壽保魯，居常與許㊁，復周公之宇。魯侯燕喜，令妻壽母，宜大夫庶士，邦國是有。既多受祉，黃髮兒齒。

【今註】㊀純嘏：純，大也。嘏，音古，福也。㊁常：地名，在薛地之旁。許：地名，魯朝宿之邑也。此二邑，皆魯之故地，為齊國所侵。

【今譯】上天賜公以大福，長壽而保有魯國。能把常、許兩個地方收復回來，以恢復周公原有的疆土。魯侯安樂而喜悅，有高壽的老母，有賢慧的妻子，能與大夫庶士相處的都很得宜，所以能常有其邦國，既然多受福祉，所以髮雖黃而齒則新，仍然健康得很。

徂來之松㊀，新甫之柏㊁，是斷是度㊂，是尋是尺。松桷有舄㊃，路寢孔碩㊄，新廟奕奕，奚斯所作㊅，孔曼且碩，萬民是若。

【今註】㊀徂來：山名，在山東泰安縣東。㊁新甫：山名，在山東汶陽縣。新甫，即梁甫，即梁父。㊂是斷是度：斷，斬斷。度：剖開，鋸開。㊃桷：音角，方椽。舄：音託，大也，有舄，即舄然也。㊄路寢：正寢也。㊅奚斯：人名，魯公子魚也。

【今譯】把徂來山的松樹，新甫山的栢樹，砍斷而分剖之，製成尋尺的材料，量材使用，以松木為方椽，然後建造起極大的路寢。新廟奕奕而高大，這是奚斯所建造的。新廟既長而且大，萬民無不順從。

陸、商頌

契為舜司徒，而封於商，傳十四世至湯王而有天下。其後三宗迭興，至紂王無道，為周武王所滅，封其庶兄微子啟於宋，修其禮樂，以奉商祀。其地在禹貢徐州泗濱西及豫州盟豬之野。商頌者，即周時封於宋之商之子孫讚頌其先祖之詩也，商頌如視為商代作品，不如視為周時封於宋之商之子孫之作品，較為正確。

(一)那

祀湯王之樂也。

猗與那與(一)，置我鞉鼓(二)。奏鼓簡簡(三)，衎我烈祖(四)。湯孫奏假(五)，綏我思成(六)。鞉鼓淵淵(七)，嘒嘒管聲(八)。既和且平，依我磬聲(九)。於赫湯孫(一〇)，穆穆厥聲(一一)。庸鼓有斁(一二)，萬舞有奕(一三)。我有嘉客，亦不夷懌(一四)。自古在昔，先民有作，溫恭朝夕(一五)，執事有恪。顧予烝嘗(一六)，湯孫之將。

【今註】㊀猗與那與：猗那二字連用，美盛的樣子，草木之美盛，曰猗那。音樂之美盛，亦可曰猗那。人之美盛，亦可曰猗那，如「猗那多姿」。同猗儺，阿難，依娜。㊁置我鞉鼓：置，樹立也，夏后氏足鼓，殷人置鼓，周人懸鼓。鞉，音桃，有柄之小鼓。㊂簡簡：和而大之鼓聲也。㊃衎：音侃，樂也。烈祖：有功烈之先祖，即成湯也。㊄假：至也，祭者上致乎神曰假，祭者致神之謂也，祭者以善致鬼神為主。㊅綏我思成：綏，詒也，遺也。思，助詞。成，福也，即貽我以福也。㊆淵淵：鼓聲深遠也。㊇嘒嘒：音慧，清亮也。㊈依：相配合。㊉於赫湯孫：於讀烏。⑪穆穆：和美也。⑫庸鼓有斁：庸鼓，大鼓也。斁，音亦，盛也。⑬奕：盛大也。⑭亦不夷懌：即莫不夷悅也。不，讀丕，大也，即大悅也。⑮溫恭朝夕：即朝朝夕夕溫而恭也。⑯顧：神來顧也。烝嘗：冬祭曰烝。秋祭曰嘗。

【今譯】多麼美盛的典禮！立起我們的鞉鼓，鼓聲既和且大，以愉樂我們的烈祖。主祭的湯孫奏樂請神，祈神賜福。鞉鼓的聲音，淵淵而深遠，管竹的聲音，嘒嘒而清亮，再與玉磬之樂相依配，更顯其聲音之既和且平。唉！顯盛的湯孫，能美和其樂聲，大鼓之聲音，很是響亮，萬舞的進行，很是盛大。我們的嘉賓，沒有一個不快活的。舉行祭祀，古昔以來，先民都有榜樣，我們後人只有朝朝暮暮，溫恭誠意，致祭以敬。烈祖啊！請來享受我們的烝嘗，這是你的子孫所奉獻的啊！

㈡烈　祖

這是祀成湯之樂。

嗟嗟烈祖㈠，有秩斯祜。申錫無疆，及爾斯所。既載清酤，賚我思成。亦有和羹，既戒既平。鬷假無言㈡，時靡有爭，綏我眉壽，黃耇無疆㈢。約軝錯衡㈣，八鸞鶬鶬㈤。以假以享，我受命溥將㈥。自天降康，豐年穰穰㈦。來假來饗，降福無疆。顧予烝嘗，湯孫之將。

【今註】㈠秩：大也。㈡鬷假：即奏假也。鬷，音宗。㈢黃耇：黃髮也，老年面色枯乾如凍梨也。㈣約軝錯衡：約，束也。軝，轂也，音祈。以皮纏束車轂而施以朱色。錯，文彩也。衡，轅前端之橫木也。㈤鶬鶬：音槍。鶬鶬，鈴聲和鳴也。㈥溥將：溥，大也。將，長也。㈦穰穰：收成眾多的樣子。

【今譯】唉！功業盛大的烈祖，創下了這隆大的福澤，可以徧賜於無疆，以及於你主祭者的本身。主祭者備上清酒，請求賜福。又獻上和羹，味道新鮮而平和。肅然無言，寂然無爭，誠心祈禱，請求神之來享，賜我以長壽，至於黃耇而無疆。助祭的人們，乘著文彩而壯觀的車子，鸞鈴之聲，鶬鶬和鳴，來到宗廟，請神共饗。我之受福既大且長。上天又降下喜樂，豐年穰穰，收成盛多。但願神明惠然來饗，降福無疆。偉大的烈祖啊，請你接納我們的烝嘗，這是你的孫子所奉獻的啊。

(三) 玄　鳥

這是祀殷王高宗之樂。

天命玄鳥㈠，降而生商。宅殷土芒芒㈡。古帝命武湯，正域彼四方㈢。方命厥后㈣，奄有九有㈤。商之先后，受命不殆㈥，在武丁孫子，武丁孫子，武王靡不勝㈦。龍旂十乘大糦是承㈧。邦畿千里，維民所止。肇域彼四海。四海來假，來假祁祁㈨。景員維河㈩，殷受命咸宜，百祿是何⑪。

【今註】 ㈠玄鳥：燕也。相傳高辛氏妃簡狄吞燕卵而生契，是為商之始祖。㈡宅：居於。殷：地名。芒芒：廣漠的樣子，殷地即今之河南省商邱縣，是一個廣大的平原地區，故曰芒芒，同茫茫。㈢正域彼四方：即區劃四方的邊疆之意。㈣方命厥后：方，旁也，滂也，普徧也。㈤奄有九有：即盡有九州之地也。㈥不殆：即不怠，不懈怠。㈦在武丁孫子，武丁孫子，武王靡不勝：這一段，係有錯字，連著兩個「武丁孫子」，都應該是「武王孫子」，「丁」字是「王」字之錯。後面的一句「武王靡不勝」，應當是「武丁靡不勝」，「王」字又是「丁」字之錯。如將此錯字改正過來，則解釋便易於明白而且正確。㈧龍旂十乘，大糦是承：此兩句，言諸侯之來助祭也。糦，音熾，黍稷也。㈨祁祁：眾多也。㈩景員維河：景，廣也，東西為廣。員，運也，南北為運。故景員即幅員也，即一個國家之東西南北之疆域也。河，黃河也，殷家四面皆河，故曰廣員維河。㈡百祿是何：即百祿是荷，承受也。

【今譯】天命玄鳥遺卵，使簡狄吞之，就生下了契而為商朝的始祖。以殷土為根據地，是一片廣漠的大平原。上帝命令有武德的湯王，正確規劃四方的疆域，普徧的可以命令各國的諸侯，盡有九州而為天下之王。商家的先君，承受了上天的命令，不敢懈怠，以至於湯王的孫子。湯王的孫子是誰呢？就是武丁，他無論作什麼事情，沒有不勝其任的。各國諸侯們，乘著龍旂的車子，奉著大糦，在他死了之後，都來致祭。王畿之地，所轄千里，是直接貢賦於王的人民所棲居的地區，但是整個的疆土，就遠達於四海，四海之民都來歸附，歸附的人，越來越多，幅員之廣，與黃河相終始。殷家的承受天命，處處咸得其宜，所以能負荷百般的福祿。

㈣長　發

這是祀湯王之詩。

濬哲維商㈠，長發其祥㈡。洪水芒芒，禹敷下土方㈢，外大國是疆㊃。幅隕既長㊄，有娀方將㊅，帝立子生商。

【今註】㊀濬哲：同睿哲，即聰明睿智之意。㊁長發其祥：謂其發祥已有長久的歷史。㊂敷：平治。㊃外大國是疆：外，王畿以外也。王畿以外的大國都是夏朝的領域。㊄幅隕：即疆土，即領域。長：即廣也。㊅有娀：國名，其地在今山西永濟縣附近。有娀氏之女吞燕卵而生契，契為堯司徒之官，封于商。

【今譯】聰明睿智的商族，發祥的歷史，是已經相當的久了。當洪水茫茫的時候，夏禹王平治水土而定人民之居。王畿以外的許多大國，也都是夏國的領土，疆宇已經夠大的了，有娀氏之國，那個時候，方纔廣大，上帝就立了有娀氏之女的兒子契，為商的始祖。

玄王桓撥㊀，受小國是達，受大國是達。率履不越㊁，遂視既發㊂。相土烈烈㊃，海外有截㊄。

【今註】㊀玄王：指契而言。桓撥：即桓發，桓者，武也。發者，勇也，剛也，振奮也。桓發，即武勇之謂也，即剛強奮發之謂也。㊁率履不越：即循規蹈矩，踐履正道，不越禮法。㊂遂視既發：即見義勇為，遂其所視所見而發之於行為。㊃相土：契之孫也。㊄海外有截：言四方諸候，一致服從，截然而聽命，截然即一致也。

【今譯】玄王勇武奮發，無論領導小國，無論領導大國，他沒有不成功的。他踐履正道，見義勇為。到了他的孫子相土的時候，四方諸侯，一致服從。

帝命不違㊀，至於湯齊㊁。湯降不遲㊂，聖敬日躋。昭假遲遲㊃，上帝是祇㊄。帝命式于九圍㊅。

【今註】㊀帝命不違：即不違上帝之命。㊁至於湯齊：即商族諸君，歷代皆不違上帝之命，一直到湯王，仍是如此，所謂「齊」者，即前後一致之謂也。㊂湯降不遲：言湯之降生，適及其時。不遲者，及時也。㊃昭假遲遲：精誠顯達於天久而又久也。遲遲者，久久也。㊄祇：敬也。㊅九圍：九州也。躋：升也。

【今譯】商族歷代諸君對於上帝之命，敬順不違，至於湯王，仍是如此。湯王降生，適及其時，聖敬之德，日有進步。精誠顯達於天，久而又久，一惟上帝之意旨是敬，因此，上帝乃命他為九州的法式。

受小球大球㊀，為下國綴旒㊁。何天之休㊂。不競不絿㊃，不剛不柔㊄，敷政優優㊅，百祿是遒㊆。

【今註】㊀球：同捄，法也，法制也。㊁綴旒：表章也，法式也，榜樣也，表率也。㊂何天之休：

即荷天之休。㊃絿：同求，追逐，追求也。㊄不剛不柔：不失之於過剛，亦不失之於過柔，剛柔適中也。㊅優優：從容不迫，不急暴，不苛細，不煩瑣。㊆遒：集聚也。

【今譯】 湯王無論受小法大法於上帝，他都能以身作則，為下國的表率，所以能承受上天之福。湯王對人接物，不爭勝，不貪求，不失之於過剛，亦不失之於過柔。推行政令，從容祥和，不苛急，不暴虐，所以百般的福祿都歸聚於他了。

受小共大共㊀，為下國駿厖㊁，何天之龍㊂。敷奏其勇㊃。不震不動㊄，不戁不竦㊅，百祿是總㊆。

【今註】 ㊀共：法也，法度也。㊁駿厖：駿，大也。厖，同蒙，覆蓋也，庇護也，庇佑也。㊂何天之龍：即荷天之寵，蒙受上天的寵愛。㊃敷奏其勇：表現、顯示其勇武。㊄不震不動：不可震撼，不可動搖。㊅不戁不竦：戁，音赧，恐也。竦，音聳，懼也。不可恐怖，不可危懼。㊆總：歸聚也。

【今譯】 湯王無論受小法大法於上帝，他都能推行得很有功效，以使下國蒙其庇護，所以能承受上天的寵愛。湯王一顯示其勇，則不可震撼，不可搖動，不可恐怖，不可危懼。所以百般的福祿都歸聚於他了。

武王載旆㈠，有虔秉鉞㈡，如火烈烈，則莫我敢曷㈢。苞有三蘖㈣，莫遂莫達㈤，九有有截。韋顧既伐，昆吾夏桀。

【今註】㈠旆：旗也，音沛。㈡有虔：虔，威武也，有虔即威武的樣子。㈢曷：同遏，抵抗，阻止也。㈣苞有三蘖：苞指夏桀，是禍之根。三蘖，指韋、顧、昆吾三國也。韋，國名，在今河南滑縣東南。顧，國名，在今山東范縣東南。昆吾，國名，在今河北濮陽縣。㈤莫遂莫達：使三蘖不能生存與發達。

【今譯】湯王興師伐桀，手執大鉞，非常勇武的樣子。好像是烈火似的，沒有人敢來抵擋。夏桀是禍亂之根，他的周圍有三個助桀為虐的國家，把這三個餘蘖消滅之後，九州就可以截然而統一了。於是於韋顧兩國既敗之後，就迅速的攻擊昆吾與夏桀了。

昔在中葉㈠，有震且業㈡。允也天子，降予卿士，實維阿衡㈢，實左右商王。

【今註】㈠中葉：中世，在湯未興之前。㈡有震有業：震，動搖也。業，危急也。㈢阿衡：指伊尹，湯之賢臣。

【今譯】在昔中世，曾經有一段很震動而危急的時期。湯王真是個名符其實的天子，上帝降賜於他以賢良的卿士，那就是阿衡，他輔佐湯王而有天下。

(五)殷　武

這是宋襄公以伐楚告于新廟也。

撻彼殷武㊀，奮伐荊楚㊁，罙入其阻㊂，裒荊之旅㊃，有截其所㊄，湯孫之緒㊅。

【今註】㊀撻：神速的樣子，勇武的樣子。殷武：殷族的武士，武力。㊁荊楚：楚國也。㊂罙：音ㄕㄣ，深也，深入也。㊃裒：音抔，取之也。旅：眾也。㊄有截：即截然而平治之也，即平其地也。㊅緒：功業也。

【今譯】神武的殷軍，奮然而伐荊楚，深入其險阻，擄致其兵眾，盡平其地，使截然而歸向，這都是湯孫的功業。

維女荊楚㊀，居國南鄉。昔有成湯，自彼氐羌㊁，莫敢不來享，莫敢不來王，曰商是常。

【今註】㊀女：讀汝。㊁氐羌：西方之異民族。

【今譯】你們荊楚，處於我國之南方。我們先君成湯的時候，雖是僻遠的氐羌，也沒有敢不來進貢的，也沒有敢不來朝見的，他們都永遠擁戴商王。

天命多辟㊀，設都于禹之績。歲事來辟，「勿予禍適㊁，稼穡匪解。」

【今註】㊀多辟：指諸侯，辟，君也。㊁禍：當為「過」。適：即讁，譴責也。

【今譯】上天命令各國諸侯，立國於禹王所平治的土地之上，歲時來朝見商王，並且祈求的說：「請你寬恕我的過失，不要加我以罪責，我努力稼穡，不敢懈怠。」

天命降監，下民有嚴㊀。不僭不濫㊁，不敢怠遑。命于下國㊂，封建厥福㊃。

【今註】㊀有嚴：嚴然而尊敬也。㊁不僭不濫：不以私喜而過賞，不以私怒而濫罰。㊂下國：各國諸侯。㊃封：大也。

【今譯】上天降命於商君，下民尊敬商君，而商君敬謹小心，不以私喜而過賞，不以私怒而濫罰，不敢有一點的怠惰與暇逸，所以他能命令各國諸侯，而建其福祉。

商邑翼翼㈠，四方之極㈡。赫赫厥聲，濯濯厥靈㈢，壽考且寧，以保我後生。

【今註】㈠翼翼：整飭的樣子。㈡極：中準，標準，準則。㈢濯濯：光潔也。

【今譯】商朝的京都，翼翼而嚴整，是四方的中準。顯盛哉商王的聲名，光潔哉商王的威靈，所以他能壽考且寧，以保佑我們後世子孫。

陟彼景山㈠，松柏丸丸㈡，是斷是遷㈢，方斲是虔㈣。松桷有梴㈤，旅楹有閑㈥，寢成孔安。

【今註】㈠景山：山名，宋都附近。㈡丸丸：直的。㈢斷：斫伐。遷：搬運。㈣方斲：正斲之也。虔：截也。斲，音ㄓㄨㄛˊ。㈤桷：方椽。梴：木頭很長的樣子。㈥旅：眾也。楹：堂前的立柱。閑：大也。

【今譯】登彼景山之上，把那些高大的松樹柏樹，斫倒以後，再搬運下來，鋸鋸斲斲，做成方的椽子，大的柱子，以建造寢廟，寢廟建成之後，神靈居之便非常之安適了。

詩經今註今譯／馬持盈註譯. --修訂三版. --
臺北市：臺灣商務，2017. 06
面；公分

ISBN 978-957-05-3083-4（平裝）

1. 詩經 2. 注釋

831.12 106007153

詩經今註今譯（修訂三版）

主編◆王雲五
註譯◆馬持盈
發行人◆王春申
副總經理兼任副總編輯◆高珊
執行編輯◆王窈姿
美術設計◆吳郁婷
校對◆鄭宇涵 徐平

出版發行：臺灣商務印書館股份有限公司
地　　址：23150 新北市新店區復興路 43 號 8 樓
電　　話：(02)8667-3712　傳真：(02)8667-3709
讀者服務專線：0800056196
郵撥：0000165-1
E-mail：ecptw@cptw.com.tw
網路書店網址：www.cptw.com.tw
網路書店臉書：facebook.com.tw/ecptwdoing
臉書：facebook.com.tw/ecptw
部落格：blog.yam.com/ecptw

局版北市業字第 993 號
初版一刷：1971 年 7 月
二版一刷：2009 年 11 月
修訂二版一刷：2013 年 2 月
修訂三版一刷：2017 年 6 月
定價：新台幣 550 元

ISBN 978-957-05-3083-4（平裝）